걸
인
스
노
우

GIRL IN SNOW

걸

인

Girl in Snow

단야 쿠카프카 지음 · 이순미 옮김

스

노

우

서울문화사

첫째 날

2005년 2월 16일 수요일

캐머런

루신다 헤이스가 죽었다는 이야기를 들었을 때, 캐머런은 루신다의 어깨뼈와 움직임을 멈춘 한 쌍의 폐처럼 드러난 척추를 그들이 어떻게 끼워 맞췄을지 생각했다.

___

조회가 소집되었다. 선생님들은 체육관 벽에 기대어 목을 길게 빼고 시계를 들여다보고 있었다. 캐머런은 이 층 우측 모퉁이에 앉아 있던 로니 옆에 앉았다. 로니는 손톱을 물어뜯으며 분주히 돌아다니는 사람들을 지켜보고 있었다. 건조해서 갈라진 왼쪽 새끼손가락에서 피가 났다.

"이게 다 무슨 일이래?"

로니가 말했다. 로니는 아침에 절대 이를 닦지 않는다. 로니의 입 주변에 하얗게 곪은 여드름이 퍼져 있다. 캐머런은 몸을 뒤로 기댔다.

반스 교장 선생님이 재킷을 매만지며 하프코트 라인에 있는 단상에 섰다. 삼삼오오 모여 있는 9학년(우리나라의 고등학교 1학년-옮긴이) 학생들은 껌을 씹으며 배낭을 올려 메기도 하고, 체육관 바닥에 운동화를 끌며 찍찍거리는 소리를 내고 있었다.

"내 말 들립니까?"

교장은 단상 양쪽에 손을 짚고 말했다. 그는 옷소매로 이마의 땀을 닦으며 눈을 꼭 감았다.

"제퍼슨 고등학교는 비극적인 사건을 맞았습니다. 지난밤, 우리는 매우 재능 있는 학생 한 명을 떠나보내야 했습니다. 여러분에게 루신다 헤이스 양의 죽음을 알리게 되어 참으로 유감입니다."

마이크에서 찢어지는 듯한 소리가 났다.

캐머런은 이 순간을 루신다를 잃은 시간으로 기억할 것이다. 머리 위 형광등의 윙윙거리는 소리가 여기저기서 터져 나오는 수군거림과 섞여 리듬을 만들었다. 노래로 만든다면 아주 조용한 노래가 될 것 같다. 비참한 생각에 빠지는 그런 노래. 충격적이지만 부드러운 노래. 산산이 부서져서 멜로디의 묵직함만이 다가오는 파괴적이면서도 섬세한 노래.

"젠장."

로니가 속삭였다. 노래는 계속되어 끝없이 밀려온다. 캐머런이 사람이 없는 걸 확인하는 데 육 초가 걸렸다. 그리고 관중석 난간 사이로 토했다.

어젯밤 : 잔디밭을 응시하는 아몬드 모양의 눈. 루신다의 방 창에 대고 활짝 편 분홍색 손바닥. 머리 위로 빠르게 움직이는 구름. 벨벳 같은 밤의 어둠 속에 떨리는 회색 천.

———

"토했다고 간호사가 얘기해 주더라."

그날 오후 캐머런을 데리러 온 그의 엄마가 말했다.

캐머런은 크래커 부스러기와 양탄자 보푸라기를 밑으로 떨어뜨리고 부츠를 이용해 작은 산을 만들었다. 엄마는 휴대용 머그잔에 담긴 커피를 한 모금 마셨다.

처음의 충격이 잦아들자 학생들은 밖으로 나와 이런저런 추측을 했다. 야구부원들은 루신다가 강간당했다고 주장했고 인기 없는 여학생들은 루신다가 자살했다고 생각했다. 로니도 그렇게 생각했다.

"루신다는 아마 자살했을 거야. 그렇지 않아? 매일 일기를 썼잖아. 분명히 유서 같은 것도 남겼을 거야. 그런데 이 자식아. 네가 토한 게 내 신발에 튀었잖아."

엄마는 세 블록을 지나서 예의 그 연민에 찬 목소리로 캐머런을 불렀다. 캐머런이 싫어하는 설탕 범벅이 된 듯한 다정한 엄마의 목소리. 캐머런은 엄마가 자신의 슬픔을 멋대로 상상하는 것이 싫었다. 엄마는 그럴 자격이 없다.

"힘든 거 알아. 네 또래 아이들에게 이런 일이 일어나면 안 되는데. 특히 루신다 같은 여자애에게는."

"그만요, 엄마."

캐머런은 습기 찬 창문에 이마를 대며 생각했다. 이마도 지문처럼 사람마다 다를까? 지문처럼 모두 다르지는 않을 테니 일일이 확인하지 않는 한 이마만 보고 사람을 찾을 수는 없겠지. 그리고 사람들은 그런 일에 시간을 들이지도 않을 것이다.

유리를 사이에 두고 키스하는 느낌은 어떨까. 어느 죄수가 교도소 면회실 창문에 대고 아내에게 키스하는 영화를 본 적이 있었다. 정말 키스처럼 느껴질까. 캐머런은 키스는 행동 자체가 아니라 하려는 마음이 더 중요하다고 생각하기 때문에 침이 유리에 묻는 것은 중요하지 않을 것 같았다.

캐머런은 입술을 생각하다 루신다 헤이스를 떠올린 자신이 싫어졌다. 왜냐하면 루신다 헤이스는 죽었으니까.

집에 도착하자, 엄마는 캐머런을 소파에 앉게 하고는 텔레비전을 켰다.

"아무 생각 하지 마."

엄마는 치킨 누들 수프 캔을 꺼내 데웠다. 전자레인지 돌아가는 소리와 함께 요란한 뉴스 앵커의 목소리가 들려왔다.

"오늘 아침 열다섯 살 소녀의 시체가 초등학교 운동장에서 발견되는 비극적인 사건이 북콜로라도를 강타했습니다. 시신의 신원은 제퍼슨 고등학교 9학년 루신다 헤이스 양으로 확인되었습니다. 끔찍한 현장을 가장 먼저 발견한 학교 직원은 아무 말도 하지 않았습니다. 사건 조사는 브룸스빌 경찰서의 티머시 곤잘레스 서장의 지휘 아래 계속될 예정입니다. 수상한 행동을 하는 사람을 목격한 시민 여러분께서는 즉시 신고해 주시기 바랍니다."

8학년 때의 연감에 실린 루신다의 사진이 텔레비전 하단 구석에 나타났다. 모자이크 처리된 루신다의 사진을 보던 캐머런은 들고 있던 리모컨을 커피 탁자 위에 떨어뜨렸다. 건전지 뚜껑이 날아가고 안에 들어 있던 건전지가 요란스러운 소리를 내며 탁자와 바닥으로 굴러떨어졌다.

"캐머런?"

주방에서 엄마의 목소리가 들려왔다.

캐머런은 저 공원, 저 초등학교를 알고 있었다. 캐머런과 루신다의 집 중간에 있는 막다른 골목 바로 뒤에 있는 곳이다.

엄마가 오기 전에, 캐머런은 서둘러 복도를 지나 자기 방문을 열었다. 불도 켜지 않고 침대 시트를 젖힌 뒤 매트리스 밑 깊숙한 곳에서 스케치북과 목탄, 퍼티 지우개(미술용 지우개 - 옮긴이)를 꺼냈다.

캐머런은 스케치북을 한 장씩 뜯어 방바닥에 동그랗게 펼쳐 놓았다. 어둠에 익숙해진 눈으로 보니 캐머런은 루신다 헤이스에게 둘러싸여 있었다.

대부분의 그림에서 루신다는 행복한 표정을 짓고 있었다. 날씨는 맑고, 그녀의 한쪽 면이 다른 쪽보다 밝았다. 왼쪽, 언제나 왼쪽이 밝았다. 대부분의 그림에서 루신다는 환하게 웃고 있다. 사진작가가 찍은 8학년 연감에 실린 그 사진과는 다른 모습이다.

루신다의 얼굴은 모두 기억하고 있어서 쉽게 그릴 수 있었다. 광대뼈는 높이 치솟았고, 빛이 났다. 입 주변의 주름이 행복한 모습을 자아낸다. 숱이 많은 속눈썹은 위로 올라가서 눈을 약간 비스듬히 그리거나 눈썹 바로 밑을 깊게 표현해도, 여전히 루신다의 모습이 보였다. 캐머런은 엄지손가락 옆면을 이용해서 미소에 음영을 넣었다. 대부분의 그림 속 루신다는 입을 벌리고 웃고 있어서, 벌어진 앞니가 보인다. 캐머런은 그 벌어진 틈을 좋아했다. 아무것도 걸치지 않은 루신다의 맨얼굴.

캐머런은 두 눈을 무릎에 대고 눌렀다. 이런 루신다를 볼 수가 없었다. 그녀의 매우 중요한 부분이 빠졌기 때문이다. 달릴 때 수년간 발레로 단련된 다리가 뻗어 나오던 모습, 수업을 마치고 집으로 걸어오는 동안 더위에 꼬불거리던 앞머리. 집에 와서 반짝이는 핑크색 MP3 플레이어로 음악을 들으며, 식탁에 앉아 따뜻한 코코아를 마시던 모습. 하얗게 매니큐어를 바른 손톱으로 대리석 탁자를 두드리던 모습. 캐머런은 루신다가 '리틀 비티 프리티 원' 같은 올드 팝송을 듣고 있다고 생각했다. 그게 루신다에게 어울렸다. 수업 중 칠판이 보이지 않을 때 눈을 찡그리던 루신다의 모습도 빠뜨렸다. 찡그릴 때 생기는 눈가의 주름이 햇살을 들이려고 열어 둔 블라인드 같았다.

캐머런은 이런 루신다를 볼 수가 없다. 그녀는 이제 죽었고, 목탄으로 얼룩진 눈동자와 급히 그리는 바람에 너무 얇아진 새끼손가락 같은, 그가 가진 모든 것이 쓸모없게 되었기 때문이다.

"세상에, 캐머런. 아, 이런."

엄마가 문 앞에서 숨을 멈췄다.

엄마는 양손으로 문틀을 쥐고 서서 동그랗게 펼쳐진 그림들을 바라보았다. 금방이라도 울 것 같은 얼굴이었다. 엄마의 분홍 줄무늬 스웨터가 슬퍼 보였다. 엄마가 자신에게 녹아들어 늙어 보이지 않았으면 좋겠다. 지금 문틀을 잡고 있는 엄마를 보니 지하실에서 발레를 하던 예전의 엄마의 모습이 생각났다. 엄마는 지저분한 창틀을 발레 바로 삼아, 모차르트의 음악에 맞춰 낮은 목소리로 박자를 맞추고 있었다. 하나, 둘, 셋, 넷. 주테(발을 차올리는 발레 동작 - 옮긴이), 주테, 빠 드 부레(발끝으로 서서 종종걸음으로 내딛는 스텝 - 옮긴이). 캐머런은 지하실 계단의 난간 사이로 그 모습을 보았다. 엄마의 등은 이제는 나이가 들어 똑바로 펴지지 않았고, 발가락도 그렇게 뾰족하게 세울 수 없었다. 엄마는 뼈가 부러진 새 같았다. 엄마의 춤을 보고 있으면 너무 슬퍼졌다. 엄마는 매우 활기차고, 행복해 보였지만 돌연 부서질 것처럼 보였기 때문이다. 캐머런은 엄마가 춤을 출 때 비로소 본모습으로 돌아간다고 생각했다.

캐머런은 엄마를 가슴에 안고 싶었다. 엄마에게 이 모든 것을 사과하고 싶었다. 하지만 엄마가 캐머런이 그린 루신다의 모습을 공포스러운 표정으로 보고 있어서 그럴 수 없었다.

캐머런은 다시 무릎에 고개를 묻고 엄마가 자리를 뜰 때까지 움직이지 않았다.

———

캐머런이 생각할 수 없었던 것들.

1. 엄마의 침대 밑 금고에 있던 22구경 권총

간디는 베레타 M1934로 암살되었다. 세 발의 총알이 가슴에 박혔다. 링컨은 44구경 데린저로, 마틴 루터 킹 주니어는 30.06구경 사냥 라이플로, 존 레논은 32구경 피스톨로 살해되었다. 22구경 권총에 맞은 유명인은 막 역경을 딛고 일어난 로널드 레이건이 유일하다. 엄마나 자신이 권총으로 누군가를 죽일 수 있는 확률은 아주 낮다는 생각을 하니 캐머런은 조금 안심이 되었다.

2. 던컨 맥두걸 박사

1907년 던컨 맥두걸 박사는 사람 영혼의 무게가 이십일 그램이라고 주장했다. 캐머런은 메리 할머니가 돌아가시고 몇 년 뒤에 이 자료를 읽었다. 그는 할머니가 돌아가시던 그 순간에 자신이 정확히 어디에 있었는지 생각해 보았다. 그때 그는 부엌에서 작은 손으로 딱딱한 마카로니 접시를 씻고 있었다. 메리 할머니가 돌아가셨을 때 지구는 이십일 그램 가벼워졌지만 캐머런은 계속 설거지를 했다. 가벼워진 느낌은 없었다.

캐머런은 루신다가 운동장에서 살해되던 어젯밤에 정확히 어디에 있었는지 생각해 내려고 했다. 생각나지 않는다. 아침에 먹은 것을 생각하는 것과 같은 식이다. 진실을 찾기 위해서 더 깊이 파고들면, 팬케이크를 먹었을 수도, 피자를 먹었을 수도, 다섯 가지 코스의 식사를 했을지도 모르는 일인지라 생각하면 할수록 더 알 수 없게 되는 것이다.

3. 험

　　루신다는 지금 그곳에 있을 것이다. 파란 문 앞에 서서, 어쩜 이렇게
　　평화로울 수 있는지 놀라고 있을 것이다.

4. 제모를 깜빡한 루신다의 정강이에 난 반투명한 털.

———

　　엄마가 오후에 데리러 오기 전에, 로니와 캐머런은 함께 역사 수업을 들
으러 갔다. 로니는 지난 목요일부터 입고 있던 짙은 녹색의 운동 바지와
겨드랑이가 노랗게 얼룩진 민무늬 흰색 티셔츠를 입고 있었다. 그 위에
검은색 오버사이즈 스키 재킷을 입었다. 가느다란 다리 위에 올려진 종
이 상자 같은 몸 위로 머리가 툭 튀어나와 있다.

　　"야, 이건 정말 말도 안 되는 거 같아."

　　로니가 말했다.

　　경찰들이 학교 정문 주변을 서성거렸다. 멀리서 보니 꼭 개미 같았다.

　　캐머런은 지난달에 열다섯 살이 되었지만 운전면허증을 딸 수 없었다.
그는 영영 운전을 배우지 못할 것이다. 차를 길가에 세우고 경찰과 마주
하는 위험을 감수하고 싶지는 않았다. 경찰은 아마 이렇게 말할 것이다.

　　"이봐 거기, 너 리 휘틀리의 아들 아니냐?"

　　아빠와 닮은 것은 어쩔 수 없는 일이다. 캐머런과 아빠는 모두 마르고
걸을 때면 긴 팔이 좌우로 흔들렸다. 머리도 똑같이 밝은 갈색이었다(아

빠가 짧은 머리여서 캐머런은 머리를 길렀다). 뾰족한 코, 창백한 피부, 적갈색 눈. 여러 종류의 헐렁한 후드로 숨기고 있는 좁은 어깨. 선천적으로 안쪽으로 굽은 다리. 그래서 수줍은 모양을 하고 있는 발.

사람들은 캐머런과 아빠가 웃을 때 똑같다고 하지만 캐머런은 그렇게 기억되는 것이 싫다.

로니는 교실로 가는 내내 떠들었고, 캐머런은 그런 그를 무시하고 걸어갔다. 로니는 캐머런의 가장 친한, 아니 유일한 친구다. 둘 다 언제 무엇을 말해야 할지 몰랐기 때문이다. 조용한 캐머런 옆에서 로니는 아주 기분이 나빠졌다. 그리고 아무도 그들에게 말을 걸지 않았다.

루신다의 절친이었던 베스 드카시오는 오래전에 로니는 냄새가 고약하고 캐머런은 괴상하다고 결론을 내렸다. 사람들은 대체로 베스의 말을 믿는 편이었다. 한번은 베스가 오 선생님에게 캐머런은 학교에 총을 가져올 법한 아이라고 이야기한 적이 있었다. 교내 상담사와의 면담, 엄마에게 연락, 직원회의 소집과 같은 행정적인 문제를 처리하는 것은 둘째 치고, 캐머런은 사 개월 내내 같은 악몽을 꾸었다. 꿈속에서 그는 권총을 학교로 가져가 아무런 이유 없이 사람들을 쏘았다. 하지만 더 끔찍한 부분은 따로 있었다. 꿈속에서 캐머런은 자신 때문에 아이를 잃어버린 가족들이 있다는 사실을 평생 가슴에 안은 채 살아가야 했던 것이다.

엄마는 상담사와 많은 면담을 거친 후 분노에 몸을 떨며 집으로 돌아왔다. 그들이 근거도 없고, 전문적이지도 않은 짓을 했다고 말했다. 엄마는 캐머런에게 차를 타주며 그는 절대 그런 짓을 할 아이가 아니고, 학교의 모든 사람을 우발적으로 쏘는 것은 더더욱 말도 안 되는 일이라고 말해 주었다.

캐머런은 아직도 가끔 그때를 생각한다. 사람들을 쏘고 싶다는 생각에서가 아니라 그때의 그 무거운 마음이 생각나는 것이다.

지금 베스 드카시오가 케일리 워커와 애나 샌체즈와 팔짱을 끼고 캐머런 앞을 걸어가고 있다. 베스는 보라색 옷을 입었다. 루신다가 가장 좋아하는 색이다. 루신다의 일기장이 생각난다. 보라색 스웨이드 커버에 고무 밴드로 묶어 놓은 그녀의 일기장. 드카시오 일행은 어깨를 들썩이며 울었고, 손에 휴지가 가득했다.

평소에 루신다는 아침 7시 7분에서 7시 18분 사이에 집을 나섰다. 법률 회사에 다니는 루신다의 아빠가 오전에 휴가를 내면 가족들은 골든 에그에서 아침을 먹는다. 하지만 이런 일은 한 달에 한 번이 고작이었고, 캐머런은 언제나 다양한 가능성을 염두에 두고 있었다. 그런데 루신다의 친구가 트로피 장식장 앞에서 울고 있는 지금, 캐머런은 문득 오늘 아침은 다른 날과 달랐는데, 전혀 깨닫지 못했다는 사실이 생각났다. 오늘 아침에는 캐머런의 앞이나 뒤에서 길을 걸어가는 루신다를 볼 수 없었다. 욕실 거울 앞에 서서 이를 닦지도 않았고, 크루아상을 먹거나 엄마에게 소리를 지르지도 않았고 노란색 코트를 입을 때 팔이 엉키지도 않았다.

캐머런은 누군가에게 더 많이 슬퍼할 권리가 있다고 생각하지는 않았지만 진심으로 베스와 케일리, 애나가 안됐다고 생각했다. 왜냐하면 아름다운 한 소녀가 죽었고, 그 안에 비극이 존재하고 있었기 때문이다. 어쨌든 어떤 사랑은 다른 사랑보다 더 조용하게 표현되기도 한다.

"어떤 변태 자식이 루신다를 죽인 게 틀림없어."

역사 수업을 듣기 위해 의자에 앉으며 로니가 말했다.

"교살, 뭐 그런 거겠지. 애들이 루신다의 예전 남자 친구였던 축구 선수 잽에 대해서 수군대더라. 그 새끼가 그런 변태였다고."

로니는 목을 조르는 시늉을 했다.

에반스 선생님은 백년전쟁에 관한 영화를 틀고 불을 껐다. 캐머런은 어둠이 무서웠다. 일단 절대적 어둠이 가져오는 가능성을 상상하게 되면 확신과 불확신 속에 존재하는 모든 공포가 캐머런을 집어삼킨다. 잠자는 사이에 생기는 발작, 연속되는 마비 증세, 몽유병 환자처럼 부엌의 스테이크 칼을 찾아가는 증상. 자기의 몸이 할 수 있는 최악의 모든 행동들. 그럴 때면 캐머런은 지쳐 쓰러지거나 잠에 빠질 때까지 머리를 정신없이 돌리거나 창문을 열고 뛰쳐나가지만 어떤 것도 도움이 되지 않았다.

"실례합니다."

거친 목소리가 출입문 쪽에서 들렸다. 아빠와 똑같은 냄새가 났다. 담배, 커피, 녹슨 사슬 냄새.

"학생 한 명과 이야기를 해도 되겠습니까?"

"물론이죠."

에반스 선생님이 말했다.

"캐머런 휘틀리, 우리와 함께 가 줘야 할 것 같구나."

제
이
드

내 이론은 이렇다. 충격을 받은 것처럼 꾸미는 것이 슬퍼하는 것처럼 꾸미는 것보다 더 쉽다. 충격은 슬픔보다 더 단순한 감정으로, 놀람을 과장하면 충격이 된다.

"자세한 내용이 발표되었습니다. 피해자는 우리 제퍼슨 고등학교의 루신다 헤이스 양입니다. 9학년 학생들이 현재 체육관에서 반스 교장 선생님의 이야기를 듣고 있습니다. 그리고 금요일에 추모식이 있을 예정입니다. 상담은 본관에서 진행됩니다. 여러분 모두 정신 바짝 차려야 합니다."

교감 선생님은 말을 끝내고 난 뒤 카키색 바지가 스치는 소리를 내며 교실을 성큼성큼 걸어 나갔다.

나는 내 콧등을 꼬집어 본다. 나도 바보처럼 보이지만, 다른 아이들도 마찬가지다. 절반은 정말로 슬퍼하고 나머지 절반은 이 믿기지 않는 사건에 대해 여기저기서 부산스럽게 떠들어댔다.

나는 잽이 이 충격을 어떻게 받아들일까 궁금했지만 뒤를 돌아볼 용기가 나지 않았다.

잽은 언제나 의자에 기대앉아 무릎을 쫙 펴고 팔과 다리를 늘어뜨린다. 거만하거나 게으른 것이 아니라 일부러 그렇게 앉아 있는 것이다. 편안해 보인다. 잽은 몸을 뒤로 기대어 그 공간을 차지한다. 마치 의자에게 자기 주변으로 모이라고 명령해서 의자들이 그 말에 따른 것처럼 보인다.

오늘 잽은 창가 옆에 있는 부서진 왼손잡이 책상에 앉아 있다. 뒤에서 세 번째 줄이다. 빨간 스웨트셔츠와 무릎에 구멍 난 코듀로이 바지를 입었다. 지난겨울 키가 오 인치나 크는 바람에 바지가 짧아져 발목까지 왔다. 매서운 2월의 추위를 뚫고 윌로 광장을 걸어온 탓에 안경에는 여전히 김이 서려 있다.

나는 보지 않아도 이런 것들을 알 수 있다.

루신다 헤이스 사건의 충격이 어떻게 잽의 어깨에 내려앉는지에 관한 것은 내 상상이다. 처음에는 그 모든 충격이 살포시 내려앉고 서서히 몸속에 스며들 것이다. 충격은 잽의 어깨에서 목으로, 두 번째 왼쪽 갈비뼈에 있는 모반에까지 다다를 것이다. 다음으로는 내가 볼 수 없는 몸의 구석구석으로 그 충격이 뻗어갈 것이다.

충격은 내면까지 도달하지 못한 슬픔일 뿐이다.

물론 나는 루신다 헤이스가 죽었다는 것을 이미 알고 있다.

오늘 아침은 설탕을 벗겨 낸 토스터 스트루델(페이스트리 빵 상표 - 옮긴이)이었다. 엄마가 설탕 부분을 긁어내고 오븐에 구웠으니 먹어도 살은 찌지 않을 것이다.

"얘들아, 앉아 봐."

엄마는 담뱃재를 싱크대에 털었다. 아침이면 엄마 얼굴의 주름이 더 잘 보인다.

에이미는 비틀거리며 식탁에 와서 엄청 큰 핸드백을 내 의자에 걸었다. 요즘 에이미는 7학년에게 배낭은 유치하다며 갈색 인조 가죽 핸드백을 메고 다니는데, 수학책이 너무 무거워 절룩거리며 걷는다.

"루신다 얘기야. 정말 안됐지. 루신다가 죽었어."

엄마는 말을 끝내고 연민이 깃든 한숨을 내쉬었다(평소에 우체국 직원과 암에서 회복한 에이미네 반 남학생을 위해 저장해 놓았던 한숨이다).

에이미의 아랫입술이 떨렸다. 그러고는 날카롭고 걸걸한 울음소리가 들렸다. 에이미는 과장된 몸짓으로 일어나 미닫이문 뒤로 가서는 분홍색 매니큐어를 바른 손을 활짝 펴서 마치 불가사리처럼 창문을 빨아들일 것 같은 몸짓을 하고 있다.

엄마는 피자 얼룩이 묻은 종이 접시에 담배를 끄고, 운동복 바지를 입은 채 바닥에 쓰러진 에이미 옆에 쪼그려 앉았다. 엄마는 에이미의 머리를 쓸어내리며, 헝클어진 머리를 풀어 주었다.

"정말 슬픈 일이지. 오늘 학교에서 이 일을 발표할 거야."

엄마는 에이미는 위로하지만 나를 위로해 주지는 않는다. 나는 저렇게 미친 듯 숨넘어갈 듯이 울어 본 적이 없다. 용감하다거나 의연해 보이려는 게 아니다. 단지 그럴 정도로 누군가를 많이 좋아한 적이 없을 뿐이다. 엄마도 알고 있다. 엄마는 나를 바라본다. 에이미는 아직 엄마의 팔에 머리를 파묻고 있다. 에이미 코에서 흐르는 콧물이 주근깨가 난 엄마의 팔에 떨어졌다.

"세상에, 제이드."

엄마는 시선을 내 배로 옮기며 말했다. 열린 군용 점퍼 아래로 크루시블 티셔츠가 보였나 보다.

"제대로 된 옷으로 갈아입어. 오늘은 에이미와 같이 등교하고."

나는 오래된 전화번호부 책에 팔꿈치를 걸치고 조리대 앞으로 몸을 숙였다.

감정에 이름을 붙이면 안 된다. 나는 왜 우리가 감정에 대해 이야기하는 수고를 들여야 하는지 모르겠다. 감정은 사람들이 생각하는 그런 것이 아니다. '황홀하다', '죄책감을 느낀다', '나 자신이 너무 싫다' 등 뭐든 말할 수는 있다. 에이미는 흐느꼈지만 나는 낯선 가벼움만이 느껴진다. 마치 다른 사람이 내 다리에서 무게를 빨아들이는 것 같은 기분이다. 내 머릿속에서 끔찍한 생각들을 몰아내고, 폐부를 찌르는 날카로운 것들을 부드럽게 한다. 나도 모르겠다. 아주 평온하다.

"언니는 사람이긴 해?"

에이미가 물었다.

멀리 사각형 형태의 매디슨 중학교 건물이 보였다.

"외계인이야. 놀랐지?"

"슬퍼하지도 않잖아."

"나도 슬퍼."

"거짓말. 엄마가 언니는 '감정이입', '자기 통제', '슬픈 기질(sad tendency)'에 심각한 문제가 있다고 했어."

"슬픈 기질이 아니라 '가학적(sadistic)'이라는 말이야."

"루신다가 죽었는데, 언니는 신경도 안 쓰잖아."

에이미는 핸드백을 추켜올렸다. 인조털 코트 앞섶은 풀어져 있었다. 에이미는 가슴이 작았다. 그래서 의도하지는 않았지만 언제나 귀여워 보인다. 여러 행운의 결과물이라 할 수 있다. 에이미는 빨간색 머리에 뺨에는 모래알과 같은 무수히 많은 주근깨가 있다.

"엿이나 먹어."

에이미는 '엿'이라는 말을 하기 전에 잠시 머뭇거렸다.

"어릴 적부터 알고 지낸 루신다가 죽었는데 언니는 슬퍼하는 척도 안 하잖아."

나는 입술에 단 은색 고리 사이로 혀끝을 내밀었다. 다른 사람 입을 다물게 하고 싶을 때 하는 행동이다. 그리고 언제나 효과 만점이다.

에이미는 흐느낌을 참는 것처럼 어깨를 들썩이며 앞으로 걸어 나갔다. 자기가 드라마 주인공인 줄 안다. 에이미는 루신다와 친하지도 않았다. 루신다의 여동생 렉스와 친했을 뿐이다. 한때는 떨어지기 싫어하는 단짝이었지만 지금은 엄마가 억지로 약속을 잡아야 겨우 시간을 보내는 사이가 되어 버렸다.

내가 죽으면 에이미는 어떨까? 아마도 며칠 밤은 내 침대에서 잠을 잘 것이다. 어쩌면 자기 아이들이 열여섯 살이 되면 보여 주려고 내 낡은 티셔츠들로 담요를 만들어서 보관할지도 모른다. 어쩌면 안도감을 느낄지도 모른다. 갑자기 나는 에이미와의 거리를 깨닫고, 서둘러 걸었다. 하지만 불현듯 나도 어찌할 수 없는 미움이 고개를 든다.

———

말하고 싶지만 바보가 아니면 말할 수 없는 것
제이드 딕슨 번스 대본

실외 : 콜로라도의 브룸스빌 파인 리지 드라이브—이른 아침

셸리(17세, 구부정하고 우울하다)와 여동생(13세, 셸리와 정반대)이 학교에 가고 있다.

여동생 : 언니는 사람이긴 해?

셀리 : 외계인이야. 놀랐지?

여동생 : 언니는 슬프지도 않지.

셀리 : 응, 안 슬퍼.

여동생 : 재수 없어.

셀리 : 너는 뭐 그렇게 슬퍼하는데? 걔를 잘 알지도 못하잖아.

여동생 : 잘 알고 모르고가 무슨 상관이야. 인기 테스트도 아닌데.

셀리 : 모든 건 인기 테스트야. 네가 말하는 슬픔도 마찬가지고. 어떻게 될지도 잘 알아. 너는 학교에 가서 네 그 예쁜 친구들과 다 알고 있다는 듯이 포옹하겠지. 그러고는 친구들에게 오 년 전에 루신다가 매니큐어를 빌려준 일을 말하겠지.

여동생이 빨리 걸어가 버린다.

셀리(계속) : 아무도 네게 허튼소리라고 말하지 않을 거야. 그 예쁜 친구들이 몰려들어 죽음이라는 사실에 가까워지려고 애쓸 테니까.

여동생은 길을 돌아 달려간다. 셀리는 동생을 쫓아가며 소리친다.

셀리(계속) : (큰소리로) 너는 자신도 모르게 미소를 짓겠지. 선생님들은 네게 숙제를 안 해도 괜찮다고 하실 거고. 자, 이게 인기 테스트가 아니라고 말할 수 있겠어? 말해 봐. 말해 보라고. 어서.

동생은 학교 건물 앞쪽 계단을 단숨에 달려 올라간다. 셀리는 걸음을 멈추고 동생이 건물 안으로 사라지는 모습을 바라본다.

셀리(계속) : (낮은 목소리로) 내 슬픔에 대해서 얘기해 봐.

––––––––

잽의 방 천장에는 테이프로 고정시킨 별자리 지도가 있었다. 나는 그의 침대에 누워 작은 별들 사이의 검은 공간을 응시하며 어떻게 종이 위의 일 인치도 안 되는 거리가 실제로는 수백 마일이 될 수 있는지 생각했다. 끊임없이 공급되는 가짜 산소를 마시며 우주를 떠다니는 상상을 했다. 그런 식으로 지구에서의 피상적인 존재 방식을 잊게 되는 것이다. 나는 거울 옆에 붙여진 소녀들이 안 보이는 척하면서, 공기가 없이 사는 것은 어떤 느낌일지, 사람들이 없는 진공 상태는 어떤 느낌일지 생각했다. 아마도 조용할 테지.

"잽이 집에 갔대. 말도 안 하고 1교시 끝나고 가 버렸다던데."

"엄청 충격이었을 거야."

내가 있다는 것을 알리려고 일부러 변기 물을 내렸지만 소용없었다. 나를 잠에서 깨우는 수탉 소리 같은 목소리로 그들은 계속 떠들었다. 나는 문이 열릴 때까지 내 검은색 신발의 닳아 떨어진 레이스를 뚫어져라 바라보았다. 문이 열리자 문의 걸쇠 소리가 복도에서 나는 떠들썩한 소리와 섞였다. 문이 닫히고 휑뎅그렁한 고요함만 남는다.

잽은 그 포스터를 좋아했다. 잽은 천칭자리를 제일 좋아했는데, 어릴 적 파리에서 날렸던 연을 닮았기 때문이라고 했다. 잽은 센 강을 추억했다. 그는 여름이면 강둑에서 빨강과 파랑의 체크무늬 연을 날렸다. 몇 년 전에 잽은 가족 휴가를 보낸 리비에라 해안에서 주워 온 조개껍데기를 나에게 주었다. 그러고는 말했다.

"언젠가 우리는 이곳을 떠날 거야. 거대한 바깥세상으로. 너도 보게 될 거야."

잔물결이 있는 베이지색의 조개껍데기는 귀와 비슷하게 생겼다. 나는 그것을 베개 밑에 보관했다.

물론 잽은 진짜 이름이 아니다. 그의 진짜 이름은 에두아르다. 발음할 때는 뒷음절에 강세를 넣는다. 잽의 부모님은 프랑스인으로, 두 분 모두 열여덟 살 때 미국으로 건너왔다. 두 사람은 예일대학교의 프랑스 학생 모임에서 만나 진정한 사랑에 빠졌단다. 잽의 아빠 아르노 아저씨는 퇴근하는 길에 아주머니를 위해 꽃을 사오고, 가끔 공공장소에서 두 사람은 손을 잡고 다니기도 한다. 잽의 엄마는 가냘프고 녹색 눈을 가진 숲속의 요정 같다.

누구도 에두아르라고 정확하게 발음할 수 없었다. 4학년 때, 그가 판지로 만든 커다란 번개 모양이 그려진 옷을 입고 학교에 온 이후로 우리는 그를 줄곧 잽이라고 불렀다. 98년 롱몬트에서 세 명의 목숨을 앗아간 홍수가 발생한 지 일주일 뒤였다. 잽은 노란색으로 번개를 칠해서 멜빵에 고정시켰다. 하루 종일 그는 잽, 잽, 잽 소리를 내며 작은 사탕을 나눠 줬다. 잽은 자신이 자연의 힘이지만 피해가 아니라 즐거움을 불러온다고 말했다. 나는 그가 아주 멋있다고 생각했고 다른 아이들도 그랬다.

학교가 끝나고 잽과 나는 우리 집 뒤에 있는 들판으로 가서, 구름이 산으로 흘러가는 것을 봤다.

그해 여름, 아르노 아주머니는 보온병에 따뜻한 코코아를 담아 가져왔고, 아르노 아저씨는 캠핑 장비를 챙겨 왔다. 우리는 들판 한가운데 침낭을 깔고 유성우를 보았다. 뾰족한 잔디가 나일론을 통과해 등을 찔렀다. 날이 흐려서 유성우를 보기는 어려웠지만 그래도 괜찮았다. 침낭에서 아르노 집안의 냄새가 났다. 세탁 세제와 크리스마스 향초 냄새. 바닥에 등을 대고 누운 잽은 지구에서는 달의 오십구 퍼센트만 볼 수 있다는 둥 우주에 대한 쓸모없는 사실들을 떠들어댔다.

잽을 생각하니 토할 것 같다. 나는 변기 위에 엎드려 구역질 소리를 격렬하게 낸다. 억지스러운 소리다. 누군가가 화장실 문을 열었지만 내 소리를 듣고 다시 나간다. 내 입에서는 아무것도 나오지 않았다.

세면대에서 나는 세수를 할까 고민했지만, 그러기엔 화장을 너무 두껍게 했다. 마스카라가 눈 주변으로 번져서 운 것처럼 보일 것이다. 나는 오늘은 울 수 없다. 오늘은 엄마가 질색하는 아주 두꺼운 아이라인을 그렸다.

보통 나는 거울을 보지 않는다. 하지만 오늘은 내 모습이 새롭게 변화한 우주 속에 정착하기를 바라고 있다. 팔은 말랑말랑하고 피부는 여전히 창백하다. 피부과 처방약을 먹고 치료를 해도 여전히 얼굴은 여드름 범벅이다. "잡아 뜯지 마!"라고 소리치며 엄마가 항상 주의를 주지만, 나는 피부를 벗겨 내는 것이 좋다. 딱지 아래 빨간 살을 보는 게 좋다.

러
스

당신은 왜 경찰이 되었는가?

그 질문에 대한 답을 찾은 것은 어렸을 때였다고 러스는 말한다. 큰 폭행 사건이 있었다. 그는 자세한 설명은 하지 않았지만 사람들은 동정하듯 고개를 끄덕였고, 러스는 두려움, 존경, 연민이 깃든 그 끄덕이는 모습이 만족스러웠다.

사실, 러스는 대학에 갈 여유도 없었고, 총을 가지고 다닐 수 있다는 경찰의 특혜 때문에 경찰이 된 것이다.

———

러스는 새벽 5시 41분에 전화를 받았다.

"여보세요?"

이빨이 매끈거렸다.

"러스, 시체를 발견했네."

치직거리는 스피커 사이로 서장의 말이 들려왔다.

———

러스는 어제 입었던 사각팬티를 바닥에서 집어 들어 힘겹게 입었다. 보통은 아내 이네스를 넘어서 화장실에 갔다. 그러면 삼 초 정도 그녀의 낡은 면 잠옷 셔츠 아래 갈색 피부의 익숙한 온기를 느낄 수 있다. 이네스는 아직 세상모르고 자고 있다. 이네스의 모습을 보자 러스는 싸구려 비누로 중년의 몸에 비누 거품을 내며 샤워하는 자신이 싫어졌다.

오늘은 누워 있던 방향으로 침대에서 나온다.

"시체를 발견했네."

러스는 그런 말을 들어본 적이 없다. 영화에서나 들을 수 있는 소리였다. 경찰학교에서나, 채용 과정에서, 브룸스빌 경찰서에 근무하기 전에 연수 과정에서 몇 번 이 단어들을 들어 보기는 했다. 아직 러스가 경찰로서 잠재력을 가지고 있던 그때는 대부분의 시간을 속도위반 차량을 잡아내는 데 보내리라고는 생각지도 못했다.

새벽 5시 54분, 러스는 라디오가 지지거리는 순찰차 안에 있었다. 아직 어두웠다. 손은 감각이 없고 운전대는 얼음 가죽 같았다.

러스는 혀로 이를 훑고 이내 후회했다. 치태가 있었다. 어머니는 이 단어를 욕인 양 말하면서, 입꼬리를 아래로 내리며 질색하는 표정을 짓곤 했었다. 이를 닦는 것을 깜빡했다.

———

오전 6시 3분, 러스가 가장 늦게 현장에 도착했다.

시체는 초등학교에 있었다. 다섯 대의 순찰차가 마치 요한계시록의 대홍수에 떠밀려 온 듯 거리 한가운데에 주차되어 있었다. 소방차와 구급차가 교차로를 마주하고 있다. 러스는 구석에 주차했다. 쌓인 눈에 타이어가 밀리며 끽 소리를 낸다. 새로 녹은 눈이 콘크리트 도로를 엉망으로 만들었다.

러스가 다가가자 누군가가 플레처라고 불렀다. 러스는 이 호칭에 적응하는 데 여러 달이 걸렸다. 플레처 경관은 러스의 아버지를 부르는 이름이었다. 근무한 지 일 년이 지났어도, 익숙해지지 않아 누군가가 "플레처!"라고 불러도, 자신을 부르는지 모르고 사건 보고서를 계속 작성하곤 했다.

카펠리 경사, 곤잘레스 서장, 윌리엄스 형사와 순찰경관 다섯 사람이 회전목마 주변에 모여 있다. 눈을 비비며 이른 아침 호출에 피곤한 모습들이다. 그들은 어두운 아침, 해가 떠오르기 전의 회색빛에 휩싸여 둥그렇게 서 있었다.

윌리엄스 형사가 주머니에 손을 넣은 채 러스에게 왜 이렇게 시간이 오래 걸렸는지 물은 뒤, 그도 시체를 꼭 봐야 한다고 했다. 심각한 상태여서 가서 한번 보라고 했다.

어린 소녀의 시체였다. 열대여섯 살 정도일 것이다. 갓 내린 눈이 그 위에 얕게 쌓였고, CSI의 스포트라이트를 받아 피부가 노랗다. 머리(두 개골 옆에 건드리지 않은 몇 가닥 머리카락이 금발이었다) 한쪽에 눈과 피가 단단히 엉겨 붙어 있다. 목이 부러져서 이상한 각도로 비틀어져 있었다. 눈은 감겨 있었다. 러스는 시체의 이마 위에 내린 눈이 서툴게 쓸려 있어서 검시관이 그랬나 보다 생각했다. 소녀는 보라색 치마와 반짝거리는 물방울 무늬의 검정 나일론 타이즈를 신었다.

나중에 소녀의 살아 있을 당시의 사진을 보게 될 것이다. 그 모습은 학생 시절 러스와 친구들이 이른 오후 덜덜거리는 차고 문 소리를 불안하게 주시하며 자위를 하면서 떠올렸던 아이 같은 엉덩이를 가진 그 소녀들과 다르지 않을 것이다.

"루신다 헤이스."

뒤에 서 있던 누군가가 말했다.

윌리엄스 형사였다. 그는 털이 복슬복슬한 손을 러스의 어깨에 올리며 말을 이었다.

"어젯밤 늦게 루신다의 가족이 실종 신고를 했네. 마당에서 소리가 나서 확인해 보니 딸이 없어졌다고 하더군. 시체가 루신다의 인상착의와 일치했네. 검사가 끝난 후에 현장을 지키려면 자네들이 필요하네. 그러고 나면 주변을 돌아보면서 탐문검사를 해야 할 거야. 이게 자네가 담당하는 첫 번째 살인사건인가?"

러스는 대답하지 않고 죽은 소녀를 다시 내려다보았다. 편안해 보이는 모습은 아니었다. 러스는 이네스가 자는 모습을 생각했다. 이네스에게는 일곱, 아니 여덟 가지 수면 자세가 있는데 어떤 자세가 편한지 몰라 밤새 자세를 바꾸며 잔다. 사실 편안한 자세는 없는 것 같다.

루신다 헤이스의 시체는 아내를 생각나게 했다. 루신다는 어떻게 자세를 잡을지 모르고 있었다. 다리는 이상한 각도로 튀어나와 있어서 불편해 보였다.

———

경찰의 길로 첫발을 내딛을 때, 러스는 이제 갓 스물한 살이었다. 고등학교 이후 삼 년 동안 부모님 집에서 윗몸일으키기나 하면서 빨리 어른이 되기를 기다렸다. 그러고는 지역 대학에서 계절 수업으로 형사사법을 들었다. 저녁 식사 후에 아버지는 스카치를 마시며 러스에게 훈련에 대해 말해 주었다. 경사였던 아버지는 오래된 상자를 가져와 경찰 배지와 오래된 총을 꺼내고는 혼잣말을 중얼거렸다. 은퇴식 때에는 부서에서 맛없는 치즈와 고기를 안주 삼아 싸구려 샴페인으로 건배를 했다.

최종적으로 러스는 중간 성적으로 시험을 통과했다. 필기시험, 면접, 정신 감정, 신체검사를 거쳤다. 그 후 이십 주 동안 고참 순찰경관 옆에서 연수를 받았다.

이후에 맞이한 파트너는 창백한 얼굴에 빼빼 마른 리 휘틀리였다. 경찰서 내에서는 그를 브룸스빌 경찰서에서 가장 시원찮은 녀석이라고 불렀다. 리는 사 년 내내 눈에 띄지 않고 지냈다.

러스는 지난 일들을 자주 떠올리지는 않는다. 하지만 지금처럼 어쩌다 회상을 할 때면, 리 휘틀리가 어떻게 되었는지 자신은 알고 있던 것이 아닌가 하는 생각이 들었다.

러스는 연수 첫날 서장실 밖에서 리를 처음 만났다. 십칠 년 전인 1988년, 어느 지루한 오후였다. 머리는 더 길고 담배 맛이 그렇게 나쁘지 않았던 시절이었다. 둘 모두 물 빠진 청바지와 흰 스니커즈를 신었다.

리는 정말 말랐고, 말할 때 시선은 아래로 내려갔다가 왼쪽으로 옮겨졌다. 커다란 코와 안쪽으로 휜 발. 갈색의 작은 눈동자가 돋보이는 눈. 농담을 하며 그의 가슴을 치면 오목하게 들어간 가슴에서 빈 소리가 났다.

"좋아."

러스가 할 수 있는 말은 이게 다였다.

"좋아."

리가 답했다.

러스는 활발한 젊은 남자가 하듯이 그의 등을 쳤다. 리가 기침을 했다. 삐뚤어지고 개구쟁이 같은 미소를 지었다. 리는 종이컵을 구겼고, 안에 있던 인스턴트커피 찌꺼기가 그의 팔꿈치를 타고 흘러내렸다. 러스는 혈관이 튀어나온 창백한 팔로 커피가 흘러내릴 때 강해 보이려고 애쓰는, 이 빼빼 마른 남자가 마음에 들었다.

그렇게 그들의 관계가 시작되었다. 뛰어나지만 안 어울릴 것 같은 단짝. 둘은 이 동료애가 마치 나무 바닥에 쏟아진 물처럼 어느 것에도 담을 수 없는, 언제나 변하는 물체로 변하기 시작했다는 것을 너무 잘 알고 있었다.

———

"누가 발견했습니까?"

러스가 순찰경관들에게 물었다.

그 중 한 명이 야간 경비원이라고 대답하며 손가락으로 가리켰다. 러스의 눈길이 그 손가락이 가리킨 곳을 따라간다.

"물론 그렇겠지. 야간 경비원."

이반은 경비복 주머니에 한 손을 넣고 서 있었다. 다른 한 손에는 담배가 들려 있다. 이반이 크게 한 모금 빨아들이면 폐는 니코틴, 이산화탄소를 머금고 두 배로 커진다. 담배의 선명한 오렌지색 불빛이 검정 제복 바탕 위에서 깜박거렸다. 그의 눈은 음울한 잿빛이었다. 러스는 운동장에 있는 이반의 존재에 놀라지 않았다. 이반은 초등학교 야간 경비원이다. 이반이 힘든 시기를 겪었다며 이네스가 몇 주간 손을 써 달라고 부탁했고 결국 러스는 부탁을 들어주었다.

러스는 아내를 진심으로 사랑한다. 정숙한 이네스. 하지만 아내의 쌍둥이 오빠는 싫어한다. 사실 러스는 이반이 차라리 없었으면 했다.

시체와 단둘이 있던 러스는 무전기에 대고 말했다. 마이크는 꺼져 있다.

"누구 있나?"

러스는 피범벅인 루신다의 머리카락을 바라보며 무전기에 대고 말한다.

"들리나?"

갈라진 입술로 무전기를 눌렀으나 러스는 무슨 말을 해야 할지 생각나지 않았다. 남성 호르몬 덩어리 같은 이반이 히죽거리며 험상궂게 미소 지었다. 그의 손에는 호박색 불빛의 담배가 도전적으로 들려 있다.

캐머런

"네가 죽은 여자애 스토커 맞지?"

교장실 밖 낡은 안락의자에 앉은 소녀가 캐머런에게 말했다.

"뭐라고?"

"경찰들이 말하는 신입생이 너잖아. 죽은 여자애를 스토킹한 애가 너지?"

그녀는 지루한 듯 벽에 머리를 기댔다. 캐머런은 이 소녀를 전에 본 적이 있다. 이웃에 살고 있는 늘 혼자인 여학생이다. 그녀의 바지 주머니에 늘어진 사슬이 달려 있다. 검은색 눈동자에 검고 기름진 머리가 한 쪽 눈을 덮고 있었다. 알 수 없는 밴드의 이름이 새겨진 티셔츠를 입고 있다. 티셔츠는 허리 부분이 너저분하게 잘려 허리띠 위로 이 인치 정도 올라가 있었다. 겨울이라 추울 것 같았다. 그녀의 턱과 이마에는 여드름이 나 있었다.

소녀는 캐머런을 향해 한쪽 눈썹을 들어 올렸다. 캐머런도 한쪽 눈썹을 들어 올려 보이고 싶었으나, 매번 양쪽 눈썹이 다 올라가 버렸다. 그리고 바보처럼 보이는 것도 싫어서 그만뒀다.

"됐어. 그냥 궁금했을 뿐이야. 어느 쪽이든 관심 없어."

"아."

캐머런이 대답했다.

"죽은 애랑 같은 아기를 돌봤거든."

"루신다."

"어쨌든. 저들이 하는 짓은 불법이야. 부모의 동의나 참석 없이 미성년자를 심문할 수 없거든. 방에 경관도 없고, 슬픈 마음을 추스르기 위한 상담이라고 이름 붙이면 된다고 생각하겠지만 다 개소리야. 그러고는 경찰이 학교를 아직도 돌아다니도록 하잖아. 내 생각에는 겁을 주려는 심산인 것 같아."

소녀는 자신의 말에 만족스럽다는 듯 고개를 끄덕였다. 그녀의 눈은 완전한 동그라미 모양이다. 캐머런이 사랑했던 루신다의 아몬드 모양의 눈과는 정반대다. 유리구슬처럼 동그란 눈이었다.

"나는 제이드야. 보석 이름하고 같아. 11학년이야."

"좋은 이름이네."

"나는 그나마 낫지."

제이드는 어깨를 으쓱하며 말을 이었다.

"내 여동생 이름은 애미시스트(자수정)야. 너는 9학년 캐머런 휘틀리

맞지? 루신다 집에서 한 블록 아래 살고. 모두가 네 정신 상태를 걱정하더라. 네 아빠가 그 경찰관…."

"제발… 그만해."

"아주 오래전에 일어난 일 아니야?"

캐머런은 자신이 대화를 더 잘 했으면 좋겠다고 생각했다. 그는 어떤 말을 해야 할지 몰라서 사람들과 이야기하는 것을 싫어한다. 심지어 아주 간단한 질문에도 가장 좋은 대답이 무엇인지, 어떤 대답이 적절한지, 또는 어떤 대답이 덜 어색한지 같은 무수히 많은 대답의 선택지에 압도되어 대답을 못한다.

캐머런은 제이드에게 왜 옷을 그렇게 입었는지 물어볼 수도 있었다. 아침에 제일 먼저 무슨 생각을 하는지 물을 수도 있고. 아니면 왜 그녀의 부모님이 제이드라는 이름을 붙였는지 물을 수도 있었다. 캐머런은 제이드의 이름이 독특해서 마음에 들었다. 또, 미래의 자기 자식에게 붙여줄 흥미로운 이름을 원하기도 했다. 너무 뻔한 질문인 것 같지만 가장 좋아하는 과목을 물어볼 수도 있었다. 또, 사랑을 해 봤는지도 물어볼 수도 있었다. 하지만 그건 너무 개인적인 질문이리라.

"그거 아팠어?"

마침내 캐머런이 물었다. 제이드가 그를 기대에 찬 시선으로 바라보고 있었기 때문이다. 캐머런은 제이드의 아랫입술에 달려 있는 은색 고리를 가리켰다.

"응. 약간."

"아."

"내 문신도 볼래?"

"응."

제이드는 왼쪽 손목을 뻗었다. 하얀 피부에 검은색으로 용의 형체와 날개가 그려져 있었다. 푸른 정맥 위에 그려진 부분의 잉크가 팔딱거리며 춤췄다.

"이거 진짜야?"

캐머런이 물었다.

"보통은 그렇다고 하지. 대부분의 사람에게는. 그런데 네가 그렇게 심각한 얼굴로 나를 계속 보고 있으니까 말해 줄게. 이건 가짜야. 매일 아침에 내가 그려."

캐머런은 이게 좋은 건지 나쁜 건지 분간할 수 없었다.

"그런데, 진짜 죽은 여자애를 스토킹했어?"

제이드가 물었다.

"루신다."

"아. 정말 이름 같은 건 상관 없다고."

캐머런은 스토킹이라는 단어 자체가 싫었다. 캐머런은 루신다와의 관계를 다른 말로 표현하지만, 아마 아무도 그 뜻을 이해하지 못할 것이다. 생생한, 광적인, 반짝거리는, 아픈 등의 말들.

교장실 문이 열리고 머리를 바짝 묶은 여자가 걸어 나왔다.

"제이드? 이제 들어와요."

그녀가 말했다.

제이드는 캐머런을 보며 눈을 굴렸다. 마치 비밀 장난을 함께 하기라도 한 것처럼. 제이드가 일어서자, 포도 샴푸 향이 났다. 캐머런이 자기도 같이 눈을 굴렸어야 했다는 생각을 할 때 제이드는 이미 멀어져 있었다. 캐머런은 그녀가 뒤돌아볼 거라고 생각하지 않았다.

———

캐머런은 열한 살 때 '조각상의 밤' 놀이를 시작했다. 그는 언제나 쉽게 잠들지 못했다. 6학년 여름에 침실 창문의 스크린을 열어젖힐 수 있다는 것을 깨달았다. 캐머런이 무릎을 정확한 때 구부리기만 하면 화분으로 뛰어들 수 있었다.

조각상의 밤 놀이는 옆집의 핸슨 부부와 함께 시작되었다. 캐머런은 핸슨 씨네 집 밖에 있는 연석에 몇 시간이고 서서 핸슨 부부가 전자레인지에 데운 음식을 먹고 말싸움하는 것을 지켜보았다. 핸슨 부인은 1950년대 시트콤에 나오는 여자처럼 머리에 헤어롤을 말고 있었고, 핸슨 씨는 미켈란젤로가 감상했을 법한 늘어지고 처진 피부에 사각팬티를 입고 걸어 다녔다. 핸슨 씨의 뼈를 볼 수도 있을 것 같았다. 그들은 불을 모두 켜 놓았다. 그래서 보지 않기도 힘들었다. 사람의 눈은 본래 빛에 끌리게 마련이라고 예전에 《인간 해부학 지도》에서 읽은 적이 있다.

그 첫 번째 여름, 캐머런은 파인 리지 드라이브를 천천히 걸어가고 있었다. 캐머런이 완전히 움직임을 멈추고 서 있으면, 아무도 그를 볼 수 없을 것이다. 캐머런은 소소한 것들을 기록했다. 가령 핸슨 부인은 남편의 식단을 엄격하게 제한하지만 정작 핸슨 씨는 냉장고 옆 전기냄비에 초콜릿 바를 보관하는 것 같은 일들이다.

　핸슨 부부의 옆집인 손턴 부부의 집에서는 한번은 아기를 재운 뒤 식탁에서 섹스하는 것을 봤다. 그들은 싸우는 개들처럼 거칠었고 동물 같이 보였는데, 곧 흔들리는 보트처럼 리듬을 타고 움직였다. 그 후, 손턴 씨는 부인의 이마에 천천히 키스했다. 며칠 밤을 부인은 거실에서 늦게까지 우는 아이를 달랬고, 손턴 씨는 다리를 저는 작은 강아지를 데리고 10시에 산책을 나왔다. 그러면 캐머런은 거리 위의 그 이상한 존재들과 함께 집으로 돌아왔다.

　캐머런은 자신의 차례를 기다리면서 주머니에서 퍼티 지우개를 꺼내 다양한 모양으로 주물럭거렸다. 오 선생님이 얽힌 마음을 풀 때 필요하다며 캐머런에게 준 것이다. 캐머런은 지우개를 허벅지 위에 놓고 완벽한 정사각형을 만들려고 애썼다.

　캐머런은 오 선생님의 사물 데생 수업이 시작될 즈음에 루신다를 지켜보기 시작했다. 캐머런은 사람들의 광대뼈에서 산을, 속눈썹에서 거미의 다리를 볼 수 있었고, 이들을 검정, 흰색, 회색의 다양한 명암으로 표현했다. 캐머런은 루신다의 얼굴에 있는 곡선을 사랑했다.

　캐머런은 조각상의 밤 놀이를 즐기며 루신다를 바라보았다. 캐머런은 자신이 영겁의 세월 동안 똑같은 자세로 새겨진 미켈란젤로의 작품이라고 상상하는 것을 좋아했다. 그러다가 어느 순간에 자신의 심장 소리가 들리거나 어쩔 수 없이 숨을 내쉬는 순간이 있다. 이런 확실한 소리가 정적을 깨뜨리면 아무리 캐머런이 가만히 서 있어도, 그가 존재한다는 사실을 인식할 수밖에 없는 것이다.

시간이 얼마나 흘렀는지 알 수 없었지만 조각상의 밤에 시간은 중요하지 않았다.

2004년 2월 11일, 거의 일 년 전에 루신다의 아버지가 뒤쪽 미닫이문을 열고 캐머런에게 소리쳤다.

"거기 있는 거 다 안다."

루신다의 아버지는 빈 잔디에 대고 큰소리로 말했다.

"네가 해치지 않을 거라는 것도 안다만, 그만 가 줘야겠다. 다시 나타나면, 경찰을 부르겠다."

캐머런은 파인 리지 드라이브 반대편 끝에 있는 집으로 달려갔다. 그는 아빠의 너덜거리는 《인간 해부학 지도》의 표지 밑으로 몸을 숨겼다. 그는 책에서 나온 인간의 콩팥의 기능을 아직도 기억하고 있다. 콩팥 근처 어딘가에 죄책감이라는 텅 빈 감정을 저장하고 있다고 상상했기 때문이다.

경찰이 루신다의 마당에서 있었던 일을 묻지 않았으면 좋겠다. 캐머런은 거짓말이 서툴렀지만, 사실대로 말할 수도 없었다. 사람은 아무도 자신을 보지 않는다고 생각할 때 매력적으로 보인다고 어떻게 말할 수 있겠는가. 창문을 통해 보이는 삶의 진정성에 대해 말할 수 없었다. 캐머런은 그런 자신이 싫었지만 멈출 수 없었다. 멈추고 싶지도 않았다.

———

브룸스빌에는 저층의 파스텔색 건물들과 열린 공간이 주는 느낌이 있었다. 브룸스빌은 CNN이 선정한, 가족과 함께 살기 좋은 열 곳 중 5위에 올랐고, 모두 그것을 당연하게 생각했다. 브룸스빌은 콜로라도 가뭄으로 인해 갈색으로 변한 사각형 잔디밭이었다. 하얀 말뚝 울타리는 없었지만 훌륭한 공립 학교들이 있었고, 훌륭한 방과후 프로그램도 있었다. 보통의 가정은 캐머런의 집처럼 침실이 세 개 있는 베이지색의 이층집에 살았다. 창문은 로키산맥의 앞쪽을 향해 나 있었다. 사람들은 산악용 차나 픽업 트럭, 아웃백, 트레일블레이저의 범퍼에 '부시 체니, 2004'라는 슬로건을 붙이고 운전을 해 갔다.

위쪽에는 산들이 있다. 언제나 내려다보고 있다.

콜로라도의 공기는 너무 건조해서 콧구멍을 찔렀다. 한번은 엄마의 대학 친구가 플로리다에서 왔는데, 첫날 고산병으로 기절했던 적이 있다. 구급차를 불렀고 응급구조대가 숨을 쉴 수 있게 플라스틱 관을 엄마친구의 코에 꽂았다. 구조대는 공기가 폐에 더 잘 내려가도록 셔츠와 브래지어를 벗겼다. 발가벗은 가슴은 양쪽으로 늘어졌다. 그때 캐머런은 가슴을 보지 않으려고 노력했다.

하루 이틀이 지나고 상태가 호전되자, 엄마는 친구와 함께 로키산맥 기슭의 언덕들로 단거리 하이킹을 갔다. 여름이면 콜로라도에는 혹독한 겨울을 이겨낸 소나무 향과 가파른 산비탈을 타고 내려오는 뜨거운 붉은 먼지 냄새 같은 독특한 냄새가 난다.

그 나무에서는 파인 리지 포인트가 보인다. 그 나무를 선택한 이유는 또 있다. 하얗고 부드러운 나무에 기댈 수도 있고, 파인 리지 포인트를 에워싼 언덕을 올려다볼 수도 있었다. 여섯 살 때 아빠가 처음으로 데려간 그 언덕이었다.

해가 지고 있었다. 일몰은 사람들이 인식하지 못하고 지나가는 수많은 자연 현상(창틀에 닿는 눈송이들, 귤껍질을 파고드는 손톱)의 하나일 뿐이지만 캐머런은 사람들이 왜 일몰을 대단하게 여기는지 알 수 있을 것 같다. 파인 리지 포인트의 일몰을 보면 캐머런은 스스로가 민감한 자아에 갇힌 인간이라는 생각에 절절히 빠지게 된다.

태양은 순수한 열정으로 필사적으로 하늘에 작별 키스를 전한다. 떠나는 것이 슬프지만 목적이 확실하다. 하늘은 얼굴을 붉히고, 작별의 말을 흐린다.

파인 리지 포인트는 인공 저수지 위에 완벽하게 직각으로 세워져 있는 절벽이다. 저수지에는 파도가 일지 않는다. 상처에서 피가 흐르듯 조용히 기다리고 있다.

물에 접하지 않은 절벽의 반대편에는 예스러운 사각형 집들과 반짝이는 잔디로 이루어진 브룸스빌 마을이 있다. 로키산맥의 혼란과는 사뭇 다르다. 모두 이 고원으로 모여드는 아주 작은 파인 리지 드라이브와 캐머런의 거리가 보인다. 파인 리지 포인트의 수평선에서 보면 이곳은 종이로 된 사람들로 가득한 판지로 된 마을처럼 보인다. 캐머런이 원하는 대로 손으로 재배치할 수 있다.

캐머런은 루신다를 파인 리지 포인트로 데려오는 상상을 했다. 그러고는 말한다.

"봐. 우리가 얼마나 미미한 존재인지 알 것 같지 않아?"

"안녕, 캐머런."

올림머리를 한 사회복지사의 눈은 구멍 같고 웃음은 딱딱했다.

"안녕하세요."

"나는 재닛이라고 해. 나 기억하지?"

그녀는 무릎에 공책을 펼치고 다리를 꼬고 앉아 한쪽 발을 흔들고 있었다.

"네."

"이건 학교에서 자발적으로 실시하는 인터뷰야, 알겠지? 학생들이 괜찮은지 확인하는 거란다. 언제든지 자리를 떠도 돼. 불편한 질문에는 대답하지 않아도 괜찮아. 이해했니? 계속해도 되겠어?"

언젠가 캐머런은 부엌에서 요리책을 뒤적이다가 책에 끼워진 시를 발견했다. 바이런의 시였다. 엄마는 때때로 예상치 못한 곳에 시 구절을 적어 놓는다. 캐머런은 바이런의 시를 자기 옷장 문 안쪽에 붙여 두었다. 엄마는 잉크가 터져 나온 펜으로 공책에 시를 휘갈겨 적었다.

"네."

"좋아. 루신다 헤이스와의 관계에 대해서 말해 보겠니?"

(그녀는 아름답게 걷는다. 구름 한 점 없고 별이 가득한 밤처럼)

"캐머런?"

(어둠과 빛의 모든 정수가 그녀의 얼굴과 눈동자에 어우러져)

"그래. 쉬운 질문부터 해 볼게. 2월 15일 밤에 어디에 있었니?"

"집에요."

"누구와 함께 있었어?"

"엄마와 함께 있었어요."

사실은 2월 15일 밤이 기억나지 않는다. 어젯밤인데도 말이다. '집에, 엄마와 함께 있었어요.' 간결하고 믿을 만한 대답이었다. 어찌된 일인지 캐머런은 지난밤의 기억이 없다. 조각상의 밤의 수집품 속으로 흘러 들어가 버렸다. 처음 있는 일도 아닌데, 이렇게 기억을 잃으니 겁이 났다. 모든 순간을 몸에 새길 수 있다면, 일어났던 모든 것을 증명해 보일 수 있을 텐데.

"캐머런."

목까지 오는 스웨터를 입은 재닌의 표정이 굳어 있었다. 재닌이 그런 식으로 이름을 부르지 않으면 좋겠다. 그녀는 교장 선생님 책상 저편에서 커피를 들고서 캐머런의 얼굴에 가까이 대고 입김을 불며 커피를 식혔다.

"루신다 헤이스와는 어떤 관계였지?"

(한 점 그늘이 더해졌어도, 한 줄기 빛이 모자랐어도 이름 없는 저 우아함은 반감되었으리라)

캐머런은 심장 소리가 그 작은 공간을 가득 메울까 봐 걱정했다. 엄마는 캐머런의 심장이 가슴에 비해 크다고 했다. 엄마는 칭찬이라고 했지만 캐머런은 그 말에 자신의 심장이 크게 부풀어 기도를 막는 상상을 했다. 캐머런은 지금 그런 기분을 느끼고 있다. 심장이 커졌다 줄어드는 것이 반복되었다. 캐머런은 언젠가 이것 때문에 죽게 될 것이다.

"캐머런?"

캐머런은 루신다가 아침에 어떤 모습인지 말하고 싶었다. 태양이 루신다의 얼굴을 어떻게 비추는지, 졸음이 어떻게 안쪽 눈가에 서려 있는지, 얼마나 오랫동안 금발머리가 뒤통수에 납작하게 붙어 있는지를. 면반바지 사이로 그을린 루신다의 다리가 보라색 안락의자 밑에서 뻗어 나오는 모습을. 캐머런은 루신다의 왼쪽 볼에 생긴 베개 자국이 지도의 빈 곳에 흐르는 강물 같았다고 말하고 싶었다.

(물결치는 까만 머릿단, 부드럽게 밝아지는 그 얼굴)

"대답하지 않네요. 부모님과 이야기를 해야겠어요. 부모가 동의하면 경찰서에 가서 자발적 심문을 할 수 있을 겁니다."

재닌이 교장 선생님에게 말했다.

예상하지 못했던 황폐한 순간이 시작되었다. 왜 이들은 자신을 교실 밖으로 불러내 이러한 질문들을 하는 것일까? 그들은 내가 루신다 헤이스를 죽였다고 생각하는 것일까?

모든 게 너무 빠르게 일어났다.

캐머런이 일어나자 뒤에 있던 플라스틱 의자가 넘어졌다. 캐머런은 문을 열었다. 울었는지 확신할 수 없었지만 뺨이 뜨거워졌다. 피부가 타는 듯 뜨거웠다. 캐머런의 머릿속이 복잡하게 얽혔다. 너무 복잡하게 얽혀 버렸다.

교장실 밖 안내데스크에 종이 파일이 있었다. 경관들은 몇 미터 떨어진 곳에 반원 형태로 서서 거친 목소리로 이야기하고 있었다. 캐머런은 그 파일에 무엇이 있는지 알고 있었다. 어쨌든 아빠도 경찰이었으니까. 캐머런은 이렇게 생긴 파일을 수없이 많이 보았다. 아빠는 유리잔에 채운 스카치를 마시며 서재에서 이 파일들을 보고 있었다. 아빠의 등은 굽어 있었고 충혈된 눈을 빠르게 깜박거렸다.

루신다 헤이스가 그 파일 안에 있었다.

"안 돼!"

교장 선생님이 캐머런의 바로 뒤에서 말했다.

"하지 마."

루신다는 초등학교 운동장의 회전목마 위에 끔찍한 각도로 누워 있었다. 누군가가 루신다를 아주 심하게 때려 죽였다. 머리는 옆으로 돌아갔고, 차가운 붉은 금속에 기대 있는 옆얼굴은 짓이겨지고 뒤틀려 있었다. 한쪽 팔은 가슴 밑에 눌려 있고, 다른 팔은 회전목마 끝에 걸쳐 있었다. 루신다는 가장 좋아하는 치마를 입고 있었다. 연감에 실을 사진을 촬영하던 날에도 입었던 보라색 치마에 반짝이는 타이즈를 신고 있다. 그녀의 머리에서 흘러나온 피는 하얀 눈 위에 떨어져 스며들어 있었다.

이건 루신다가 아니다. 으깨지고 폭행당한 루신다의 모습은 그저 어릴 적 찍은 기억도 없는 사진처럼 싫었다.

머리가 지끈거렸다. 캐머런은 쓰러졌다. 오랫동안 아무것도 볼 수 없다는 것을 알면서도 감히 눈길을 돌리려 하지 않았다. 심장이 줄어들었다 커졌다 하는 게 느껴진다. 이런 모습의 루신다에게는 아픔이나 반짝임이 없다. 캐머런은 누가 루신다에게서 그것을 앗아갔는지 알 수 없었다.

(고요하고 감미로운 생각들은 그 보금자리가 얼마나 순결하고 사랑스러운지 말해주네)

———

한 일 년 전 밤, 루신다가 전신 거울 앞에 서 있었다.

루신다는 브래지어에 청바지만 입은 채로 전신 거울 앞에 서 있었다. 흰색 브래지어 중간에는 핑크색의 작은 리본이 달려 있다. 루신다는 무게 중심을 오른쪽 엉덩이에서 왼쪽으로, 다시 오른쪽으로 이동시켰다. 그녀는 브래지어 끈을 최대한 단단하게 조이고, 손바닥으로 가슴을 끌어모아 조금이라도 더 풍만해 보이려 했지만 별 효과는 없었다. 캐머런은 창에 비치는 루신다의 발가벗은 등을 좋아했다. 그녀의 견갑골은 평평하고 부드러웠다. 그 양 옆에 있을 허파도 캐머런은 좋아했다. 사람들에게는 서른세 개의 척추뼈가 있다지만 캐머런은 루신다에게서 여섯 개밖에 찾아내지 못했다.

이것이 캐머런이 가장 좋아하는 기억으로 마음속 파일에 보관해 놓은 것이다. 늦은 밤에 떠올릴 특별한 기억이었다. 조각상의 밤 수집품에는 루신다의 많은 모습들이 담겨 있다.

루신다의 오른쪽 엉덩이뼈에는 모반이 있다. 백조 모양의 모반은 싱크대에 오랫동안 두어 상한 붉은 고추색이었다.

제
이
드

내가 제일 좋아하는 노래는 '에스컬레이터에서의 죽음'이다. 에스컬레이터에서 떨어져 계단에 머리를 부딪친 한 소녀의 이야기로, 에스컬레이터의 새로운 계단이 나올 때마다 골이 파인 금속에 머리가 부서진다는 내용이다.

제퍼슨 고등학교의 정원에 굽어진 나무 바로 밑에 자리를 잘 잡고 앉으면, 아무에게도 보이지 않는다. 오늘은 눈이 뜨문뜨문 녹아서 플라스틱 쟁반을 깔고 그 위에 앉았다. 정원에는 나와 대니 하트펠드 말고는 아무도 없다. 대니는 장갑을 낀 손으로 《호빗》을 읽고 있다. 대니 하트펠드와 나는 가끔 같은 장소에서 마주치지만 그는 나를 싫어한다. 나는 상관하지 않지만.

나는 엄마가 싸 준 볼로냐 샌드위치를 꺼내고 헤드폰의 음량을 높였다. 크루시블이 첫 번째 앨범을 발매했던 1986년부터 나는 그들에게 빠져 있다. 이들의 음악은 소리를 질러대는 장르가 아니라 스매시 펑크 계열이다. 하지만 오늘 듣는 '에스컬레이터에서의 죽음'은 회전목마 가장자리에 늘어져 있던 루신다의 작은 몸을 떠오르게 했다. 상상해 보면 이런 모습일 것 같다. 루신다의 반짝이는 손톱에는 흙이 끼었고, 머리카락에는 피가 엉겨 붙어 있었고, 입술은 파랗게….

나는 헤드폰을 벗고 정상적으로 숨을 쉬려고 했지만, 정상적인 숨 쉬는 방법이 기억나지 않았다. 남색 재킷을 입은 한 9학년 학생회 여학생이 대니 하트펠드에게 종이 한 장을 들고 다가갔다. 대니 하트펠드가 고개를 끄덕이고 사인을 했다.

그녀가 내가 있는 쪽을 향한다. 헤드폰을 벗으면 '에스컬레이터에서의 죽음'은 잡음이 된다. 베이스도 드럼도 모두 사라진다.

"안녕하세요!"

그녀는 열성적으로 인사했다. 손에는 노란색 봉투와 형광보라색 유성 매직을 들고 있다.

"루신다 헤이스의 가족에게 카드를 보낼 건데, 쓰시겠어요?"

"아니, 괜찮아. 고마워."

"정말이에요? 이름만 적어도 되는데."

"괜찮아."

나는 그녀가 돌아갈 때까지 노려보았다.

나는 뉴욕에 가 본 적은 없지만, 해가 질 때의 뉴욕을 찍은 사진들은 본 적이 있다. 저물어가는 황금빛이 건물들을 물들여 마치 금으로 목욕

한 듯했다. 고층 건물의 불들이 하나 둘씩 켜지고 이곳 너머에 또 다른 삶이 존재할 수 있다는 가능성을 상상했다.

———

내가 두 가지 일을 하게 된 것은 전적으로 루신다 헤이스 때문이다. 손턴 씨의 아기를 보는 일과 힐튼 랜치 호텔에서 하우스키핑을 하는 일이다.

사람들은 호텔 방에 자신의 흔적을 남긴다. 구겨진 휴지들, 끈적이는 왁스가 묻은 귀마개, 가끔은 콘돔도 있다. 지난달에는 디지털카메라를 발견했고, 지난주에는 연애편지를 발견했다.

쿼리다, 쿼리다.

당신은 바다, 나는 소금이 되는 꿈을 꿔요. 잠에서 깨면, 당신은 내 이 틈에 낀 모래에요.

매들리

쿼리다와 매들리는 매주 화요일에 온다. 매들리는 6시 30분, 쿼리다는 7시에 온다. 이들은 이십 대 후반처럼 보였지만 정확한 나이는 알 수 없었다. 엄마의 말에 의하면 사랑은 여자를 젊게 만들기 때문이다.

매주 화요일에 투숙할 때, 넬리 이모는 껌을 씹으며 은밀한 작당을 하듯 웃으며 매들리에게 전자 열쇠를 준다. 매들리는 창가의 인조 가죽 안락의자에 앉아 기다린다. 쿼리다는 낡은 핸드백을 어깨에 메고, 삼십 분

후에 나타난다. 퀘리다는 꾸미지 않아도 예쁘다. 화장도 하지 않았고 성기게 짠 모자를 쓰고 몸에 너무 꽉 끼는 티셔츠를 입었다(의도해서 그렇게 입은 것 같지는 않았다). 퀘리다는 처음에는 쑥스러운 듯, 길고 검은 머리를 강박적으로 꼬며 웃는다. 어쩌면 진짜로 그녀의 심장이 가슴 밖으로 뛰는 것을 볼 수 있을지도 모른다.

처음에 매들리와 퀘리다는 수줍어하며 엘리베이터로 걸어간다. 매들리는 퀘리다의 턱을 한 손으로 조심스럽게 들어 올리고 퀘리다의 얼굴은 진홍색이 된다. 그들은 갑자기 뜨거워지는 것을 염려하기라도 하듯 서로 거리를 둔다.

루신다가 죽던 날 밤, 넬리 이모와 나는 안내 데스크에서 엘리베이터 문이 닫힐 때까지 고개를 옆으로 내밀고 있었다. 넬리 이모는 갑자기 내가 있다는 것이 생각난 듯 나를 보며 말했다.

"제이드, 여기 서서 수다 떨라고 돈을 주는 게 아니다."

아무 말을 하지 않았기 때문에 수다를 떤 것도 아니었지만 어쨌든 나는 청소 카트를 끌어모았다. 두 시간 동안 쌓아 올린 두루마리 화장지의 피라미드 때문에 문턱을 조심스레 넘어야 했다. 피라미드가 위태롭게 흔들렸다. 나는 카트를 밀고 비품장을 지나 직원용 엘리베이터로 가서 닫힌 문에 비친 나를 흘낏 보았다.

나는 사랑에 빠진 여자로는 절대 보이지 않았다. 직원용 폴로셔츠를 뒤집어쓰고, 표백제 얼룩이 진 앞치마를 입고 있다. 하나로 묶은 머리는 잔머리가 삐죽삐죽 뻗어 나왔고, 눈 밑 화장은 번졌다.

나는 화요일마다 퀘리다와 매들리의 방과 붙어 있는 방으로 카트를 밀고 들어가 눈앞이 캄캄해질 때까지 숨을 참는다. 어떤 소리도 들을 수 없다. 나는 다만 그들의 숨을 헐떡이며 속삭이는 소리와 살과 살이 맞닿는 소리를 상상할 뿐이다. 루신다가 죽던 날 밤, 나는 깔끔하게 정리된 방에 서서 그렇게 열정적이고 필사적인 애무를 받으면 어떤 느낌일지 궁금해하고 있었다.

엄마는 내가 방향 감각이 부족하다고 한다. 평소에는 이 말이 그렇게 나쁜 소리처럼 들리지 않는다. 하지만 가끔 한밤중에 잠이 깰 때면, 이유 없이 무서워진다. 한번은 비너스의 탄생 꿈을 꾸다가 비너스의 대리석 같은 피부 때문에 울며 잠이 깬 적이 있다. 허리가 잘록한 비너스였다. 플라스틱 컵에 물을 따라 한 모금 마셨다. 며칠 동안 침실 탁자에 올려져 있던 컵이었다.

'퀘리다, 퀘리다'로 시작하는 그 편지를 떠올리니, 기분이 좀 나아졌다.

나는 호텔 방들을 좋아한다. 개개의 인간은 혐오스럽다. 퀘리다도 마찬가지다. 나는 304호에서 연애편지를 발견한 뒤 샤워 배수구에서 바퀴벌레만 한 머리카락 뭉치를 꺼냈다.

———

세 시간 일찍 집에 왔으니 당연히 엄마가 집에 없어야 한다. 엄마는 매주 수요일마다 동물구조대에 자원봉사를 나간다. 그러면 자신을 북클럽에서 간호사라고 소개할 수 있기 때문이다.

"여기서 뭐 하세요?"

엄마에게 물었다.

오븐의 시계는 오후 12시 47분이었다. 엄마는 식탁 위에 발을 올려놓고 집과 정원 꾸미기에 관한 잡지를 읽고 있었다. 담배 연기는 이른 오후의 빛 속으로 흩어져 DNA처럼 나선형을 그리고 있었다.

"오늘은 쉬기로 했어. 너무 슬프잖아. 너도 그 소식 때문에 집에 일찍 온 거니?"

엄마는 대리석 컵받침에 담배를 끄고, 붉은색 립스틱이 묻은 담배꽁초를 내려놓는다.

"무슨 소식?"

"아침 내내 사람들이 전화했어. 그런 짓을 한 놈을 벌써 잡았다고 하더라."

"누구래요?"

"저기 아랫집에 사는 소년 있잖아. 캐머런 휘틀리던가? 그 애 아빠 리 휘틀리가 몇 해 전 부패 경찰이었어."

엄마가 웃고 있다. 엄마는 정보를 쥐고 있는 것을 좋아한다. 엄마의 다 지워진 립스틱과 담배로 누렇게 변색된 이빨이 역겹다. 엄마는 다 비치는 실크 목욕 가운을 입었는데, 앞쪽에 수프를 흘린 자국이 있었다. 그 가운에는 일본 학이 그려져 있고, 겨드랑이는 언제나 갈색이었다. 얇은 천 아래로 처진 가슴 라인이 선명하게 드러났다. 나는 가끔 엄마가 세상에서 가장 저질이라고 생각한다. 하지만 그렇게 생각하지 않을 때의 엄마는 불쌍하다.

"맞다. 크리스 손턴 씨가 전화했어. 이번이 마지막이라고. 그래서 오늘 밤에는 호텔 근무가 없다고 했어. 오늘 밤 아기 봐줄 수 있지?"

"안 돼요."

"그런데 이미 갈 거라고 말했지 뭐니. 급한 목소리였어. 이제 가 봐."

"그러고 싶지 않아요."

"그건 대답이 아니야."

"엄마야말로 꺼져."

"아주 좋아. 넌 이제 외출 금지야. 그리고 오늘은 아기를 봐주는 거야. 손턴 부인이 아프다잖아. 너도 잘 알 거 아니야. 우리 아기가 이렇게 이기적인 줄 몰랐네."

"그러는 엄마야말로요."

"어서 가."

————

손턴 씨는 티셔츠와 청바지를 입고 문을 열었다. 이제까지는 항상 정장에 넥타이 차림이었다(덴버 시내의 좋은 직장에 다닌다고 한다). 아내 이브는 집에 없었다. 그녀는 보통은 병원이나 롱몬트의 친정집에 가 있거나 커튼을 내리고 이 층에 처박혀 있거나 했다. 약 일 년 반 정도 전에 아이가 태어난 직후 이브는 심각한 병을 진단받았다. 내 생각에는 암 같았다.

"제이드, 정말 고맙다."

손턴 씨는 그렇게 말하며 뒷문을 가리키는 몸짓을 했다.

"올리를 낮 동안 봐주기로 했던 보모가 취소를 해서 말이야. 나는 아직 일을 다 못 끝냈고."

그는 올리(원래 이름은 올리비아)를 나에게 내던지듯 맡기고 7시에 재우라는 말을 남기고는 체육관 가방을 어깨에 메고 서둘러 문을 빠져 나갔다.

올리는 예쁜 아기는 아니다. 얼굴은 빨갛고 주름진 부드러운 토마토 같다. 이미 18개월이나 되었지만 아직 갓 태어난 아이처럼 외계인 같이 생겼다. 손턴 씨의 차가 주차장을 무사히 빠져나가자 나는 아기를 안고 위층으로 갔다. 이 년 전에 이사를 왔는데도 아직도 풀지 않은 상자들이 복도에 쌓여 있다. 이 집에서 키우는 강아지 푸들이 계단을 올라가는 내 발뒤꿈치를 문다. 푸들은 눈썹이 너무 길어서 거의 앞이 보이지 않는 것 같다. 나이는 나보다도 많다. 개 이름을 어떻게 푸들이라고 지을 생각을 했을까? 이해가 가지 않는다. 나는 창문 옆 흔들의자에 앉았다. 올리는 팔과 다리에 힘을 주며 울었다. 푸들은 의자 밑에 쭈그려 누웠고, 올리는 방 안을 아장아장 걸어다녔다. 창문이 조금 열려 있다. 열린 틈으로 상쾌한 공기가 들어왔고 연한 핑크색 커튼이 치마처럼 펄럭였다.

손턴 씨네 잔디밭을 가로질러 떡갈나무를 지나면 높고 붉은 미끄럼틀과 타이어로 만든 그네와 그 회전목마가 나온다.

잽과 나는 종종 회전목마 가운데에 앉곤 했다. 나는 붉은색 기둥에 발을 감싸고, 튀어나온 금속 표면에 등을 평평하게 기댔다. 처음에는 천천히 돌았다. 잽의 운동화가 땅을 찼고, 천장에 달린 하얗고 파란 선풍기처럼 하늘이 돌았다. 적당히 속도가 붙으면, 잽은 내 옆으로 올라탔다. 그는 눕는 것을 좋아하지 않았다. 중앙 바에 기대어 빙빙 도는 배의 선

장처럼 앉아서 허수아비 같이 팔을 옆으로 펼쳤다.

올리는 침으로 범벅이 된 레고 블록을 든 채 나를 유심히 바라보다 마침내 조용해졌다. 올리의 둥근 갈색 눈은 눈꺼풀에서 뻗어 나온 깃털 같은 속눈썹 때문에 더 커 보였다.

'계속해 봐. 그들에게 내가 얼마나 끔찍한지 말해 줘.'

올리는 이가 없는 입을 벌려 새된 소리로 울었다.

———

일 년 정도 전, 잽과 모든 것이 소원해지기 시작할 무렵 나는《현대의 마법 : 인간을 위한 지침서》를 발견했다. 유명한 연구자들의 글을 모아 놓은, 이교도의 마법의 역사에 바탕을 둔 책이었다. 이제 나는 브룸스빌 공립 도서관에 갈 수 없다. 이 책의 연체금이 어마어마하게 쌓여 있기 때문이다. 하지만 나는 이 책을 반납할 생각이 없다.

그 일은 5월에 일어났다. 내가 호텔에서 일을 해야 했던 것도 전적으로 루신다 때문이었다. 루신다 때문에 손턴 부부는 나를 보모로 쓰지 않게 되었다. 모든 것이 엉망이 되어버린 지 일 년이 지났다. 밤마다 나는 어린 시절 사진들을 들여다보고 유성 매직으로 잽과 내 얼굴에 콧수염을 그려 가며 슬퍼지지 않으려 했다. 쓸데없는 짓이라는 건 알고 있었다. 우리는 사람을 변화시킬 수도 없고 성장을 막을 수도 없다. 그리고 예전의 모습으로 돌아가게 할 수도 없다. 병만큼 두꺼운 안경과 우스꽝스러운 바가지 머리를 한 멀쑥한 소년의 모습으로 말이다.

책을 빌린 그 주에 나는 보모로 일하기로 되어 있었다. 이브 손턴은 내가 열 시간을 교대로 일하면 백 달러를 주기로 했다. 이브는 거의 아이를 볼 수 없었지만, 며칠 후에는 퇴원을 할 예정이어서 일손을 덜 수 있었다. 나는 엄마가 전기세 문제로 열변을 토하는 토요일 밤에 집을 벗어날 수 있어서 기뻤다. 그날 아침, 엄마는 접시를 바닥에 떨어뜨렸다.

내가 손턴 씨 집으로 걸어가고 있을 때, 엄마가 일할 때 쓰라고 준 가족용 휴대전화로 이브 손턴의 문자가 들어왔다.

"걱정 말아요. 이중 예약. 오늘 안 와도 됨. 감사."

내가 막 돌아설 때 루신다가 손턴 씨네 주차장을 향해 지나갔다. 손턴 씨 집 앞에서 스쳐 지나갈 때 루신다가 가지런한 이를 보이며 웃었다. 왼쪽 뺨에 보조개가 파였다. 가식적인 미소를 지을 때도 변함없이 뺨에 단추처럼 새겨진다. 물론 손턴 씨 부부는 루신다 헤이스를 더 좋아했다. 루신다는 발작 없이 올리를 재우는 법을 알고 있을 것이다. 장담컨대 응급구조사 자격증도 있을 것이다.

"안녕."

루신다는 기억은 나지 않지만 오래전에 알았던 사람에게 말하듯이 인사를 건넸다.

루신다가 지나간 곳에는 딸기향 샴푸 냄새가 났다. 나는 모퉁이를 지나 소화전에 앉아 배를 움켜잡았다. 그 밤과 모든 것이 똑같았다. 좁은 복도에 서서 호수 위로 터지는 불꽃놀이 소리를 들으며 루신다 헤이스가 내 모든 것을 다 가져가게 놔두었던 그 밤과.

그날 밤 늦게 나는 《현대의 마법 : 인간을 위한 지침서》의 6장에 나온

'의식의 기술'에 따라 모든 준비를 마쳤다. 양초와 허브, 제단.

루신다가 정말로 죽어 버린 지금도 나는 그 의식을 한 것을 후회하지 않는다. 나는 루신다가 사라지게 해 달라고 빌었다.

———

손턴 씨는 올리를 돌본 비용을 현금으로 지급했다. 두툼한 지폐 한 뭉치에 추가로 이십 달러 두 장이 들어 있었다. 이번은 좀 과한 것 같다. 오늘 저녁 내가 한 일은 올리를 재우고 냉장고에서 음식을 준 것 밖에는 없다. 푸들에게 맬 줄을 찾지 못해서 산책을 나가지 못하고 뒤쪽 담장으로 데려가서 움푹한 구덩이를 파고 소변을 누도록 했다. 나는 손턴 씨의 마음이 바뀌기 전에 얼른 나왔다.

돌아오니 집이 조용했다. 밤 10시 19분이었다.

일이 끝나면 보통은 도서관 뒤에서 노숙하는 하위를 보러 간다. 하지만 오늘 밤에는 너무 궁금한 것이 있었다. 나는 남자용 사각팬티와 깨끗한 크루시블 티셔츠로 갈아입고 플라스틱 책상 의자를 창가로 옮겨 놓았다. 불을 다 끄고 분홍색 라이터로 침실 탁자 위에 놓인 캐모마일 양초에 불을 켠다. 엄마는 어수선한 내 방에 초를 켜면 불이 날 수 있다고 쓸데없는 물건들을 치울 때까지 촛불 켜는 것을 금지시켰다. 하지만 나는 어떤 것이 쓸데없는 물건인지 모르겠다.

침대 끝에 쌓여 있는 CD 더미 중간에서 한 장을 꺼내자 CD들이 출렁거렸다. 다양한 기분에 맞게 믹스해서 구운 음악들이다. 꺼내 든 CD 겉에는 '밤 산책'이라고 적혀 있다. 미스피츠, 그린 데이, 배드 릴리전, 크루시블, 블링크-182의 노래들이 들어 있다. 박스 카 레이서의 '신에게 보내는 편지'가 시작되고 비음 섞인 보컬의 노랫소리를 들으면 나는 날카로운 만족감에 휩싸인다.

언제나처럼 나는 창가에 앉지만 캐머런은 오늘 밤에는 오지 않을 것이다. 후드티 그림자를 보면 안다. 후드티 가슴에 그어진 하얀 줄이 달빛에 반짝인다. 루신다네 뒷마당은 위로 경사가 져서 캐머런이 울타리 옆에 서 있으면 우리 둘 다 루신다의 침실을 볼 수 있다.

루신다가 사라진 지 거의 이십사 시간째다. 그리고 오늘 밤 풀밭은 고요하다. 경찰차들이 불을 끄고 집 주위를 조심스럽게 돌아다니고 있었다. 헤이스 가족은 거실에 있지만 내 방에서 우리 집들 사이의 좁은 풀밭을 가로질러 내려다보면 그들의 얼굴만 알 수 있을 정도였다. 이미 친척들이 와서 부엌을 들락거리고 있고 음식은 아무도 손을 대지 않았다. 꾸준히 사람들이 움직인다. 렉스가 쇼파에 기대어 앉아 있다. 렉스는 에이미가 하는 공주 놀이의 어린 공주 같다. 하지만 지금은 청바지를 입고 할머니가 머리를 땋아 줄 때 조용히 울고 있다.

나는 캐머런의 흰색 운동화를 찾았지만 울타리 뒤에 난 검불 뿌리만 보였다. 어느덧 나는 끝없는 어둠에 갇힐까 겁이 난다.

루신다는 죽었다. 캐머런에게는 더는 볼 사람이 없다. 손을 흔들어 줄 사람도 없다. 잠자기 전 천장의 갈라진 틈을 보면서, 또는 오리온자리의 별을 세며 생각할 사람도 없다.

———

잽이 나를 보던 눈길 :

카메라에 놀란 사람처럼 눈을 크게 뜬다. 아주 빠르게. 그러고는 시선을 거둔다. 평소보다 더 오래 쳐다본다.

"뭐?"

둘 중 한 명이 물어본다.

"뭐라니, 무슨 말이야?"

"아무것도 아냐."

"나를 우습게 보는 거지."

"아냐."

"무슨 생각해?"

"화성이 태양을 도는 데 686일이 걸리는 거 알고 있어?"

"그걸 생각하고 있던 게 아니었잖아."

"증거 있어?"

"닥쳐."

러
스

러스와 다른 두 경관은 그 동네의 모든 집을 방문했다. 운동장가에 있어서 회전목마가 보이는 집들부터 시작했다.

"어젯밤에 이상한 소리 못 들으셨습니까?"

그들은 핸슨 부부에게 질문했다. 이 노부부는 거실에서 함께 체조를 하고 있었다고 한다. 다음에는 루신다의 발레 강사를 찾아갔다. 그녀는 차를 대접해 주었다. 다음으로 크리스 손턴의 집을 찾아갔다. 그는 바둥거리는 아기를 잡으려고 안간힘을 쓰고 있었다. 그 후에는 실크로 된 목욕가운을 입은 켈리 딕슨 번스와 이야기를 했다. 그녀는 담배를 물고 러스를 오랫동안 바라보았다. 쉐리 드카시오는 루신다의 이름을 말하는 순간부터 흐느껴 울었다. 와인버그 가족처럼 제퍼슨 고등학교에 다니는 아이가 있는 집에는 러스가 이렇게 물어본다.

"학교가 끝난 후 와도 되겠습니까? 댁의 자녀와 이야기를 하고 싶습니다."

그러면 대부분 고개를 끄덕였다.

———

오후 늦게 경찰서로 돌아온 러스는 그 소년을 보고 깜짝 놀랐다.

캐머런의 사진은 중학교 연감에서 가져온 것으로 초기 용의자로 이미 지목된 상태였다. 사진만 봐도 캐머런은 아빠를 꼭 닮았다. 하지만 아무도 말하지 않는다. 아무도 리에 대해 이야기하지 않는다.

뱀 한 마리가 러스의 속에 똬리를 틀고 있다. 하지만 저 적갈색 눈을 바라보고 있으면 그립기도 하고, 단검으로 찌르는 듯한 아픔이 느껴지기도 한다.

브룸스빌 경찰서 전체 인원이 사건의 개요 브리핑을 위해서 회의실에 모였다. 러스가 야간 경비원 이반(또 다른 용의자로 게시판에 붙여져 있는 인물)과 관련이 있다고 기억할 만도 하지만, 아무도 말을 하지 않았다. 아마 러스의 처남 일은 잊었을 것이다. 사실은 관심도 없을 것이다.

사건은 이미 전국적인 뉴스가 되어서 서장은 단단히 일렀다. 미디어에 어떤 말도 들어가지 않도록 주의를 주었다.

〈용의자 명단〉
이반 산토스 : 시체를 발견한 야간 경비원

에두아르 아르노 : 희생자의 전 남자 친구

조, 미시 헤이스 부부 : 피해자의 부모

하워드 모리 : 도서관 뒤쪽에서 노숙하는 남자

캐머런 휘틀리 : 거리에서 루신다를 스토킹했던 소년

———

러스는 이반을 보러 교도소에 딱 한 번 갔다. 미리 알리지도 않았다. 면회장에서 건너편 탁자에 앉은 이반은 백팔십오 센티미터의 거한이었다. 이반은 "러셀"이라고 부르고 굳게 악수하며 의자에 앉았다.

"내 형제여."

감옥에서 이반은 누구와도 싸우지 않았고 친구를 사귀지도 않았다. 대신 책을 읽었다. 이네스가 온라인에서 찾은 신입생 교양 인문학 과정에서 발췌한 텍스트가 담긴 라틴 아메리카의 철학자들에 대한 책이었다. 러스는 도저히 이해하지 못할 책들이었다. 플라톤의 《향연》, 푸코의 이해할 수 없는 프랑스어로 된 권력에 대한 강의. 호세 마르티, 후안 몬탈보, 레오폴도 세아, 소르 후아나 이네스 데 라 크루즈의 글들. 러스가 찾아보니 소르 후아나는 라틴 아메리카 최초의 페미니스트 작가였다. 이반은 감옥에서 신약성서 전체를 메모지에 필사했다. 이네스는 메모지를 대량 구매해서 식탁에서 조심스럽게 포장하곤 했다. 결국 감방에서 지낸 이반의 시간은 학문적 철학과 가톨릭, 인상적인 연설이 결합되어 만들어진 새로운 기독교를 탄생시켰다. 또 감옥에서 피 흘리는 과달

루페 성모의 모습과 그 옆에 꽃잎이 네 개인 꽃들로 이루어진 꽃다발을 오른쪽 손목에 새겨 넣었다.

이제 자유인이 된 이반은 교회에서 설교를 한다. 그는 풀크럼가에 있는 교회의 방을 가득 채운 남미 이민자들에게 철학적인 설교를 한다. 깔끔한 셔츠에 다림질한 바지를 입고 설교를 하는 이반은 그들에게 성경 대신 플라톤의 《향연》과 해방의 연설을 읽어 영적인 탐구를 시작하라고 권한다.

"당신 안에 있는 선을 믿으십시오."

이반은 소리친다.

"당신의 선을 믿으십시오. 콘피에 엔 수 프로피아 본다드."

이네스가 앞에 앉아 눈을 뜨고 행복하게 노래를 부른다. 교회의 한 늙은 여신도가 이네스에게 주기 위해 구운 빵을 가져온다. 러스가 일하는 동안 이네스는 마을을 가로질러 팬을 돌려주러 간다. 아내는 쓰러져 가는 집들과 칠이 벗겨진 자동차들, 속사포처럼 쏘아대는 여자들이 가득한 브룸스빌의 또 다른 마을을 그리워하는 것은 아닐까. 이네스는 자면서 스페인어로 중얼거릴 때가 있다. 이런 때를 위해 러스는 침실 탁자에 필기도구를 갖다 놓고 그 말을 받아 적어 아침에 인터넷으로 구절을 찾아 본다.

윌리엄스 형사가 관할 경찰서 뒤쪽에서 이반을 심문할 때, 그에게 선지자의 분노 같은 것은 없었다. 윌리엄스 형사가 모든 기술을 동원해 심문을 하는 동안 러스는 잠시 그 광경을 지켜보았다. 그들은 여섯 시간 동안 이반을 구금했지만 그는 러스의 치를 떨게 하는 침묵으로 일관했다. 수백 장의 메모지에 옮겨 적은 성경이 트윈 매트리스 옆 바닥에 쌓여 있었다.

조사팀이 방에서 나가자 이반은 경비원 제복의 칼라 아래로 나온 사슬을 잡아당겼다. 은으로 된 평범하고 작은 십자가였다. 이반이 십자가를 입에 넣고 깨물자 턱 근육이 수축되었다.

"나는 아무것도 모릅니다."

계속 반복한다.

"나는 그냥 소녀를 발견한 것뿐입니다."

이 말만 반복한다.

콘피에 엔 수 프로피아 본다드.

———

러스와 이네스가 만난 것은 여름이었다. 콜로라도의 여름은 건조하고 모든 것을 녹여버릴 것처럼 열기가 대단하다. 마치 불타는 무대 위로 내려지는 커튼 같다. 붉은 먼지. 염소(원소를 뜻하는 말-옮긴이). 뜨거운 하얀 시멘트 바닥.

그날은 러스가 쉬는 날이었다. 여자들은 끈으로 된 원피스를 입고, 맨발로 공원을 걸어가고 있었고, 소년들은 프리스비를 던지며 햇빛을 그대로 받고 있었다.

러스는 차를 주차시키고 구름 한 점 없는 하늘 아래 사람들을 지켜보았다. 원래는 산으로 가 달리기를 하려고 했지만 너무 더워서 메인 스트리트 공원에 들렀다. 집에 들어가면 버드라이트(미국의 대표적인 맥주 브랜드-옮긴이)를 마시며 텔레비전 앞에나 붙어 있을 것이 뻔했기에 돌아갈 수도 없었다. 사십팔 시간의 휴가 동안 피자 배달하는 소년을 제외하고는 단 한 마디의 말도 하지 않는 것이 흔한 일이었다.

그래서 러스는 사람들의 소리를 듣고 확인하기 위해서 공원에 왔다. 선크림의 냄새가 나는 오후에 러스는 정처 없이 걷다가 아이스크림 카트를 지나쳤다. 줄을 서서 아이스크림을 주문하고 반은 비어 있는 벤치로 걸어갔다.

아이스크림은 다 먹기도 전에 녹아서 체리 시럽이 종이컵과 손가락에 흘러내렸고, 급기야는 카키색 반바지에까지 흘러 피가 작은 꽃을 피운 것 같은 모양이 되었다.

"여기요."

그녀가 말했다.

이네스는 벤치 옆자리에 앉아 있었다. 무릎에 책이 펼쳐져 있었고 손에는 미니 티슈를 들고 있었다.

"고마워요."

러스는 얼룩을 닦으며 말했다.

"천만에요."

그녀가 대답했다. 발음에 억양이 있었다. 태양 아래 빛나던 그녀가 읽고 있던 책의 페이지는 하얀색으로 제본이 되어 있었고, 청반바지에 헐렁한 티셔츠를 입고 있었다.

"무슨 책을 읽고 있어요?"

러스가 물었다.

그녀는 표지를 들어 보였다. 《콜레라 시대의 사랑》(가브리엘 가르시아 마르케스의 소설 - 옮긴이)이라는 제목의 책이었다. 러스는 제목을 큰 소리로 읽었다. '콜레라'를 읽을 때는 조금 더듬거렸다. 그 뜻이나 어떻게 발음하는지도 몰랐기 때문이었다. 그녀는 펼친 페이지에 연필로 표시를 해 놓았다. 러스는 언제 소설을 읽었는지 기억이 나지 않는다. 다 읽었는지도 확신할 수 없었다.

"재미있어요?"

러스가 물었다.

"네. 학교에서 여러 번 읽었지만 영어로는 처음이에요. 완전 다르네요."

"왜 그렇죠?"

"구절이 다르거든요. 구라고 하는 거 맞죠? 문장이 다른 식으로 꼬이는 거요."

"맞아요."

러스가 대답했다.

"여기 좀 보세요."

그녀는 책을 넘기며 말했다. 그러고는 한 페이지를 찢었다. 러스가 저지하기도 전에 찢어지는 소리가 나더니 그녀는 너덜너덜해진 페이지를 건넸다. 한 문장에 밑줄이 쳐져 있었다. 러스는 그 문장을 읽었다.

"그는 아직 너무 어려서 마음의 기억은 나쁜 것을 제거하고 좋은 것을 극대화 시키고, 또 이런 기능 덕택에 우리는 과거의 부담을 견딜 수 있다는 사실을 몰랐다."

"멋지죠."

그녀가 말했다.

"아주 좋네요."

러스는 그 페이지를 돌려주려고 했다. 하지만 그녀는 마다했다. 그녀가 미소를 지을 때, 러스는 이네스가 그저 장난을 하는 것인지 궁금했다. 몇 년 동안 이런 가벼운 대화도 하지 않았다.

"가지세요."

이네스가 책을 들고 자기 자리로 돌아가기 전에 말했다. 러스는 페이지를 주머니에 넣고, 아이스크림 콘을 쌌던 종이를 버리려고 일어났다. 그는 성큼성큼 차로 다가가면서 그녀가 좀 더 있으라고 말해주기를 바랐다. 그녀가 말해 주지 않더라도 그가 그렇게 할 생각이었다.

———

육십 대 형사인 윌리엄스는 러스의 아버지뻘로 멘토 같은 역할을 했다.

"플레처, 형사는 언제나 과거를 곱씹어야 한다네. 알고 있나?"

다른 사람과는 다르게 그는 나를 믿었다.

"평생 순찰만 하면서 보내고 싶지는 않겠지? 나중에는 위로 올라가고 싶지 않은가?"

윌리엄스 형사는 가끔 러스에게 물었다.

러스는 형사가 될 생각은 꿈에도 없었다. 순찰차 안의 고요함을 좋아했다. 잠든 포장도로에 비춰지는 헤드라이트도 좋았고, 히터 돌아가는 소리와 그를 둘러싼 거대한 어둠도 좋아했다. 단 한 사람만이 깨어 있고, 단 한 명만이 살아 있는 느낌이 들었다.

물론 러스는 언제나 말한다.

"물론 저도 승진하고 싶지요."

이반의 심문이 끝나고 러스는 동료들이 줄줄이 나오는 것을 보았다. 윌리엄스 형사는 러스의 어깨에 손을 얹었다. 그의 입에서 살라미 냄새가 났다.

"이 사건을 잘 보게. 한두 가지 배울 점이 있을 거야."

윌리엄스 형사가 러스의 목에 대고 내뱉었다.

그러나 사실 러스는 아무것도 원하지 않았다. 그는 가장 작은 기억을 잃을지도 모른다는 두려움에 순찰일을 그만두지 않을 것이다.

———

이반이 가고 루신다의 가족이 도착했다. 방이 충분치 않았고, 법적으로 그를 계속 잡아 둘 수도 없었다. 그는 인내를 가지고 협조했다. 이반은 떠나면서 러스에게 작은 인사를 했다. 러스는 그것이 진심인지 알 수 없었다.

그들은 루신다의 아버지와 먼저 이야기했다. 러스는 다른 한쪽 방에서 거울을 통해 지켜보았다.

조 헤이스는 회의 탁자를 사이에 두고 윌리엄스 형사와 서장을 마주 보고 앉았다. 그의 회색 머리가 형광등 불빛에 반사되었다. 그는 손바닥을 눈에 대고 폈다. 헤이스 씨의 버튼다운셔츠는 이전의 그의 모습, 딸을 잃기 전의 모습을 담고 있었다. 아침에 차를 타기 전에 보온병에 커피를 따르는 즐거움을 누리던 남자의 셔츠였다. 그는 금속 테로 된 안경을 쓰고 있었는데, 중간에 벗어 접어서 손에 쥐었다. 러스는 비극은 도둑 같은 것이라고 생각했다. 그것은 헤이스 씨의 날, 달, 해를 날로 집어삼킬 것이다.

윌리엄스 형사는 묻는다.

"조사에 도움이 될 만한 것들을 알고 계십니까?"

루신다의 아버지는 작년에 마당에 있던 그 소년에 대해 이야기 했다. 그 소년이 울타리 옆에 서 있어서 당장 나가라고 다시는 오지 말라고 했다는 것이다. 그들은 집 밖에 종종 그 소년이 있는 것을 느꼈다. 하지만 불을 켜면 마당에는 아무도 없었다.

"그 소년의 이름을 아십니까?"

윌리엄스 형사가 물었다.

"루시의 반 아이 중 한 명입니다. 캐머런 휘틀리. 다른 이웃도 그 소년이 밤에 주위를 걸어 다니는 것을 봤다고 합니다."

캐머런의 이름이 나올 때 러스는 금단의 구역으로 빠져들고 말았다. 이름이 큰소리로 불려졌다. 휘틀리. 모래 늪에 빠진 것 같다. 러스는 그 모래 늪에 빠르고 구제할 길 없이 빠져들어 갔다.

루신다의 어머니는 검지에 낀 은반지를 돌리며 손을 심하게 떨어서 앞에 놓인 물컵을 제대로 들 수 없었다. 머리는 딸들과 같은 짙은 금발이었다.

윌리엄스 형사가 물었다.

"조사에 도움이 될 만한 것들을 알고 계십니까?"

슬픔과 충격이 쏟아져 나왔다. 알 수 없는 신음과 과호흡으로 잠깐 동안 기절하기도 했다. 사회복지사가 루신다의 어머니 옆에 앉아 충격을 달랬다.

러스는 그렇게 강한 감정을 느껴본 적이 없다. 다른 순찰경관은 천천히 다가와 그런 비참한 광경에 당황했다. 하지만 러스는 당황하지 않았다. 그는 매료되었다. 그리고 불가해한 감정, 질투가 생겨났다. 저토록 순수한 슬픔이라니.

———

그리고 마지막으로 여동생의 면담 차례가 돌아왔다. 렉스를 면담하는 동안 아버지는 옆 의자에 앉아 쓰러져 있었다.

렉스는 울로 된 솔방울 장식이 달린 무지개 줄무늬 모자를 쓰고 있다. 손가락마다 천이 벗겨진 스키 장갑을 계속 끼고 있다.

"언니를 사랑했어요."

렉스는 젖은 눈을 크게 뜨고 말했다.

"언니는 평범한 고등학생이었다고 생각해요. 자기 방에서 오래 있으면서 휴대폰으로 문자를 보내고. 저는 아직 제 전화기가 없지만요. 하지만 저도 열네 살이 되면 갖게 될 거예요. 루시는…"

렉스의 목소리가 갈라졌고, 그녀의 아버지가 깨어났다.

"됐습니다."

윌리엄스 형사는 그들에게 감사를 표하고, 나가는 길을 안내했다. 그의 손은 추위로 곱아 있었다.

러스에게 그가 말했다.

"아무것도 건진 게 없네."

———

러스는 늦게 집에 돌아왔다.

이네스는 난로 옆 의자에 다리를 꼬고 앉아 있다. 바깥벽 옆 스위치로 난로의 불꽃을 지필 수 있지만 결혼하고 삼 년이 지난 지금도 러스나 이네스 둘 다 불을 켜지 않는다.

이네스의 투명한 손톱이 뜨개바늘을 움직인다. 바늘이 서로 부딪치며 내는 딸깍 소리만이 큰 집에서 나는 유일한 소리다. 이네스는 발을 허벅지 아래로 끌어당겨 앉아 있었고, 길고 검은 머리는 땋아서 왼쪽 가슴 위로 늘어뜨렸다. 보통은 집에 오면 이네스는 거실 구석에 있는 컴퓨터 앞에 앉아 여동생들에게서 온 이메일을 읽으며 미소를 짓고 있다. 러스의 영어 키보드로 스페인어 글을 치면서 큰 소리로 웃었다.

러스와 이네스는 아직 독신자 아파트에 산다. 오래된 베이지색 양탄

자와 소파, 흠이 간 커피 탁자, 빈 공간들로 거실은 황량해 보인다. 가구
는 결혼하기 전에 들인 것이다. 이네스가 유일하게 가져온 것은 가족사
진으로 액자에 넣어 현관 옆에 걸어 놓았다. 사진 속의 사람들은 정원에
서 행복하게 팔을 끼고 서 있다. 창문 밖 산들은 장난감처럼 보인다. 서
리가 곱게 내려앉았다.

러스는 재킷을 소파 위로 던졌다.

"나 왔어."

"어서 와요."

이네스가 뜨개질을 하며 대답한다.

"맥주 있나?"

"냉장고 확인해 봐요."

러스는 이반이 아직 자기 여동생을 방문하지 않았고, 이네스가 오늘
텔레비전을 켜지 않았다는 사실을 깨달았다.

러스는 냉장고 문 칸에서 반쯤 남은 버드라이트를 찾았다. 재빨리 들
이켰지만 탄산은 사라진 지 오래고 이스트 맛만 났다. 평상시에 러스는
이네스에게 과외 수업이 어땠는지 물어보지만 오늘은 수업이 없는 수
요일이다. 다른 날이면 이네스가 가장 좋아하는 여학생에 대해서 물어
본다. 재미있는 이야기를 잘하지만 스페인어 단어를 잘 떠올리지 못하
는 그 학생. 여느 때라면 이네스는 과장된 억양으로 마치 쇼핑몰의 떠들
썩한 십 대들처럼 신나게 잡담을 들려 줄 것이다.

"어머어, 세상에."

이런 말을 하면서.

러스는 스페인어로 이네스에게 말을 걸고 싶었다. 그러면 아마 이네스가 뜨개질을 멈추고 바라보겠지. 경찰학교에서 필수로 들었던 스페인어 수업 내용을 떠올리고, 학습용 교재까지 샀지만 소용이 없었다. 고등학교 성적표를 보면 러스는 가망이 없었다. la mesa, el coche, ocho, nueve, diez 같은 말을 외워도 다음날이 되면 전혀 기억이 나지 않았다.

이네스가 가장 아끼는 학생의 이름은 오래된 텔레비전 같은 이름이었다. 러스는 그 학생의 이름을 오늘 아침 처음으로 인식했다. 그 학생의 이름은 루신다였다. 러스는 이네스에게 범죄 현장에서 발견된 이반의 이야기를 하지 않았다. 러스는 이네스가 이렇게 뜨개질하고 있는 것이 더 좋았다.

캐머런

캐머런이 기억하고 싶지 않은 것들.

1. 아빠의 두피 - 앞머리 숱이 점점 적어지고, 왕관 모양으로 점점 뒤로 이마가 벗겨지면서 보이는 아빠의 분홍색 두피.

2. 손가락 뼈 - 처음, 중간, 끝 마디, 그리고 루신다의 손가락이 얼마나 길었는지. 특히 얇았던 루신다의 손가락.

3. 2학년 학예회 - 캐머런이 무대에서 연주했던 단 한 번의 공연

　캐머런은 몇 주 동안 연습을 했다. 서재에서 피아노로 '엘리제를 위하여'를 완벽하게 연주했다. 그러나 학예회가 열리는 체육관의 무대는 너무나 낯설었다. 캐머런은 모든 사람이 자신을 바라보는 그 시선이 싫었다. 땀이 나서 건반에서 손이 미끄러졌다. '엘리제를 위하여'의 시작 부

분을 연주하고는 바로 기억을 잃었다.

선생님들은 캐머런이 대단하다고 했다. 간주와 합창 사이의 끊김이 물 흐르듯 자연스럽고, 서정성을 타고났다고 했다. 또, 캐머런이 음악에 너무 심취해서 그의 몸이 흔들렸다고 했다. 캐머런은 계속 피아노를 쳐야 했다. 그에게는 진짜 재능이 있었다. 그날 밤 저녁 식탁에서 캐머런이 아무 말도 하지 않자, 엄마 아빠가 말했다.

"캐머런, 왜 그래?"

무대 위에서 '엘리제를 위하여'를 연주하던 사람은 캐머런이 아니었다. 다른 사람의 영혼이었다.

모든 영광과 혼란의 삼 분 동안 그는 사라져 버렸다.

———

저녁에 나무에서 돌아온 캐머런은 침대에 누웠다. 울 양말을 신은 발가락은 얼어서 퍼렇게 되었다. 엄마는 다시 일하러 나갔다. 그러고 보니 소파에 그대로 있겠다고 엄마랑 약속을 했었던가?

그 나무는 캐머런의 신성하고 비밀스러운 장소였다.

그 사시나무는 보통 남자의 신체 비율과 거의 비슷했기 때문에 바로 점찍었다. 두꺼운 몸통은 상체 같았고 약 육 피트 정도(약 백팔십 센티미터 - 옮긴이) 높이였다. 자세히 보니 블록처럼 차곡차곡 쌓여진 척추 같다는 생각이 들었다. 사시나무 가슴 부분에는 옹이가 있었고, 대동맥의 위치를 정확히 가리키듯 튀어나와 있었다. 이 부분은 마치 심장 같았다.

평소에는 이 부분을 겨냥한다. 가끔 머릿속이 얽혀 버릴 때면, 양쪽 무릎을 겨냥하지만 실은 이것이 가장 잔인한 방법이다. 방아쇠를 당길 때, 그 다리가 얼마나 실제와 같은지가 머릿속에 떠오른다. 그러면 죄책감이 몸 안에 스며들어 잉크처럼 온몸에 퍼졌다.

오늘 캐머런은 22구경 권총을 제물인 마냥 땅 위에 올려 두었다. 캐머런은 나무를 보며 상상했던 사람들이 모두 '험'에 있다고 생각하고 싶다. 상상 속에서 캐머런이 다치게 한 그 모든 사람들. 그리고 이제 루신다는 그들과 함께 있다. 그래서 아침이면 새들이 루신다를 위해 노래해 주었으면 좋겠다.

이제 안전하게 자기 방에 누워있는 캐머런의 생각은 요요 줄처럼 서로 엉키고 멋대로 꼬여 있다. 아빠의 일이 일어난 후로 수개월째 상담을 해 주는 심리치료사는 지금 같은 때, 즉 공황상태가 공격을 해 캐머런의 머릿속이 온통 혼란에 휩싸일 때에 쓰는 안전 단어를 가르쳐 주었다. '얽힌 것을 풀어요'라는 말이다. 이 짧은 말은 캐머런을 진정시켜 주었다. 다른 사람이 보기에는 멀쩡하지만 그는 기절할 것만 같은 눈앞이 캄캄한 상황을 사라지게 해 주었다. 걸어 다니고, 사람들과 말을 하고, 피아노를 치거나 일상적인 일을 하지만 뇌는 압도되어 문을 닫아 버리는 것이다. 얽힌 것을 풀어요.

점점 이 안전 단어도 의미가 없어지고 있다. 너무 많이 생각해서 그런 것 같다. 마치 한 단어를 너무 오래 쳐다보고 있다가 다른 곳을 보면 괴상한 형태의 글자들이 떠다니는 것 같은 그런 현상과도 같다.

얽힌 것을 푼다 해도 루신다를 다시 살려 낼 수도 없고 나무에 대고 상상으로 사람들을 해치던 일들이 사라지지도 않는다. 9×12 크기의 종이 위에 그려진 균형 있는 루신다의 모습. 급하다. 캐머런은 12월에 로니가 돌려준 포르노 잡지(새까만 머리로 겨우 젖꼭지를 가린 레이나 레이가 중앙 접지를 장식하고 있다)를 숨겨 놓은 침대와 벽 사이 빈 공간으로 손을 뻗었다.

매트리스 밑으로 손을 뻗었을 때, 엄지손가락이 벽과 침대 사이에 끼인 단단한 무엇인가를 스치고 지나갔다.

흐릿한 오후의 햇빛 아래 그것을 꺼내지 않아도, 캐머런은 그게 무엇인지 정확하게 알고 있었다. 그 스웨이드 가죽이 틀림없다. 고무 밴드로 잠겨 있는 그것을 보기도 전에 비난의 목소리가 들렸다. '넌 잘못을 저질렀어. 큰 잘못을 저질렀어.'

캐머런은 구석 탁자 위에 그 물건을 놓았다. 동일한 형태의 이상한 조합을 지켜보며 침대 위에 서 있다. 직사각형 침대 틀, 직사각형 시트, 직사각형 이불, 직사각형 베개, 그리고 그 한가운데에 루신다의 직사각형 일기장이 있었다.

'얽힌 것을 풀어라'는 여기서도 어떻게 루신다의 일기장이 자신의 침대에 있는지 설명하지 못한다. '얽힌 것을 풀어라'는 일기장을 어떻게 해야 할지도 알려주지 않는다. '얽힌 것을 풀어라'는 2월 15일 밤, 바로 어젯밤을 기억하는 데 아무 도움을 주지 못한다. '얽힌 것을 풀어라'는 루신다를 되살리지도 못한다.

이십삼 분이 지났지만 캐머런은 한 가지 생각뿐이었다. 이렇게 루신다를 가깝게 느낀 적이 없었다.

캐머런은 일기장을 열어 보지 않을 작정이지만 루신다가 세심한 노력을 기울여 일기를 썼다는 것은 알 수 있었다. 캐머런은 루신다가 공책에 필기할 때 y와 g의 아랫부분이 파란 줄 밑으로 나오게 쓰는 글씨체를 기억했다. 캐머런은 고무 밴드를 옆으로 늘리며 생각했다. 그가 알고 있는 루신다는 창문 너머에 있거나 루신다라고 가슴팍에 쓴 제퍼슨 고등학교 체육복 티셔츠를 입고 어깨 너머로 미소 짓는 체육 수업에서나 존재했다.

캐머런은 헤이스 가족의 취향을 알고 있었다. 저녁 식사에 쓸 양파를 써는 방법, 아침에 일어나 눈을 비비는 모습. 머리는 샤워를 한 뒤에 빗었다. 아버지는 설거지를 했고 여동생이 건조시켰다. 캐머런은 헤이스 가족이 집 안을 돌아다니는 수많은 방법에 대해 어떤 견해도 갖지 않았다. 그건 캐머런이 할 일이 아니다. 그는 단순히 지켜보는 사람일 뿐이다.

보라색 일기장은 루신다가 남긴 유일한 물건이다. 그 일기장을 열어 봐야 할 사람은 캐머런이 아니다. 그것은 공평하지 않다. 그래서 캐머런은 일기장을 옷장의 가장 높은 선반에 두었다. 연필대 수집품과 끔찍한 짓을 한 사람들의 수집품과 함께. 이 둘 모두 그의 겨울 스웨터 더미 뒤에 있는 종이 파일에 들어 있다.

캐머런은 많은 수집품을 갖고 있는데 모두 옷장의 꼭대기 선반에 숨겨 두었다. 연필대 수집품, 펜 수집품, 엄마의 젊은 시절 사진 수집품. 유일하게 머릿속에 간직하고 있는 것은 조각상의 밤 수집품이다. 이것이 캐머런이 가장 좋아하는 수집품으로 루신다로 가득 차 있다.

캐머런은 잡히는 것이 두려워 일기장을 숨긴 것이 아니다.

그저 루신다를 망가뜨리고 싶지 않을 뿐이다.

엄마는 퇴근 후면 늘 피곤해했다. 엄마의 하루는 너무 길다. 수예점에서 따분한 노부인들과 실의 가격을 흥정하고 특수 줄자를 사용해 천을 재단하며 시간을 보내기 때문이다.

오늘 밤은 냉장고 문이 휙 열렸다 닫혔다. 은제 식기가 든 서랍은 포크와 칼들로 덜컹거렸다. 캐머런은 엄마가 방문을 두드릴 때까지 이 소리를 들었다.

"왜 바닥에 앉아 있어?"

엄마가 방문을 조금 열었다.

엄마는 웃는 얼굴 모양으로 깎은 사과에 땅콩버터로 가장자리를 장식한 플라스틱 접시를 들고 있었다.

"간식을 만들었어. 나와 봐. 바깥 공기 좀 쐬자."

코트와 모자를 걸치고 엄마와 함께 차도로 걸어가 마른 현관 계단에 앉았다. 엄마는 파스텔 보라색 재킷을 입고 있다. 캐머런의 기억에 의하면 엄마는 매년 겨울에 그 코트를 입고 백화점에서 산 줄무늬 비니를 썼다. 따뜻해 보이지는 않았다.

"너한테 힘든 하루였을 거야."

엄마가 말했다.

엄마는 사과를 베어 물었다. 캐머런은 사람들이 과일 먹는 모습을 좋아한다. 특히 복숭아는 키스하는 것 같다. 아주 진하고, 깊은 키스다.

"할 얘기가 있어. 어젯밤에 루신다가…."

엄마는 두통이 있는 것처럼 하늘을 보며 눈을 감았다.

"루신다가 살해되었을 때 말이야. 오늘 널 데리러 갔을 때 반스 교장 선생님이 엄마를 옆으로 끌고 간 거 기억하니?"

"네."

"교장 선생님은 어젯밤에 네가 집에 있었냐고 확인한 거야. 경찰은 서에 가자고 했지만 나는 일단은 너와 먼저 얘기를 하고 싶었어. 캐머런, 엄마 좀 봐."

엄마가 말을 이었다.

"너는 집에 없었어."

캐머런은 엄마의 말을 더 잘 이해해보려고 노력했다. '너는 집에 없었어.' 만일 캐머런이 집에 없을 때 루신다가 죽었다면. 엄마는 결코 거짓말을 할 사람이 아니다.

"저 집에 있었어요."

캐머런이 말했다.

"엄만 너무 무서워."

엄마는 손가락으로 콧등을 눌렀다.

"네 방에서 소리가 나는 걸 들었어. 너는 방에 없고 창문이 열려 있더라. 전에도 이런 짓을 했다는 거 알아. 밤에 걸어 다닌 거. 그래서 걱정하지 않았지."

캐머런은 기침을 했다. 기침을 해야 할 것만 같았다.

"엄마. 전 집에 있었어요."

"캐머런, 우리 아기."

캐머런은 엄마를 볼 수 없었다. 고개를 끄덕이는 모습을 보니 울고 있다는 것을 알 수 있었기 때문이다. 엄마를 차도로 끌고 와서 그 끔찍한 말을 하게 했다.

"너는 집에 없었어. 없었다고."

캐머런은 머릿속이 얽히기 시작하는 것을 느꼈다. 견딜 수가 없을 것 같았다. 머릿속이 부풀어 오르고 화가 났다. 시야가 어두워지고, 숨이 얼어붙는 것 같다. 손가락 끝을 땅바닥에 세게 누르자 작은 자갈 조각이 살에 박혀 팔 전체에 찌릿한 고통이 전해졌다. 캐머런의 기분이 조금 나아졌다.

"그럼 전 어디에 있었을까요?"

"엄만 네가 그걸 말해 줬으면 좋겠어."

"기억이 안 나요."

캐머런은 사실대로 말했다.

"잊을 리가 없잖아. 겨우 어제 일인데."

"아무것도 생각나지 않아요."

캐머런이 말했다. 엄마의 얼굴을 알아보지 못할 것만 같다. 그의 말을 믿어야 할지 고민하며 두려움에 떠는 얼굴이었다.

콧물이 흘려내려 입 위에 고여 있었지만 엄마는 닦으려 하지 않았다. 엄마는 캐머런의 끈적거리는 손을 잡고 깍지를 꼈다. 캐머런은 당황스러웠다. 손깍지를 끼기에는 너무 크지 않았나 생각이 들었지만, 그 느낌이 너무 좋아서 놓고 싶지 않았다. 누군가가 흔들리는 활을 바이올린 줄에 대고 연주하는 느낌이었다. 둘은 말이 없었다.

캐머런은 근 삼 년 동안 의식적으로 울지 않으려 했다. 눈물샘이 터져 한번 울기 시작하면 멈출 수가 없었기 때문이다. 그래서 우는 대신 캐머런은 슬픔을 목 안으로 삼켜 슬픔이 뜨겁고 진하게 녹아들도록 했다. 엄마와 캐머런은 베이지색 집 밖에 있는 건조한 콘크리트 위에서 멍하니 웅크리고 있었고, 너무 세게 붙잡고 있어 손바닥이 아팠다. 이런 슬픔은 견디기 힘들지만 누군가와 함께 나눌 수 있어서 좋았다. 비록 슬픔으로 목이 말도 못하게 묵직해져도 말이다.

———

엄마는 아빠 방에 들어가지 않으니 캐머런은 수집품들을 아빠 옷장에 보관할까 생각했다. 옷장에서는 아빠 냄새가 났다. 낡은 가죽과 아침 신문 냄새다. 머리가 정말로 복잡하게 얽히면 캐머런은 아빠의 옷장으로 갔다. 아빠가 떠난 뒤로는 두 번밖에 들어가지 않았다. 상실감이 너무 컸을 때였다. 캐머런은 따끔거리는 셔츠와 옷걸이에 걸린 바지 사이에서 매일 이런 옷을 입는 기분이 어떨지, 나쁜 사람이 되는 건 어떤 기분인지 생각했다.

'끔찍한 짓을 한 사람들 수집품'은 노란색 종이 파일에 들어 있다. 원칙에 따라 아빠도 여기에 넣었다. 하지만 아빠를 안드레아 예이츠와 같이 붙여 놓는 것이 기분이 나쁘기는 했다.

모든 것은 안드레아 예이츠에서 시작되었다.

"텍사스에서 자기 아이들을 죽인 여자 알아?"

누군가가 수업 중에 말했다.

"욕조에 넣고 모두 익사시켰대. 악마한테서 아이들을 지켜야 한다고 생각했다나 봐."

캐머런은 집의 컴퓨터로 그 사건을 찾아 신문기사들, 블로그 포럼, 가족사진 같은 관련 자료를 모두 출력했다. 캐머런은 사랑이 시간별로 기록되는 방식을 알고 싶었고 그런 사랑을 소유하고 싶었다. 죽은 아이들과 남편을 위해, 심지어 안드레아 예이츠를 위해 슬퍼하기 위해서는 이것들이 필요했다. 안드레아가 저지른 끔찍한 짓은 보기만 해도 토할 것 같았지만 그래도 아주 작은 부분까지도 알고 싶었다. 캐머런은 아이들이 그날 아침으로 무엇을 먹었는지, 어떤 옷을 입었는지, 남편이 귀가해 큰 침대에 놓인 그 작은 시체들을 보았을 때 기분이 어땠는지 알고 싶었다. 아이들 입안에 샴푸가 있었는지, 이 사이로 거품이 나왔는지, 아이들이 비명을 지르고 싶었지만 까르륵 소리만 났는지. 안드레아 예이츠가 사랑 때문에 그 끔찍한 짓을 했는지. 매트리스에 스며든 탁한 물에 흠뻑 젖은 다섯 아이의 시체. 그런 것을 사랑이라고 할 수 있는지. 그중 한 명은 갓난아기였다고 한다. 그는 어떤 사랑이 사람을 익사시킬 수 있는지 궁금했다.

그래서 '끔찍한 짓을 한 사람들 수집품'은 안드레아 예이츠로 시작한다. 한번 수집을 하기 시작하자 나머지 수집품들은 끓어 넘치는 호기심과 함께 빠르게 다가왔다. 다음 수집품은 남부의 여학생 클럽 살인 사건, 다음은 잭 더 리퍼, 그리고 폴더의 끝에 아빠가 있다.

바닥에 '끔찍한 짓을 한 사람들 수집품'을 펼쳐 놓은 캐머런의 머릿속은 복잡하게 얽히기 시작했다. 캐머런은 주머니에서 지우개를 꺼내 손바닥에 대고 팬케이크처럼 납작해질 때까지 주물렀다. 캐머런의 생각들이 만화에 나오는 벌새처럼 머리 주변을 빙글빙글 돌고, 귓불을 쪼고, 어깨를 밀어내고 있었다. 그들은 캐머런을 가만두지 않을 것이다. 평소에는 그들이 반가웠다 하지만 루신다의 일기장이 자기 옷장에 있고, 그녀는 죽었고, 캐머런은 아빠와 안드레아 예이츠와 함께 여기 바닥에 앉아 있다.

캐머런은 자신의 침실 창문을 열었다. 2월의 공기가 그의 뺨을 핥고 지나갔다.

———

마을은 충격에 빠졌다. 눈은 거의 다 녹았다. 어젯밤 루신다가 죽었고 그림자는 전날보다 더 길게 드리워졌다. 전조등이 깜빡거리고 있었다. 캐머런은 눈에 띄지 않는 곳에서 모든 것을 관찰했다.

핸슨 가족은 TV를 보고 있었다. 그들의 얼굴은 처졌고, 푸른빛이 그들의 끈적거리는 얼굴 위로 깜빡거렸다.

손턴 씨는 거실 안락의자에 혼자 앉아 있었고 러그 위로 아기 장난감들이 흩어져 있었다. 보통 저녁 이 시간에는 하늘색 줄을 강아지 목에 채워 산책을 간다. 손턴 씨가 강아지의 목에 줄을 두르면 캐머런은 집으로 돌아갈 준비를 한다. 자기가 있던 거리를 다른 사람과 함께 공유하고 싶지 않았다. 하지만 오늘 강아지는 손턴 씨 발 밑에서 잠을 자고 있고 거실 구석에 있는 스테인드글라스 전등 하나만 켜 있다. 전등 빛에 그의 실루엣이 비친다. 여전히 눌려 있는 정장 재킷의 모양, 다림질된 셔츠의 접힌 자국, 버려진 올가미처럼 목에 걸려 있는 넥타이가 보였다.

한번은 학교의 상담사가 캐머런에게 여러 사람과 함께 있을 때보다 혼자 있을 때가 더 행복한지 물었다. 참 바보 같은 질문이다. 다른 사람들은 캐머런처럼 머리를 맑게 하려고 노력하지 않는다. 수집품이나 루신다의 몸의 복잡함과 머리 한 올 한 올에 붙어 있는 왁스 오일 같은 것을 생각하지는 않을 것이다. 사람들은 잡지 중앙에 접혀 있는 부분에 나오는 레나 레이의 엉덩이뼈나 엉덩이뼈 사이 깨끗하고 평평한 곳을 보지 않는다. 여러 사람들과 함께 있어도 캐머런은 여전히 혼자였다. 때로는 이 점이 행운이라는 생각이 들면서도 자신이 이 세상에 있어서 쓸모없는 사람이라는 생각이 들기도 했다.

루신다는 죽었고 그 사실은 지난밤 눈처럼 모든 집에 내려앉았다. 처음에는 부드럽게 앉았지만 모든 것이 그렇듯이 이내 무자비하게 녹아내렸다. 하지만 캐머런은 그렇지 않았다. 루신다가 죽었다는 사실이 캐머런을 몰아세운다. 허벅지에 차오르는 차가운 바닷물처럼. 캐머런은 파도를 헤치며 나아갈 뿐이다. 짭짤하고 비참한 진실이 입안의 거품으로 나올 때까지.

둘째 날

2005년 2월 17일 목요일

제
이
드

캐머런이 종이봉투에서 사과를 꺼내 한입 베어 문다. 이 안뜰에서도 캐머런이 창문 옆 테이블에 홀로 앉으면 그의 친숙한 자의식을 느낄 수 있다.

사람들은 하루 종일 사건에 대해 수군거렸고 경찰들은 지금 증거를 찾고 있다. 캐머런은 루신다에게 집착했다. 스토커였다.

나는 캐머런과 루신다가 그런 사이라고는 생각하지 않는다. 둘은 친구였다. 정말로 그랬다. 매일 밤 루신다 집의 뒤뜰에 처량하게 서서 캐머런이 어떤 식으로 그녀를 바라보았는지 사람들은 모른다. 그는 흠모해 마지않는 눈길을 보내고 있었다.

한번은 베스가 캐머런을 조롱하는 것을 들었다. 루신다와 팔짱을 끼고 과학실로 걸어가는데 마침 캐머런이 고개를 숙인 채 지나가고 있었다.

"정신병자."

베스는 캐머런에게도 들릴 만큼 큰 소리로 그를 야유했다. 캐머런은 학생들 무리에 섞여 재빠르게 모습을 감췄다.

루신다는 걸음을 멈췄다. 팔짱을 풀고 자신을 보호하듯 공책을 가슴으로 끌어당겼다. 드가의 그림이 인쇄된 공책이었다. 발레리나가 벤치 위에 앉아 요정 같은 허리에서 나온 튀튀의 실크 레이스를 묶고 있는 그림이었다. 그러고는 베스에게 말했다.

"너는 쟤를 알지도 못하잖아. 그냥 놔둬. 쟤는 미치지 않았어."

———

말하고 싶지만 바보가 아니면 말할 수 없는 것

제이드 딕슨 번스 대본

실내 : 제퍼슨 고등학교 학생 식당 – 점심시간

셸리가 학생 식당에 앉아 있는 친구(15세, 외톨이)에게 다가간다. 그는 아름다운 갈색 눈으로 올려다본다.

친구 : (깜짝 놀라며) 어, 안녕.

셸리 : 우리 어제 만났잖아. 교장실에서.

친구 : 아… 알아.

셀리 : 앉아도 돼?

셀리가 맞은편에 앉자 친구는 얼굴을 붉히며 먹던 사과를 종이봉투에 다시 넣는다.

셀리 : 나는 말하지 않을 거야. 그저께 내가 본 거 말이야.

친구 : 무슨 말 하는지 모르겠어.

셀리 : 루신다가 죽던 날 밤. 그 집 잔디밭에서 널 봤어. 네가 거기 있는 거 맨날 보거든.

친구 : 아니, 나는….

셀리 : 괜찮아. 네가 죽이지 않았잖아.

친구는 주위를 둘러보고는 눈을 다시 아래로 깐다.

친구 : 넌 나에 대해 잘 알지도 못하잖아.

셀리 : 내 이론에 따르면 모든 사람은 관찰과 통찰의 통합일 뿐이거든. 그래서 어떤 사람도 진정으로 알 수는 없어. 어쨌든 너는 루신다를 해치지 않았어.

친구는 힘들게 침을 삼킨다.

셀리 : 내가 지켜봤어. 너만 다른 사람을 관찰할 수 있는 게 아니거든.

친구는 서둘러 일어나 종이봉투를 공처럼 구긴다. 친구는 셀리를 뒤돌아본다.

친구 : 고마워.

친구는 셀리를 홀로 남겨두고 떠난다. 셀리는 머리를 흔들며 웃는다.

셀리 : 내가 낙관주의자가 되면 그때 신이 도우실 거야.

———

나는 캐머런에게 다가가지 않는다. 대신 나무 아래 앉아 내 문신 냄새를 맡는다. 뾰족한 꼬리를 가진, 소용돌이 불을 내뿜는 용 문신이다.

《현대의 마법 : 인간을 위한 지침서》2장은 죽은 사람이 보내는 신호에 관한 것이다. 사후세계의 사람이 접촉해 올 때, 세 가지 신호를 받는다고 한다.

이미지, 꿈, 징표.

오클라호마에 연쇄살인범에게 아내를 살해당한 한 남성이 살고 있었다. 아내는 남편에게 계속해서 세 가지 신호를 보냈고 남편은 이것들을 꼼꼼하게 자신의 블로그에 기록해 두었다. 이미지, 꿈, 징표. 남편은 죽은 사람이 보내는 신호는 자신이 머릿속에서 만들어낸 것으로 불가능한 일이라고 블로그에 적었다. 하지만 세 개의 신호가 계속 나타나 오클라호마의 그 남자는 결국 경찰을 불렀다. 분명히 누군가가 그를 해치려고 하고 있었다.

경찰은 아내의 잠옷으로 천장 선풍기에 목을 맨 남자를 발견했다. 경찰은 올가미의 각도로 보았을 때 자살은 아니라고 판단했다. 하지만 집의 모든 문은 안에서 잠겨 있었다.

나는 더러운 셔츠가 산더미처럼 쌓여 있는 침대에 앉아 캐모마일 촛불에 의지해 이 장을 읽고 있었다. 갑자기 내 방 안의 모든 것이 신호가 되었다. 달 주기표, 뻣뻣한 분홍색 머리털을 가진 트롤 인형들, 부고 기사 모음, 하트, 강아지, 예수 등을 닮은 돌 수집품. 이미지, 꿈, 징표. 이미지는 죽은 자의 시각적인 표상이고, 꿈은 말 그대로 꿈, 징표는 죽은 자가 자기 것이라고 주장하는 당사자의 물건이다. 이런 신호가 왔을 때 어떻게 알아볼 수 있을까? 어리석은 피해망상적 두려움에 심장이 쿵쾅거렸다.

나의 유예사항 : 나는 죽은 사람을 모른다.

첫 마법은 에이미에게 걸었다. 나는 수업에 빠진 것을 엄마가 눈치채지 못하게 에이미가 집에 있게 해달라고 빌었다. 그래서 나는 《현대의 마법》에 쓰인 대로 허브를 섞어 에이미의 빨래에 숨겼다. 그다음 날 에이미는 열이 났다. 나는 다시는 마법을 쓰지 않기로 약속했다. 물론 그 약속은 오래가지 않았다.

예비 종이 울려서 땅콩버터 샌드위치 반쪽을 나무 아래에 그대로 두고 왔다. 새들이 먹을 것이다. 나가는 길에 내가 상상하는 그 시나리오 대로 연기하듯이 캐머런의 자리에 가볼까 생각했지만 현실은 예측할 수 있는 파도 같은 그런 것이 아니다. 사랑도 마찬가지다. 나는 사랑이 어떤 것인지 모른다. 하지만 추측해보건대 전혀 다른 것이리라. 어쩌면 산사태 같은 것일지도 모르겠다.

당연하게도 모두가 잽에 대해서 수군댔다. 그런데 기본적으로 잽은 캐머런처럼 수상하지 않았다. 잽은 서툴지도, 능숙하지도 작지도 않았다. 오히려 잽은 공개적인 비난을 받기에는 너무 빛나는 학생이었다. 일 년 반 후에 우리는 모두 졸업을 할 것이고, 잽은 아마 축구팀이 있는 좋은 학교에 가게 될 것이다. 내년까지는 대학에 대해서 생각하지 않기로 결심했지만 꼭 생각을 해야 한다면 이런 상상을 하며 안도감을 느낀다. 글쓰기로 장학금을 받기는 힘들고, 테리는 나를 좋은 학교에 보낼 만큼 돈을 벌지 못한다. 우리는 모두 기숙사 같은 방에서 싸구려 맥주를 마시며 빛나는 새로운 인생을 살게 될 것이다. 아마도 혼란스러운 시간 속에서 모두가 잽이 어떤 사람이었는지를 기억하게 될 것이다.

나는 잽의 진정한 잔인성을 목도했다. 그의 암울한 면을 보았다. 나는 잽 아르노의 눈에 비친 증오를 보았다. 그리고 나는 그런 것을 받을 만했다.

말하고 싶지만 바보가 아니면 말할 수 없는 것

제이드 딕슨 번스 대본

실내 : 제퍼슨 고등학교 음악동

셀리는 연습실 구석 피아노 의자에 앉는다. 악기들이 곳곳에 놓여 있다. 소년(17세,

호리호리하고 잘생겼다)이 하얀 헝겊으로 반짝이는 트롬본의 마우스피스를 닦고 있다.

셀리는 그를 바라본다.

셀리 : 우리가 어렸을 때 '상심'은 애완동물이 죽었을 때나 대중가요에나 쓰이는 말이었던 거 기억해?

소년은 대답하지 않는다.

셀리 : 너무 어려서 바보 같았던 때, 하루 종일 들판을 탐험하고 얼이 빠져 벌레를 잡으려고 땅을 파던 때를 기억해?

소년 : 기억해.

셀리는 소년의 말이 이어지기를 기다리지만, 그는 말하지 않는다. 소년은 케이스에 트롬본을 넣고 잠근다.

셀리 : 너는 나를 알잖아. 우린 아직 그런 애들이야. 확실히 그때와는 다르게 생크림 먹기 대회도 안 하고, 서로의 귀에 대고 속삭이는 횟수도 줄긴 했지. 하지만 그래도 우리는 여전히 우리야.

소년은 방을 나가기 전에 셀리를 한 번 돌아본다.

셀리 : 언제나 우리로 남을 거야.

잽과 루신다는 크리스마스 바로 전에 헤어졌다. 두 달 전이다. 적어도 학교에서는 그렇게 소문이 났다. 루신다와 잽이 공식적으로 커플이라고 했던 적은 없고 그저 여기저기서 들리는 소문이었지만 어쨌든 잽은 지금 자유의 몸이다. 여자애들이 체육 수업 후 사물함 뒤에서 수군거렸다. 나는 구석에서 샤워를 마치고 축축한 몸에 바지를 입느라 애쓰고 있었다. 그때 누군가가 말했다.

"루신다가 잽을 찼대. 이유도 말하지 않고 말이야."

그날 잽의 마지막 수업은 합주부 활동이었다. 그는 트롬본을 분다. 신입 단원으로 들어갔지만 은밀히 즐기는 것 같다. 잽의 가방에서 삐져나온 트롬본용 악보를 본 적이 있다. 팝송 표지로 겉을 숨기고 다녔다. 나는 보면대를 펴고 침실에 앉아 딱딱한 마우스피스에 입을 대고 트롬본을 연주하는 잽을 상상했다.

그날 나는 교과서를 들고 누군가를 찾는 것처럼 목을 길게 빼고 음악동 복도를 어슬렁거렸다. 사실은 사람을 찾는 것이 아니었다. 연습실 창문으로 잽이 트롬본을 분리해서 보관함에 넣고, 흰 천으로 마우스피스를 닦는 모습을 보고 있었다. 나는 심호흡을 한 뒤 장님이 지팡이를 짚듯 교과서를 가슴팍에 안은 채로 문을 열었다.

"안녕. 혹시 엠마 봤어?"

"엠마?"

잽은 천을 악기 보관함에 넣으며 물었다. 내 심장이 떨렸다.

"응."

"엠마 카진스키? 아니, 걘 여기서 수업 없어."

"아."

나는 책을 대답인 양 들어 올렸다. 상관없다. 잽은 악보를 바인더에 넣어 정리한 뒤 트롬본 케이스 손잡이를 잡고 문으로 걸어갔다. 나는 피아노 의자 끝에 앉았다. 연습실에서는 악기 냄새와 광택제 냄새가 났다.

"어떻게 지내?"

안부 인사가 너무 빨리 튀어나왔다.

"잘 지내. 너는?"

계획도 안 짜고 이런 말을 하다니 바보 같다.

"얘기 들었어."

하지만 잽은 이미 저만치 가서 한 손으로 문을 열고 있었다.

"난 그냥 네가 괜찮은지 해서."

잽은 눈을 가늘게 뜨고 머리를 옆으로 기울었다. 잽은 화가 나지만 숨기고 싶을 때 이런 행동을 한다.

"고마워."

그는 문을 열면서 말했다.

"좋은 하루."

잽은 식당 주인 같은 말투로 인사했다.

잽이 나갈 때 트롬본 케이스의 끝부분이 벽에 부딪쳤다.

'기억이 안 나는 거야?'

나는 그를 불러 세우고 어릴 때 함께 했던 일을 잊었냐고 따지고 싶었다. 벽 쪽에 줄지어 있는 드럼들만이 휑한 연습실을 채우고 있었다. 나는 참을 수 없는 수치와 분노로 아무 건반이나 마구 눌러 시끄러운 소리를 만들어 냈다.

———

우리는 담력 테스트를 하려고 어떤 남자가 목매어 죽은 오두막으로 갔다. 고등학생이 되기 전 여름이었다. 루이스 트래블리가 잽을 '계집 애'라고 놀려서 할 수 없이 촛불 세 개를 켜고 노래를 부르며 그 집으로 향했다. 잽이 혼자 가는 걸 싫어한다는 것을 알고 있었다. 하지만 나는 이런 공포 영화나 가지 말아야 하는 장소에 가는 일들을 좋아했다.

목매단 남자의 오두막은 반쪽만 남아 있었다. 1900년대 초기에 지어 진 집의 오른쪽 부분은 불에 타 없어졌고 무너진 서까래와 콘크리트 빔 만이 그 흔적으로 남아 있었다. 일가족은 아마 1930년대에 이 집에 살 았을 것이다. 그들의 뼈로 추측한 결과다. 전체 가족의 뼈는 시내에 있 는 과학박물관에 보관되어 있어서 신청하면 특별실에서 볼 수 있었다.

나는 용기를 증명하려고 앞장서서 들어갔다. 잽은 어깨 너머로 힐끗 쳐다보고 배낭끈을 끌어 올렸다. '나는 베이컨을 사랑해'라는 문구가 박 힌 파란색 티셔츠를 입은 잽을 보고 바보 같고, 재미도 없다고 말했지 만, 실은 그 옷이 갈색 피부를 더 진하게 보이게 해서 좋았다. 벌써 학교 의 여학생들은 잽을 연모하기 시작했다. 그는 연한 파란색의 눈을 가지 고 있다. 나는 언제나 그의 눈이 프랑스 사람 같다고 생각했다. 정작 프랑스 사람들은 그렇게 보이지 않겠지만.

"맙소사. 소름 끼쳐!"

잽이 목매단 남자의 오두막의 부서진 문가에서 말했다.

잽은 갈색 나뭇잎 더미를 발로 걷어찼다. 정원의 떡갈나무에서 떨어진 나뭇잎들이 뚫린 지붕을 통해 집 안으로 날아와 쌓였던 것이다.

"괜찮아. 계집애처럼 그러지 마."

내가 말했다.

"우리 엄마가 그거 욕이래."

"너 나한테 그런 말 하지 말라고 설교하는 거야?"

"망할. 그 따위 것 신경 안 써."

"망할이라는 말도 하지 마!"

잽은 활짝 웃었다. 서로 맞물린 앞니 사이에는 참깨 모양의 구멍이 있었다. 그 구멍 때문에 사람들은 항상 잽의 이 사이에 뭐가 끼었다고 했다. 나는 서두르며 말했다.

"빨리 가자!"

그는 망설이며 나를 따라 폐가로 들어왔다. 무너진 들보 밑을 걸어가니 부엌이었던 곳이 나왔다. 깨진 도자기 조각이 돌무더기 속에 섞여 있었다. 조각은 너무 작아서 겨우 파란색 꽃무늬를 알아볼 수 있을 정도였다. 금도금된 법랑이 반짝였다. 더 깊이 들어가자 9월의 하늘이 머리 위로 펼쳐졌다. 방구석에는 찌그러진 맥주 캔과 담배꽁초, 오래된 감자칩 봉지가 가득했다.

"그러니까 어디서 죽었다고?"

잽이 물었다.

"불타버린 쪽이라고, 이 멍청아."

내가 대답했다.

잽은 책상다리를 하고 바닥 한가운데에 앉아 가방에서 초를 꺼냈다.

"있잖아, 너 좀 웃겨. 제이드."

나는 그를 마주 보고 앉아 초를 일직선으로 배열했다.

"아무렇지 않다는 식으로 돌아다니면서 용감한 척 행동하잖아. 실은 전혀 그렇지 않다는 걸 내가 아는데 말이야."

"닥쳐."

내가 말했다.

"무슨 말인지 알겠어? 내가 너를 잘 안다는 걸 행운으로 여겨. 아니었으면 나는 널 싫어했을 거야."

잽이 낄낄거리며 웃었다. 나도 따라 웃으려 했지만 목에 뭐가 걸린 듯한 느낌에 웃을 수 없었다. 무엇인가가 박혀 팽창한 느낌이다.

잽은 막대기로 흙바닥에 성기를 그렸다. 양쪽에 고환까지 그려 넣은 완전한 모습이다. 우리는 그 그림을 보면서 크게 웃었고 긴장도 함께 사라졌다. 오후의 햇살이 우리에게 쏟아졌다. 건조한 콜로라도 바람이 불었다. 몇 달 후면 고등학생이 되는데 우리는 아직도 너무 유치했다. 그렇다고 그 사실을 심각하게 받아들일 생각도 없었다.

이즈음 잽이 엄마가 한 일들을 눈치채기 시작했다. 내 허벅지에는 멍이 들어 있었고, 입술은 갈라져 있었다. 내 손은 항상 뭔가 잡을 것을 찾기 위해 떨고 있었다. 잽은 티 나지 않게 나를 유심히 관찰했다. 나는 내가 언제나 엄마를 화나게 해서 이렇게 된 거라고 말하려고 했다. 내 잘못이라고, 언제나 내가 잘못한 거라고. 동정은 필요 없었다. 하지만 잽은 여전히 나를 야생 동물 보듯 한다.

"밤에 왔어야 했는데."

잽이 말했다.

"별 보러?"

"아니, 달. 오늘 밤은 하현달이거든. 연직운이 나타날 거야."

"도대체 무슨 소리야?"

"근사한 밤이 될 거라는 말이야. 밖에 나가면 많이 볼 수 있어."

"다른 사람들한테도 이렇게 말해? 연직운 같은 말을 써?"

"아니 너한테만 그래."

"왜?"

"왜냐하면 너도 괴짜니까. 언젠가 우리는 함께 떠날 거야. 너랑 나 함께 말이야. 더 많은 별종이 사는 곳을 발견해서 다시는 이곳으로 돌아오지 않을 거야. 아마 뉴욕에는 별종이 많겠지. 그러니 우리는 뉴욕으로 가게 될 거야."

잽이 말했다.

그게 다였다. 그 이후는 기억이 나지 않았다. 초를 켜고 성가를 불렀지만 아무 일도 일어나지 않았다. 우리는 맥주 캔들을 찌그러뜨렸고, 나뭇잎 더미에 불을 지폈다. 나머지는 단편적인 기억의 조각으로만 존재한다. 연기가 콜로라도의 하늘 위로 끊임없이 퍼져 가고 있었다.

하지만 나는 그때가 내 삶의 최고의 순간이었다고 말할 수 있다. 특별한 이유가 있는 건 아니지만 무척 자유로웠다. 잽과 함께라면 귀신이 나오는 집에도 있을 수 있을 것 같았다. 나는 마음껏 무례해지고, 화를 내고 잽은 계속 괴상하게 행동해도 좋을 것이다. 우리는 서로를 알고 있었고, 하루하루를 함께 보내기를 원했기 때문이다. 우리에게는 서로에 대한 보호막이 존재하지 않았다.

별자리가 형태를 이루어 가고 있었다.

러스가 기억하는 리 휘틀리의 뚜렷한 특징은 눈썹이었다. 작은 벌레들이 동그랗게 몸을 구부린 듯한 눈썹이 이마에 근엄하게 자리를 잡고 있었다. 분명 다듬어진 눈썹이었다. 한번은 리에게 삐져나온 털이 한 올도 없는데 매일 아침마다 털을 뽑고 오는지 물어본 적이 있었다. 리는 대답도 안 하고, 몇 시간 동안 러스에게 말을 붙이지도 않았다. 리와 러스는 무언의 적대감 속에서 운전을 했고, 너무 긴장한 러스는 집에 가서 테킬라 세 잔을 들이켜 자신이 버림받았다는 느낌을 없애고 싶었다. 그의 눈썹은 정말 날카롭고 깔끔했다.

둘째 날에는 피해자의 전 남자 친구를 소환했다. 루신다 헤이스는 목이 부러졌다. 회전목마의 가장자리에서. 처음에 러스는 루신다가 산책을 나왔다 미끄러져 떨어졌을 가능성을 생각했다. 하지만 윌리엄스 형사는 피범벅이 된 담청색과 분홍빛을 띤 소녀의 얼굴 확대 사진을 가리켰다. 관자놀이를 가로질러 멍든 상처와 피가 나오던 지점도 그곳이었다. 그는 루신다 헤이스는 무엇인가로 얻어맞았다고 말했다. 아마도 작고 단단한 벽돌이나 바위 같은 것이었을 것이다. 하지만 소녀는 그 후 착지를 잘못했던 것이리라. 맞은 후에 회전목마의 가장자리에 부딪히지 않았다면 그 충격으로 목이 부러지지는 않았을 것이다. 아마 몇 바늘 꿰매고 심한 멍이 드는 것이 고작이었을 것이다.

눈이 발자국을 덮었고, 지문도 없앴다. 살인에 쓰인 흉기도, 루신다의 휴대전화도 없었다.

지금 루신다의 전 남자 친구가 와 있다. 그는 몇 안 되는 훌륭한 고등학생 중 한 명이었다. 대부분의 학부모는 넓은 챙이 달린 모자를 쓰고 집 계단에 서 있는 윌리엄스 형사의 모습을 보고 자발적인 심문을 거절했다. "우리 아이는 아무 잘못 없어요. 변호사와 먼저 얘기하겠어요"라고 하면서. 이제까지 이야기를 했던 아이들은 학교의 사교계의 저 꼭대기에 있는 루신다에 대해서 거의 아무것도 모르고 있었다. 윌리엄스 형사는 어젯밤 거의 모든 집을 돌아다녔지만 대부분은 포기했다.

전 남자 친구는 늘씬한 외국인 엄마와 함께 자발적으로 따라왔다. 러스가 보기에 그는 정말 재수 없는 고등학생의 전형이었다. 축구선수(풋볼을 하기에는 너무 쿨하다)의 뽐내는 듯한 느낌이 있었다. 넓은 어깨는 아직 떡 벌어지지는 않았지만 계속 자리를 잡아가고 있었고 몇 분마다 머리를 뒤로 젖혀 갈색 머리를 바람에 나부끼게 했다.

커피머신 뒤에서 뒤따라오던 서장이 그 소년의 이름이 에두아르 아르노라고 말하며 덧붙였다.

"피해자는 아주 훌륭한 소녀인 것 같지만 저보다 더 좋은 남자 친구를 고를 수 있었을지는 의문이로군."

"전 남자 친구죠."

러스가 정정했다. 그들은 몇 달 전에 헤어졌다.

러스는 소년을 바라보았다. 에두아르 아르노는 평소보다 작아 보였다. 주눅이 든 것 같다. 손을 잡고 있는 엄마와 함께 대기실에서 기다리고 있다. 마치 그것이 구명보트인 양 손을 꼭 잡고 있다. 러스는 저렇게 누군가의 손을 꼭 잡았던 때가 언제였는지 기억이 나지 않았다.

———

러스와 리는 교대 근무 사이에 절벽에 가서 낮잠을 잤다. 리가 체포되기 십 년 전의 일이다. 가짜 절벽이긴 하지만 러스는 좋아했다. 인공 저수지 위로 뻗어 있어서 실제보다 더 무서워 보였지만 실은 절벽 끝이 다른 아래쪽 고원으로 연결되어 있었다. 모든 것이 그렇지 않은가? 고원의 연속이다. 계속 안전하다고 내려가지만 결국 물에 빠지고 마는 것이다.

리는 뒷좌석까지 의자를 젖혔고, 러스는 뒷좌석에서 발을 계기판에 걸치고 누웠다. 둘은 블랙커피를 마시며 관할 구역을 순찰했다. 리는 가늘고 여성스러운 손가락으로 운전대를 가볍게 두드리며 리듬을 탔다.

러스의 기억 속 리의 얼굴은 언제나 흐릿했다. 마치 꿈에서 깨서는 그 사람의 희미한 실체만 생각나는 것처럼. 리는 허세를 부리지 않았다. 리의 코는 길고 뾰족했다. 리가 러스보다 나이가 많았고, 처음 만났을 때 리는 이미 신시아와 결혼한 상태였는데도 얼굴에 여드름이 났다. 리는 스물여섯 살이었고, 러스는 스무한 살이었다.

그때는 이네스를 만나기 전이었다. 둘은 습관적으로 러스의 하룻밤 상대에 대해 이야기했다. 그녀들은 고속도로를 타고 인근 도시들을 빠져나와 바에서 하룻밤을 보낼 상대를 찾기 위해 브룸스빌에 놀러온 여인들이었다. 그 당시 러스는 맥주를 계속 마셔댔는데, 그 몽롱함을 너무 잘 이해하고 있었기 때문이었다. 취기는 서서히 몰려왔고, 의식의 언저리를 찔러대는 둔감한 만취 상태가 되었다. 다음 날 일회용 컵 뒤로 몸을 숨기며 러스는 지난밤 일을 리에게 이야기하곤 했다.

"젖꼭지는 어땠어? 갈색이었어? 아니면 분홍색?"

리는 그런 디테일을 좋아했다.

대개는 거짓말이었다. 그런 만남은 전혀 실현되지 않는 것이 다반사였다. 리가 삐뚤어진 이를 드러내며 '러스도 이제 어른이군' 하고 인정해 주는 웃음을 짓게 하려고 지어낸 이야기였다.

"분홍색이었어. 주변에 털이 약간 있고."

러스가 대답하면 리는 너무 격렬하게 웃어 커피가 코로 뿜어 나왔다. "젠장!" 하면서 컵을 쥔 손을 비틀자, 뜨거운 커피가 쏟아졌다. 러스는 할 수 없이 25번 도로로 차를 몰았고, 그동안 리는 던킨 도너츠 냅킨으로 무릎을 닦았다.

리는 예민한 사람이었다. 그는 사소하지만 예측할 수 없는 일들에 흥분하곤 했다. 한번은 음주운전자가 리에게 호모라고 욕한 적이 있었다. 그 말을 들은 리가 운전자의 머리를 차창에 너무 세게 박아 유리가 산산조각이 났다.

신시아에 대한 이야기는 거의 하지 않았다. 그 당시 러스는 자신이 결혼을 하거나 사랑에 빠진다는 생각조차 못했다. 그래서 얻는 것이 무엇이 있는가? 리처럼 되고 싶지 않았다. 기침하다가 나온 가래를 어디에 뱉어야 할지 눈치를 보듯 아내의 이름을 말하고, 점점 황폐해지는 생활에 갇혀 있는 삶이지 않은가.

리는 마침내 신시아를 뱉어버렸다. 마치 리가 그녀라는, 자신이 만들어 낸 덩어리를 뱉고, 끈적거리지만 의미 없는 쓰레기를 바라보는 것 같았다. 모든 것이 무의미하게 부서지고 난 뒤에야 러스는 그들을 침대로, 서약대로 이끈 그 자석 같은 충동에 대해서 궁금해졌다.

체포된 뒤 리는 현금으로 중고차를 사서 눈 덮인 산을 넘어 언덕을 지나 주(州)를 가로질러, 아마도 더 따뜻한 곳으로 떠나 버렸다. 작별 인사도 없었다. 그러고는 모든 것이 끝났다. 십 년의 우정도, 산 속의 가장 좋아하는 곳에서 바라보던 십 년간의 일몰도.

연속되는 고원. 계속 미끄러져 내려가면 결국 물에 빠진다. 어둡고 끝없이 펼쳐진 곳을 두리번거리다 아는 곳임을 알고 헤엄친다. 저수지의 다른 끝에 또 다른 산과 절벽이 기다리고 있다는 것을 알고 있기 때문이다. 러스는 리가 뒷좌석에 늘어져 내리쬐는 해를 가리기 위해 야구 모자를 눌러쓰는 인간이기를 희망했다.

———

윌리엄스 형사가 희생자의 전 남자 친구와 이야기하는 동안, 방송사의 차량이 늘어났다. 지역 뉴스 채널은 물론이고 CNN에서도 나왔다. 머리가 반짝이는 기자가 마이크에 대고 말한다.

경찰서는 겁에 질린 시민들과 화가 난 학부모의 수많은 전화를 받았다. 학부모들은 전화로 "우리 아이들은 안전한 곳에 있어야 해요"라고 말했다. 한 익명의 남자는 늘어지는 가톨릭 신자 같은 말투로 음모론을 주장했다. 덴버 국제공항을 위협했던 그 음모론이었다. 그는 뉴에이지 나치즘이라고 했다. 신을 믿지 않는 사람들에게 새로운 홀로코스트가 온다는 내용이었다. 터미널 B 아래 강제수용소가 있고, 루신다는 경고의 의미라고 주장했다. 나중에 경관은 웃음을 터뜨렸다. 불편한 웃음이었다.

윌리엄스 형사는 어젯밤 휘틀리의 집에도 찾아갔다. 캐머런은 이미 잠들어 있었고, 신시아는 깨우기를 거부했다. 처음부터 그렇게 하면 희망이 없었다.

"영장을 가지고 다시 오세요. 아니면 적어도 타당한 이유라도 대세요."

신시아가 말했다.

어느 누구에게도 그런 것은 없었다. 보도 차량들은 안테나를 세웠다. 구석의 텔레비전은 경찰서 건물과 그곳에 들어가는 모습을 보여 주면서 협박하는 것 같았다.

"할 말 없습니다."

———

러스와 이네스는 여름날 공원에서의 만남 이후 몇 주 후에 다시 만났다.

마약 단속반의 전화였다. 브룸스빌 경찰은 이 자들을 수개월 동안 쫓고 있었다. 이들은 악명 높은 자들로 이반의 친구들이었다. 그들은 아무리 절박한 중개업자라도 가까이 가지 못하는 뼈대만 남은 집에서 거래를 했다.

마을 북쪽의 작은 구조물에 가족들이 빽빽하게 들어 살고 있는 지역이었다. 부서진 그릴과 햇볕에 바랜 플라스틱 의자가 잔디밭에 널브러져 있다. 러스의 동료 경찰들은 시원한 차 안에서 웃으며 이곳을 멕시코시티라고 불렀다. 러스는 따라 웃으면서도 자신이 겁쟁이라는 것을 희미하게 깨닫고 있었다. 물론 그는 이 동네도 예쁘게 치장한 교외의 동네와는 다른 점이 있다는 것은 알고 있었다. 하지만 무엇이 다른 것인지, 그것이 어떤 느낌인지 알 수 없었다.

러스는 기동팀을 따라 펄크럼가에 있는 건물로 들어갔다. 가족들은 밖에서 고기를 굽고 파시피코맥주(멕시코의 맥주 브랜드-옮긴이)를 마시고 있었다. 아이들은 스프링클러 사이를 뛰어다니며 스페인어로 소리를 질렀다.

이반의 친구들은 월마트 신발에, 축 늘어진 반바지를 입고 있었다. 바싹 자른 머리에는 흡사 피부병처럼 보이는 문신이 목에서부터 그려져 있다. 하지만 이반은 깨끗하게 면도를 하고 구김이 없는 파란색 린넨 셔츠를 입고 있었다. 이반의 절친 마르코는 턱 아래에 달리아라고 새겨 넣었다. 모두 대문자로 된 그 단어는 목구멍에 난 긴 구멍처럼 보였다. 마르코는 연루된 적이 없지만 기동대는 아직도 그의 집 밖에서 감시하곤 한다.

경찰관으로 있는 동안 러스는 극소수의 사람만 검거했다. 매번 그는 충격을 받았고, 몰려오는 만족감에 구역질이 나기도 했다. 수갑의 금속 조각이 자신의 자리를 찾을 때 밀려오는 안도감. 그 땡그랑거리는 소리. 러스는 어린 시절, 뒷베란다에서 장난감 경찰차를 가지고 놀던 때 외웠던 미란다 원칙을 기억한다. 그때 아버지는 미닫이 유리문 뒤에서 러스를 보고 있었다. 어린 러스는 혀짤배기였다.

"당딘에게는 침묵을 디킬 권이가 있듭니다."

이반과 친구들이 체포되어, 거칠게 경찰차에 태워지던 그때, 서장은 러스에게 그 집에서 쓰레기를 수거해 오라고 했다. 허물어가던 그 집의 지붕은 거의 함몰되어 있었다. 익히지 않은 파스타가 더러운 주방 카운터에 쏟아져 있었다. 썩은 과일 같은 냄새가 났다.

집에는 방이 두 개 있었다. 첫 번째 방에는 얼룩진 남색 커버가 반쯤 덮인 매트리스만 덜렁 남아있었다. 옷장은 텅 비어 있었다. 환풍구도 마찬가지였다. 두 번째 방은 침대도 없이 창가 옆에 흔들의자만 있을 뿐이었는데 그조차도 조각이 빠져 있었다. 그 흔들의자에 이네스가 있었다.

그녀는 농구 바지에 남자용 민소매 티셔츠를 입고 있었다. 머리는 뺨에 들러붙어 있었다. 방은 숨 막힐 듯 답답하고 사방의 벽지는 벗겨져 있었다. 오래되어 시든 꽃무늬 벽지였다. 이네스는 처음에 러스를 보지 않았다. 팔꿈치를 창틀에 걸치고 턱을 괴고 경찰들이 오빠를 연행하는 것을 마비된 듯이 보고 있었다.

러스의 소리를 들은 이네스가 그를 올려다보았다. 그녀의 둥글고 기름이 낀 얼굴에는 공포가 서려 있었다. 그러다 곧 공원에서 만났던 남자를 알아보는 눈빛이 일었다. 마르케스의 소설 한 페이지를 주었던 그 남자였다. 마음의 기억은 나쁜 것은 제거하고 좋은 것은 극대화한다.

나중에 이네스는 유효한 국경통과 카드와 B-2 관광비자를 가지고 오빠를 찾아와서 몇 주 동안 그 집에 묵었지만 마약에 대해 전혀 모른다고 진술했다. 사회복지사가 새 티셔츠(주유소에서 받은, 당당한 미국 독수리 옆에 콜로라도 주의 기(旗)가 그려진 검은색 티)를 주었고 러스는 이네스를 경찰서로 이송했다. 차 안에는 둘만 있었다. 이네스는 여름의 녹음 속에 스쳐가는 브룸스빌을 보며 조용하게 말했다.

"좋은 경찰이 있다는 것은 생각도 못했어요."

러스는 대답했다.

"대부분은 그렇게 좋지 않아요. 하지만 중요한 문제는 아니죠. 목마르지 않습니까?"

러스는 세븐일레븐에서 콜라 두 캔을 샀다. 이네스가 밝은 경찰서 등 아래서 땋은 머리를 풀고, 지독한 담배 냄새를 풍기며 덩어리진 머리를 흐트러뜨릴 때, 러스는 이네스가 아름다워 보였다. 공원에서 수작을 걸던 태양에 그을린 여인. 러스와 이네스는 숨 막힐 듯한 차 안에서 콜라를 마셨고 러스는 그녀를 집으로 초대하리라 결심했다. 마약으로 가득한 그 집으로 가지 않아도 된다. 허튼짓은 하지 않겠다고 약속했다. 이네스는 허튼짓이란 말로 내내 러스를 놀릴 것이다.

러스는 《콜레라 시대의 사랑》의 페이지를 냉장고에 붙여 놓았다. 누이가 키웨스트에서 사온 기념품 자석 병따개로 고정시켰다. 그날 밤, 러스와 이네스는 식탁에서 머그잔에 위스키를 부어 마셨고, 이네스는 한 번도 깨끗하게 청소한 적은 없지만 편안한 러스의 소파에서 잠들었다.

———

러스가 서의 동료들에게 이네스가 집에 머물고 있다고 말하자, 그들은 박수를 치며 휘파람을 불었다. 그리고 이반은 강요받았고, 잘못된 장소와 잘못된 시간에 비루한 일을 한 대가를 받아야 한다고 강조했다. 윌리엄스 형사는 러스의 등을 치며 비꼬긴 했지만 자랑스럽다는 말투로 말했다

"드디어 해냈구나. 마침내 여자가 생겼어. 빨리 걸어 잠그는 것이 좋을 거야."

처음 몇 달간은 매일 저녁에 함께 요리했다. 이네스는 낡은 양탄자를 좋아했다. 발가락 사이에서 구겨지는 감촉을 좋아했다. 스테이크와 방울양배추를 요리하기도 했고, 연어와 감자를 먹기도 했다. 러스는 메를로 와인을 몇 병 샀다. 반짝이는 새 잔에 와인을 따르고 소파에서 홀짝이며 이네스와 이야기를 나눴다. 이네스가 경쾌한 억양으로 'e' 발음을

끌며 이야기할 때면 너무 귀여웠다. 가끔은 the를 빼먹기도 하고, 과도하게 복수형을 쓰기도 했지만 이네스의 영어는 거의 완벽했다. 이네스는 과달라하라 출신이었다. 고딕 성당의 대도시이다. 하늘을 향해 뻗은 회색의 축대들이 있고, 백만 명 이상의 사람들이 살고 있는 곳이라고 했다. 가족은 사포판에서 살았는데, 도시의 외곽이었다. 아버지가 아래층에서 치과를 하던 건물 윗층에서 여섯 명의 가족이 함께 살았다고 한다. 자매들과 매일 밤 요리를 했다. 돼지고기와 옥수수 가루를 넣은 포솔레를 주로 만들었다. 이네스는 과달라하라대학을 졸업하고 고등학교에서 영어를 가르치고 있었다. 그러던 중, 어머니가 이반을 따라 미국에 가도록 계속 설득했다고 한다. 아버지의 고객 중의 한 명이 영사관에서 일하고 있었기 때문이기도 했다. 러스는 한 번도 이네스의 전공이 무엇인지, 어디에 살았는지, 어떻게 이곳에 왔는지 묻지 않았다.

러스는 이네스가 이스트 반죽 범벅이던 부엌 바닥에서 오빠 때문에 울고 있는 모습을 본 적이 있었다. 러스는 이네스를 일으켜 세워 침대로 옮겼다. 그녀는 잠이 들었는데, 러스가 그녀를 안심시켰기 때문은 아니었다. 지쳐 있는 그녀 옆에 러스가 있었을 뿐이었다. 여전히 그는 이네스를 안는다. 이네스가 잠이 들면, 러스는 그녀의 머리를 손으로 빗는다.

거나하게 취한 밤이면, 이네스는 감옥 생활에 서서히 적응하고 있는 이반에 대해서 물어본다.

"이반을 위해서 당신이 해 줄 수 있는 일은 없어요?"

이네스는 아무렇지도 않게 묻는다. 러스는 이네스가 자기 때문이 아니라 자기 오빠 때문에 함께 있는 것이 아닌가 하는 생각이 든다. 물론 가끔은 함께 웃고 서로 친절한 말을 주고받기도 하지만.

"있겠지. 이반을 잘 지켜볼게. 집으로 돌려보내지 않도록 할게."

러스는 대답했다. 몇 달 후, 이네스의 관광비자가 만료되었지만 러스는 이네스가 과달라하라로 돌아가지 않을 것임을 알고 있었다. 차가운 시멘트 바닥에 갇혀 있는 이반을 두고는 절대 가지 않을 것이다.

그럼에도 불구하고 그들은 잘 지냈다.

메를로 와인을 마시는 밤이면, 이네스는 러스의 무릎을 베고 잠이 든다. 사람들이 하듯 러스도 그녀의 머리를 손으로 빗는다. 아주 부드럽다. 이네스는 새 샴푸를 샀다. 이제 담배 냄새는 나지 않는다. 지금은 유칼립투스 향이 난다.

———

둘은 샌디에이고에 놀러갔다. 캘리포니아가 멕시코 다음으로 좋은 선택지인 것 같았기 때문이다. 이네스는 차창에 얼굴을 기대고 라디오의 음악에 맞춰 노래를 불렀고, 러스는 에어컨을 조절했다. 그들은 하루에 열여섯 시간 운전을 하고 가는 동안 패스트푸드를 먹고 화장실을 가기 위해서 네 번 멈췄다. 이네스는 의식적으로 라디오의 광고를 들으며 러스에게 알아듣지 못한 단어를 물었다.

둘은 메리어트 리워즈 호텔에 묵었다. 이네스는 원피스 수영복을 가져왔다. 둘은 함께 호텔 수영장 옆에서 다이키리 칵테일을 마셨고 이네스는 머리를 비스듬히 위로 젖혔다. 그녀의 갈색 뺨 위로 뜨거운 햇살이 쏟아졌다.

둘은 미술관, 공원, 고급 식당에서의 저녁을 즐겼다. 거리 축제에서 이네스는 러스에게 칠리 파우더가 들어간 망고를 먹였다. 러스는 몸을 굽혀 기침을 해댔고, 이네스는 웃음을 터뜨렸다. 다른 날 저녁에는 살사 춤을 추러 갔다. 이네스는 비싼 음료와 그을린 근육질 몸매의 남자들로 붐비는 클럽에서 러스에게 스텝을 가르쳤다. 러스가 이네스의 발을 밟았지만 그녀는 신경 쓰지 않았다. 이네스는 붉은 치마를 입고 돌면서 러스를 향해 엉덩이를 흔들었다. 러스는 젊음과 욕망을 느꼈다. 클럽이 끝나고 둘은 비틀거리며 집으로 갔다. 러스는 땀에 젖은 셔츠를 벗었고, 이네스는 한 손으로 목에 부채질하며 다른 손으로는 머리카락을 추켜올렸다.

샤워를 한 뒤 깨끗한 호텔 가운을 입은 이네스는 러스를 자기 몸 위로 잡아당겼다.

"당신이 사랑했던 사람들에 대해 이야기해 줘요."

"나는 사랑을 해 본 적이 없어."

그렇게 말하면서 러스는 자신이 진정 사랑을 해 본 적이 없다 확신했다.

———

러스와 이네스는 진공청소기가 공기를 흡입한 것처럼 건조한 브룸스빌로 돌아왔다. 그날 밤에 한 무더기의 빨래를 했고 이네스는 소파로 가지 않았다. 그녀는 작은 손으로 러스의 손을 잡고 계단을 올라갔다.

시트를 깐 지 거의 십 년이 되었다. 그녀 안에서 욕망이 부풀어 오를 때까지 몰랐던 사실이다. 이네스는 얼굴을 베개에 묻고 배를 평평하게 하고 누웠다.

"당신, 그러고 숨 쉴 수 있어?"

러스가 물었다.

"네."

막은 입에서 소리가 나왔다. 러스는 손을 그녀의 가슴에 대고 호흡을 느꼈다. 일을 치르고 러스가 크리넥스 화장지로 시트를 닦은 뒤 말했다.

"나와 결혼해 주겠어?"

꿈 같기도, 잘 익어 과즙이 풍부한 과일 같기도 한 캘리포니아가 그 둘 사이에 걸려 있다.

이네스가 돌아누웠다. 천장을 보는 그녀의 검은 머리가 물속에 있는 사람처럼 구겨진 베개 위로 펼쳐져 있었다.

"그럼요. 물론이죠."

———

남자는 항상 약속을 지켜야 한다고 아버지는 말하곤 했다. 말은 그 사람의 인품을 나타낸다고.

그래서 윌리엄스 형사가 그의 처남인 이반 산토스를 전 사기꾼, 동네의 아이돌이라고 브리핑한 후에 러스는 아주 단호한 표정을 지었다. 윌리엄스 형사는 말했다.

"이 자가 자네 가족이라는 건 알고 있네. 누군가가 그 사실을 지적하면 자네는 이 사건에서 빠져야 해. 하지만 우리는 사람이 부족한 상황이지. 이건 우리 둘만의 이야긴데, 자네는 이반이 이런 짓을 할 놈이라고 생각하나?"

"그럴 가능성은 있다고 생각합니다. 이 자가 이 소녀를 죽였을 수도 있어요."

러스가 이렇게 이야기할 때, 그의 용기를 칭찬하는 아버지 목소리가 귀에 들리는 듯 했다. 말이 그 사람의 인품을 나타낸다면, 러스는 영웅이었다. 게다가 그는 이네스에게 충실한 남편이 되리라는 것 외에는 아무것도 약속하지 않았다. 러스는 자신이 누군가를 보호해야 한다면 그것이 이반은 아니라는 것을 잘 알고 있었다.

"내 아들을 잘 돌봐 줄 거지?"

리 휘틀리가 영영 사라지기 전에 물었다.

"그럼."

러스가 대답했다.

"좋아."

이것이 러스의 약속이었다. 그는 약속을 지킬 수밖에 없었다.

캐
머
런

베스 드카시오가 캐머런은 학교에 총을 가져올 만한 아이라고 말했을 때, 선생님들이 그를 교내 사회 복지사에게 보냈다.

"내 이름은 재닌이야."

그녀는 무표정하게 말했다.

"내가 간단한 질문 몇 가지 할게. 알겠니?"

"네."

"자신을 해하는 생각을 한 적이 있니?"

안드레아 예이츠에 대해 들었을 때, 캐머런은 화장실로 달아났다.

세라믹 욕조는 미끄러웠다. 캐머런은 몸을 조심스럽게 낮춰 양손으로 가장자리를 잡고 수도꼭지에 등을 기댔다. 복잡한 거리를 뛰어다니며 힘든 하루를 보내고 잠자리에 드는 사람처럼 미끄러져 내려갔다.

캐머런은 고막까지 물이 차올라, 서서히 뇌에 밀려들 때까지 물을 틀어 놓았다. 머리를 뒤로 기울이자 머리카락이 주위로 천천히 펼쳐졌다. 캐머런은 춤을 출 수도 있을 것 같았다. 물속에서는 모든 것이 괜찮아 보였다. 눈과 코만 물 밖으로 내놓고 더 깊숙이 가라앉았다. 천장의 거미줄이 쳐진 틈이 매우 가까이 있는 것처럼 느껴졌다.

물속에 있을 때 캐머런은 유쾌한 콧노래를 들었다. 압력이 가해진 소리였으나 불쾌하지 않았다. 캐머런은 눈을 떴다. 천장의 거미줄이 사라졌다. 얼룩진 샤워 커튼도 거울도, 칫솔도, 세면대도 사라져 버렸다. 물의 장막에 말을 잃었다. 캐머런은 눈을 다시 감고 평화로움을 즐겼다.

캐머런은 자신의 내면을 인식하며 이렇게 죽는 것도 나쁘지 않다고 생각했다.

"자신을 해하는 생각을 한 적이 있니?"

"아니요."

캐머런이 대답했다.

재닌은 공책에 그의 대답을 갈겨썼다.

———

"좋아 보이는구나."

오 선생님이 캐머런 뒤에 서서 연필을 돌리면서 미완성의 초상화를 보며 말했다.

"사자의 왼쪽 눈이 훨씬 더 나아 보이는구나."

캐머런은 속눈썹을 수염과 같은 질감으로 표현했다. 캐머런은 미술 수업에서 그리는 초상화의 주인공으로 사자를 선택했다. 캐머런은 사자는 무서우면서 우아하다고 생각했고, 이는 과소평가된 조합이었다.

"눈 주변에 좀 더 명암을 주도록 해 봐. 저기 겹친 부분 보이지? 좀 더 어둡게 할 필요가 있어."

캐머런은 그 부분이 이미 충분히 어둡다고 생각했다.

"이리 와 봐. 네 물건 챙겨서."

오 선생님이 말했다.

배낭을 어깨에 걸치고 목탄과 사자 그림을 손에 든 캐머런이 공업용 종이 재단기를 지나 미술 선생님을 따라가자 교실이 술렁였다.

"저 애야?"

"어, 맞아. 소름 끼치지 않니?"

"역겨운 자식."

오 선생님은 이젤과 스툴이 가구로 들어차 있고, 학생들의 미술 작품으로 온통 뒤덮인 비품 창고를 사무실로 쓰고 있었다. 천장에는 전등 하나가 달려 있었다. 분홍 지우개 조각들이 바닥에 버려져 있고, 아크릴 물감이 바닥 여기저기에 묻어 있다. 캐머런은 오 선생님이 작품을 그리며 여기서 밤을 새우는 것 같은 생각이 들었다. 그는 벽에 튀어나온 그림을 한번 보았다. 상처 입은 파란 눈 한 쌍이 벽에 걸려 있다.

"네가 걱정이다."

"전 괜찮아요."

"소문 들었다, 캐머런. 아이들은 짓궂은 데가 있잖니."

다른 쪽 문에서 무언가가 부딪치는 소리가 들려왔다. 막 도예 수업을 마친 학생들이 떠들고 있었다.

"루신다가 그립지?"

선생님이 물었다.

오 선생님은 캐머런에게 사진을 배워 보라고 말했다. 이유를 설명하지는 않았지만 사진은 다른 사람들이 놓치는 순간을 포착하기 때문일 거라고 캐머런은 추측했다.

사진은 루신다에게 통하지 않았다. 루신다는 너무나 유기체적인 존재였다. 일 초 안에 들어갈 수 없다. 하지만 그림은 달랐다. 선들은 의도적이고 루신다가 움직이는 대로 범위가 정해졌다. 빛과 어둠, 무거움과 가벼움, 모든 것이 그 사이에 있었다. 캐머런은 이것이 순간을 찍는 사진보다 루신다를 더 잘 나타내 준다고 생각했다.

"네."

캐머런이 대답한다.

오 선생님은 캐머런의 어깨를 다독이며 잠시 머뭇거리다 금속 문을 닫았다.

"오늘은 여기서 작업해도 된다."

선생님의 눈가의 주름이 무척 친절해 보였다.

———

오 선생님은 작년에 캐머런이 회화 수업에 들어가기 시작했던 때 엄마와 사랑에 빠졌다.

"대개 11학년이 될 때까지는 학교에서 허가를 하지 않는데, 예외를 뒀다."

오 선생님이 말했다.

"어떤 그림인데요?"

캐머런이 물었다.

"사실주의. 아크릴 물감을 쓰지."

오 선생님이 이것을 알리자 모두 불평했다. 심지어는 오 선생님을 보며 웃음을 짓는 인기 많은 여학생들도 눈을 깜빡이며 불평을 토로했다.

"조용. 이번엔 공동으로 작업하게 될 거다. 덴버의 미술관에서 그림을 마쳐 달라는 의뢰를 받았어. 서로에게 배워 가며 작업할 수 있을 거야."

캐머런은 목은 붉은색으로, 털은 푸른색으로 제비를 칠하게 되었다. 캐머런은 인터넷에서 그림을 찾아 출력하여 캔버스에 대고 그렸다. 새는 홀로 뻗어 나온 가지에 앉아 있었다.

그다음 주 오 선생님은 차를 마시러 집에 들렀다. 엄마와는 학부모 간담회에서 만났다.

"그러니까 당신이 이 재능 있는 아이의 부모시군요?"

오 선생님은 페인트가 묻은 손을 코듀로이 바지 주머니에 넣으며 말했다.

엄마와 오 선생님은 거실의 낡은 소파에 앉아 엄마가 가장 좋아하는 생강차를 마셨다. 캐머런은 목적 없이 산기슭을 거닐었다. 그는 파인 리지 포인트에 갈지 고민했지만 아무리 슬퍼도 오늘은 그런 밤이 아니었다. 그것은 무언가를 잃어가고 있을 때 느끼는 그런 구체적인 슬픔이었다. 내 곁을 떠나는 것을 막을 수 없다는 것을 알기 때문에 그저 떠나는 것을 지켜볼 수밖에 없는 것이다.

캐머런이 집에 왔을 때 집에서 아세톤과 테레빈유 냄새가 났다. 엄마는 설거지를 하며 노래를 불렀다.

며칠 후 오 선생님은 수업 시간에 자신의 그림을 보여 주었다.

"작품명은 '칼라 릴리'란다."

선생님은 말하면서 칠판에 그림을 세웠다.

오 선생님은 칼라 릴리를 번지는 노란색으로 칠하고, 꽃잎에 강렬한 빨간색을 덧칠했다. 꽃의 안쪽은 더 작은 붓으로 칠했는데, 아마 섬세한 터치를 위해 집중해야 했을 것이다. 꽃밥과 씨방은 꽃잎 바로 뒤에 엿보듯이 나와 있고, 적절한 곳에 검은 점을 찍었다. 꽃에는 구멍이 있는데, 모두 의도적이었다. 메울 필요가 없는 여백과 빈 공간은 더 통일되어 보였다. 그 꽃은 가사는 기억나지 않지만 어릴 적 들었던 노래 같은 익숙한 느낌이 났다.

오 선생님은 엄마를 연구했다. 그는 엄마의 예민함을 이해했고, 어느 장소에서 엄마가 묻히고, 어느 곳에서 돋보이는지 연구했다. 엄마가 늦은 밤 텔레비전을 보며 혼자 웃는 웃음소리까지 이 모든 것을 색과 터치로 변화시켜 꽃으로 표현해 낸 것이다.

캐머런은 오 선생님이 엄마와 동갑일 거라고 생각했지만 사실 선생님이 십 년은 더 젊어 보였다. 오 선생님은 귀 주변에 살짝 흰 머리가 났지만 대체로 검은색이고, 삼십 대의 주름이 있다. 말도 없이 나이가 들었다는 것을 일깨워주는 그런 주름이다. 선생님의 몸은 날씬했고 매일 오후 3시에는 학교 뒤 울타리에서 담배를 피웠다.

오 선생님은 다섯 살 때 부모님과 함께 일본에서 이곳으로 이민을 왔다. 선생님은 시트콤을 보며 영어를 독학했다고 한다. 아내가 있었지만 도자기 공예가가 되겠다며 뉴욕으로 떠나 버렸다. 오 선생님은 미술 전시회를 마친 뒤 빵집에서 치즈케이크 한 조각을 셋이 나눠 먹으면서 이야기를 아무렇지도 않게 얘기했다.

선생님은 사람들은 변한다고 말했는데 맞는 말이었다.

가끔 오 선생님이 왔다 간 밤이면 엄마는 현관 계단에 몸을 웅크리고 앉아 어둠을 응시했다. 캐머런은 오 선생님에게 타이어에서 나는 바람 빠지는 소리와도 같은 상실감에 대해서, 그리고 그 소리는 누군가가 멈추지 않는 한 계속될 것이라는 얘기를 하고 싶었다. 하지만 어쩌면 오 선생님은 이미 알고 있을지도 모르겠다.

———

캐머런은 미술 프로젝트에 열중했다. 그는 목탄으로 그린 선 사이의 여백에 집중하려고 노력했지만 오늘은 목요일이었다. 루신다가 발레 수업을 받는 날이었다. 한번은 루신다를 따라가 건너편 중국 식당에 앉아 검정 타이즈를 입고 플리에(꼿꼿이 선 채 무릎을 굽히는 발레 동작 ─ 옮긴이)와 주테를 하는 것을 지켜보았다. 머리는 동그랗게 말아 올려 핀으로 고정시켰다. 너무 멀어서 볼 수는 없었지만 캐머런은 루신다의 이마에 머리카락들이 말려 있을 것이라고 확신했다.

캐머런은 이젤 옆에 목탄을 내려놓고 바지에 손을 닦았다. 청바지에 목탄 자국이 생겼다. 보통 캐머런의 손은 안정되어 있다. 화가의 손이다. 캐머런은 자신의 손이 사물의 움직임을 그대로 느끼고 그 움직임을 똑같이 나타낼 수 있다는 자신감을 갖고 있었다. 캐머런은 자신의 몸 중에 손을 가장 좋아한다. 손은 입이 말로 표현해 낼 수 없는 모든 것을 표현해 주기 때문이다.

그런데 지금 가방으로 뻗는 그의 손이 떨렸다.

오 선생님이 엄마를 사랑해서 자신에게 잘해 준다는 것을 알고 있지만 그의 눈에 깃든 편안함과 수업 방식에는 신뢰를 가지고 있었다.

"진실된 결과를 원한다면 여러분 작품의 감정적인 저의를 이해할 수 있어야만 합니다."

그래서 캐머런은 배낭 속 바인더 밑에 있던 루신다의 보라색 일기장을 꺼냈다.

오 선생님은 전에 캐머런이 그린 루신다의 그림들을 보았다. 오 선생님이 캐머런에게 인물화를 그리는 상급 과정을 듣게 하려고 했던 9월에 캐머런이 그 그림들을 보여 주었다.

"사실주의에 대한 안목이 있구나."

오 선생님은 캐머런과 같은 재능을 가진 9학년생을 본 적이 없다고 했다.

"우와. 캐머런! 네가 그린 초상화들은 실물처럼 생생하구나. 훌륭해."

캐머런은 손끝으로 루신다의 얼굴을 정확하게 묘사했고, 그녀의 외

곡선을 그린 뒤 번지게 해서 생명력과 질감을 불어넣었다. 오 선생님은 실제로 루신다가 그런지 몰랐기 때문에 캐머런은 그를 존경했다.

종이 울리자 캐머런은 루신다의 일기장을 자신의 녹색 셔츠로 싸서 눈이 반만 그려진 사자 옆 의자 위에 놓아두었다. 오 선생님께 드리는 진심 어린 사과의 표시였다.

———

종이 울리자 로니는 오 선생님의 사무실 밖에 서서 목을 길게 빼고 문과 캐머런을 번갈아 보았다. 그는 캐머런을 거칠게 끌어당겼다. 로니는 레슬링장에서 체육 수업을 받고 있었고 캐머런은 미술 수업을 받고 있었다. 로니에게서 더러운 양말 냄새가 났다.

"이 자식. 도대체 무슨 일이야?"

로니가 물었다.

로니는 캐머런을 지나 오 선생님의 미술실 쪽에 시선을 던졌다. 호기심이 가득하다.

"무슨 일이 있는 거야? 정말로. 모두 수군대고 있어. 나한테 네가 무슨 짓을 했는지 묻고 있다고. 정말로 루신다를 스토킹 했냐고. 정말 너 그런 변태였어?"

수업이 끝난 학생들이 배낭을 메고 신발을 신으러 휩쓸려 왔다. 캐머런은 얽힌 머리를 풀려고 했다. 들어가고, 둘, 셋, 나오고, 둘, 셋. 하지만 로니는 배낭의 끈을 매고 있었고 볼펜이 바닥으로 떨어졌다. 로니는 볼펜을 주우려고도 하지 않고 끈적거리는 이마에 벌건 손을 대고 있을 뿐이었다.

"알았어."

로니는 캐머런을 밀치며 말했다.

"대답 안 해도 돼. 사람들이 물어보면 그냥 맞다고 할 거야. 네가 그 변태라고."

로니는 한 번 더 의심스러운 눈길로 오 선생님의 미술실을 보더니 그 대로 사라졌다. 캐머런은 로니의 볼펜을 주웠다. 뚜껑이 없는 빅(볼펜 상표-옮긴이)볼펜이었다. 펜 끝에서 잉크 찌꺼기가 흘렀다. 이 펜은 펜 수집품에 넣어 놓을 것이다. 거기에는 로니 와인버그의 다른 빅펜이 두 개더 있었다.

캐머런은 펜 수집품을 옷장 맨 윗칸의 낡은 신발 상자에 보관했다. 답답할 때면, 펜들을 주운 날짜 순서대로 일렬로 세워 놓고 그 펜을 잡는 손 모양을 상상한다. 마치 다른 사람들에 대한 박물관 전시품을 준비하는 것 같았다. 일렬로 세운 빅펜과 젤펜들을 보고 있으면 그 펜의 주인의 손도 함께 있는 것 같은 기분이 들었다.

———

작년 여름, 로니와 함께 공원에 갔다. 밖에는 손바닥으로 느낄 수 없을 정도로 입자가 작은 안개비가 내리고 있었다. 로니는 주머니에 끝에 이빨로 물어뜯은 자국이 있는 빅펜을 가지고 다녔다. 둘이 걷는 동안 로니는 강박적으로 펜을 돌렸다. 로니는 맨엉덩이에 격자무늬 반바지를 입고 있었다. 꼬불꼬불한 검은 음모 몇 가닥이 단추 바로 위까지 나와 있었다. 로니는 절대 속옷을 입지 않았다.

"요새 엄마 때문에 돌겠어. 폐경기인지 뭔지 그런 건가 봐. 여자들 그 것 때문에 내가 자살하고 싶다니까. 상상이나 돼? 매달 오줌 싸는 데서 피가 나온다는 게."

캐머런은 엄마에게 들어서 피를 흘리는 곳은 오줌이 나오는 곳이 아니라는 것을 알고 있었지만 로니와 여자의 신체 구조에 대해 논쟁을 벌이는 것은 위험한 일이었다. 더욱이 로니는 캐머런이 이야기를 하든 안 하든 신경도 쓰지 않는다.

둘은 그네에 앉아 마운틴듀 캔을 땄다. 거품이 일고 탄산이 빠지는 소리가 났다. 로니는 휴대전화를 꺼내 문자를 보내느라 눈을 가늘게 뜨고 있었다. 로니는 자신의 휴대전화가 있는 운 좋은 학생들 중 하나다. 세련된 녹색 레이저(휴대전화 브랜드명-옮긴이) 플립폰이었다. 캐머런은 사람들이 문자를 보낼 때 옆에 있는 게 싫었다.

"집에 전화가 있잖아. 그런데 또 있을 필요는 없지."

엄마는 이렇게 말하면서도 결국 응급 상황을 대비해 휴대전화를 샀지만 배터리를 충전하지 않았다.

"이 운동장 후졌다."

로니는 휴대전화를 주머니에 넣으며 말했다.

"우리 어렸을 때 이 후진 운동장에서 놀아야 했던 거 기억나? 지금은 좀 슬퍼 보인다. 나는 낮잠 자고 미술 공예 하는 것에만 익숙했었는데."

캐머런이 웃긴 척했다. 그러고는 먼 산을 보았다. 마을 외곽 위로 그럼자를 드리운 산이 흐릿하게 보였다. 저 산들은 상비군처럼 거리에 줄 지어진 베이지색 집에 사는 가족들을 보며 즐거워하겠지. 광활한 하늘 아래 높게 솟은 꼭대기들을 뽐내며 늘어선 산들은 캐머런을 초라하게 만들었다.

"그리고 베스 드카시오 말이야! 미술 수업 때, 기억하지? 악마처럼 생 긴 말들을 수채화로 그렸잖아. 지금 그중 하나만 손에 넣을 수 있다면 악마처럼 숭배할 거라고 맹세한다. 베스가 이번 여름에 좀 섹시해진 것 같지 않아?"

"응, 그런 거 같아."

"가슴도 물풍선 같고. 그냥 우리가 막 터트릴 수 있는 풍선."

로니는 가장자리가 빨갛고 그 아래가 갈색으로 변한 동그란 살집이 나올 때까지 손톱을 모조리 물어뜯었다. 이제 그 손으로 머리를 긁는다.

"베스랑 어떻게 섹스하고 싶어?"

로니가 물었다.

"무슨 소리야?"

캐머런은 베스 드카시오와의 섹스를 생각해 본 적이 없다. 그녀가 예 쁘지 않아서가 아니다. 찰랑이는 검은 머리와 몸에 꼭 끼는 탱크톱에 짧 은 치마를 입은 베스 드카시오는 아주 예쁘다.

"그런 거 있잖아. 개처럼 뒤에서 한다거나, 거칠게? 열정적으로? 관능 적으로?"

작년에 엄마가 캐머런의 옷장 맨 위의 서랍에서 포르노 잡지를 발견 했다. 로니가 자기 아빠가 보던 잡지를 훔쳐 온 것이었는데, 삼 년 전의

〈플레이보이〉였다. 레이나 레이가 중앙 접지에 다리를 벌리고 있었다. 캐머런은 다리 사이의 미끈거리고 끈적한 핑크빛 부분이 궁금해서 한참을 생각했다. 그저 그 느낌을 알기 위해 만지고 싶었다.

캐머런은 잡지를 집으로 가져와 커피 탁자 위에 펼쳐 놓고 포스트잇으로 엄마가 허락하지 않은 부분을 가렸다.

"여자들이 이럴 거라고 기대하면 안 돼. 여기 모양 보이니? 이 여자는 수천 달러를 들여서 이런 가슴을 만든 거야."

캐머런은 엄마와 오랫동안 신체 변화와 여성의 상품화에 대해 이야기했다. 나머지 이야기는 기억나지 않았다. 캐머런은 대화 내내 엄마를 쳐다보지 못했다. 지금까지 중에서 가장 수치스럽고 비참하고 당황스러운 순간이었기 때문이다. 대화가 끝나고, 엄마는 캐머런을 안아 주지도 이마에 키스를 해 주지도 않았다. 엄마는 한 걸음 다가와서 주저하더니 엄마와 캐머런이 달라졌다는 사실을 감추기 위해 "저녁은 이십 분후에 먹자" 같은 말을 중얼거리며 돌아서 버렸다.

엄마는 여자였고, 캐머런은 남자였다. 이 변하지 않는 사실은 언제나 둘 사이에 자리 잡고 있었다. 엄마는 가짜 가슴에 대해서나 사람을 부드럽게, 조금 다르게 사랑하는 것 등을 캐머런에게 가르쳐 줄 수는 있었지만, 캐머런이 어떤 남자로 성장하는지는 어찌할 수 없는 일이었다.

캐머런은 생애 처음으로 인터넷에서 포르노를 봤다. 그리고 그것을 보고 울고 싶은 심정에 빠졌다. 반짝이는 여성들. 그 여성들의 몸에 찰싹, 찰싹 채찍질을 가한다. 캐머런은 흥분과 매력을 느끼며 보았다. 그게 사랑이 아니라는 것은 안다. 사랑은 누구를 다치게 해서는 안 되는 것이니까. 그런데도 왠지 사랑과 연관이 없지는 않은 것 같았다. 그것은 사랑처럼 일어나고 부풀어 오른다. 섹스. 미스터리 중의 미스터리. 가장 큰 상처.

"개처럼."

캐머런이 대답했다.

"우리 엄마는 〈코스모〉 잡지를 읽어. 그런데 거기에 정말 변태 같은 내용들이 있더라. 그러니까 너도 꼭 봐야 해. 내일 학교에 가져올게. 어떤 기사는 얼린 과일을 여자들 몸에 어떻게 사용하는지 설명해 준다니까. 얼린 바나나를 몸에 붙인다니… 상상이나 할 수 있겠어?"

운동장 오른편에 떡갈나무 한 그루가 있다. 손턴 씨네 뒤뜰과 운동장에 경계를 지으려고 울타리 옆에 심은 것이었다. 그네에서 꽤 먼 거리였는데도 나무껍질은 캐머런이 기억하는 형태로 휘어져 있었다. 뿌리를 땅에 묻고 척추가 목을 향해 뻗은 듯 위를 향해 구불구불 올라가는 모습이다. 나무는 수백 년이나 된 것처럼 보였고, 색색의 철제 기구가 들어찬 운동장 한가운데에는 어울리지 않았지만 거기에 서서 그를 비웃고, 조롱하고, 그와 함께 울고, 애원하고 아무도 만지지 않는 캐머런을 어루만져 주었다.

"정신 차려 캐머런. 베스는 우리와 자지 않을 거야."

로니가 말했다.

습한 바람에 나뭇가지들이 왼쪽으로 꺾였고, 습기를 머금은 나뭇잎들이 손턴 씨의 잔디밭 위로 떨어졌다.

로니는 빅펜 끝을 물어뜯었고, 파란 잉크가 턱으로 흘러내렸다.

제
이
드

"늦었네."

넬리 이모가 말했다.

"죄송해요."

나는 건성으로 대답했다.

"그 여자애 소식 들었니?"

넬리 이모가 말했다. 이모는 엉덩이에 손을 얹고 안내데스크에 서 있었다. 넬리 이모는 아마 영원히 저 자리에 있을 것이다. 이모는 라이프 세이버 민트 사탕을 유니폼 주머니에 가득 채우고 저 데스크 뒤에서 죽을 것이 틀림없다.

"뭐요?"

"죽은 여자애 있잖아."

"아, 들었죠, 당연히. 모두가 그 얘기만 하는 걸요."

"너도 그 남자애가 그런 것 같아? 이웃집에 사는 남자애?"

"아뇨, 아닐 거예요."

"흠, 대부분이 걔가 범인이라고 하던데. 어쨌든 너는 늦었어. 208호 손님이 체크인 하려고 기다리는 중이야. 서둘러!"

208호를 청소한 뒤 (양탄자가 엠앤엠 초콜릿 범벅이었다), 나는 주방의 대형 쓰레기통 뒤에서 휴식을 취했다.

객실관리 지배인인 멜리사는 흡연자만 휴식을 허락했기 때문에 나는 순전히 휴식만을 위해서 버지니아 슬림 한 갑을 가지고 다닌다. 오늘은 담배를 깜빡했다. 나는 주방 쪽으로 돌아, 담배를 피우는 흉내를 냈다. 멜리사는 머리망을 쓰고 콘티넨털 조식을 위해서 냉동고에서 꺼내 온 크루아상을 정리하고 있었다.

멜리사가 허락의 의미로 고개를 끄덕인다. 가끔 그녀가 나와 함께 피울 때를 대비해서 나도 담뱃불을 붙이는 시늉을 해야 하는데, 문제는 내가 제대로 담배를 피워 본 적이 없다는 것이다. 언제나 뇌가 튀어나올 듯이 기침이 나왔다. 지난번에는 멜리사가 룸서비스 호출을 받아서 자리를 떠난 뒤 쓰레기통에 토할 뻔했다.

나는 야간 근무의 마지막 두 시간을 견디기 위해 앞치마 주머니에 콜라를 숨겨 뒀다. 오늘 밤은 특히나 쓸쓸한 기분이다. 자동차들이 호텔 건너편 고속도로를 쌩쌩 달리고, 쓰레기 냄새가 퍼져 간다. 밖에 나왔을 때, 해는 아직 산자락 위에서 호박색으로 빛나고 있었다. 이제는 겨우 해의 머리만 보였다. 나는 콜라 캔을 따고 벽에 기댔다.

콜라를 반쯤 마실 때까지, 옆에 사람이 있다는 것을 알아채지 못했다.

퀘리다가 몇 발자국 떨어진 곳에 서 있었다. 주방의 열린 문틈으로 새어 나온 빛에 그녀가 반짝인다. 나는 목을 고르며 인기척을 냈다.

"어머. 깜짝 놀랐어요."

"죄송합니다."

나는 말을 더듬거렸다.

퀘리다의 청바지는 종아리 부근부터 퍼지는 유행이 지난 나팔바지다. 상의는 지퍼가 달린 셔츠를 입어서 허리께가 부풀어 올랐다. 그녀의 발음에는 억양이 있었다. 전에 말하는 것을 들은 적은 없었지만 아마도 남미 쪽 억양일 것이다.

"여기서 담배를 피워도 될까요?"

퀘리다는 이미 라이터로 불을 붙이며 말했다. 그녀는 검은 머리를 어깨 뒤로 넘기고 담배를 피웠다. 담배 연기가 그녀의 폐를 채울 때마다 어깨가 내려앉았다.

"한 대 피울래요?"

퀘리다는 담뱃갑을 건네며 말했다.

"괜찮아요."

나는 김빠진 콜라를 마셨다.

———

말하고 싶지만 바보가 아니면 말할 수 없는 것

제이드 딕슨 번스 대본

실외 : 호텔—밤

셸리는 고속도로에서 가까운 호텔 뒤 대형 쓰레기통 옆에 서 있다. 바닷가 소음처럼 자동차들이 윙윙거리며 지나간다. 셸리는 담배를 한 모금 빨고, 시원하게 내뱉는다.

여자(28세, 아름답다)가 그 옆에 서 있다.

셸리 : 어떤 기분인지 말해 줄래요?

여자 : 무슨 말이에요?

셸리는 고개를 돌려 담배 연기를 멀리 불어 내고 다시 고개를 돌린다.

셸리 : 그렇게 사랑받는 거요. 어떤 느낌일지 저는 상상이 안 돼요.

————

"뭐라고 했죠?"

"네?"

"뭔가 말하지 않았어요?"

퀘리다가 담배 연기를 입 한쪽으로 내뱉었다.

"아뇨, 저는…."

"어떤 느낌인지 물었던 것 같은데."

"아… 그러니까 그렇게 사랑을 받는 기분이 어떤지 해서요. 당신과 그 남자 말이에요."

내가 청바지를 입고 아우라를 뿜어내고 있는 이 아름다운 여성, 퀘리다에게 이런 바보 같은 질문을 했다니 믿을 수 없었다. 퀘리다는 담배를한 모금 더 빨았다. 나도 저렇게 담배를 피울 수 있으면 좋겠다. 마지막한 모금 남은 콜라 캔을 빙빙 돌리고 있는 내가 어린애처럼 느껴졌다.

"와, 어려운 질문이네요."

퀘리다가 웃으며 말했다.

"죄송해요, 저는 그냥…."

"아니에요. 괜찮아요. 그런데 저도 사실 깊게 생각해 본 적이 없어요.생각해 보고 다음에 알려 줄게요."

퀘리다는 담배를 더러운 길에 버려서 껐다. 그러고는 셔츠를 여미고다시 심장이 두근대는 그녀의 세상으로 돌아갔다.

———

"오늘은 뭘 가져왔어?"

하위가 말했다.

하위는 챙 달린 모자를 쓰고 지난 1월에 발견한 앤아버대학 셔츠를 입고 있었다. 그는 쇼핑 카트에 몸을 기대고 다리를 꼰 채 맨발인 한쪽 발을 흔들고 있다. 처음 하위의 발을 봤을 때는 정말이지 토할 뻔했다. 붓고, 갈라지고, 발가락을 알아볼 수 없을 정도로 까맣게 때가 껴 있었다.

"미안. 시원찮은 것밖에 없어."

나는 하위에게 싸구려 체다 치즈 한 덩이를 건넸다. 대량으로 판매되는 싸구려 치즈였다. 힐튼 랜치 호텔의 고객이라면 거들떠보지도 않을, 거의 플라스틱이라고 해도 과언이 아닐 치즈였다. 하위는 대형 냉장고 안쪽에 유통기한이 얼마 남지 않은 음식들이 있다는 것을 잘 알고 있었다. 지난 목요일에 가져다준 올리브 반 통, 이 주 전 수요일에 가져다준, 아직도 얼어 있는 크루아상과 같은 것들이다.

하위는 어금니로 껍질을 벗겨 치즈를 베어 물며 부은 손가락으로 뺨을 한쪽으로 밀었다. 마치 비웃는 듯한 표정이다. 침이 입가로 새어 나와 하위의 복슬복슬한 턱수염으로 흐른다.

"왜 그런 걸 먹어?"

"그렇게 나쁘지 않거든. 너는 모르겠지. 네 할머니가 네 이에 쓰는 돈으로 나는 일 년을 먹고살 수 있다는 걸 말야. 꼬마 셀리 아가씨."

하위는 내 이름이 셀레스트라고 생각한다.

"셀리라고 불러."

하위에게 있어 나는 병든 할머니와 함께 언덕에 사는 고아다(부모님은 끔찍한 자동차 사고로 돌아가셨다). 나는 열아홉 살이고 사랑하는 사람과 약혼했다. 나는 이런 거짓말들을 아티초크 통조림으로 무마했다. 마치 내가 약간의 뇌물을 주면 거짓말을 해도 되는 것처럼.

"앉아."

그가 말한다.

"괜찮아."

지난겨울 하위의 담요에 앉은 적이 있다. 그러자 몇 분 후, 하위의 짧은 손가락이 내 스키 재킷 안에 입고 있던 청바지의 허리띠 부근까지 올라왔었다.

"그 여자애 얘기 들었어?"

하위가 묻는다.

"응."

"예쁜 여자애더라. 신문에서 사진 봤어. 그들이 나한테 와서 묻더라고. 하지만 나는 아무것도 모르잖아. 예쁜 소녀라고. 예쁘다는 말만 했지. 하지만 셸리. 꼬마 아가씨 셸리. 너에 비하면 걔 아무것도 아니야."

하위의 시선이 목에서 부츠로 옮겨 갔다. 그의 눈꺼풀이 축 처졌다.

다른 사람의 눈을 통해 나 자신을 보려고 하는 이 나쁜 버릇. 이게 내가 목요일마다 굳이 집에서 호텔까지의 거리보다 반 마일 더 먼 이곳까지 와서 하위를 만나는 이유일 것이다. 교외의 후미진 곳 근처의 작은 숲길을 지나면 하위가 눈과 비를 피하는 도서관이 있다. 나는 엄마 차를 그가 볼 수 없게 아래쪽에 주차했다. 하위의 눈은 대부분 감겨 있지만, 눈을 떠도 무엇을 보고 있는지 알 수 없다.

"너의 '에두아르'는 잘 지내?"

하위가 묻는다.

나는 하위가 배고파서 멍하니 혀로 입술을 핥는 모습이 싫다.

"사실, 중요한 소식이 있어."

내가 대답한다.

"뭔데?"

"에두아르와 나는 몇 달 후에 떠나. 결혼 전에 같이 파리로 가기로 했어."

"파리라고? 파리, 파리, 파~리란 말이지. 잘됐구나, 셀리. 정말 잘됐네. 나의 꼬마 아가씨."

내가 거짓말을 못하면 좋을 텐데. 나는 평생 동안 지금 하위의 모습을 기억할 것이다. 쇼핑 카트 그림자에 옹송그리고 앉아 내가 힐튼 랜치 호텔에서 훔쳐 온 치즈 조각을 갉아 먹으며 환상에 젖어 몸을 앞뒤로 흔들고 있는 하위를.

하위는 에펠탑 앞에서 사랑에 빠진 내 모습을 그리고 있을지도 모른다. 기쁘면서도 질투심을 느끼고 있을지도 모른다. 나는 그런 하위의 모습을 보기 위해 이곳에 온 것이다.

그때, 나는 그 그림을 보았다. 하위의 쇼핑 카트와 낙서된 도서관 벽 사이에 놓여 있었다. 끝은 갈색으로 변했고 눈 때문에 진흙이 묻어 있었다. 그래도 발레리나의 발목이 그려져 있는 것은 알 수 있었다. 그 그림은 신발의 레이스를 묶고 있는 발레리나였다. 루신다가 자기 공책 표지에 붙였던 드가의 그림이었다.

"그거 어디서 났어?"

내가 물었지만 하위는 두 눈을 감고 졸고 있었다.

"하위! 이 그림 어디서 났냐고!"

"주웠어."

그의 턱이 다시 가슴 쪽으로 당겨졌다. 눈이 감겼다.

밤이 주위를 감싸자, 어둠이 너무 짙어 나를 집어삼킬 것 같았다. 나는 내가 이제껏 루신다를 살해한 사람과 이야기를 나눈 적이 있는지 궁금해지기 시작했다. 그와 마주 앉아 정상적인 대화를 나눈다면 우리 둘은 어둠을 무시하게 될 것이다. 캐머런, 하위, 잽. 누구든 상관없었다. 나와 그 바보 같은 주문. 나는 《현대의 마법》에 나온 감금된 집에서 자살한 남자를 생각했다. 드가가 붙여진 공책을 들고 있는 루신다. '너는 재를 알지도 못하잖아, 재는 미치지 않았어.' 루신다가 심하게 맞아 넘어져 목이 부러지기 바로 몇 분 전 그 집 잔디밭에 서 있었던 캐머런. 그리고 《현대의 마법》 2장 '죽은 사람이 보내는 신호들'도.

이미지들.

차가운 바람이 하위와 나를 스쳐간다. 나는 손에 입김을 분다. 하위가 그의 비정상적인 마음의 골에 갇혀 버려서 작별 인사를 할 필요가 없었다. 차가워진 엄마의 차로 돌아와 자동차 엔진 소리를 들으니 안심이 되었다. 그러면 나는? 나는 유리잔이고 곤두선 털이고, 말더듬이다.

———

그들은 저녁 식사 중이다. 테리가 맥주를 세 병째 마시고 있으니 식사는 이미 말싸움으로 바뀌었다는 뜻이다. 에이미는 접시를 들고 소파에 웅크리고 앉아 이어폰을 끼고 있다. 분명 켈리 클락슨 노래를 듣고 있을 것이다. 집 안에서 인도 음식 냄새가 희미하게 났다.

"이게 누구야."

엄마가 식탁 머리에서 말했다. 입술이 와인색으로 물들어 있다. 엄마는 눈사람이 그려진 머그잔에 와인을 부어 마시고 있다. 아마 깨끗한 와인 잔이 없었던 것일 거다.

"우리와 함께하기로 했다니 기쁘네."

"호텔에서 일하는 중이었어요. 목요일마다 가잖아요."

엄마는 취하면 염색한 곱슬머리를 손가락으로 빗으며 관객에게 폼을 낸다. 그러고는 입을 오므린 채, 눈을 깜빡이며 주방 창문에 비친 자신의 모습을 바라본다. 데뷔 준비가 끝난 것이다.

테리는 맥주병을 기울여 바닥에 남은 양을 체크한다. 이런 식으로 테리는 상황을 회피한다. 어떨 때는 셔츠에 있는 보푸라기를 뽑는다. 또, 식탁 위의 얼룩을 긁기도 한다. 아무도 자신을 모르는 척하도록 하는 것이다.

엄마는 내가 그를 '아빠'가 아니라 테리라고 부르는 것을 싫어한다. 설령 테리가 나의 생물학적 아빠라고 해도 그를 아빠라고 부를 이유는 없다. 테리는 매일 밤 9시에 왔다가 다음 날 아침 6시에 간다. 언제나 똑같은 반팔 셔츠를 입고 유령이나 개처럼 집을 어슬렁거린다.

엄마가 기분이 좋지 않을 때, 테리는 계단을 살금살금 걸어서 위층으로 올라가 버린다. 억지로 하품을 하면서. 눈으로 멍든 팔을 바라보며 잘 자라고 인사한다. 우리들은 보지 않고 셔츠 주머니에 있는 만년필만 만지작거린다.

"언니는 못 봤겠다. 이웃들이 밤새 전화했었어. 제퍼슨 고등학교의 학생을 체포했대."

에이미가 이어폰을 빼고 손가락을 가리키며 말했다.

"누구?"

"나야 모르지. 하지만 잽이 심문을 받고 있어."

"뭐라고? 잽을 체포한 거야?"

에이미는 어깨를 으쓱하며 다시 이어폰을 꽂았다. 엄마는 인조 손톱으로 머리를 꼬며 와인을 삼켰다. 하위의 옷 냄새가 몇 시간 전에 먹은 멕시코 음식 냄새와 섞여 아직도 내 코에 남아 있었다.

"네 건 냉장고에 있어."

테리가 말했다.

"네가 데워 먹어."

엄마가 덧붙였다.

"배 안 고파요."

위층 내 방으로 올라가 불은 켜지 않는다.

술병은 내 옷장 제일 위쪽 선반의 아기 담요 밑에 있다. 엄마는 너무 감상적이어서 이곳은 손대지 못한다. 절반 남은 것을 하위에게 샀기 때문에 술은 별로 남아 있지 않았다. 럼주 맛을 좋아하지는 않지만 술을 맛으로 마시는 것은 아니다. 많이 마시지도 않는다. 오늘 같은 밤에만 마신다. 나는 뚜껑을 열고 양껏 들이부어 힘겹게 목으로 넘겼다. 술이 아래로 퍼진다. 그러면, 나는 엄마처럼 변한다. 엄마처럼 손으로 병목을 움켜쥔다. 엄마에게 연민을 느끼는 순간이다.

나는 옷장 문에 주저앉아 기분이 나아지기를 기다렸다. 죄책감은 자주 느끼는 감정은 아니다. 무의미하고 비생산적인 감정이다. 죄책감이 서서히 퍼지다가 흡수되는 이 느낌이 싫다.

오늘 학생 식당에서 무척 외로워 보였던 캐머런을 생각했다. 어제 교장실에서 앞머리로 이마를 가린 초조하고 연약해 보였던 캐머런을 떠올렸다. 하지만 이 두 모습의 끝에는 등 뒤의 손목에 수갑을 찬 잽의 모습이 떠올랐다.

죄책감이 고개를 든다. 루신다가 죽던 날 밤, 캐머런은 소년의 모습을 한 그림자였다. 루신다는 방의 창문을 열었고, 캐머런은 움직이지 않았다. 루신다가 현관 쪽 지붕으로 올라갔다. 그러고는 캐머런이 서 있던 곳에서 얼마 떨어지지 않은 곳에 뛰어내렸다.

지금 어디에 있든, 루신다도 이 사실을 알고 있을 것이다. 이미지. 루신다는 내게 묻고 있다. 하지만 루신다는 이미 알고 있을 것이다. 나 같은 애는 루신다 헤이스 같은 애에게 대답하지 않는다는 것을.

———

이게 말더듬이가 되었을 때의 기분이다.

너는 아직 밤이 되지 않은 거리를 걷고 있어. 평생 이 거리에서 살아왔지. 갈라진 보도 틈에서 잡초가 자라고 있어. 가족들은 바보 같다고 너를 싫어하는데 정작 너는 바보 같은 게 너무 좋아. 그래서 네가 도서관 뒤에 사는 노숙자 말고는 친구가 없는 거야.

하위 같은 사람들은 너를 깊은 내면으로 몰아붙여. 이런 식으로 너는 자주 마음을 가라앉히지. 그리고 일시적으로 너의 마음을 진정시켜 주는 것들도 있어. 새로운 음악을 틀거나, 욕조에서 앞머리를 자르거나, 상처에 난 딱지를 떼는 것 같은 일들 말이야. 그래도 아직 시원하지 않

아. 계속 가렵지. 그건 행복하다고 느끼는 순간에도 아니라고 증명하며 떠오르기 때문이야. 너는 뚱뚱해. 언제나 화가 나 있지. 다음 세상에는 금발이거나, 친절하거나, 착한 사람으로, 아니면 이 모든 걸 다 갖춘 사람으로 태어날 수도 있지. 잠든 모습은 도자기 인형 같겠지. 하지만 여긴 다음 세상이 아니고, 네가 사는 세상이야. 그러니까, 이 아이러니를 극복할 방법을 찾아야만 해.

너는 헤이스, 손턴 그리고 핸슨 씨 집을 지나쳐 걸어가지. 밤은 맑고 동네는 깨끗한 냄새가 나. 럼주가 몸을 휘젓고, 갈비뼈가 뜨거워져. 대시보드 컨페셔널의 음악이 휴대전화에서 울려 퍼지고, 너는 가슴 아픈 가사, 날카로운 기타 소리와 거친 목소리 안에 살기를 염원하고 있지.

너는 캐머런이 모든 것을 가려 주는 어두운 거리를 걸어가면서 무엇을 보는지 알고 싶어. 무엇이 그를 매료시키는지. 자신의 욕망이 결코 채워질 수 없다는 것을 잘 알면서도 캐머런은 어떻게 그토록 오래 한 장소에 서 있을 수 있을까. 어떻게 욕망을 품고 몇 시간이고 그렇게 잔디밭 위에 서 있을 수 있을까. 또, 그 욕망을 버리지 못하고 어떻게 그대로 집으로 돌아가는 걸까.

너의 작은 위안 : 마법은 진짜가 아니야. 그러니 네 잘못이 아니야.

길 위의 네 발걸음이 무거워. 너무 많은 공간을 차지하고 있어.

네 몸은 부풀어 올라 너무 많은 자리를 차지해.

너는 한 번도 가 본 적 없는 바닷소리를 듣고 싶어 하지.

육 년이 지났지만 브룸스빌의 여러 가지가 여전히 리 휘틀리를 생각나게 한다. 담배를 사서 문간에서 피웠던 메인가의 담배 가게. 주말이면 캐머런을 데리고 왔던 공원. 러스와 리가 햄버거 고기와 맥주를 나르면 신시아는 유모차를 끌었다. 물론 신시아와도 많은 시간을 보냈지만 리와 단둘이 보내는 시간이 더 많았다. 둘의 교대 근무가 겹치지 않았을 때도 종종 한 사람이 자원해서 함께 하기도 했다. 항상 따라다니는 대가 없는 벗바리 같은 존재였다. 서로가 편한 친구라는 존재에 감사했다.

절벽만큼 추억이 서린 곳도 없지만 딕시터번 바도 둘째가라면 서러운 장소였다. 끈적끈적한 탁자, 구석의 고장 난 주크박스, 갈색 유리 재떨이에 수북이 쌓인 담뱃재. 그곳에서는 뭔가 발효하는 것처럼 썩는 냄새가 났다.

러스는 바의 가장자리 의자에 앉았다. 코트와 장갑은 벗어 무릎에 두었다.

"뭐 드릴까요?"

토미가 묻는다. 토미는 딕시터번에서 십구 년째 일하고 있다. 러스는 고등학교 친구들과 여기에 오곤 했다. 고등학교를 자퇴하고, 토미는 폭탄주를 만들어 팔았다. 나중에 토미는 러스에게 물이 반이었다고 고백했다. 당시 러스와 친구들은 흥겨워하며 새벽 두세 시까지 머물렀다. 그들은 적당히 취한 채로 밤늦게 운전해서 돌아갔다. 게으른 강아지처럼 차창 밖으로 머리를 내밀고 곧게 뻗은 고속도로에 둘러싸인 빈 공간과 주유소, 굴착기, 산과 초원을 향해 고함을 질러댔다.

"위스키 더블."

이반이 혼자 당구대에서 어슬렁거린다. 당구대 끝에는 고요와 평화를 광고하는 상표가 붙은 디카페인 녹차 병이 올려져 있다. 이반은 토미에게 한 게임에 이 달러를 지불하고, 자신의 당구 큐대를 가져왔다. 이반은 당구를 치며 몇 시간을 보낸다.

"처남과 한 게임 하시죠?"

토미가 묻는다.

"아니, 오늘 밤은 그만두겠소."

그렇게 말한 러스는 단숨에 술을 들이켜고는 한 잔 더 시키기 위해 잔을 내려놓는다.

"한 잔 더 드릴까요?"

토미의 머리 뒤에 있는 네온사인에서는 '맥주'라는 글자가 반짝인다. 러스는 처음부터 맥주를 마셔야 했다. 하지만 배 속에서 출렁이는 술 생각에 화가 나 더블로 한 잔을 더 시키고 말았다.

셋째 잔은 둘째 잔보다 맛이 덜했고, 넷째 잔은 아무 맛도 안 났다. 화학 물질에 혀의 감각이 없어졌다.

————

결혼하고 9월이 되었을 때, 러스가 집에 와 보니 부엌에서 이국적인 음식 냄새가 났다. 이네스는 양말을 신고 컴퓨터로 루피오 리베라의 음악을 틀어 놓고 춤을 추고 있었다. 스토브에서 무언가가 튀겨지고 있었고 또 다른 음식이 끓고 있었다. 이네스는 바닥에 빨간색, 하얀색, 초록색 테이프를 붙였다.

"멕시코의 독립기념일이에요. 과달라하라에서는 기념행사가 크게 열려요. 알고 있어요?"

이네스가 말했다.

"아, 그래."

러스는 거실로 가며 대답했다. 이네스가 요리를 하는 동안 러스는 거실에서 '로 앤 오더'를 보았다.

이네스는 색색의 종이 냅킨으로 식탁을 세팅했다. 한가운데 요리 접시가 놓여졌다.

"비리아 데 보레고예요. 양념한 양고기죠. 오른쪽은 께소 폰디도(치즈 퐁듀 - 옮긴이)예요."

러스가 한입 먹으니 입안이 타는 듯 했다. 모든 것이 너무 매웠다.

"맛있죠?"

이네스가 물었다.

"응."

"집에 오면 불꽃놀이를 해요."

이네스가 설명했다.

"멋지군."

러스는 대답하고 거실 텔레비전에서 하는 나스카 레이스로 시선을 옮기며 볼륨을 높였다.

이네스는 조심스럽게 러스의 접시를 살펴보지만, 거의 손을 대지 않은 채로 남아 있다. 그녀는 목을 만지며 천장을 바라보았다. 깨진 방풍 유리 같은 표정이었다. 식사하는 내내 이네스는 그를 쳐다보지 않았다. 설거지를 돕는 러스의 손을 뿌리쳤다. 이네스는 정리를 끝내고 러스가 있는 곳으로 왔다.

이네스는 텔레비전을 끄고 그 앞에 섰다. 눈이 이글이글 타고 있었다. 러스는 그렇게 화를 내는 이네스는 처음 봤다. 겁이 날 정도였다. 이네스는 재빨리 그에게 다가왔고, 러스는 방어를 위해 팔을 올릴 수도 없었다. 그럴 것이 이네스가 키스를 하려는지 때리려는지 알 수 없었기 때문이었다.

후자였다. 이네스가 뺨을 때렸다. 그녀의 손바닥이 닿는 순간 뺨이 불에 타는 듯 했다.

그날 밤 이후 이네스는 다시는 멕시코 음식을 만들지 않았다. 러스가 늦게 올 때면 밥과 양념이 된 고기 냄새가 났지만 이네스는 고집스럽게 증거를 숨겼다. 대신 구운 치즈 샌드위치가 빈 접시 옆에 놓여 있다. 벌이다. 러스는 그날 밤을 종종 생각한다. 자기가 좀 더 현명하게 처신했다면, 질문을 하고, 일말의 관심이라도 보였다면, 그들의 결혼 생활은 달라졌을 수도 있었다. 이네스는 요리법, 이야기, 노래, 추억을 모두 가슴에 품고 러스와 공유하려 하지 않는다. 이 머저리 미국 남자와는 절대로 나누지 않는다.

이네스의 화는 조리대에 놓여 있는 샌드위치 흰 빵에 놓여 있다. 러스는 자기가 없을 때는 그 화를 어디에 푸는지 궁금했다.

———

이반이 출소하기 몇 주 전에 이네스는 아침 식탁에서 그를 올려다보았다. 오랜만에 찾아온 토요일 비번이었다. 계란과 베이컨으로 아침을 먹었다. 러스가 신문을 훑고 있는 동안 이네스는 소설을 읽었다.

"곧 나와요."

이네스가 말했다.

"누가?"

"이반이요. 이 주 후에 나올 거예요."

"아."

러스는 몇 달 동안 그 날짜를 두려워했지만 모른 척 했다. 이네스는 기대에 찬 얼굴로 그를 바라보았다.

"내가 아는 사람이 있어."

러스가 대답했다.

이네스는 미소를 짓고 다시 책을 들었다.

이반은 감옥에 갈 때 이미 비자 기간보다 일 년 반을 더 체류하고 있었다. 그리고 이제는 삼 년 반을 더 체류한 것이 되었다. 러스는 수감 이후에 국외 추방 절차에 대한 서류를 검토했지만 이민국이 마약에 대해서는 엄격하다는 것을 알고 있었다. 순찰경관에서 이민세관단속국으로 이동한 러스의 아버지의 동료가 있어서 러스는 부서 바비큐 파티에서 짧게 이야기를 나눴다. 어쨌든 모두가 러스의 아버지를 사랑했다. 그다음 월요일에 러스는 그의 사무실 문을 두드렸다.

"안녕하세요. 부탁드릴 일이 있습니다."

러스는 책상에 앉아 있는 낯선 사람에게 말했다.

십 분 안에 이반이 미국 시민 또는 영주권자가 아니어도, 또는 신청서가 없어도 석방 시에 이런 문제를 확인하지 않도록 약속을 받아냈다. 러스가 이네스에게 그날 밤 소식을 전하자, 이네스는 러스를 안고 춤을 췄다. 정말로 흥겨워 엉덩이를 붙이고 추는 춤이었지만, 애정은 없었다.

이반이 출소하던 날 밤, 이네스는 파티를 열었다. 풍선을 불어 편지함

에 묶어 두고 손수 만든 포스터를 현관에 걸었다. '집에 온 걸 환영해! 이반!'

이네스와 이반과 마르코가 주방에 모여 맥주병을 들고 마시며 웃고 있는 동안 러스는 아직 공사가 끝나지 않은 뒤쪽 테라스에서 스테이크를 구웠다. 마르코는 매주 마키아벨리의《군주론》, 레오폴드 세아의《라틴아메리카의 정신》같은 책들을 가져다주었다. 마르코는 공부를 열심히 해서 대출을 받아, 의사 보조가 되기 위해 학교를 다니고 있었다.

스테이크가 적당히 구워질 즈음, 세 명은 취해서 스페인어로 기관총 쏘듯이 빠르게 이야기했다. 러스는 자신의 맥주를 토마토 화분에 쏟아 버렸다. 창문을 통해 보니 이네스는 마침내 집에 돌아온 오빠를 보며 기뻐하고 있었다.

음식이 준비되고, 린넨 식탁보가 깔린 식탁에 둘러앉아 러스는 기도를 위해 이반의 손을 잡았다.

"자네들은 죄수들보다 훨씬 더 훌륭한 저녁 식사 친구들이야."

이반은 고기를 한입 먹으며 말했다.

"하지만 그곳에서 나는 생각할 시간이 많았어. 한때 나쁜 친구들이었던 다른 죄수들에게서 많은 것을 배웠지. 나는 악마에 관해서도 많이 배웠어."

러스는 침을 삼켰다.

"악마는 존재하지 않는다는 걸 배웠어. 사람이 선해질 수 있는 다양한 방법만이 존재할 뿐이야. 이 세상에서 극소수의 사람들만 일부러 악마 같은 행동을 하는 거야."

"그러니까 자네는 선해지려고 마약을 거래했다는 건가?"

러스가 이반에게 물었다.

수년 동안 일해 온 거친 목소리로 그런 말이 갑자기 튀어나왔다. 이네스는 등을 곧추세우고 마르코와 눈길을 교환했다. 어색한 침묵이 흘렀다.

"그런 의미가 아니었어."

러스가 수습하려 했지만 이반은 접시를 밀쳐냈다.

이반은 맥주를 단숨에 들이켰다. 모델로(맥주의 한 종류 - 옮긴이)의 탄산이 턱으로 흘렀다. 그가 술을 입에 대는 모습은 이것이 마지막이었다.

이반이 말했다.

"나는 악마를 믿지 않는다는 말을 하고 싶었어. 자네와 경찰 친구들이 규정하는 그런 악마를 말이야. 자네는 무지한 중학생 무리와 똑같아. 세상이 어떤지 대면하기를 거절하는 수백, 수천 명 속에 자네가 존재하고 있다는 것은 무서운 일이야. 자네는 우리 같은 아웃사이더를 쫓아다니느라 바쁘지. 그래서 결코 뒤를 보지 않고, 자네가 감옥에 처넣은 사람들 중의 반은 자네보다 훨씬 좋은 사람들이라는 것을 결코 알지 못할 거야. 자네가 나쁜 사람이라고는 생각하지 않아. 러셀 플레처 경관, 내가 가장 안타깝게 여기는 부분이 뭔지 아나? 자네는 단지 권력을 과시하는 앞잡이에 불과한데, 나는 자네 같은 꼭두각시와 내 여동생의 결혼을 허락했다는 거야."

이반이 일어서자 테이블이 흔들렸다. 이네스가 가져다 놓은 꽃병이 쓰러지며 녹색 물이 테이블보에 스며들었다.

"가야겠어. 러스, 저녁 고마웠네."

마르코가 말했다.

마르코가 술에 취한 이반의 손목을 잡고 문밖으로 끌어낼 때, 러스를 두렵게 한 것은 이반의 분노가 아니었다. 헐크처럼 거대한 저 인간이 아니었다. 러스를 두렵게 한 것은 이반의 거침없이 확고한 그 말이었다. "자네는 꼭두각시야. 모든 것이 잘못되었어."

"당신, 이반이 무서운 건 아니죠?"

이네스가 밤에 침대에서 물었다. 이네스는 샤워하며 울었고 러스는 그 소리를 못 들은 척했다. 이네스가 검지로 러스의 어깨에 원을 그릴 때 유칼립투스 향이 나는 이네스의 젖은 머리가 러스의 가슴에 닿았다.

"아니, 그렇지 않아."

러스는 이네스를 가까이 당겼다.

그 이후로 이반은 술을 입에 대지 않았지만 그날 일을 사과하지도 않았다. 그가 갱생했다고 해도 이반은 여전히 위험인물이다. 악마를 믿지 않는다는 사람을 누가 두려워하지 않겠는가?

———

지금 이반의 팔은 당구 큐 길이만큼 늘어나 있다. 빳빳한 셔츠가 달라붙었고 집중을 위해 입술을 깨물고 있다.

러스는 테이블을 스무 번 내리치고 일어났다. 그는 비틀거리며 앞으로 걸어갔다.

"드디어 인사하러 오는 건가? 무척이나 예의가 바르시군."

이반이 말했다.

이반의 숨결이 러스의 입에 닿았다. 따뜻한 숨결이었다. 그의 입안의 금니가 보였다.

"무슨 짓을 했는지 내게 말해."

러스가 말한다.

"자네 동료들에게도 말했지만 다시 말해 주지. 나는 그 가여운 소녀가 무슨 일을 당했는지는 전혀 몰라."

"내가 묻잖아. 그 여자애에게 무슨 짓을 했냐고?"

러스의 입에서 말이 꼬였다. 이반은 안됐다는 듯이 웃었다. 러스는 그를 한 대 치고 싶었다.

"러스, 우리 매부. 자네를 좀 봐."

러스는 자신을 보았다. 아주 작은 남자. 운동장의 회전목마처럼 방 전체가 돈다.

———

자정이 가까웠다. 이네스는 손님방에서 자고 있고, 종이컵에 든 전자레인지용 국수가 침실 탁자에 놓여 있다. 지금 이네스는 손을 광대뼈 아래 받친 채 자고 있다. 뒤에는 러스가 산 풍경 사진이 한 장 걸려 있다. 러스의 부모님이 방문했을 때 방을 더 넓어 보이게 하려는 작은 시도였다. 벽에 있는 산은 아주 작아 보였고, 이네스는 그 아래 잠든 거인 같았다.

러스가 문을 닫으려고 움직일 때 이네스가 잠깐 뒤척였다.

"러스?"

밤중에 깬 어린 소녀처럼 이네스가 속삭였다.

눈 밑에 번졌던 화장은 말라 굳어 있었다. 구석의 텔레비전에서는 뉴스가 나오고 있었다.

"형사가 왔었어요. 몇 가지 질문을 했어요. 서장님도 함께 오셨는데, 당신이 옆에 있어 줬으면 했어요. 질문에 대답하고 그 사람들을 보냈어요."

이네스가 말했다.

"미안해. 위스키를 너무 마셔서 어지러워. 부탁 받은 일이 있어서. 그들이 나에 대해서도 물어봤어?"

"아니에요. 하지만 내가 과외를 했던 루신다에 대해서 물어봤어요. 그리고 이반에 대해서요. 설마 지금 우리 오빠가 루신다를 죽였다고 생각하는 거예요? 러스, 어떻게 그럴 수 있어요?"

"나도 내가 무슨 생각을 하는지 모르겠어."

술이 몇 번이고 올라왔다.

"이반은 착한 사람이에요. 우리 오빠는 착한 사람이라고요."

이네스는 울기 시작했다.

이네스는 베개에 한쪽 머리가 눌린 채로 일어나 앉았다. 얼굴을 손으로 문지르고 팔에 흘러내린 탱크톱 끈을 정리하고는 다리를 가슴 쪽으로 끌어안고 러스의 뒤쪽을 응시한다. 뒤에는 위층으로 통하는 계단밖에 없다는 것을 알면서도 말이다. 이네스의 뺨에 이불 자국이 나 있다.

한번은 러스가 방과 후 수업에 들른 적이 있었다. 교실 밖 직사각형 창문으로 이네스가 수업하는 모습을 보았다. 이네스와 루신다가 교과서 위로 몸을 숙이고 있었다. 웃고 있는 이네스는 충만해 보였고, 러스는 그 모습에 흥분되었다. 그는 또 다른 남성이 이곳에 서서 자신의 아내를 유리창으로 보며 그녀를 가지고 싶다는 욕망을 느끼는 상상을 했다. 그것이 리였으면 좋겠다. 러스는 누군가가 칸막이 문에 펜으로 만(卍) 자를 새겨 놓은 남자 화장실에서 자위를 했다.

손님방에 선 러스는 자신에게서 나는 술주정뱅이의 악취를 맡는다. 이반의 싸구려 향수 냄새도 섞여 있었다. 백화점 주차장의 소형 트럭에서 파는 그런 종류의 향수다.

"침대로 가지."

러스가 말했다.

그가 이네스를 일으키려 하자, 이네스가 움찔했다. 아내의 말랑거리는 팔이 러스가 다가가자 긴장한다. 러스는 이네스를 그냥 두고 나오면서 자신의 직업을 저주하며, 자신이 얼마나 늙었고 바보 같은지를 생각하며 욕을 했다.

이를 닦으며 러스는 거울 속의 자신을 바라보았다. 피부는 늘어져 이중 턱이 되었고, 눈은 작고 물기가 있다. 러스는 십육 년째 같은 콧수염을 기르고 있다. 누군가가 수염이 있으니 더 강해 보인다고 칭찬했던 그때부터였다. 오늘 밤은 콧수염이 그를 모욕하는 것 같았다. 거슬린다. 모든 게 늘어졌다. 러스는 칫솔의 물기를 빨아들이고 불을 껐다.

캐
머
런

캐머런에게는 진정한 친구가 한 명 있다. 로니는 절대 아니다. 바로 초
등학교 야간 경비원이다.

조각상 놀이를 하고 있을 때면 그 친구는 늦은 밤거리를 서성이고 있
다. 마치 지도에도 표시되지 않는 해양 한가운데의 섬에 있는 작은 마을
처럼 조용히.

캐머런은 점프슈트 유니폼을 입고 학교 뒤편 왼쪽 가로등 아래 구부
정하게 서 있는 경비원이 좋았다. 경비원은 한 시간마다 담배를 피웠다.
몇 분만 더 버티면 휴식이 찾아온다는 걸 안다는 것은 정말 멋질 것이라
고 캐머런은 생각했다.

캐머런과 야간 경비원은 자신들만의 언어를 만들었다.

기분이 좋은 밤이면 캐머런은 엘름가 반대편에서 고개를 한 번 끄덕

인다. 야간 경비원은 언제나 고개를 끄덕인다. 머릿속이 얽혀버린 밤이면, 고개를 끄덕이지 않고 무겁게 침잠해서 그곳에 그냥 서 있는다. 야간 경비원에게는 그것으로도 충분했다. 경비원은 흘러간 영화 속 멋진 소년처럼 기대고 있던 학교 외벽에 난 발자국을 지웠다. 경비원은 거대하게 긴 사지를 흔들며 '그래서?' 라고 말하는 듯하다.

그런 밤이면 캐머런은 잠에 취한 한밤중의 거리 저편에 실제로는 친구가 없어도 덜 외로웠다.

———

캐머런은 루신다의 턱 아래쪽 작업을 시작했다.

루신다의 얼굴에서 가장 어두운 부분이다. 턱 아래쪽은 목과 쇄골을 지나 가슴까지 섞여 들어가는 연속적인 스펙트럼이다. 캐머런 방의 조명은 어두웠다. 이런 추위에도 살아남은 파리 한 마리가 천장에 앉아 윙윙거리는 통에 캐머런은 집중할 수 없었다.

장례식이 내일이라 엄마는 캐머런의 셔츠를 세탁실에서 다림질하고 있다. 7학년 때 합창 대회를 위해 산 바보 같은 옷이었는데, 그 이후로 캐머런은 공식 행사가 있을 때면 언제나 그 옷을 입었다. 소매는 너무 짧고, 손목은 단추를 채우기가 힘들었고, 옷감이 피부를 쓸었다. 하지만 상관없었다. 내일 행사는 단지 장례식일 뿐이다. 루신다의 장례식은 메이플우드 장례식장에서 열리지만, 루신다의 시신은 그곳에 없을 것이다. 아마 어느 병원 영안실에서 수술용 마스크를 쓴 사람들이 누워 있는 그녀를 내려다보고 있을 것이다.

캐머런은 다시 루신다의 턱에 집중했다. 면적이 너무 넓었지만 괜찮았다. 사람의 턱은 충분히 넓게 그려도 그 사람처럼 보이기 때문이다. 캐머런은 루신다의 입술로 옮겨갔다. 결코 떨어 본 적 없는 손이 떨렸다. 입가가 잘못된 것 같았다. 일단 잘못되었다고 생각하니, 다시는 제대로 된 것을 볼 수 없을 거라는 무서운 생각이 들었다. 뼈를 바르고 해체된, 그렇지 않으면 용해제에 들어 있을 루신다의 턱과 입술이 그곳에 있었다.

얽힌 마음을 푼다.

캐머런은 루신다의 광대뼈를 그리려 했지만 이 부분 역시 아닌 것 같다. 루신다의 주근깨가 어디에 있었는지 기억이 나지 않아 하나, 둘, 셋, 넷 이렇게 수를 셌지만 모두 엉뚱한 곳에 있었다. 루신다의 눈은 사시처럼 보였고, 캐머런은 그녀의 눈과 가장 튀어나온 광대뼈를 그려 넣지 못했다. 루신다의 얼굴을 그리려 하면 제이드의 피부만 눈앞에 나타났다. 그림을 내려다보니, 루신다도 아니고 제이드도 아니었다. 그렇게 모두에게 2월 15일의 사건이 일어났으리라.

캐머런은 총을 들고 검지로 차가운 금속 방아쇠를 당기는 상상을 했다.

얽힌 것이 풀린다.

캐머런은 총구를 루신다의 빛나는 금발 머리 뒤에 대고 검지로 차가운 금속 방아쇠를 당기려고 하는 상상을 했다.

얽힌 것이 풀린다.

캐머런은 22구경 총을 들고 총구를 루신다의 빛나는 금발 머리 뒤에 대고 검지로 차가운 금속 방아쇠를 당기려는 자신을 상상했다.

"이러지 마."

루신다가 말하고 있다.

"제발 이러지 마."

캐머런은 왼쪽 신발 끈이 풀린 자신의 더러운 운동화를 신고 회전목마 위의 루신다를 내려다보는 상상을 한다. 회전목마 위에 뒤틀린 자세로 누워 있는 루신다를 돌아보고, 그녀의 머리 주변에 역겨운 후광처럼 고인 피 웅덩이를 바라보는 상상을 했다.

———

루신다는 일 년 반 전 화창한 토요일, 캐머런에게 처음으로 도움을 청했다. 작년 8월 마을은 주황색 원뿔 모양의 교통 차단막으로 길을 막아 놓고 진입로에 음식 가판대를 설치했다. 8학년이 된 여학생들은 비키니 상의에 청반바지를 입었다. 남학생들은 상의를 벗고 자외선 차단제를 바르고 돌아다녔다.

캐머런은 헐렁한 스웨트셔츠를 입었다.

"그거 벗는 게 좋겠어."

엄마는 손턴 씨의 접시 위에 바나나빵 한 조각을 담으며 말했다. 당시 갓난아기였던 올리는 유아용 카시트에서 잠들어 있었다. 엄마는 바나나빵을 전자레인지에 데워서 내놓았는데, 사람들은 갓 구운 빵이라고 생각했을 것이다.

캐머런은 터덜터덜 방에 들어가 무늬 없는 흰색 민소매 셔츠로 갈아입었다. 바싹 마른 두 팔이 탈구된 뼈가 큰 소매 사이를 뚫고 나온 것처럼 보였다. 아무리 캐머런이 팔을 비틀어도 각도가 이상해서 팔꿈치와 모서리가 자연스러워 보이지 않았다. 핼러윈 기간에 선생님들이 교실에 걸어 놓은 종이 해골 같았다.

그때 아래층에서 무언가가 부딪치는 소리가 났다. 유리가 깨지는 소리 같았다.

소리가 난 곳은 엄마 침실의 뒤쪽에 있는 대리석 화장실이었다. 그리고 그곳에 루신다 헤이스가 거울 앞에 서 있었다. 바닥에는 산산조각 난 향수병이 떨어져 있었고, 밤에 나던 엄마의 향긋한 향기가 타일 틈으로 새어들고 있었다.

루신다는 노란색 비키니 상의에 찢어진 청반바지를 입고 있었다. 흰색 실들이 주머니 솔기에 매달려 있었다. 반투명한 털이 배꼽을 향해 나 있었고, 평평한 배가 그 앞에 펼쳐졌다. 캐머런이 감히 탐험할 수 없는 드넓은 초원. 부드러운 가슴을 따라 생긴 태닝 자국. 비키니 상의의 끈 자국이 쇄골에서 어깨까지 생겼다.

"미안."

욕실의 깨진 향수병 옆에 서서 루신다가 말했다.

"깨려던 건 아니었어. 그냥 보고 있었어."

"괜찮아."

캐머런은 샤워 커튼 옆의 옷걸이에서 엄마의 목욕 타월을 잡아당겼다. 무릎을 꿇고 앉아 깨진 유리 조각을 동그랗게 오므린 손바닥에 모았다. 루신다는 변기 옆에서 지켜보고 있었다.

루신다가 예쁘다는 건 알았지만 이렇게 눈을 가늘게 뜬 모습은 본 적이 없었다. 루신다가 그를 보고 있었다. 화가 났다거나 싫은 표정이 아니다. 보통의 다른 사람들을 보듯 캐머런을 보고 있다. 캐머런은 그녀의 입가에 퍼진 작은 미소를 보며 확신했다. 루신다는 착하다. 캐머런은 필사적으로 왜 루신다가 엄마의 욕실에 있었는지를 알고 싶어 하면서도 묻지 않았다. 나중에 루신다의 잔디밭에 서서 창문으로 그녀를 지켜볼 때, 캐머런은 그저 운명이었다고 생각했다. 세상은 그냥 루신다를 캐머런에게 밀어 넣은 것뿐이다.

"음, 미안해. 새것 하나 살까? 안 그러면 네 엄마가 아마…."

루신다가 말한다.

"아니, 괜찮아."

루신다는 화장실 창문의 커튼 한쪽을 젖히고 초파리처럼 두 손을 초조하게 비비며 바깥을 살폈다. 그녀의 갈색 손가락은 가늘었지만 그렇다고 앙상하지는 않았다.

"나 여기 잠시 있어도 돼?"

루신다가 말했다.

"물론."

캐머런은 자신의 해골 같은 몸을 의식하고 있었다. 그는 자신이 잘생겨서 이 숨 막히는 침묵을 메워야 할 필요가 없었으면 좋았을 것이라 생각했다.

"도대체 이게 다 무슨 난리들인지 생각해 본 적 있어?"

루신다가 말했다.

"응."

루신다가 고개를 갸우뚱한다. 아마도 캐머런을 이상하다고, 아니면 베스가 말한 대로 학교에 총을 가져올 만한 사람이라고 생각했을지도 모른다. 하지만 실제는 어떤지 알 수 없었고 알고 싶지도 않았다.

"정말로, 나도 항상 궁금하더라."

루신다가 말했다.

왼쪽 검지에 가느다란 유리 조각이 박혔지만 신경 쓰지 않았다. 수를 놓은 비키니 상의는 그 모양을 갈망하듯 가슴에 착 붙어 있었다. 캐머런은 목탄으로 그녀를 그려 보고 싶었다. 그 세세한 것들을. 땀에 젖어 목에 들러붙은 금발 머리. 눈꺼풀 위로 말려 올라간 속눈썹. 캐머런의 가슴에서 꽃이 피기 시작했다. 좋아하는 감정이 밀려왔다. 부드러운 파도 같은 감정이었다.

루신다는 커튼을 열었다 닫았다. 땀과 스프링클러 물에 축축해진 머리를 손으로 빗으며 고개를 뒤로 젖혔다.

그녀의 상체가 떨리기 시작했다.

캐머런은 사람이 우는 모습을 많이 보지는 못했다. 엄마와 학교 여학생 한두 명 정도가 전부였다. 하지만 이번에는 드물게도 울음의 시작을 포착했다. 준비, 정점, 흐느껴 울면서 나오는 떨림.

"괜찮아?"

캐머런이 물었다. 그는 창문에 있던 루신다가 울고 있는 상황이 이해되지 않았다. 그러나 루신다가 고개를 들어 거울을 보았을 때 캐머런은 우연히 이 세상으로 돌아온 귀신처럼 그녀 뒤에 서 있었고 바로 이해했다.

루신다의 눈은 숲이었고 깊은 숲속에서 도움을 청하고 있었던 것이다.

"미안해."

루신다는 사과하며 다시 창문 밖을 훔쳐보았다. 그녀는 기억을 지우 듯 머리를 흔들며 비키니 상의를 바로 입었다.

"네 엄마 향수 말이야."

캐머런을 밀치고 지나가는 루신다의 머리에서 엄마의 향수 냄새가 났 다. 손목 아니면 쇄골에 찍어 바른 것 같았다. 노란색 치자꽃 향기였다.

이날 엄마 화장실에서 나눈 대화가 그녀와 나눈 처음이자 마지막 대 화였다. 이후 캐머런과 루신다의 대화는 체육관에서 순식간에 끝나는 눈길이 전부였다. 루신다는 캐머런보다 몇 미터 앞서 달리며 몇 분 간격 으로 캐머런이 뒤에 있는지 확인하려고 뒤돌아보았다. 거리가 더 벌어 졌다. 다리는 타는 듯했고 폐는 멈추라고 소리 질렀지만 캐머런의 목에 는 루신다의 숨결이 느껴졌다. 부끄러워 빨갛게 상기된 얼굴로 뒤돌아 보는 루신다의 모습에서 캐머런은 자신이 루신다에게 뭔가 속삭였다는 것을 알았다. 이상한 대화이긴 했지만 그건 가슴 뛰는 일이었다.

캐머런은 여름에 엄마가 출근한 뒤에 그 총을 발견했다. 캐머런이 태어 나기 전, 아직 발레리나처럼 우아하고 긴 목을 지닌 엄마의 사진들로 구 성된 사진 수집품에 추가할 새로운 아이템을 찾느라 그는 온 집 안을 돌

아다녔다.

총은 엄마의 침대 아래 광택이 나는 떡갈나무 상자에 들어 있었다. 캐머런의 머리가 뜨거워지고 부풀어 올랐다. 총을 만지지는 않았다. 감히 만질 수가 없었다. 잊으려고 노력했다.

다음 날 아침에 엄마가 출근하자 캐머런은 총을 면 티셔츠로 감싸서 배낭 안에 숨겼다. 로키산맥의 공기는 맑았지만 차가웠다. 그는 면 티셔츠를 열어 낯설게 생긴 조준대와 총신, 손잡이 그리고 실린더를 자세히 살폈다. 인터넷으로 총에 대해 찾아보고는 그 작동법에 매료되었다.

그 나무는 일반적인 사람과 같은 비율을 가지고 있었다. 육 피트 높이의 나무줄기와 수십만 개의 팔처럼 뻗어 있는 가지들은 캐머런은 들을 수 없는 리듬에 따라 흔들리고 있었다. 중심 줄기에는 구멍이 하나 있었다. 새의 둥지였다. 새들은 그 안에서 부대끼며, 나뭇가지로 된 둥지 위를 작은 발로 뛰어다녔다. 총은 묵직하고 낯설게 느껴졌다.

캐머런은 영화배우들이 하듯 한쪽 눈을 가늘게 떴다. 물론 배우처럼 보이지는 않았지만 가느다란 팔을 들어 나무의 중심부를 조준했다. 하지만 평소의 주눅 든 자신의 모습이 아니었다. 숲속 가장자리에 홀로 서서 쏠 줄도 모르는 총을 들고 새가 나무를 쪼는 소리와 바람이 잔디밭을 스치는 소리, 온몸의 뼈들이 스스로를 이해하려는 소리를 들었다.

눈을 감고 총을 쐈다. 캐머런의 머릿속에서 그 나무는 살아 있는 성인 남자였다. 총성이 하늘을 가르고, 반동으로 캐머런의 온몸이 얼얼했다.

캐머런은 다시 한 발을 쐈다. 다시 한 발. 목표를 빗나갔다. 세 발은 나무의 왼쪽 겨드랑이에 박혔다. 놀란 새들은 필사적인 날갯짓을 하며 째

지는 소리를 낸 뒤 날아갔다.

새들은 나뭇가지 틈으로 날개를 퍼덕이며 하늘 높이 날아올랐다. 새가 보면 캐머런은 얼마나 한심할까? 헐렁한 셔츠를 입고 떨리는 손에 22구경의 총을 쥐고 있는 빼빼 마른 소년일 뿐이다. 캐머런은 자신이 한 행동의 무게로 인해 자기혐오에 빠졌다. 그리고 두려워졌다. 그해 캐머런의 손은 엄마의 손보다 더 커졌다. 손마디는 거칠어졌고, 알 수 없는 손금도 생겼다. 마치 다른 사람의 손 같았다. 아빠의 손 같았다.

캐머런은 다시 티셔츠로 총을 감쌌다. 총을 무릎 위에 올려놓고 흙바닥에 앉아 주변 소리를 듣는 것밖에 할 수 없었다.

———

엄마가 캐머런의 셔츠를 다릴 때마다 다리미에서 지글거리는 소리가 났다. 엄마가 무게 중심을 바꾸면 모스 부호처럼 소리를 냈다. 발목 관절이 튀어나오며 나는 소리일 것이다. 캐머런을 가장 슬프게 하는 소리였다.

루신다가 마룻바닥에서 캐머런을 바라보고 있었다. 모두 각도가 잘못되고, 음영이 달랐다. 애원했다. 울고 싶지만 방법을 모르겠다. 그래서 바닥에 놓여 있는 알 수 없는 소녀의 그림 위에 오른쪽 뺨을 대고 누군가를 사랑하고 다른 사람과 귓불을 섞는 것보다 나쁜 일은 없다고 생각했다.

러
스

러스는 잠을 이룰 수 없었다. 이네스는 손님방에 있었고 러스는 '시체를 발견했네'라는 말에 두 번이나 소스라쳐 잠을 깼다. 그는 이불을 걸어차고 속옷을 입은 채 부엌으로 갔다. 팔꿈치를 대고 개수대 앞으로 몸을 구부렸다. 달을 보며 묻고 싶었지만 날이 흐렸다. 눈이 그쳤다. 모든 것이 힘들다. 눈이 군데군데 녹았고 진흙이 파여 땅은 무자비하게 찢긴 듯 보였다.

러스는 바지를 입고 차를 끌고 나왔다. 헤드라이트를 끈 채로 천천히 풀크럼가로 차를 몰았다.

이반은 서서히 죽어가는 두 명의 노부인이 사는 집의 위층 방을 빌렸다. 이반은 그녀들을 위해 식료품을 사다 주고, 음식을 만든다. 밤이면 그들의 노쇠한 입에 약을 떠 넣어 준다.

새벽 두 시에 러스는 밖에 차를 대고 불을 끈다.

이반은 노부인의 부엌 창가에 서서 책을 읽는다. 뒤쪽으로 프릴 장식이 된 가리개가 반쯤 열려 있다. 부엌 천장에 달린 전등이 헐렁한 검은 바지 주머니에 손을 넣은 그의 모습을 비췄다. 매우 조용히 서 있다. 이반은 꼿꼿하고 키가 크다.

처음에는 이반이 창문에 비치는 자신의 모습을 본다고 생각했다. 하지만 길가에서 보니, 이반의 창밖 풍경이 보인다. 이반의 뒷마당 이웃의 거실이 정면으로 보인다. 한 노부부가 소파에서 손을 잡고 텔레비전을 켜 놓고 그대로 잠들어 있다.

이반은 그들이 잠든 모습을 바라보며 부엌에 서 있다. 러스는 차 안에서 그런 이반을 지켜보고 있다. 이반 역시 무한한 밤의 한가운데에서 그 짧은 순간을 느끼고 있는지 궁금했다.

———

이네스는 러스를 딱 한 번 교회에 데리고 갔다. 결혼한 지 일 년이 되어갈 무렵 이네스가 갑자기 러스에게 함께 교회에 가자고 청했다. 러스는 오래된 갈색 양복을 꺼냈다. 모처럼의 이네스의 부탁에 기분이 좋았다.

이반은 설교를 하고 있었다.

이반이 하는 일요일의 설교가 교회의 문화를 바꾸고 있었다. 이반의 종교는 그 지역 사회의 많은 사람들이 고향에서 믿고 있는 가톨릭에서 뻗어 나왔다. 이반의 종교는 이들이 알고 있는 것과 기본 교리는 같았지만 더 관대했다. 그리고 더 위대하고 더 심오했다. 철학과 종교가 결합

하여 엄격한 경계가 없지만 미국 철학으로 이끌면서도 모든 것은 하느님의 손길 안에 있다고 말하고 있었다. 이반이 희망의 아이콘이 되었다고 이네스는 설명했다.

"당신도 변할 수 있어요. 당신 스스로를 교화시킬 수 있고, 스스로 의문을 품을 수 있어요. 이 잔인한 국가에서도 자신의 내면 안에서 더 이상 낯선 이가 될 필요가 없어요."

그래서 러스는 교회에 갔다. 두 번째 줄에 앉았다. 교회는 싸구려 양탄자와 접이식 의자, 조잡한 나무 십자가가 들어 있는 트레일러였다. 러스는 이네스가 둘러보는 동안 손으로 부채질을 했다. 이네스는 서 있는 늙은 여인들을 껴안았고, 자연스럽게 러스를 인사시켰다. 그들은 스페인어로 "올라, 코모 에스타 우스텟"이라고 말하며 인사했다.

러스는 격식 있는 스페인어 인사법을 배웠다. '어떻게 지내십니까?'는 스페인어로 코모 에스타였고, 무이 비엥과 그라시아스는 '잘 지내요'와 '고마워요'였다.

예배가 시작되자, 이네스는 눈을 감고 모든 노래를 진심을 다해 불렀다. 그녀는 걱정 반 기대 반으로 사이사이 러스를 곁눈질하며 러스의 손을 꼭 잡았다. 러스는 아무 소리도 내지 않고 노래를 따라 불렀고 이네스와 눈을 몇 번 마주쳤을 때는 기쁜 척했다. 그들은 신의 사랑과 섭리에 대해 이야기했고, 러스의 온몸이 땀으로 젖었을 때, 마침내 이반이 단상에 올랐다.

"오늘 우리는 악의 본성에 대해 이야기하기 위해 모였습니다."

이반은 스페인어로 말한 뒤 영어로 말했다.

"우리는 신의 선함과 악을 어떻게 구별할 수 있을까요?"

이반은 제단 위에 서서 커다란 손으로 동작을 취했고, 러스는 그의 시선에서 절망을 보았다. 이반은 종교의 열정에 사로잡힐 사람이 아니다. 설교할 내용을 공책에 적어 암기해 거울 앞에서 연습한 사람일 뿐이다. 복음의 미소와 열정적인 아멘까지 모든 것이 완벽에 가까웠다. 머리를 기울이는 것, 열정적인 눈 찡그림, 찬양하며 치는 손뼉, 이 모든 것이 쇼였다. 훌륭한 공연이었다.

나중에 러스는 이반과 말하고자 하는 사람들의 대열에 합류했다.

그들 차례가 되자, 이반이 말했다.

"아, 매부. 오늘 예배는 괜찮았나?"

이반이 러스에게 물었다.

"아주 좋았어."

러스는 말했다.

"곧 다시 오기를 바라네. 신은 자네의 죄를 들을 준비를 마치셨다네."

———

러스와 리는 차의 계기판을 테이블삼아 리의 낡은 카드로 진 러미(카드 게임의 일종-옮긴이)를 하곤 했다. 교대 근무 사이에 둘은 관할 구역의 휴게실에서 영화를 보며 낡고 얼룩진 이불 위에 널브러져 있었다. 리는 1994년 작품인 '펄프 픽션'을 제일 좋아했다. 캐머런은 막 학교에 다니기 시작했고 신시아는 리를 대신해 가정의 모든 것을 책임지고 있었다.

"나는 암살자가 되어야 해."

리는 언제든 쓸 수 있게 장비들을 손질했고, 자신의 총을 애정 어린 손길로 쓰다듬었다. 하지만 그럼에도 불구하고, 둘 다 총을 사용한 적은 없었다. 러스가 아는 한 리는 살아 있는 어떤 것에도 총을 쏜 적이 없다.

시도를 하지 않은 것은 아니었다. 휴일이면 둘은 러스 아버지의 사냥 장비를 챙겼다. 러스는 이것을 스물일곱 살 생일 선물로 받았지만 마지못해 감사 인사를 했다. 아버지는 러스에게 일곱 살부터 사냥을 가르치려고 했지만 러스는 결코 정확한 타이밍에 방아쇠를 당기지 못했다. 여전히 아버지와 여름에 적어도 두 번은 사냥을 하러 가지만 집에 돌아올 때면 아버지는 절대 말을 하지 않는다.

리는 달랐다. 그는 사냥 장비를 착용하고 위장복에 형광주황색 옷을 입고 지정 사냥터인 산기슭 입구의 숲으로 갔다. 러스는 한 색은 몸을 숨기고 다른 한 색은 눈에 띄어 경고를 하는 이 두 가지 색의 조합을 이해하지 못했다. 그들은 늘 자동차 뒷좌석에서 옷을 갈아입었기 때문에, 신시아는 의심하지 않았다(신시아는 오락을 위해 총을 사용하는 것에 특히 기겁했다). 한번은 어두운 뒷자리에서 바지를 입으려다 리가 자갈밭 주차장으로 떨어진 적도 있다. 그들은 아무것도 사냥하지 않았기 때문에 신시아에게 거짓말을 한 것은 아니었다. 사실 위장복 바지에 권총을 어색하게 매고 동물들이 바스락거리는 소리 속에서 자신의 숨찬 소리를 들으며 걷는 것은 고역 그 이상이었다.

둘은 바위에서 점심을 먹었다. 흰 빵으로 만든 샌드위치였다.

언젠가 리는 바위 위에 평평하게 누워 거칠게 숨을 쉬며 말했다.

"자신이 얼마나 늙었는지 생각해 본 적 있어?"

"물론 있지."

러스가 말했다.

"나는 가끔씩 이게 내 마지막이라고 생각할 때가 있어. 지금 이 시간이 우리의 마지막이 되는 게 아닐까?"

리가 말했다.

러스는 그때 불었던 바람을 기억한다. 모든 나뭇가지에 자신의 존재를 알렸던 그 바람을. 일종의 경고였다. 바람에 날아간 샌드위치 종이를 잡으려고 리가 벌떡 일어나 달려갔고, 러스는 가지 말라고 소리쳤다. 그때 리가 주머니에 종이를 구겨 넣으며 돌아왔다. 그렇게 그들은 집으로 갈 때까지 숲을 돌아다녔다. 그렇지 않으면 신시아가 걱정할 것이다.

단칸방 교회에서 이반은 러스를 꿰뚫어 보았다. 유리알 같은 그 눈으로, 불안한 웃음을 지으며 이반은 러스를 가까이 잡아당겨 위협적인 악수를 했다. 그 순간, 러스는 이반, 그리고 그의 예수님이 자신의 모든 수치스러운 비밀을 알고 있다는 것을 확신했다.

———

러스는 동이 트기 바로 직전에 슬며시 집으로 들어왔다. 이네스는 어느새 침대로 돌아와 있었다. 러스는 그녀의 이마에 키스하고 재빨리 운동복으로 갈아입었다. 흰 스웨트셔츠와 귀를 따뜻하게 할 모자를 썼다. 문 옆에서 운동화 끈을 조용히 묶고 떠오르는 태양 속으로 사라졌다.

새벽 5시에 러스는 파인 리지 드라이브를 달렸다. 아침 공기는 차갑지만 상쾌했고 눈은 거의 녹아서 발소리를 들을 수 있었다. 러스는 잠들어 있는 이웃들을 지나쳐 갔다. 수년째 이곳에 살고 있지만, 그가 경찰이어서 아무도 가까이 오려 하지 않는다. 러스는 지금은 신시아와 캐머런이 살고 있는 리의 집을 그대로 지나쳐 달려간다. 조깅을 할 때면 러스는 주위에 집이 하나도 없는 듯 뛰어간다. 작은 승리감이 느껴진다.

러스는 생각에 잠겼다. 이곳의 누군가는 루신다 헤이스에게 일어난 일을 알고 있을 것이다. 살인자의 집을 방금 전에 지나쳤을지도 모른다. 아니면 지금 지나치고 있을지도 모른다. 살인자는 면 베개를 베고 코를 골며 자고 있을지도 모른다. 러스는 캐머런의 오래된 침대와 파란색 벽을 기억한다. 그러고는 유전자를 생각한다. 피할 수 없는 유전자. 아버지의 나쁜 유전자가 아들에게로 전해진다.

동네 사람들은 잠을 자고 있다. 태양은 지평선에서 주황빛으로 빛나고 외곽 지역 끝에 도달했을 때 러스는 속도를 높였다.

곧 산 입구에 도착한 러스의 심박수는 적어도 140은 되었을 것이다. 러스 위로 솟아 있는 산꼭대기는 굶주린 야생 짐승 같았다. 러스가 자신을 가장 잘 이해하는 순간이다. 내 이름은 러스 플레처. '나는 정상적인 남자의 삶을 살고 있고 행복하다'라고 거리낌 없이 말할 수 있는 순간이다. 이 숨 가쁜 순간만큼은 의무도, 사람들의 기대도, 그리고 지난 상처도 털어버릴 수 있다. 오로지 불타는 극단에만 집중한다. 러스와 박동하는 남자의 심장, 러스와 추운 아침 공기에 흩어지는 하얀 입김, 러스와 타는 듯한 다리. 달린다. 러스는 괜찮다. 달린다. 러스는 앞으로 나아간다.

셋 째 날

제
이
드

우리는 해변에 있다. 태양이 사방으로 밝게 내리쬔다. 루신다와 나는 등을 바닥에 대고 하늘을 향해 누워 있다. 우리는 겨울옷으로 꽁꽁 싸맸다. 나는 군용 파카를 입었고 루신다는 노란 재킷에 은색 타이즈를 신었다. 갈매기가 울어댄다.

루신다가 말을 하지만 바람과 파도 소리 때문에 들리지 않는다. 루신다는 너무 아름답다. 천사 같다는 말이 무슨 뜻인지 알 것 같다. 우리는 연인들처럼 같은 베개를 베고 누워 있다. 루신다의 조개 같은 입술이 열렸다 닫혔다를 반복하고, 가슴은 부풀어 오르고, 그녀의 오뚝한 콧날 사이로 눈물이 흐른다. '안 들려'라고 말하려고 하는데 입이 열리지 않는다. 어깨가 땅에 붙었다.

'안 들린다고!'

루신다는 이제 소리를 지르고 있지만 아무 소리도 나지 않고 나를 향해 팔을 세차게 뻗는다. 루신다는 울며 부탁하지만 바다 해초 속으로 말이 사라진다.

———

새벽 5시. 나는 떨며 잠에서 깬다. 밖은 아직 어둡고 꿈속에서 세상은 억눌려 있다.

옷장 밑에서 그 책이 자석처럼 나를 끌어당겼다. 에이미가 찾을 수 없게 그곳에 보관하고 있었다.

삼십 분이 지나고, 내 옷의 보풀이 작은 동물과 얼굴처럼 보일 때, 스탠드를 켜고 책을 집어 들었다. 나는 본능적으로 2장 '죽은 사람이 보내는 신호'를 펼쳤다.

'죽은 사람이 보내는 신호를 받으면 당신은 물어 봐야 한다. 고인은 내게 무엇을 말하려고 하는가? 그들이 성불할 수 있도록 내가 할 수 있는 일이 있을까? 죽은 자가 산 자에게 말을 거는 것은 당신에게 임무를 부여하기 위함이다. 당신은 그들의 미완된 일이 무엇인지 찾아야만 한다.'

나는 책을 거칠게 덮고 벽을 더듬어서 화장실로 가 찬물을 튼다. 잠옷을 입은 채로 내 무의식에 있는 꿈을 씻어 내려고 몸부림친다.

———

옷을 입고 샤워기의 물을 맞았다. 이때만은 의식의 날을 기억할 수 있었다. 샌들을 신은 루신다가 손턴 씨네 진입로를 걸어가던 그날, 나는 엄마와 테리가 텔레비전 앞에 자리를 잡기를 얼마나 기다렸던가. 나는 살금살금 내 방으로 들어갔다. 손턴 씨는 점점 나를 찾는 일이 줄어들었고, 곧 그만두게 될 것이다. 그러면 또 다른 일을 찾아야 했다. 모두 루신다와 뒤로 늘어뜨린 그 금발 머리 때문이다. 수백 달러가 쥐어져 있는 루신다의 손과 보조개와 눈썹을 상상했다.

나는 방에서 재료들을 조합하고 있었다. 의식을 치르는 동안에는 편해야 하기 때문에 사람들은 주로 옷을 벗은 채로 의식을 치른다고 한다. 하지만 나는 절대 옷을 벗지 않을 것이다. 그래서 나는 하와이안 프린트가 들어간 낡은 원피스 수영복을 입었다. 먼저, 뒤집개를 갈색 판지로 싸서 지팡이를 만들었다. 엉성하지만 이십 분 동안 타들어 가는 티라이트 캔들(차를 우릴 때 사용하는 양초-옮긴이) 몇 개로 제단도 만들었다.

나는 제단 한가운데에 내가 가장 좋아하는 사진(잽과 내가 2학년이 된 첫날 찍은 사진)을 세워 놓았다. 우리는 햇살에 눈을 찌푸리고 현관 앞에 서 있었다. 잽은 통통한 한 손을 이마 위로 올렸다. 우리 둘 모두의 코 아래에 유성 매직으로 그럴듯하게 콧수염을 그렸다.

내가 이 사진을 좋아하는 이유는 우리 둘 다 행복해 보이지 않아서이다. 사진 속 우리는 그냥 얼어 있다. 움직이고 있다가 사진에 갇혀 버렸다. 몇 년 후, 잽은 가방끈을 올리려고 손을 움직이고 나는 엄마에게 사진 찍는 것이 너무 싫다고 말할 것 같은 느낌이다. 이 사진은 무엇인가의 중간 과정을 찍었다. 이 사진을 들고 내 기억의 온도를 재는 데 사용할 수 있다.

조심스럽게 나머지 단계를 거쳤다. 벼룩시장에서 산 별 모양의 목걸이를 제단 가운데에 놓고 책에 나온 대로 부엌에서 가져온 소금을 뿌렸다. 시계 방향으로 세 번. 엄마의 양념통에서 가져온 타임도 동일한 방법으로 뿌렸다. 초를 일 인치 간격으로 배치하고 플라스틱 텀블러에 있는 '성수'를 뿌렸다.

책에는 원이 만들어진 뒤의 일에 대해서는 언급이 없었다.

그래서 나는 책상다리를 하고 양탄자 중앙에 앉았다. 내가 방문을 잠갔기를 바랐다. 텔레비전에서 흘러나오는 녹음된 방청객의 웃음소리가 계단에 울렸고, 에이미의 방에서는 희미하게 팝송 소리가 들렸다. 나는 뭔가 쓸모 있는 한 가지 생각에 집중하려 애를 썼다. 올해는 사람들에게 더 친절해지기를, 지난해보다는 운이 좋기를 기도했다. 나는 뭔가 구체적인 것을 위해 기도하고 싶었지만 집중하지 못하고 결국 항상 그렇듯 잽과 루신다가 함께 있던 밤을 떠올렸다.

그래서 일이 그렇게 된 것 같다. 그 원 안에서, 나는 불가해한 힘에 대고 루신다 헤이스가 사라지게 해달라고 빌었다. 나는 그녀가 사라지기를 바랐다.

책에서 하라는 대로 하긴 했지만, 나는 현실에서 죽음의 저주가 존재할 리 없고, 또 그런 저주가 효과를 발휘할 리도 없다고 생각했다. 맹세코 나는 믿지 않았다. 하지만 눈을 떴을 때, 나는 형언할 수 없는 공포를 느꼈다.

나는 원을 깨끗하게 없애지 못했다. 어린애처럼 겁을 먹고 뛰쳐나와 불을 켰다. 불빛 아래의 모습은 평상시와 다르지 않았다. 촛불을 끄자 촛농이 떨어져 타임과 소금, 뜨거운 촛농이 인조섬유에 엉켜 양탄자 위로 망울졌다. 나는 제물로 바친 호스티스(미국 과자 상표-옮긴이) 컵케이크를 먹지도 않고 제단을 발로 걷어찼다. 검은 쓰레기봉투에 나머지를 쏟아붓고 침대 밑에 처박아 두고 잊으려 했다.

잽이 구제불능 소녀라고 말한 것을 증명이라도 하듯 나는 지독한 우울함에 빠졌다. 연약한 뼈를 두르고 있는 살과 기름 덩어리, 그것이 나였다.

———

꿈을 꾼 지 두 시간이 지났다. 나는 소파에 다리를 꼬고 앉아 콘플레이크를 먹었다. 엄마와 에이미는 눈 화장 때문에 입씨름을 벌이고 있다.

"눈꺼풀 위를 조금만 더 진하게 해."

"창녀처럼 보이게 하려는 거예요, 엄마?"

아침은 언제나 이렇게 시작한다. 내가 에이미가 아니라 다행이다. 에이미는 엄마의 바비 인형이다. 엄마의 주름살, 담배에 대한 후회를 거둬들이는 마네킹이었다.

엄마가 아무리 나를 꾸며도 결코 엄마가 원하는 모습이 되지 않는다는 것은 기적이었다. 사실 엄마는 나를 꾸미려는 시도조차 하지 않았다.

———

내 기억은 이렇다. 엄마는 3시부터 와인을 마시기 시작했다. 나와 에이미는 위층에서 엄마가 부를 때만 내려온다. 우리는 엄마의 먹이였다.

어렸을 때는 나만 노렸다. 이제는 대체로 나다. 하지만 에이미가 2학년이 되자 살이 쪘다. 살이 쪘다고 해도 보통의 어린 소녀와 마찬가지였다. 하지만 그 몇 년 간은 에이미도 노려졌다.

렉스와 루신다의 집을 갔다 오는 날이면 상황이 더 나빠졌다. 엄마는 분노를 내뱉는 괴물이 되었다. 헤이스네 딸들과 그들의 금발 머리, 나무젓가락 같은 허벅지, 그들이 살고 있는 깨끗한 집, 깔끔하게 정돈된 침대, 식당에 켜진 은은한 조명의 샹들리에. 엄마는 우리를 데리러 와서는 우리가 신발 끈을 묶고 있을 동안 헤이스 부인과 잠시 이야기를 나눈다. 그리고 집에 와서는 자기가 간식으로 먹다가 흘린 크래커 부스러기 범벅인 부엌으로, 여러 날 조리대에 올려놓은 반만 든 와인 잔이 있는 곳으로 우리를 데리고 간다. 엄마는 통통한 자기의 자식들인 우리를 내려다본다. 우리 모두 둥글고 뻐드렁니가 났다. 심지어 예쁜 붉은색 머리의 에이미조차도.

엄마는 오후에 한잔을 걸쳤다. 에이미와 나는 위층을 어슬렁거리며 엄마가 날카로운 목소리로 부를 때를 기다린다.

"얘들아, 내려와."

토요일 어느 날, 렉스가 3학년 체육 대회에서 3등을 했다. 심판이 점수를 발표하자, 루신다는 소리를 지르고 헤이스 부인은 사진을 찍었다. 렉스가 커다란 플라스틱 메달을 목에 걸고 단에서 내려오자 둘은 눈물을 보이기까지 했다. 그들은 매우 뿌듯해 했다. 에이미와 렉스는 올림픽

금메달이라도 딴 듯이 서로 얼싸안고 기뻐했다.

엄마가 그날 계단에서 불렀을 때, 에이미는 담요 밑에서 긴장하고 있었다. 아직 비싼 레오타드를 입고, 머리를 바짝 올린 채였다. 두꺼운 마스카라도 그대로였다.

"애들아!"

엄마는 거의 비명을 지르고 있었다.

"가만있어."

나는 에이미에게 그렇게 말하고 문을 잠그고 계단을 내려갔다. 링 위로 걸어가는 권투 선수 같은 마음이 들었다.

"네 동생은 어디 있어?"

엄마가 물었다. 엄마는 와인병을 닦으며 거친 인조 대리석 조리대 옆에서 와인 잔의 손잡이를 돌리고 있었다.

"위층에 있어요."

"데리고 와."

"피곤하대요."

엄마가 일어나자, 나는 몇 발자국 뒤로 갔다. 본능적인 행동이었다. 물론 엄마도 알아챘다. 엄마는 빠르지는 않았지만 꽤 강했다. 에이미를 침실에 가둬 두었기 때문에 더는 갈 데가 없었다. 에이미의 방의 문은 완전히 닫치지 않는다. 화장실에는 자물쇠가 없다. 그래서 엄마가 "거기 서"라고 했을 때, 그대로 따를 수밖에 없었다.

엄마는 와인 잔을 들고 내 옆으로 왔다. 긴 손톱으로 내 뺨을 긁었다. 너무 세게 해서 밤새 빨간 자국이 남을 것이다. 하지만 내일 아침이면 사라진다. 엄마는 내 턱을 꼬집었다. 엄마의 손가락은 아픈 개의 이빨을 조사하는 수의사의 손가락 같았다.

"없어."

엄마는 악취를 풍기며 중얼거렸다.

"너는 가망이 없어."

엄마는 잔을 비웠다.

"하지만 네 동생은 아니야. 예쁜 빨간색 머리를 가진 네 동생 말이야. 당장 데려와."

"싫어요."

나는 말하면서 눈을 감았다.

엄마는 내 배를 쳤다. 엄마의 주먹은 화물 열차 같았다. 내가 숨을 쉬자 엄마는 나를 밀치고, 계단을 올라갔다.

그다음은 기억이 나지 않는다. 어쨌든 그 후에 내 안에서 공기가 나왔고 엄마가 위층으로 올라갈 때 나는 충격을 받아 손가락으로 엄마의 셔츠를 잡고 뒤로 끌어당겼다.

먼저 와인 잔이 떨어졌다. 천천히 굴러 카펫에 떨어진 잔이 계단 바닥에서 산산조각이 났다. 유리 조각이 내 발뒤꿈치와 마룻바닥에 박혔지만 나는 고통을 느낄 여유가 없었다. 다음으로 엄마가 내 옆으로 떨어졌고 나는 옆으로 피했다.

엄마는 중고가게에서 파는 비싼 헝겊인형 같았다. 머리 위로 다리가 굽어 계단에서 굴렀다.

"오지 마!"

소리에 놀라 내려오고 있는 에이미에게 소리쳤다. 반짝이는 레오타드를 입고 웨지힐 신발을 신은 에이미가 계단 초입에 서 있었다.

"거기 그대로 있어."

하지만 에이미는 조심하거나 무서워할 필요가 없었다. 엄마는 일곱 계단 아래 누워 있었기 때문이다. 쇄골에 멍이 들고 손목이 부러진 채 분노와 충격을 담은 눈으로 나를 올려다보고 있었다. 악마가 부활한 것 같았다. 그리고 처음으로, 나는 이것이 내가 부여받은 재능일지도 모른다고 생각했다.

———

지금 에이미는 하이힐을 신고 성큼성큼 다가와 텔레비전을 켠다. 내 앞을 지나 안락의자에 앉아 팝 타르트(토스트에 굽거나 전자레인지에 데워 먹는 냉동 페스트리 - 옮긴이)를 조금씩 먹는다. 부스러기가 립글로스를 바른 입술에 붙었다.

"범죄 현장을 정리하면서도 조사는 계속되고 있습니다. 브룸스빌 경찰 관계자의 말에 따르면, 여러 진전 사항이 있었다고 합니다만 더 이상 발표할 수 없다고 합니다."

화려한 복장의 리포터가 뉴스를 전한다.

루신다의 사진이 나온다. 연감에 실린 사진을 계속 보여 주고 있었다.

"다른 데로 돌려."

"싫어."

에이미가 우는 소리를 냈다.

나는 리모컨을 집어 들어 채널을 바꿨다.

교수형에 처해진 사람들이 화면에 비춰졌다. 세일럼(매사추세츠 주 북동부의 도시 - 옮긴이)에서 있었던 마녀재판에 관한 다큐멘터리다.

"1692년 2월 이백 여 명이 악마의 마법을 행했다는 죄목으로 사형에 처해졌습니다."

또 한 번 채널을 바꿨다. 스페인 드라마가 나왔다. 가슴이 풍만한 한 여자가 다른 사람에게 소리쳤다.

"당신이 그녀를 죽였어. 당신이 그녀를 죽였다고요!"

나는 텔레비전을 꺼버렸다. 침묵이 흘렀다.

"도대체 왜 그래? 나 그거 보고 싶었단 말이야."

에이미가 말한다.

나는 가방을 집어 들고 집 밖으로 걸어 나와 문을 세게 닫았다.

루신다 헤이스의 일을 마무리하라는 계시임에 틀림없다. 의식을 행한 벌일지도 모른다. 하지만 루신다에게 무슨 일이 일어났는지 아는 사람은 한 명밖에 없다. 캐머런이다. 그리고 나는 그가 진실을 말할 수 있는 장소를 알고 있다.

날은 추웠고 바람은 매서웠다. 나는 솜털 같은 하늘을 올려다보며 루신다 헤이스에게 양손의 중지를 치켜세웠다.

—

캐
머
런

—

캐머런은 화장실 거울을 보며 장례식용 셔츠 단추를 채웠다. 겁먹지 말아야지 생각했지만 캐머런은 사람이 많은 곳을 싫어했다. 특히 학교 아이들이 몰려 있다거나 모두가 자신을 보고 있을 때면 더 싫었다.

어젯밤에는 세 통의 전화를 받았다. 한 사람은 으르렁거리며 속삭였다.

"경찰이 캐머런 휘틀리, 너를 체포하지 않으면 이 몸이 널 체포할 거야."

오 선생님이 두 번이나 전화했지만, 엄마가 캐머런의 방문을 두드렸을 때는 잠든 척했다. 캐머런은 루신다의 일기장에 대해 오 선생님에게 말하지 않을 것이다. 사실 말할 것도 없다. 엄마는 오 선생님과 전화로 속삭였고, 캐머런은 그들의 대화를 알아들을 수 없었다.

캐머런은 빗을 적셔 머리를 빗었다. 꼭 아침마다 샤워를 하고 삐죽삐죽 뻗은 머리에 무스를 바르고, 허리에 수건을 두르고 커피를 내리던 시절의 아빠 같았다.

———

이런 식이다. 캐머런과 아빠는 같은 것을 좋아했다. 파인 리지 포인트의 일몰을 좋아했고, 이를 닦기 전에 아침을 먹었다. 또, 미니 위츠(미국의 시리얼 브랜드-옮긴이)와 오렌지 주스를 좋아했다. 둘은 엄마가 주방에서 햇살을 받으면서 발레 연습하는 것을 보며 좋아했다. 엄마는 세상에서 제일 아름다웠다.

캐머런이 어릴 적에는 거의 대부분 저녁을 먹고 거실에 아빠와 함께 앉았다. 텔레비전은 보지 않았다. 캐머런은 무릎 위에 스케치북을 놓고 그림을 그렸고 아빠는 안락의자에 앉아 위스키를 마셨다. 침묵은 익숙한 그들만의 언어였고, 이런 밤에 엄마는 설거지나 빨래를 하거나 침실에서 책을 읽었다. 캐머런과 아빠는 똑같았다. 아빠와 아들. 두꺼운 나무줄기와 살랑거리는 작은 나뭇잎과 같았다.

아버지가 영영 사라진 후, 캐머런은 빳빳한 캔버스를 내려다보며, 숨죽인 그의 욕망을 어디에서 풀어야 할지 고민했다.

———

교장실에서 만났던 여학생이 캐머런을 집 앞에서 기다리고 있었다.

백화점 아동복 코너에서 산 듯한 여름용 하얀색 드레스 위에 군용 재킷을 입고 있었다. 영하의 날씨에도 맨다리를 드러내고 있다.

"나 기억나니? 제이드야. 보석과 같은 이름인 제이드."

"기억나. 여기서 뭐 하는 거야?"

캐머런은 눈살을 찌푸리며 말했다.

"오전에 땡땡이치자."

"왜?"

캐머런은 수업을 빼먹은 적이 없다.

"죽은 사람이 보내는 신호 때문이야. 어서, 반나절밖에 없어."

11시 45분 점심시간이 시작되자마자 제퍼슨 고등학교 9학년들은 모두 장례식장으로 갈 것이다. 캐머런이 집을 나올 때 엄마는 걱정스러운 얼굴로 물었다.

"정말로 오늘 학교에 갈 거니? 집에 있어도 돼. 장례식에 같이 가면 되니까."

캐머런은 재킷을 잠그며 말했다.

"괜찮아요. 학교에 갈래요."

이제 제이드가 진입로에 서 있다. 캐머런은 제이드의 가슴을 쳐다보지 않으려 무지 노력하고 있다. 하얀 드레스의 솔기 부분부터 솟아오른 가슴에 쇄골 주변까지 퍼진 여드름이 보인다. 눈 위에 칠한 파란색이 관자놀이와 뺨까지 번졌다. 작은 턱과 목. 갈라진 입술. 허벅지에서 무릎 사이에는 부자연스러운 삼각형 모양의 보라색 멍이 들어 있다. 마치 산을 본 적 없는 사람이 수채화로 그린 산 같았다.

"학교에 가야 해."

캐머런이 말했다.

"아니, 안 가고 싶을걸. 내 말을 듣는 게 좋을 거야."

캐머런은 그 말뜻을 이해해 보려고 했다.

"나도 알아, 캐머런."

"뭘?"

"안다니까."

제이드는 위협적으로 눈썹을 치켜세우며 윌로 광장 쪽으로 걸어갔다. 캐머런은 대답을 듣지 않고서는 제이드를 보낼 수가 없었다. 그것이 제이드의 계략이었을 테지만 그래도 캐머런은 따라갔다.

———

캐머런은 제이드를 따라 윌로 광장을 통과해 문 닫힌 옷가게와 엄마가 생맥주를 마시던 술집을 지나갔다. 분수는 겨울에는 틀지 않아, 물 빠진 개수대가 되었다. 아무도 윌로 광장의 크리스마스 전등을 제거하지 않아 2월이 되면 하나씩 껐다.

제이드가 마침내 발을 멈췄다. 캐머런은 입이 말라 갔지만 현실의 상황에 두려워하지 않기로 했다. 루신다는 죽었고, 캐머런은 학교에 가지 않았고, 그는 곧 그녀의 장례식에 갈 것이다. 그 자리에 앉아 사람들이 슬퍼하는 것을 지켜봐야 한다.

제이드는 아이스크림 가게의 옆 건물에서 멈췄다. 폐점한 잡화점의 로고가 있던 자리에는 거대한 형광색 십자가가 세워져 있었다.

"여기 교회야?"

캐머런이 물었다.

캐머런 가족은 예전에 교회에 다녔다. 엄마 아빠 사이에 앉아 얼마나 오래 숨을 참을 수 있을지 생각하곤 했다. 숨 오래 참기 세계 기록은 이십삼 분이었는데 캐머런은 생각도 못할 시간이었다. 어림도 없었다. 어찌 되었든, 아빠 사건 이후에는 교회를 가지 않았다. 엄마가 교회에서 죄에 대한 이야기를 들으며 앉아 있을 수 없었기 때문이다.

"원래는 라이트에이드(식품, 잡화, 약품을 파는 잡화점 체인-옮긴이)였는데, 이제 순결한 마음 교회가 될 거야. 8월이나 되어야 열 거야. 그리고 금요일에는 안 해. 이리 와."

제이드가 자동 유리문에 손을 끼워 넣어 문을 여는 동안 캐머런은 학교에 가거나 적어도 엄마와 함께 있을 걸 하는 후회를 하며 바보처럼 서 있었다. 제이드는 이미 두 사람이 비집고 들어갈 만큼 넓게 문을 열고, 먼지 속으로 사라졌다.

교회에서는 갓 들여온 나무와 새로 깐 바닥 냄새가 났다. 둘은 넓은 예배당 입구에 위치한 바람 부는 휴게실에 섰다. 바닥은 횅했고, 신도용 의자는 임시로 배치했는지 이상한 모습으로 흩어져 있었다. 창틀에는 아직 유리가 끼워져 있지 않아 바람이 창틀 사이로 윙윙거렸다.

"나 돌아갈래."

캐머런이 말했다.

"안 돼. 아직 내가 아는 걸 얘기 안 했잖아."

제이드가 복도를 깡충거리는 것을 보며 캐머런은 도망치고 싶었다. 제이드는 커다란 나무 십자가 아래 단상으로 이어지는 계단에 앉았다. 제이드의 하얀 윗허벅지를 감싸고 있던 검은 레이스 팬티가 보였다. 캐머런은 도망가지 않을 것이다. 제이드가 알고 있는 것이 무엇인지 궁금하기도 했지만 다른 사람들과 달리 제이드는 캐머런을 똑바로 쳐다보고 있었기 때문이다. 제이드는 그를 똑바로 쳐다보며 그가 곁에 있기를 원하고 있었다.

그래서 캐머런은 제이드의 옆자리에 앉았다. 캐머런은 전에 이곳에 있었던 잡화점의 모습을 떠올릴 수 있었다. 샴푸와 바디용품이 진열된 열이 있고, 재고 정리 세일 중이던 면도기들과 땅콩들도 있었다. 몇몇 빈 선반은 분해되어 벽에 쌓여 있었다. 소리는 울리고, 형광등 빛이 위에서 조롱하듯 비추고 있다. 구겨진 가격표가 캐머런의 신발에 들러붙었다. 14.99달러라고 쓰여 있었다.

"여기 멋지지 않아? 생각을 하거나 뒹굴거나 하기에 완벽한 버려진 장소지. 다들 이런 곳 하나쯤은 있지 않나? 그 누구도 될 수 있을 것 같은 기분이 드는 그런 곳 말이야."

제이드가 말했다.

"그래."

캐머런은 제이드 옆에서 작은 회반죽을 그러모으며 말했다.

"너에게 있어 그런 장소는 어디야?"

"없어."

"그러지 말고. 사실대로 말해 봐. 그러면 왜 이곳으로 데리고 왔는지 말해 줄게.”

“알았어.”

캐머런은 잠시 멈춘 후 다시 말을 이었다.

“산에 있는 절벽이야. 저수지 위에. 아주 고요해.”

“좋아. 알았어. 그날 밤에 너를 봤어. 루신다가 죽던 날 밤에. 잔디밭에서 루신다를 보고 있었잖아. 내 방 창문에서 보이거든. 하지만 나는 상관 안 해. 아무에게도 말하지 않을 거야. 하지만 물어봐야겠어. 왜 루신다야? 그 많은 여자애 중에서 왜 루신다냐고?”

머릿속이 얽히기 시작했다.

———

캐머런이 루신다를 선택한 게 아니다. 그저 루신다 자신이 누구보다 더 밝게 빛나고 있었을 뿐이다. 그리고 루신다가 심어 놓은 수집품들이 캐머런의 머릿속에서 자라나 그를 행복하게 한 것이다. 그는 루신다의 그을린 피부와 오똑한 콧대를 좋아했다. 루신다는 사람을 끌어당겼다. 그렇다. 캐머런의 꼬불꼬불한 내장을 풀어 루신다의 침대 기둥에 묶어 두고, 일 인치씩 계속해서 잡아당기는 것 같았다.

루신다는 협탁 위에 조심스럽게 균형을 잡은 인형을 하나 두었다. 캐머런은 그 인형과 루신다를 함께 보는 것이 좋았다. 발레리나 인형은 보라색 튀튀를 입고 한쪽 다리를 뻗어 아라베스크(발레에서 한쪽 다리로 서서 다른 쪽 다리를 뒤로 하여 직각으로 곧게 뻗은 자세-옮긴이) 동작을 하고 있었다. 캐머런은 엄마에게서 이 단어를 배웠다. 인형은 분홍색 브이넥 레오 타드를 입고 있었고, 금발 머리는 뒤로 올렸다. 입술은 빨갛고 얇았다. 인형은 캐머런의 손 크기만 했다. 루신다는 잠자기 전에 인형을 들고 앉아 있었다. 마치 발레리나가 움직이기를 기다리는 것 같았다.

캐머런은 조각상의 밤 동안에 이들을 지켜보는 것이 좋았다. 작은 무용수는 루신다가 자는 동안 그녀를 지키며 서 있었다. 루신다와 닮은 인형은 우아하고, 가늘지만 절도가 있었다. 파 드 되(발레에서 두 사람이 추는 춤-옮긴이)의 편안한 우아함이 느껴졌다.

———

"이봐, 친구."

제이드가 말했다.

캐머런은 바닥에 누웠다. 그의 겨울 코트는 먼지투성이가 되었고, 머리가 아파왔다. 분명 바닥에 부딪혔을 것이다. 캐머런 옆에 무릎을 꿇고 있는 제이드는 스테인드글라스 창문의 빛이 비춰 흐릿하게 보였다. 스테인드글라스에는 언덕으로 양 떼를 이끄는 목동이 그려져 있었다.

"미안해. 너를 화나게 할 생각은 아니었어. 괜찮니? 병원이나 그런 데 가야 하는 거야?"

캐머런은 일어났다. 어지러웠다. 교회의 천장도 성스러워 보이지 않았다.

"아니, 이제 가자. 장례식에."

캐머런이 말했다.

"아직 한 시간이나 남았어."

제이드가 대답한다.

"일단 여기서 나가자."

———

테이스티 아이스크림 가게의 남자 직원은 톱밥과 회반죽으로 덮인 제이드의 맨다리와 부츠를 쳐다봤다. 캐머런은 민트초코칩 작은 컵을 주문하고, 배낭에서 구겨진 오 달러를 꺼냈다.

"내가 살게."

캐머런은 여자와 아이스크림을 먹어 본 적은 없지만 그래야 할 것 같았다. 하지만 오 달러 구십오 센트를 지불해야 했기에 제이드가 자신의 바지 주머니를 뒤져 잔돈을 꺼낸 뒤 손바닥에서 동전을 세야 했다.

아이스크림 가게와 교회 사이에 벤치가 있었다. 둘은 춥지만 그곳에 앉았다. 제이드는 혀를 내밀어 숟가락에서 흘러내리는 아이스크림을 핥았다. 아이스크림은 너무 달았다. 캐머런은 컵을 내려놓고 아이스크림이 배 속에서 녹는 상상을 머릿속에서 몰아내려 했다.

"괜찮니?"

제이드가 물었다.

"그러니까 그냥 잠깐 밖에 나온 거잖아. 어쨌든 정말 미안해."

"괜찮아. 가끔 이래."

"그냥 나는 그곳이 우리가 이야기하는 데 도움이 될 거라고 생각했어. 나한테는 언제나 효과가 있거든."

캐머런은 제이드의 분홍색 플라스틱으로 된 헬로키티 시계를 훔쳐보았다. 아직 삼십 분이 남아 있다.

"장례식에 가야 해."

엄마는 어젯밤 캐머런의 바지를 책상용 의자에 걸어 놓으면서 말했다.

"그렇지 않으면 사람들이 막 질문을 할 거야."

그리고 무엇보다도 형언할 수 없는 두려움이 캐머런을 채울 것이다.

"네 아빠에 대해서 말해 줘."

"제발. 그 경찰관 얘기는 하고 싶지 않아."

"내가 너무 눈치 없었지?"

"응."

"그래, 나도 경찰이 싫어. 특히나 여기 경찰은. 전체 시스템이 엉망이야. 네 아빠가 그렇게 빠져나가다니. 네 아빠가 그 여자를 거의 죽인 거나 다름없었는데, 무죄라고 했잖아."

"제발."

"네 아빠가 그랬다고 생각해?"

"응."

"아빠를 아직도 사랑하지?"

누구도 이런 질문을 하지 않았다. 그리고 이런 질문은 우리에 갇힌 캐머런의 작은 심장이 더 깊이 들어가 작아지게 만들었다.

"모르겠어."

"괜찮아. 잘못을 저지른 사람을 사랑하는 것도 괜찮다는 말이야. 네가 잘못을 했다는 게 네가 나쁜 사람이라는 뜻은 아니잖아. 이렇게 생각해 봐. 딱 한 번 좋은 일을 한 나쁜 사람보다는 한 번의 끔찍한 사고를 친 착한 사람이 낫지 않아?"

캐머런은 그때 루신다를 생각했다. 이불 모서리를 상반신처럼 만들어서 곡선을 느낄 수 있을 만큼 꼭 껴안았다. 부드러운 하늘색 침실에서 이불은 따뜻하고 살갗에 닿는 면은 담요가 아니라 라벤더색 잠옷 바지라고. 그리고 잠옷 바지 안에는 뜨겁고 축축한, 바닐라 로션 냄새가 나는 피부가 있다고. 어떤 무언의 장벽을 무너뜨렸을 때나 볼 수 있는 그런 피부가. 남자(남자아이일 수도 성인 남자일 수도 있는)가 노란 머리에 가까이 다가갈 때마다 캐머런은 가느다란 실타래의 실처럼 베개를 감는 상상을 했다.

제이드는 몸을 틀어서 캐머런을 마주했다. 맨다리는 거리를 향해 있고, 허리께에 배가 나와 있다. 실제 전장에서 신을 일 없는 전투용 부츠를 신고 앉아 있는 그녀가 조금은 안돼 보였다. 앞이마에 난 여드름은 금방 터질 듯했고, 작은 여드름들이 머리 주변에 자리 잡고 있었다. 입 주변에는 얇은 초콜릿 선이 남아 있었는데, 말을 너무 많이 하고 난 뒤의 할머니 입술에 묻은 립스틱 같았다.

그는 제이드가 플라스틱 스푼으로 종이컵 바닥을 싹싹 긁어 남아 있는 아이스크림을 모으는 모습을 지켜보았다. 그들은 그렇게 앉아 있었다. 11시 31분에 제이드가 말했다.

"이제 가야 해."

"그래."

아이스크림 컵을 쓰레기통에 버렸다.

———

캐머런은 지난여름 올리가 태어났을 때를 기억한다. 그리고 그때 자신이 아빠만큼 나쁜 사람은 아니라고 확신했다. 손턴 부부는 막 브룸스빌에 이사를 왔고 엄마는 파스타를 만들며 말했다.

"아기가 우리 동네에 온 걸 환영하자꾸나."

엄마가 이브 손턴과 조리대에서 이야기하는 동안 캐머런은 거실 바닥 담요 위에 누워 있는 아기를 유심히 살펴봤다. 태어난 지 육 일밖에 되지 않은 아기는 그냥 분홍색 덩어리였다. 찌그러진 코와 둥근 머리에 붙은 몇 가닥 안 되는 머리카락. 모든 사람이 열광할 정도의 모습은 아니었다. 푸딩처럼 부드러운 손에 힘이 들어간다.

"안아 볼래?"

손턴 부인이 물었다.

"아뇨, 괜찮아요."

하지만 손턴 부인이 창백한 얼굴에 한 달 동안 잠을 자지 못한 만화 주인공처럼 아픈 눈을 하고 있어서 다시 안아 보겠다고 했다. 그들은 캐머런을 바닥에 해바라기가 그려진 흔들의자로 데려갔다.

캐머런은 아이를 안고 싶지 않았다. 잘못되면 어쩌나, 떨어뜨리면 어쩌나, 아이를 심하게 흔들면 어쩌나, 너무 세게 잡으면 어쩌나.

무언가가 잘못되면 아기를 다치게 할 수도 있었다.

"팔을 이렇게 잡아."

손턴 부인이 말한 대로, 캐머런은 팔꿈치 부근을 손으로 받쳤다. 그들이 아기를 그의 팔에 내려놓았다.

캐머런은 자신이 그렇게 서툴지 않다는 것을 그때 알았다. 캐머런은 아빠가 떠난 후에 엄마가 전화 통화하는 것을 들었다. 캐머런이 어렸을 때 아빠는 그런 식으로 그를 안아 주는 것을 좋아하지 않았다고 누군가에게 말하고 있었다. 좋은 징조는 아니었다. 몇 년 후 아빠는 떠났고 캐머런은 아기 올리를 안았다. 그 결과는 작지만 절실했던 확증이 되었다. 그는 올리의 작은 발과 팔을 좋아했다. 사실, 올리의 몸은 크기만 작을 뿐 자기 몸과 다르지 않다. 아기에게도 혈관, 간, 대퇴골, 두개골, 심장이 있었다. 발가락은 자라서 언젠가 양말과 신발을 신을 것이고, 발레를 하거나 이불 아래 다른 사람의 발을 건드리기도 할 것이다. 올리의 이 모든 몸을 캐머런이 보살피고 있다. 아기에게 키스를 하고 싶었지만 그것은 법에 저촉되는 일이다. 그래서 그는 자신의 팔을 좌우로 흔들었다. 캐머런은 올리가 어떻게 생겨났는지 안다. '두 사람이 아주 사랑해서' 생기는 것이라고 엄마가 말해 줬다. 캐머런은 누군가를 미치도록, 아니 적어도 머스크와 울 그리고 베이비파우더 냄새가 나는 이 어린 창조물을 만들 정도만이라도 사랑해 보고 싶었다. 그는 자신의 팔에 무게를 지우고 싶었다.

이후 화요일마다 캐머런은 루신다와 올리 손턴이 그 집 창가에 나타나는 모습을 지켜봤다. 창문을 통해서 보이는 두 연약한 존재에 슬프기도 하고 흥분되기도 하고, 외롭기도 하고 배가 고프기도 했다.

—

러
스

—

러스는 아버지처럼 항상 총을 가지고 다니고 싶었다.

"총은 너를 남자로 만들어 주지."

아버지는 말씀하셨다.

어릴 적 기억은 몇 개 더 있었다. 아버지는 경찰관이었고, 어머니는 병원의 접수원이었다. 부모님은 지금 요양원에 있고 러스의 여동생은 캘리포니아에 살고 있다. 화가가 되고 싶었던 누이는 마찬가지로 병원 접수원이 되었다. 러스가 성인이 되자마자, 가족은 뿔뿔이 흩어졌다. 지저분하고 고통스러운 방식은 아니었다. 서로에게서 서서히, 무기력하게 멀어졌다. 비극은 없었다. 러스는 좋은 추억도 가지고 있다. 낡은 세단을 타고 가족들이 낚시 여행을 갔다. 누이는 뒷자리에서 책을 읽고, 엄마는 감자 칩을 씹고 있었다. 아버지는 고속도로의 노란 선을 지키며 운전하고 있었다. 소년인 러스도 가족들과 함께 차를 타고 갔다. 뜻밖의 황금 같은 순간이었다.

러스는 그 특별한 기억이 왜 갑자기 툭 튀어나오는지 종종 궁금했다. 두꺼운 경찰 벨트를 두드리는 아버지. 그는 아버지의 허리까지 오는 키로 그 벨트를 바라보았다.

"총은 네게 힘을 준단다. 총은 누가 대장인지 알려 주지."

———

한 십 대 소년이 걸어왔다. 러스는 경찰서 앞문 근처 분수대에 서 있었다. 접수원이 자리를 비워 러스가 응대했다.

"무슨 일이십니까?"

러스는 콧수염을 쓰다듬었다. 러스는 콧수염을 만지고 있는 자신의 모습을 좋아한다. 거울을 보며 손놀림을 연습했다.

"형사님을 만나러 왔습니다."

소년의 아버지가 말했다. 소년은 긴장한 듯 엄지손가락을 물어뜯어서 손톱 주변 피부가 침으로 반짝였다. 소년은 고름이 가득한 여드름투성이다. 러스도 십대 시절에는 여드름이 있었지만 저렇게 심하지는 않았다. 소년의 얼굴에는 딱지가 생기고 뺨에 흉터가 질 것이다.

"앉으십시오. 형사님이 있는지 보고 오겠습니다. 존함이 어떻게 되십니까?"

"로니, 로니 와인버그에요."

소년이 대답했다.

"무슨 일 때문에 왔지?"

러스가 소년에게 물었다.

"제가 본 것을 이야기하러 왔어요."

로니의 아버지가 응접실 끝 의자에서 초조하게 앉아 있었다. 로니가 한숨을 쉬자 아빠가 재촉하듯 그의 등을 토닥였다.

"저는 누가 루신다를 죽였는지 알 것 같아요."

———

리가 체포되기 사 개월 전에 러스는 리의 집 현관에 앉아 있었다. 늦봄이었다. 며칠 전 갑작스레 찾아온 온기가 브룸스빌에 가득해서 활기차고 희망적이었다. 집 안에서 캐머런은 만화를 보고 있었고 신시아는 으깬 감자에 양상추를 뿌리며 저녁 식사를 준비하고 있었다.

리는 힐러리 제임슨과 잔 것을 말하려고 한 것이 아니었다. 맥주 세 병을 마신 뒤 불쑥 튀어나온 것이다.

"대체 어디서 만났어?"

러스가 물었다.

"약국. 약국에서 일해."

"시내에 있는 약국?"

"응. 그냥 얘기만 했어. 신시아의 불안증 약을 가지러 가잖아. 어쨌든 한동안 서로 말장난만 했지. 그런데 처방전 영수증처럼 가방에 호치키스로 전화번호 쪽지를 찍어 놓았더라고. 그래서 전화해서 몇 번 만났지만. 그런 사이는 아니었어. 그런데 어젯밤에…"

"그러니까 신시아를 두고 바람피우고 있다는 거군."

그 말에 둘 다 움찔했다. 거리에서 뭔가 튀어 나오기라도 할 듯이 둘은 거리를 뚫어져라 쳐다보았다. 하지만 아무 일도 없었다. 신시아가 몇 년 전에 심은 장미 덤불은 가시만 남은 채 죽어 있었다. 매끈한 흰색 인도 너머에는 도랑 말고는 없었다. 눈은 말라 있고, 비는 내리지 않아 도랑은 깨끗했다. 그리고 러스의 가슴은 심하게 뛰었다. 고통스러웠다.

"바람을 피우고 있어."

러스는 다시 한 번 말했다.

병이 귀를 스쳐 집 옆쪽에서 깨졌다. 위층에서 신시아의 목소리가 들렸다. 하이네켄 병이 러스의 작업 부츠 옆에서 깨졌고, 리는 팔꿈치를 들어 올려 눈을 가렸다. 리는 숨바꼭질하며 숫자를 세는 아이처럼 삼각형 모양으로 팔을 들어 얼굴을 보호했다.

"미안해. 비밀로 해 줘. 자네만 믿을게."

팔로 얼굴을 감싼 채 리가 말했다.

러스는 신시아와 캐머런에게 인사도 하지 않고 자리를 떴다. 미칠 듯이 화가 났다. 집으로 돌아오면서 자신이 이 불쾌하고 거대한 신뢰를 믿고 있는지 의심이 갔다. 리가 그런 신뢰를 받을 만한 자격이 있는가? 몇 달 동안 러스는 있지도 않았던 딕시터번의 술자리, 리가 하지도 않은 야산 교내를 신시아에게 확인해 주었다. 러스는 인간으로서, 친구로서, 가족의 지인으로서 신시아에게 진실을 숨겼다. 하지만 러스는 '자네를 믿네'라는 리의 말에 사로잡혀 거짓말을 했다. 심지어 리의 부재가 러스를 몇 배는 더 힘들게 했음에도 거짓말을 했다. 리가 러스의 집에 있어야 하는 밤이나 함께 낚시 여행을 간다고 했던 주말에, 러스는 쿠션 사이에 빵 부스러기가 낀 소파에 홀로 앉아 생각했다. '이런 공조가 없으면 이 바람둥이 친구에게 나는 대체 무엇일까?' 텔레비전도 위로가 되지 않았다.

나중에 러스는 힐러리 제임슨을 만났다. 그녀는 브룸스빌에서 손꼽히는 미인이었다. 몸에 끼는 청나팔바지를 골반까지 내려 입었다. 바짓단은 찢어지고 신발 바닥에는 먼지가 묻어 있었다. 갈색 머리에 눈은 커다랬다. 머리도 이도 가지런했지만 뭔가 빠진 듯했다. 러스의 눈에 가장 먼저 들어온 것은 힐러리의 문신이었다. 작은 파란색 하트가 서로를 쫓아가듯 목에 새겨져 있었다.

힐러리 제임슨을 만난 러스는 신시아 때문에 당황스러웠다. 회색빛 머리에 주름진 눈꺼풀과 늘어진 배의 신시아. 물렁한 허벅지와 나이 든 티가 나는 곡선과 그녀가 결코 몰랐을 희끗희끗한 머리를 가진 신시아. 반면 지금 눈앞에 있는 힐러리는 어떤가. 그녀는 풍만한 가슴과 깔끔하게 제모한 성기를 가졌다. 리는 성인 영화배우처럼 성기를 손으로 활짝 열어젖히겠지.

이제는 리에 대해 생각하기 싫다. 들쭉날쭉 깨진 녹색 맥주병을 빈 쓰레기통에 차 넣었던 그날 밤에 알았어야 했다. 마치 자신이 병을 던지지 않은 것처럼 비겁하게 몸을 피하던 리의 모습에 좀 더 주의를 기울였어야 했다. 그건 일종의 예언이었다.

그날 밤 이후로, 리는 동시에 두 사람이 되어야 했다. 한 명은 공무원으로 저임금을 받는 유부남이다. 그 남자는 삶의 실망감을 힐러리 제임슨에게서 보상받았다. 그것도 길가에 세워 둔 차에서 성급하고 지저분하게. 다른 한 명은 자신을 지키기 위해서 무엇이든 맹목적으로 해 줄 친구가 있는 남자. 누군가에게 상처를 줄 수 있는 남자. 그 누구의 영웅도 아닌 남자.

그럼에도 불구하고, 러스는 그가 미칠 듯이 그리웠다.

———

매주 화요일 밤에 이네스는 성경 모임에 갔다. 집에 늦게 온 그녀는, 너무 우울해서 거의 말을 하지 않는다.

"죄를 너무 심각하게 받아들이지 마. 아무런 이유 없이 당신을 망쳐 버릴 거야."

러스가 충고했다.

목요일이면 기분이 나아진다. 목요일마다 자명종이 울리면 이네스는 그의 목에 키스한다.

"일어나요, 잠꾸러기."

금요일이면 이네스는 다시 자기 안으로 침잠한다. 조용한 이네스는 어쩔 수 없다. 착하고 온화한 러스의 아내, 언제까지나 공사 중인 집의 벽처럼 이해할 수 없는 존재다.

러스는 과날라하라에서 보낸 이네스의 삶에 대해 묻기 않았고, 그녀도 얘기해 주지 않았다. 이네스는 이반이 브룸스빌에 온 지 일 년 후에

그를 따라 왔다. 엄마가 부추기기도 했고, 이반이 미국은 살기 좋은 곳
이라고 하기도 했기 때문이다. 그는 이네스가 오기 전까지는 마약(교회
에서 가끔 있는 휴가 때, 추가로 돈을 벌 수 있는 일)에 대해서 말하지 않았다.
이네스는 혼자서 가족들이 손수 쓴 편지 묶음과 로르카의 《노래집》만
주머니에 넣어 왔던 것이다.

러스는 그런 것들을 묻지 않았고, 더 이상 듣고 싶지도 않았다. 그런
이네스를 상상할 수도 없었지만 이네스도 그것을 원치 않는 것 같았다.
그의 이네스는 콜로라도 브룸스빌에 살고 있다. 그의 이네스는 뜨개질
에 빠져 이 층 옷장을 손수 뜬 양말, 스웨터, 이불 등으로 가득 채웠다. 러
스는 이국적인 과일들이나 멕시코 태양의 온도를 알 필요가 없었다. 나
이 든 이네스가 말하지 않은 세계. 잊지는 않았지만 고이 접어 간직해 둔
그 세계. 러스와 이네스는 지금 이대로가 좋다. 그들은 회피하고 있다.

마을 외곽의 쇼핑센터에 갔을 때 러스는 이네스가 행복하지 않다는
것을 알게 되었다. 거기서 그는 감당할 수 없을 만큼 비싼 다이아몬드
목걸이를 그녀에게 사 주었다.

러스는 집에 대해 이야기해 달라고 애원할 뻔했다.

"가족에 대해서 말해 줘. 어떻게 여기 오게 됐는지 말해 줘."

국경 지대에서 들려오는 이야기는 결코 이네스에게만은 해당되지 않
는 이야기일 것이다.

"비행기, 기차, 차, 버스 중에 뭘 타고 왔어?"

그는 왜 익숙한 곳을 떠나왔는지 묻고 싶었다. 아마 오빠 때문이었을
것이다. 이네스가 이반을 걱정하며 보낸 수많은 시간을 보면서 러스는

생각했다. 이네스가 이 나라, 이 집에서 갇혀 사는 유일한 이유는 이반이라고.

하지만 러스는 다른 이에게 자신의 모든 것을 보여 주면 어떤 일이 일어나는지 알고 있었다. 러스는 그렇게 경찰차 안에 리와 함께 있었다. 아직도 그곳에 있는지도 모르겠다. 요동치며 꿈틀거리며 여러 가지를 공유하면서. 아무런 보호 장비도 없이. 러스는 똑같은 실수를 하지 않을 것이다. 그래서 러스는 이네스에게 목걸이를 주며 말했다.

"나는 당신을 행복하게 해 주고 싶어. 계속 노력할게."

이네스는 목에 걸린 다이아몬드를 움켜쥐고, 미소 지었다.

이네스는 구원이 필요한 사람처럼 보이지 않았다. 강해 보였다. 굳게 문을 걸어 잠근 건물 같았다.

"사랑해요."

그녀가 말했지만 목소리가 너무 높아 멀리 있는 것처럼 느껴졌다. 마치 닿을 수 없을 만큼 높은 곳에서 소리치는 것 같았다.

———

10월의 어느 토요일, 이네스의 관광 비자가 만료되기 몇 주 전, 러스와 이네스는 결혼했다. 둘은 경찰차를 타고 시청으로 갔다. 러스는 이네스를 웃게 하려고 사이렌을 켰다. 이네스는 창문에 얼굴을 대고 비켜 가는 차들을 보았다. 러스는 이네스가 그때 미국인이 된 듯한 느낌을 받았을 거라고 생각했다. 과달라하라에 있는 가족들에게 자신이 얼마나 운이 좋고 행복한지 편지를 쓰겠지. 가끔은 다른 차들보다 더 빨리 달린다는 간단한 사실이 그 무엇보다 행복을 주기도 하기 때문이다.

이네스는 흰색 여름 원피스를 입었지만 10월이라 추워서 러스의 스웨트셔츠 하나를 그 위에 걸쳤다. 스웨트셔츠 소매에는 이네스의 엄지손가락만 한 크기의 구멍들이 나 있었다.

그들은 직원 책상에서 혼인신고서를 작성했다. 러스 옆에 서 있으면 이네스는 그녀가 가르쳤던 고등학생처럼 보였다. 분홍색으로 입술을 칠하고 흰색 화관을 머리에 썼다. 신고서에 사인을 하고, 이네스가 러스의 뺨에 키스를 했다. 그리고 미소를 지었다. 눈부신 미소는 아니었지만 귀한 미소였다.

파티는 그들이 몇 달 전에 만났던 공원에서 열렸다. 차양을 치고 피자 박스를 바닥에 깔았다. 윌리엄스 형사가 나타나고 뒤이어 다른 동료들도 왔다. 사 년 전에 떠나 버린 리를 빼고 모두 모였다. 그들은 맥주를 가지고 와서 부시가 이라크에 파병을 할지에 대해서 이야기하며 남자처럼 웃었다. 이반은 백합 부케 그림이 그려진 편지를 교도소에서 보내왔다.

공원에서 그들은 러스와 이네스를 위해 건배했다.

"오래오래 행복한 생활을 위하여!"

윌리엄스 형사는 러스를 찌르며 말했다.

"오늘 밤 그녀를 뿅 가게 하는 게 좋을 거야."

'원래 이런 기분인가?' 러스는 스스로에게 물었지만 대답을 오래 고민하지는 않았다. 바람 부는 풀밭에서 러스는 이네스를 향한 자신의 사랑이 흔들리지 않을 것을 알고 있었다. 그들은 서약을 했고, 그것은 사랑, 적어도 사랑의 부분 집합이었을 것이다. 그래서 그들은 샴페인을 마시며 겨울 맞을 준비를 서두르고 있는 나뭇잎들을 바라보았다. 모두가 키스를 외칠 때 키스했다. 이네스의 입술에서 와인의 신맛이 났다. 러스는 이네스의 허리를 감싸 안고 사진을 찍으며 언제 이네스와 섹스를 할지 생각했다. 샌디에이고 여행에서처럼 이네스가 위로 올라오겠지. 그의 목을 손으로 감싸고, 끝나면 등을 돌리고는 잘 자라는 인사를 건넬 것이다. 그런 식으로 그들은 결혼 생활을 하게 되겠지. 러스는 이네스를 최선을 다해 사랑할 것이다.

결혼식 날 밤에 러스는 죽은 사람이라고 여겼던 리 휘틀리를 생각했다. 애정이 가득했다. 그의 부재가 애정을 몇 배로 부풀렸다. 그리고 그 애정은 커져서 급속히 퍼진다. 자신을 통째로 집어삼킬 수 있을 만큼.

캐머런

캐머런은 메이플우드 장례식장 밖에 서서 이곳에는 루신다 말고 얼마나 많은 시신들이 있을까 생각했다. 얼마나 많은 엄지와 얼마나 많은 심장이 있을까.

"어서 가자."

제이드는 그렇게 말하며 그의 팔꿈치를 끌어당겼다. 제이드의 손바닥은 땀이 차 있었다. 주차장에 세운 차에서 내리는 캐머런의 반 친구들은 엄숙한 표정을 짓고 있었다. 여학생들은 무리를 지어 울면서 검은 드레스와 머리를 잡아 당겼다. 버스는 한 대밖에 없었다. 부모들은 아이들을 대부분 집에 두고 주차장을 가로질러 오고 있었다. 경찰차는 세 대 있었다.

"나중에 봐."

제이드는 과장된 윙크를 하고는 커다란 유리문으로 돌진했다.

캐머런은 반 학생들 무리에 꼈지만 마치 저 멀리 아무도 없는 장소에 착지한 것 같은 느낌이 들었다.

———

루신다의 장례식에서 사람들이 이야기한 것들.

"괜찮아 보인다. 이렇게 끔찍한 상황인데도 말이야. 머리 멋지게 했네?"

"장례식을 하기에는 조금 이른 것 같지 않아요? 며칠밖에 안 지났잖아요. 가족들이 빨리 끝내고 싶어 하는 것 같아요."

"저 사진 잘 나왔다. 저리도 예뻤는데."

"그리고 여동생 너무 안됐어요. 겨우 7학년이잖아요. 어린 나이에 이런 일을 겪다니. 얼마나 힘들지 상상도 못하겠어요."

"경찰들이 그러는데 이웃에 사는 사람이래요. 동기는 아직⋯."

"티미 윌리엄스가 사건을 맡고 있는데, 용의자를 잡았다고 하더라고요. 전 남자 친구라던데. 아르노라고 하던가? 애를 그냥 보냈대요."

"목이 부러져서 즉사했다고 하던데요. 적어도 고통은 없었겠어요, 그렇죠?"

"사업이 잘된다니 좋네요. 새 임대사업이 성공할 줄 알았어요. 월로 방상에서 아누 한녁안 성소를 고느있네요."

장례식은 캐머런이 보려 하지 않았던 영화를 보는 것 같았다.

그는 군중 한가운데 자리를 잡고 브룸스빌 사람들을 지켜보았다. 장관이었다. 여학생들은 서로 손을 잡고 울고 있었다. 부모들은 매의 눈으로 장례식을 지켜보며 자기 자식들은 살아 있다는 기쁨과 안도감 위에 슬픔이라는 가면을 쓰고 있었다. 단 근처의 한 여인은 크게 울며 비탄에 빠졌다. 도지사가 앉은 자리에는 경관이 경호를 하고 있었다.

너무 정신이 없었다. 캐머런은 지금 자신이 이곳에 있는 게 아니라 길가에 있는 노란 집에 있다고 상상했다. 활기에 찬 루신다는 그 집에서 발렌시아 오렌지나무에 매달린 나무 그네 위에 앉아 있다. 햇빛이 내리쬔다.

하지만 조문객들로 가득한 장례식장에 있는 것이 캐머런이 처한 현실이었다. 루신다의 가족은 가장 앞줄에 앉았다. 조의를 표하기 위해 사람들이 한 줄로 길게 늘어섰고, 루신다의 아버지는 고개를 숙인 채 조용히 감사를 표하며 그들과 악수했다. 라벤더색 드레스를 입은 렉스는 다리를 앞뒤로 흔들고 있었다. 루신다의 어머니는 똑바로 앞을 쳐다보고 있었다. 두 손을 가지런히 모으고 앉아 있는 그녀에게 아무도 말을 걸지 않았다.

루신다의 친구들이 뒤의 두 줄을 차지했다. 베스, 케일리, 애나는 서로 부둥켜안았다. 검은색 티셔츠를 입은 굵은 허벅지의 축구부 소녀들이 울고 있었고, 남자 농구부원들은 벽에 붙여진 포스터들 앞에 일렬로 서서 자기들 무릎을 보고 있었다.

수백만 송이의 꽃들이 장례식장 곳곳의 꽃병에 꽂혀 있었다. 또 딱히 둘 장소가 없어서였는지는 모르지만 꽃들을 사람들 다리 쪽으로 흘러 내리게 했다. 꽃 냄새와 방부제 냄새가 섞인 냄새가 났다. 포스터 크기 만 한 루신다의 사진이 이젤에 놓여 있었다. 발레슈즈가 담긴 바구니가 그 밑에 놓여 있고 사진 밑에는 유성펜으로 쓰인 루신다에게 보내는 말 들이 있었다. 한 소녀는 루신다의 사진 앞에서 흐느끼고, 옆에서 덜 흐 느끼던 친구들은 엄숙한 표정으로 눈물을 머금고 있었다.

"캐머런."

오 선생님이 캐머런 옆자리로 살며시 다가와 앉았다. 담배 냄새와 그 냄새를 없애려고 씹었던 스피어민트 껌 냄새가 났다. 선생님은 겨울 코 트를 벗어 무릎에 두었다.

"잘 견디고 있지?"

"괜찮아요."

"네가 나를 피하고 있다는 거 안다. 하지만 어제 일에 대해서 이야기 좀 해야 할 것 같다."

오 선생님이 엄마와 함께 춤추러 간 적이 있다. 화요일마다 무료 살사 수업을 실시하는 우중중한 레스토랑이었다. 엄마는 상체는 꽉 끼고 아 래는 강물 같이 흐르는 붉은색 드레스를 입고 하이힐을 신었다.

"몇 년 만에 신어 보는 걸까."

엄마의 발은 펜에서 부풀어 오른 빵처럼 신발 위로 튀어나왔다 주름 지고 기미가 생긴 가슴은 가슴뼈와 가슴골이 보여야 할 드레스의 목 라인 아래까지 처져 있었다.

"아. 이게 누구신가요."

오 선생님이 문가에서 말했다.

"캐머런, 나는 엄마에게 아무 말도 안 할 거야. 우리 둘 다 의심을 받지 않고 일기장을 경찰에 전달할 방법을 생각하고 있어."

오 선생님이 가까이 앉으며 말했다.

"하지만 네가 어떻게 그 일기장을 가지고 있었는지 말해 줬으면 한다. 일기장을 조금 읽어 봤는데, 이것을 경찰에 가져가기 전에 일단 네가 루신다의 죽음과 연루되지 않았다는 것을 확실히 해야 할 것 같다."

"저는 몰라요."

"네가 관련되었는지를 모르겠다는 거니?"

"아뇨. 제가 어떻게 그 일기장을 가지고 있었는지 모르겠다고요. 그리고 전 일기장을 읽지도 않았어요. 믿어 주세요."

손턴 부부의 아이가 그들 뒤에서 새된 소리로 울고 있고, 부모들은 필사적으로 달래려고 하고 있었다. 캐머런은 부모님 가운데에 앉아 있는 로니의 등을 잠시 노려보았다. 비듬이 로니의 가느다란 어깨와 쪼글쪼글한 검정 셔츠에 눈처럼 떨어져 있었다.

루신다의 사진 옆에 있는 보라색 꽃을 보았다. 한 줄기에 핀 꽃잎들이 바닥을 향해 뒤쪽으로 살짝 굽었다. 꽃가루를 만들어 내는 수술은 마치 실크로 만든 사람의 두개골 같았다.

"캐머런 제발…. 나는 네가 이것에 대해 말해 줬으면 해. 그렇지 않으면…. 어서 오세요."

오 선생님이 말했다.

엄마가 캐머런의 다른 쪽 옆에 살며시 앉았다. 크리스마스 만찬 때 입었던, 엄마가 가장 좋아하는 검정 드레스 차림이었다. 그때는 오렌지 껍질을 곁들인 연어 요리를 먹었고 와인 잔에 스파클링 포도 주스를 따라 마셨다. 이것이 캐머런을 슬프게 했다. 이제 저 드레스를 보면 루신다의 장례식이 생각날 것이기 때문이다. 엄마가 가장 좋아하던 옷이었는데.

"오늘 너를 학교에 보내는 게 아니었는데."

엄마가 열이 있는지 확인하듯이 캐머런의 이마에 손을 댄다.

"여긴 정말 정신이 없구나. 이런 곳에 너 혼자 오게 하다니."

엄마는 의자 주머니에서 세 권의 성경책을 꺼냈다. 성경책의 페이지가 휙휙 넘어갈 때마다 캐머런은 '쏙 빼닮은 세 명(three peas in a pod)'이라는 말을 떠올렸다. 하지만 원래 문구는 '쏙 빼닮은 두 명(two peas in a pod)'이다. 그런 생각에 외로워졌다. 그래서 그는 신명기에 관심이 많은 척했다.

세 달 전부터 캐머런은 오 선생님의 사무실에서 작품 작업을 진행했다. 그 무렵 베스 드카시오는 캐머런을 아메리칸 사이코라고 부르기 시작했다. 어느 날 베스가 머리카락 한 줌을 잘라 캐머런의 이젤 위에 붙였다. 에 ㅣ 센케ㅈ의 케인리 워커가 채상 뒤에서 키드거렸다.

캐머런이 그 무서운 물건을 발견한 순간 때마침 오 선생님이 들어왔다. 오 선생님은 그 머리카락을 집어 허공에 흔들며 은은한 미술 교실 조명 빛에 비췄다. 오 선생님이 베스의 책상으로 다가갈 때 교실 전체가 조용해졌다. 베스는 진홍색 손톱 끝을 물어뜯었다.

"드카시오 양, 이거 자네 머리카락인가?"

오 선생님이 말했다.

베스와 그 친구들이 오 선생님에게 반했다는 것은 누구나 아는 사실이었다. 오 선생님이 그림 평을 하려고 몸을 숙이면, 그 소녀들의 얼굴은 빨개졌고, 큰 가슴 위로 팔짱을 꼈다.

"이건 내가 갖고 있어야겠구나. 지금 만들고 있는 실험적인 조각 작품의 훌륭한 소품이 될 수 있을 것 같아. 분명 반스 교장 선생님도 완성품을 보실 거야."

그들은 그 이후로 수업 중에 아무 말도 하지 않았고, 오 선생님은 캐머런이 물품을 챙겨 벽장 사무실로 이동하는 것을 도와주었다. 그곳은 9학년 수업 소리가 두꺼운 알루미늄 문 때문에 잘 들리지 않는 곳이었다.

"쟤들이 또 괴롭히면 말해라."

오 선생님은 말했다.

캐머런에게 달콤한 고독을 선사하기 전에 오 선생님은 문손잡이를 잡고 멈춰 섰다. 누군가가 크게 웃었는데 베스였을 것이다.

"아, 그리고 엄마에게 안부를 전해 주렴."

나머지 학기 동안 캐머런은 평화롭게 그림 그리기에 열중했다.

루신다의 장례식에서 보게 되리라고 기대하지 않았던 사람들.

1. 야간 경비원 – 따가워 보이는 정장을 입고 뒤쪽 줄에 베일을 쓴 여인과 함께 앉아 있다. 사람들이 지나갈 때마다 그를 쏘아보며 수군거렸다. 시체를 발견한 남자에 대한 소문이 이미 파다하게 퍼진 상태였다.

  캐머런이 보고 있다는 것을 알아챈 경비원이 강렬하지만 친근한 눈빛을 보였다. 배가 요동을 쳐서 재빨리 몸을 돌렸다. 엄마가 뭔가 알아들을 수 없는 말을 했다. 경비원의 친근한 시선에 어지러웠다. 궁금하기도 하고 쓰러질 것 같았다. 캐머런은 대담하게 돌아볼 것이다. 십 초 후에. 10, 9… 3, 2, 1.

  경비원이 캐머런을 향해 웃고 있었다. 거의 알아볼 수 없을 정도로 미약하게 한 손을 흔들었다.

———

캐머런은 '힘'을 다시 그려 보려는 시도는 하지 않았다. 그러한 행동은 작품의 품격을 떨어뜨린다. 어쨌든 캐머런은 살아 있는 것 같은 붓 터치를 다시는 할 수 없었다. 발렌시아 오렌지 나무의 파스텔색 줄기, 초록색 덧문을 단 창문, 캔버스 옆쪽의 거의 칠해지지 않은 길. 그 길은 길게 이어지지만 실제로 얼마나 긴지 알 수 없었고 아주 작은 점으로 사라지는 모습은 개미길이 머릿속에 아로새겨졌다.

  '힘'은 그 자체로 아름다웠지만 가장 근사한 부분은 집이었다. 집의

217

뒷부분이 정확하게 어디서 끝나는지 알 수 없고, 선들도 흐릿해서 창문이 몇 개인지 셀 수 없다.

캐머런은 울고 있는 모든 사람을 둘러보았다. 사람들이 조문하는 모습을 보며 '상심이 크시겠습니다'라고 마음속으로 생각했다. 캐머런은 다른 사람들처럼 슬프지 않았다. 그는 루신다가 어디로 갔는지 알고 있고, 그곳의 공기가 훨씬 좋다는 것을 알고 있기 때문이다.

캐머런은 루신다가 죽던 밤의 기억이 없지만, 루신다를 '힘'으로 보낸 사람이 좋은 의도로 그런 짓을 했기를 바랐다. 캐머런은 아름다웠던 그 소녀 루신다를 위해 행복해지려고 노력했다.

그래서 캐머런은 루신다가 그리웠을 뿐 비통하지는 않다(정말로 미치도록 그리웠다). 다만 캐머런의 공간에 균형이 맞춰지지 않아서 슬펐다. 루신다가 전에 캐머런을 사랑했는지에 상관없이 지금은 캐머런을 사랑하지 않을 것이다. 그녀의 사려 깊은 상냥함을 보면 안다. 그리고 그는 이런 상실감을 이겨냈다. 캐머런 쪽에 한 사람이 부족했다. 눈 내린 오후에 파인 리지 포인트 위의 색깔을 볼 사람이 한 명 없어진 것이다. 모든 것이 안개처럼 흐렸다.

———

캐머런은 루신다의 침실에 딱 한 번 가 본 적이 있다. 그것은 한 일 년 전으로, 조각상의 밤의 수집품을 모으기 시작하던 때였다. 캐머런은 이날 밤을 내면의 아주 깊은 곳에 숨겨 두고 있었기 때문에 실제로 일어난 일인지 확신이 서지 않았다. 때로는 창피하면서도 무서운 생각이 들었다. 그래서 가장 고요할 때만 이 밤을 추억한다.

캐머런은 손톱깎이를 찾기 위해 엄마 옷장을 뒤적이다가 아빠 신발을 보게 되었다. 닳아빠진 가죽 단화였다. 아빠가 자신감 있게 신발을 신고 서 있는 모습을 상상했다. 캐머런은 구역질이 났다. 침대 끝에 앉아 있던 아빠가 생각났다. 양말을 늘여 신던 아빠. 계단을 쿵쾅거리며 내려오던 아빠. 캐머런의 이마와 엄마의 뺨에 키스를 해주던 아빠.

"오늘 밤 집에 안 들어올 거야."

엄마는 주방에 있는 캐머런 앞으로 치킨 너깃과 케첩 그릇을 놓으며 말했다.

"아빠가 곧 오실 거야."

캐머런은 창문을 넘어 밖으로 나가 루신다의 집까지 전력 질주했다.

이런 밤이면 캐머런은 유전자 속에서 허우적대는 내면의 자아를 느낀다. 캐머런의 반은 아빠이고, 거기에서 도망칠 수 없다. 단지 야구를 좋아하고, 샤워를 하며 오페라를 부르고 이른 아침에 오래 달리는 아빠의 좋은 점만을 물려받았기를 희망하는 수밖에 없다.

늦은 밤이었다. 헤이스가의 사람들은 잠자리에 들었다. 루신다와 렉스의 방은 어둠 속에 닫혀 있었다. 캐머런은 루신다의 방 창문을 똑바로 보았다. 몸을 동그랗게 웅크리고 천천히 숨을 내쉬며 이불 속에 잠든 루신다가 있었다. 그녀의 노란 머리가 베개에 펼쳐졌다.

캐머런은 뒤쪽 현관이 제일 아래 계단에서 양말을 벗고 신발끈을 풀었다. 나무는 젖어 있었고 얼음이 군데군데 얼어 있었다. 캐머런은 한 발짝 떨어져 자신을 분석해 보았다. 자기 모습이 싫었다. 눈이 내리는 뒷문에 서 있는 빼빼 마른 맨발의 소년. 순진하지만 사랑에 빠진 소년. 캐머런은 멈추지 않았다. 아니 멈출 수가 없었다.

유리문이 조금 열렸고 문을 닫자 뒤에서 삐걱 소리가 났다. 헤이스가의 주방은 어두웠지만 그림자들과 그것이 만들어 낸 기하학적 구조는 익숙했다.

캐머런은 한 계단 한 계단 올라갔다. 한 계단을 올라가면 다음 계단을 올라가기까지 삼십 초를 기다렸다가 올라갔다. 발끝에서 발바닥으로 그리고 뒤꿈치가 닿으면 쉬고, 다시 발끝에서 발바닥으로 그리고 뒤꿈치가 닿으면 쉬고를 반복했다. 자신이 물속에서 숨 쉬는 물고기라고 상상했다. 계단 끝까지 오르는 데 팔 분이 걸렸고, 계단을 오르고 나서 보니 루신다의 침실 문이 살짝 열려 있었다.

문 저쪽 편에서 루신다의 숨소리가 들려왔다. 숨소리의 은은한 리듬에 캐머런은 살아 있다는 실감이 났다. 루신다는 이렇게 숨을 들이마시고 내쉬며 캐머런에게 말하는 것 같다.

'나는 살아 있어. 너도 그렇고. 기막히지 않아?'

캐머런은 조금씩 문을 열었다.

루신다의 방에서는 바닐라 향이 났고 그녀는 잠들어 있었다. 좋은 꿈을 꾸고 있는 것 같았다. 루신다는 크림색 레이스로 장식된 보라색 체크 무늬 퀼트에 싸여 있는 아기 같았다.

잠들어 있는 루신다는 티 없이 깨끗한 숨 쉬는 존재였다. 루신다가 너무 섬세하고 부드러워 캐머런은 감히 만질 수가 없었다. 루신다를 안고 그녀의 모든 굴곡을 느끼고 싶었다. 그리고 루신다의 목과 쇄골 사이에 입 맞추고 싶었다. 캐머런은 그것들을 땀과 함께 어우러지게 하고 싶었다. 차라리 루신다의 폐에서 편안하게 뿜어져 나오는 숨이고 싶었고 루신다가 손에 쥐고 잠이 든 퀼트가 되고 싶었다. 캐머런은 루신다의 몸 한쪽으로 들어가 아무도 그를 찾을 수 없는 곳에서 살고 싶었다.

캐머런은 모든 사람이 살면서 한 번쯤 이런 사랑을 느꼈으면 했다. 적어도 인생에 한 번쯤은. 누구나 그럴 자격이 있다. 캐머런은 빨간 판자 지붕이 산을 향해 뻗어 있는 동네의 모든 집들과 가족들을 떠올렸다. 이 슬프고 작은 마을에 사는 모든 사람, 착한 사람들과 못된 사람들 그리고 외로운 사람들 모두에게 이런 감정을 주고 싶었다.

캐머런은 침대의 또 다른 기둥이 되어 똑바로 서 있었다.

시간이 얼마나 흘렀는지 몰랐지만 이른 아침의 하늘이 루신다의 뺨과 같은 분홍빛으로 물들 때까지 떠나지 않았다. 두 색을 보며 캐머런은 자신이 한 짓은 괜찮다고 확신했다. 그들의 사랑은 복잡하지만 너무 아름답지 않은가?

제
이
드

누군가가 죽으면, 사람들은 그 사람을 천사의 모습으로 기억한다. 루신 다는 작년 영어 시험에서 낙제할 뻔 했는데 지금은 스타가 되어 친구들 이 본받고 싶어 하는 학생이 되었다. 나는 거짓 슬픔조차도 드러낼 수 없다. 엉뚱한 질투심에 사로잡혀 있을 뿐이다. 모두가 죽는다. 좋은 사 람도 죽고 나쁜 사람도 죽는다. 단지 누가 먼저 죽느냐의 문제다.

모두가 포스터 크기의 육중한 보드판에 루신다에 대해서 적어 놓았 다. 학교의 모든 사람들이 길고 장황하게 써 놓았다.

"올리를 돌봐 주었던 지난 이 년간 우리는 너를 알아 가는 기쁨을 누렸어. 우리 아 이가 자라면, 어렸을 때 루신다 네가 아이에게 해 주었던 일들을 말해 줄 거야. 네 밝은 성격과 아름다움은 우리 아이의 마음속에서 영원히 빛날 것이라고 믿어."

- **크리스, 이브, 올리, 푸들 손턴**

"사랑해, 루스! 네가 무척 그리울 거야. 지금은 더 좋은 곳에 있겠지. 아름다운 천사처럼." - **애나 샌체즈**

"루신다, 우리는 4학년 때부터 단짝 친구였지. 정말 베프였어. 캘리포니아에서 막 이사 왔을 때, 너는 전학생에 이빨도 삐뚤어진 나에게 무척 잘해 줬지. 그리고 방학 중에 수영장에서 발가락을 다쳤을 때도, 호텔로 달려와 주었고, 우리 엄마를 못 찾자 호텔 스태프에게 수영장에서 나를 꺼내 달라고 말해 주었지. 기억하니? 함께 밤을 지세며 베개 싸움을 하던 때가 그리울 거야. 나는 아직도 네 파란 셔츠를 갖고 있어. 댄스파티에서 빌려 주었던 거 말이야. 네 향기가 아직도 남아서 앞으로도 결코 입지 못할 것 같아. 사랑해. 이제 그만 써야 할 것 같아." - **베스 드카시오**

"루신다 양에게. 이번 해, 루신다 학생을 가르칠 수 있어서 정말 기뻤어. 화학은 네가 결코 좋아하는 과목은 아니었지만, 열심히 노력했고 실력도 많이 향상되었지. 이번 주에 세상이 잃어버린 그 모든 가능성을 생각하면 마음이 아파. 제퍼슨 고등학교의 직원들을 대표해 말하고 싶구나. 너는 우리 학교의 자랑이었고, 무척 그리울 거라고." - **호돈**

나는 사람들이 이렇게 보드판에 글을 쓴 후에 뭘 할지 궁금했다. 루신다의 가족이 이 보드판을 가시고 싶어 일 싯 싫씨고 없있디. 쓰개기 키우는 사람이 이 보드판을 보고 루신다 헤이스는 정말 훌륭한 학생이었을 거라고 생각할 리도 없을 것이다. 이 얼마나 소박하고, 아름답고, 똑똑하고 친절한 일인가!

———

아무도 나처럼 루신다를 기억하지 않는다.

10학년이 되기 전 여름, 마을에서 매년 열리는 바비큐 파티 때였다. 잽과의 관계가 엉망이 된 지 몇 주가 지났고, 저주 의식을 하기 바로 전이었다. 나는 헐렁한 티셔츠를 입고 샤워하기 시작했고 그 덕에 나 자신을 보지 않아도 되었다. 나도 처음부터 루신다를 원망한 건 아니었다.

엄마는 바비큐 파티 때 수영복을 입으라고 했지만, 나는 그런 천박한 짓은 거절했다. 같은 블록에 사는 다른 소녀들은 아버지들의 살벌한 감시를 피해 노출하고 싶을 때면 스프링클러를 이용했는데 이는 확실히 효과가 있었다. 꼬마들은 끈적이는 막대사탕을 입에 물고 뛰어다녔지만 모두 베스와 루신다를 쳐다봤다. 햇볕에 그을린 탄탄한 배에서 스프링클러 물이 떨어졌다. 루신다의 머리는 끝이 갈색이었고 헝클어져 어깨에 붙었다. 루신다와 베스는 태양빛 아래 빛나고 있는 자신들의 탄탄하고 마른 몸을 뽐내고 있었다.

밝은 분홍색 원피스를 입은 에이미가 렉스와 함께 뛰어다녔다. 렉스는 그날따라 어려 보였다. 커튼을 드리운 것처럼 턱까지 가른 머리카락을 두 개의 보라색 핀으로 고정시켰다. 렉스는 루신다만큼 예쁘지는 않았다. 머리는 턱까지 길렀다. 루신다는 보기 좋을 만큼의 주근깨가 있는 반면 렉스는 주근깨가 너무 많았다. 코는 더 큰 매부리코였고 배는 아기처럼 볼록 튀어나왔다.

나는 엄마가 내려오라고 할 때까지 내 방에 있었다. 엄마는 머리를 크게 말아 올렸고, 이제 겨우 정오인데 주차장 진입로에서 잭콕을 마시고 있었다. 나는 미지근한 스프라이트를 들고 현관에 앉아 루신다와 베스가 핸슨 씨 음료 테이블 앞에서 자신들의 작은 가슴을 내미는 것을 보았다. 핸슨 씨는 루신다와 베스의 비키니 상의를 내려다보았다. 그는 발옆의 냉장고에서 보드카 한 주전자를 꺼내 들어 둘의 빨간 플라스틱 컵에 따라 주었다. 루신다와 베스가 킬킬거리며 서로의 뺨을 맞댔다. 나는 아무도 너희들의 발가벗은 몸 따위는 보고 싶어 하지 않으니까 그 몸뚱이 좀 저리 치우라고 말하고 싶었지만 그건 사실이 아니었다. 이런 사실에 화가 났다.

루신다와 베스는 비틀거리며 테이블에서 멀어졌다. 그들은 독한 술을 홀짝거렸고 쓴맛에 코를 문질렀다. 베스가 나를 발견하고 손가락질했다.

"이게 누구야."

베스가 주차장 진입로 가운데까지 비틀거리며 왔다.

"깜빡했네. 너는 이 모든 걸 깔보는 사람이었지. 심지어 수영복도 안 입었네."

"꺼져."

내가 밀했다.

"수영복이 있기나 하니?"

베스가 말했다.

나는 베스가 조금도 신경 쓰이지 않았다. 그보다 훨씬 더한 일도 당했기 때문이다. 내 앞으로 가짜 러브레터가 온 적도 있었고, 인공 남근이 사물함 안에 있었던 적도 있었다. 마스카라가 눈 밑에 번진 베스 정도는 무섭지 않았다.

"꺼져."

베스에게 내뱉었다.

"너나 꺼지시지. 어디 갈 데도 없는 주제에."

그 말을 하고 베스는 크게 웃었다. 호응해 주길 바라는 듯 루신다를 쿡 찔렀다.

내가 기억하는 루신다는 언제나 이때의 모습이다.

노란 수영복을 입은 루신다는 그곳에서 시간이 멈춘 듯, 멍한 표정으로 빛을 발하며 서 있었다. 젖은 금발 머리는 바깥으로 말려 있고, 하얗게 칠한 발톱이 신발 사이로 보였다. 내게서 무엇을 빼앗아 갔는지 신경도 쓰지 않는 것 같았고, 심지어 알지도 못하는 것 같았다.

고의적으로 한 그 어떤 짓보다 더 나쁘다. 베스 같은 여자애들을 다루는 건 쉬웠다. 하지만 루신다는 초연하게, 자신만의 밝고 평온한 세상 속에서 살고 있다. 그녀를 향한 경멸이 전에 없이 내 마음속에 가득 찼다. 아무것도 모른 채, 빛을 발산하며 서 있는 루신다가 나에게 불을 지폈다.

'내가 다 봤어'라고 말하고 싶었다. '너의 이쑤시개 같은 다리가 잽을 감싸는 거 봤어. 그러면서 등을 뒤로 젖히는 거. 잽과 네가 어둠 속에서 일렁이는 한 쌍의 장어처럼 격렬히 요동치는 것도 봤어. 잽이 너를 탐욕스럽게 애무하는 것도 봤어. 굶주린 돼지 같이. 잽 같은 거 너나 가져'라고 말하고 싶었다.

하지만 그럴 수 없었다. 루신다의 정신은 다른 곳에 있었기 때문이다. 루신다는 한쪽 엉덩이를 쭉 빼고 예쁜 머리를 오른쪽으로 기울인 채 8월의 태양 아래 서 있었다. 베스의 조롱도 나의 반격도 모두 사라져 버렸다.

루신다 헤이스는 나의 엿 같은 얼굴을 알아보지 못했다. 전혀 모른다. 루신다 같은 소녀들에게는 특별한 이 세상. 이런 것들이 나를 화나게 하는 것이다.

———

장례식이 거의 끝나 간다. 엄마와 에이미는 화장이 종이에 잘 스며들도록 조심스럽게 기름종이를 누른다. 목사님은 루신다의 '빛'과 그녀가 결코 잊히지 않을 것이며, '이런 비극' 속에서 우리는 사랑하는 사람들을 응원하고 고마워해야 한다고 설교하고 있다. 내 앞의 노신사는 거의 잠들었고, 핸슨 부부는 서로를 안고 있었고, 그 옆의 지미 케슬러는 씹던 껌을 종이에 싸서 의자 구멍에 쑤셔 넣고 있었다.

'안녕. 너 괜찮아?'

만약 이곳이 다른 세계였다면 나는 잽에게 말할 것이다.

잽은 대답할 필요가 없다. 어렸을 때, 우리는 텔레파시 게임을 했다. 서로의 마음을 읽어 내어 부모님들을 놀래게 했다. 잽이 무슨 생각을 하고 있는지 세 번 안에 맞혀야 한다. 사실 우리가 그 복잡한 시스템을 만들어

냈다. 셀 수 없이 많은 세 세트의 단어를 기억하고 서로에게 받아 적도록 했다.

"됐어?"

내가 말한다. 정답은 로트와일러(맹견의 종류-옮긴이), 베이글, 아니면 간달프였다. 세 번째까지 가면 여지없이 정답을 맞힌다.

잽은 나보다 몇 줄 앞의 부모님 사이에 앉아 있다. 잽은 루신다가 살아 움직이길 바라는 듯 제단 위의 루신다의 사진을 본다. 마치 오랫동안 바라보면 루신다가 화려한 액자에서 뛰어나와 그의 옆에 앉을 것처럼.

잽은 안경을 접어 무릎 위에 놓았다. 뒷머리가 눌려 있다. 그가 다시 절친, 아니 그 어떤 형태로든 내게 돌아오길 바라는 것은 아니다. 절대 아니다. 나는 잽이 나 아닌 다른 사람 때문에 풀 죽어 있는 모습이 싫을 뿐이다.

이런 뻔뻔한 생각에 나는 크게 소리 내어 웃을 뻔했다. 얼마나 제멋대로인가. 정신을 차리자 장례식은 이미 끝나 있었다.

사람들이 일어섰다. 동정 어린 팔로 서로를 안아 주며 서성거린다. 사람들은 경찰이 살인범을 잡지 못하면 마을에 통행금지를 해야 하지 않겠냐고 수군거렸다. 에이미는 반 친구들이 모여 있는 곳으로 직행했다. 하지만 렉스는 지나쳤다. 아마 무슨 말을 해야 할지 모를 것이다. 아니면 루신다에 대한 에이미의 떠들썩한 슬픔은 그저 멜로드라마 같은 감정일지도 모른다. 가짜 슬픔 같은 그런 감정.

나는 무엇을 해야 할지 몰라 헤드폰 줄을 풀어 귀에 썼다. 장례식장의 소리가 헤드폰에서 걸러져 잘 들리지 않았다. 음악도 틀지 않았다. 내

귀와 주위의 장면을 막아 주는 헤드폰이 고마웠다. 그래서 사람들이 이야기를 하는 동안 나는 가만히 앉아 있었다.

그때 나는 퀘리다를 보았다. 퀘리다는 매들리가 아닌 다른 남자의 팔짱을 끼고 있었다. 검은 베일을 얼굴에 쓰고 있었지만 찰랑거리는 머리와 꽉 낀 검정 드레스 밑에 튀어나온 엉덩이 때문에 알아볼 수 있었다. 나는 그녀에게 인사를 건네고 싶었지만 저런 사람에 대한 정보를 어떻게 분류해야 할지 모르겠다. 딱 한 번 바보 같은 질문을 했을 뿐, 그냥 보기만 했던 사람이다. 그리고 마법을 부려 그녀처럼 되었으면 하고 바랐던 사람이다. 정답은 인사를 하지 않는 것이었다. 그래서 엄마가 에이미를 시켜 나를 데려오게 했을 때, 재킷을 입고 헤드폰을 낀 채로 그대로 나갔다.

몇 걸음 앞에 캐머런과 그의 엄마가 있었다. 그는 발만 보고 걷고 있었다.

밖으로 나왔을 무렵에는 바람이 세게 불었다. 경찰관 두 명이 순찰차에서 내리고 있었다. 우리가 상상하던 넓은 어깨에 맥주로 불룩 나온 배를 가진 경찰의 모습이었다. 그중 한 명은 장난삼아 기를 법한 콧수염이 있고 다른 한 명은 이쑤시개를 입에 물고 씹고 있었다. 그들은 우리를 향해 걸어왔다. 아니 캐머런을 향해 걸어갔다.

───────

캐머런의 아빠가 체포당한 것은 노동절이었다. 5학년 때였다. 잽의 집에서 스펀지밥 시리즈를 연속으로 보며 흑설탕이 묻은 버터를 먹고 있을 때 테리가 초인종을 울렸다.

엄마가 나를 데리고 오라며 테리를 보냈다.

"전화를 해도 되었는데요."

잽의 엄마가 말했다. 자그마한 테리가 말캉한 손을 비틀며 초라하게 현관 앞에 있었다.

"소식 못 들으셨어요?"

테리가 말했다.

"우리 옆에 사는 경찰관이 방금 체포되었어요. 제이드, 집에 갈 시간이야."

엄마는 거실 소파에 앉아 아침에 남겨 둔 차가운 차를 마셨다. 전화기를 어깨와 귀 사이에 끼운 채로 남은 중국 음식 상자를 집어 들었다.

"리 휘틀리래."

엄마는 전화에 대고 말했다.

"모퉁이에 사는 경찰? 핸슨 씨네 옆집?"

희미한 재잘거림이 수화기 반대편에서 들렸다.

"경찰이 막 성명을 발표했어. 끔찍해. 너무 끔찍하다. 여자가 속도위반을 했다며 차를 고속도로에 세우게 했대. 가엾지. 겨우 스물세 살이었는데. 길가 배수로로 끌고 가서 죽을 정도로 때렸대. 목숨은 건졌는데 아직 병원에 있대."

면발이 젓가락에서 미끄러졌다.

"응. 그 남자가 확실하다 그러더라고. 알아, 그러니까. 항상 친절했잖

아. 그리고 그 남자 아내 말이야. 수줍음이 많아도 다정했잖아. 아들도 있고. 제이보다 두 살 어려. 깡마르고 눈에 잘 띄지 않던 아이였어."

그건 시작에 불과했다.

몇 주 동안 마을 사람들은 그 얘기만 했다. 아이들에게 사실을 숨기려 하지도 않았다. 나와 에이미는 캐머런의 아빠가 재판을 기다리는 것도 아닌데 그 집 앞을 지나가면 안 된다고 들었다. 우리는 뒤뜰을 돌아 먼 길로 학교에 가야 했다. 나는 할 수 있으면 언제든지 이 규칙을 어겼다. 다리를 질질 끌고 그 집 옆 도로를 걸으면서 거실을 살짝 엿봤다. 그 나쁜 남자가 어디에서 저녁을 먹고, 이를 닦는지 보고 싶었다. 하지만 휘틀리 씨의 집 창문에는 커튼이 굳게 내려져 있었다.

나는 매일 아침 테리가 신문을 채 가기 전에 헤드라인을 재빨리 훔쳐 봤다.

'재판대에 선 휘틀리. 피해자는 진술하지 않을 것이다'
'브룸스빌 경찰서 폭행 혐의를 부인하다'

리 휘틀리는 특별히 위협적으로 보이지는 않았다. 캐머런처럼 마른 체형에 발이 컸고 수염이 듬성듬성 났다. 피부는 창백했고 눈동자의 색깔은 녹색과 갈색 중간 정도였다. 눈은 늘 촉촉했고, 위협적이지 않았다. 나는 가끔 주차장에서 일을 끝내고 경찰차 계기판에 발을 올린 채 일외동 십의 커피를 마시던 휘틀리 씨를 보았다.

재판이 진행될수록 헤드라인은 더 자극적으로 되었다.

'경찰이 보관 중이던 폭행 사건 증거품이 사라지다'
'브룸스빌 경찰서장이 변호 측 진술을 하다'
'휘틀리가 무죄라고 발표'

창문이 열린 식탁에서 화이트와인을 빙빙 돌리며 엄마가 말했다.
"경찰 친구들이 풀어 준 거야. 역겨워. 정말 역겹다."

'풀려난 경관이 아내와 어린아이를 남겨 두고 도망치다'

희생자는 목 옆쪽에 연속 하트 문신이 있는 갈색 머리의 마른 여성,
힐러리 제임슨이다. 캐머런의 아빠가 사라진 뒤 그녀는 이사 갔다. 두
사람이 사라지고 나자 사람들도 사건에 대해서 더는 이야기하지 않았
다. 몇 주 후, 나는 휘틀리 씨 집을 지나갔는데 여전히 커튼이 내려져 있
었다. 하지만 누군가가 현관 앞의 화분에 튤립 한 송이를 심어 놓았다.
그 튤립은 너무 세게 눌려 생긴 멍처럼 강렬한 보라색이었다.

말하고 싶지만 바보가 아니면 말할 수 없는 것

제이드 딕슨 번스 대본

실내 : 교회 ― 낮

셀리와 친구는 공사 중인 교회에 앉아 있다. 그들 위로는 기울어진 십자가가 걸려 있다. 셀리는 귀고리를 만지작거리고 있고, 친구는 셀리의 평소와 다르게 얌전한 행동을 보고 있다.

셀리 : 왜 특별히 더 예쁜 사람들이 있다고 생각해?

친구 : 유전일까?

친구의 말이 빈 공간에 울린다. 셀리가 올려다본다.

셀리 : (속삭인다) 내가 한 가지 이론을 생각해 봤어. 못생긴 사람들이 존재하기 때문에 우리의 뇌를 더 잘 이해할 수 있는 게 아닌가 해. 모든 사람이 다 예쁘면, 아무도 이야기할 필요가 없을걸.

(바닥을 친다) 미술실에 숨겨 둔 네 그림들 봤어.

친구는 눈을 피한다.

셀리 : 너는 사람을 실제보다 더 예쁘게 그리는 것 같아. 연필로 번지게 한다거나 예쁜 얼굴형으로 그린다거나 말이야.

친구 : 나는 내가 본 그대로 사람들을 그려.

셀리 : 하지만 실제와 다르게 보이면 거짓인 거 아냐?

친구 : 예술은 기짓말 같은 거 하지 않아.

셀리 : 그 말은 좀 허세 같다.

친구 : 인식의 문제일 뿐이지. 내가 보는 게 바로 진실이 되는 거야. 내가 봤으니까. 나는 그런 식으로 해석해.

셀리 : (자기도 모르게) 알겠어.

셀리는 자기의 검은색 매니큐어를 들어 보인다.

셀리 : 그럼 나를 보면, 뭐가 보여?

친구가 그녀를 바라본다.

친구 : 칼, 이상주의자, 바위, 부드러운 살.

러
스

신시아는 발레리나였다. 뉴욕에서 참가했던 큰 오디션에 대해 이야기를 해 주기도 하고, 낡고 검은 때가 탄 발레슈즈와 땀으로 얼룩진 발목에 감는 리본들을 보여 주기도 했다. 러스는 농담으로 그것을 신어 보라고 말했다. 신시아는 리본을 묶고 발끝으로 서서 소파 팔걸이를 붙잡고 균형을 잡았다. 신시아는 촌스러운 카키색 반바지에 오래되어서 빛바랜 폴로 티셔츠를 입고 구슬 귀고리를 하고 있었다.

리가 부엌에서 나와 어색하게 아내에게 걸어갔다. 소파의 다른 쪽 끝에 앉아 있던 러스는 몹시 작아지는 기분이었다. 리는 신시아의 배에 양손을 대고 눌렀고, 신시아는 리에게 기댔다. 리에게서 오래된 담배와 한 시간 전에 마신 커피 냄새가 났다. 리는 균형을 잡고 있는 아내를 안고 그녀의 목에 키스했다.

갈라진 입술과 주름진 피부, 벌어진 상처.

––––––––

루신다 헤이스의 장례식장 밖 주차장에서 윌리엄스 형사는 휴대전화로
게임을 하고 있었다.

물론 러스는 이곳에 있으면 안 되는 사람이었다. 하지만 윌리엄스 형
사가 건물을 나가면서 고개를 끄덕이고는 마치 러스에게 영광을 주겠
다는 듯이 따라오라는 몸짓을 보였다. 러스는 자기의 처남이 용의자라
는 사실을 상기시켰지만 형사는 아무 말도 하지 않았다. 러스는 형사일
이 흥미로웠지만 그것은 단기적이고 임시적인 관심이었다. 두 시간 동
안은 매력을 느끼겠지만, 다시 예전으로 돌아가게 될 것이다. 억지로 들
어가 살 필요는 없는, 예전의 집과 얼룩진 카펫이 있는 곳으로.

"체포할 거야."

장례식장의 사람들이 밖으로 몰려나올 때, 테트리스 게임에서 눈을
뗀 윌리엄스 형사가 말했다.

"왜요?"

러스가 물었다.

"용의자는 아니지만 여전히 캐볼 만한 게 있어. 냄새가 나거든. 수사
반장이 뭔가 일을 하는 것처럼 보여야 한다고 하더군."

"지금은 장례식 중이잖아요."

러스가 말했다.

"다 끝났는데 뭘."

형사는 다른 사람들에게 신호를 주었다.

세일할 때 산 검정 면 드레스를 입은 이네스가 다른 조문객들과 함께 안에 있었다. 머리를 근사하게 말아서, 목 뒤쪽에서 하나로 묶었다. 러스는 한숨을 쉬며 후회했다. 그리고 더 크게 숨을 들이마셨다.

———

러스는 신시아를 몇 년째 만나지 않았다. 몇 해 전 여름, 엘름가의 마트에서 붉은색 카트를 끌고 있는 모습을 스치듯 보았을 뿐이다. 신시아는 시리얼 진열대에서 상자를 뒤집어 가격을 확인하고 있었다. 러스는 그녀에게 접근하고 싶은 뻐딱한 충동을 참고 면도 크림과 이네스에게 줄 오레오 과자를 한 박스 샀다.

러스는 집으로 가는 길에 엘름가 신호등에 멈춰 서서 신시아의 손을 떠올렸다. 낡은 핸드백 끈을 추켜올릴 때, 이름 없는 파스타 소스를 카트에 담던 신시아의 손이 얼마나 연약해 보였던가. 전에도 그렇게 약해 보였을까? 세세한 것을 잘도 기억한다고 말할지 모른다. 하지만 수많은 밤을 함께 먹고 마시며 러스는 리와 신시아의 결혼 생활에 자신도 모르는 사이에 미끄러져 들어가 버렸다. 러스는 아직도 신시아의 향기를 기억한다. 전자레인지에 돌려 목덜미에 놓아두었던 손으로 짠 라벤더 주미니와 쑴 푸미니의 링기.

지금 신시아가 메이플우드 장례식장 밖으로 걸어 나오고 있다. 그녀가 입은 파스텔톤의 보라색 오버사이즈 스키 코트는 오래 입어 소매가 갈색으로 변했고 지퍼에는 스키 티켓 묶음이 매달려 있다. 신시아는 시든 데이지 꽃 같아 보였다.

그리고 너무 늦었다. 러스는 그 소년을 전에 봤다. 캐머런은 십 대 때는 결코 빠져나오리라고 생각하지 못할 격동의 시기, 그 끔찍한 시기에 들어서 있다. 캐머런의 길고 가느다란 머리카락이 뭉쳐 있다. 매부리코에 지성 피부. 녹색을 띤 갈색 눈동자가 몰려 있다. 러스는 눈길을 돌렸지만 이미 그의 마음속에서는 캐머런을 미워할지 보호할지 아니면 지켜줄 것인지 상처를 줄 것인지를 두고 갈등이 일고 있었다. 캐머런은 그의 아빠를 똑 닮았다.

————

신시아가 임신 8개월이었을 때, 러스와 리는 딕시터번에서 만났다. 크리스마스와 새해 첫날의 중간쯤 되는 날의 몹시 추운 밤이었다.

"오늘 야간 근무라고 신시아에게 말했어."

핫 윙과 맥주 두 잔을 시킨 뒤 리가 말했다.

"신시아가 허락하지 않으면?"

러스는 농담을 던지며 차가운 유리잔을 리의 잔에 부딪쳤다. 맥주 거품이 잔 옆으로 새어 나와 끈적거리는 테이블 위로 흘렀다.

"신시아는 임신 중이잖아. 우리 둘 다 재미 보는 일은 할 수가 없지."

리는 모자가 달린 파란색 스웨트셔츠를 입고 있었다. 김을 내뿜는 성난 말 그림의 덴버 브롱코스 로고가 가슴에 요란하게 장식되어 있었다. 셔츠는 남성용 중간 사이즈였는데도 리에게는 너무 컸다. 러스는 리의 바지의 허리 밴드와 탄력 있는 엉덩이 그리고 졸라맨 허리띠 위로 당겨진 옷을 상상했다. 그날 리는 면도를 해서 턱이 매끈했다. 까칠하게 자란 수염도 없었다. 입 주변에 작은 여드름 몇 개와 턱에 면도날 상처 두 개가 있을 뿐이었다. 러스는 턱에 대고 누른 한 장의 화장지에 스며드는 리의 피를 생각했다.

리는 뜨거운 김이 나는 윙 한 조각을 집어 들어 옥수숫대를 잡듯이 양손 엄지와 검지로 조심스럽게 잡았다. 윙을 베어 문 리의 입가에 자극적인 오렌지색 소스가 묻었고, 반면에 러스는 들쭉날쭉 난 이로 조심스럽게 살을 발라내고 있었다.

머지않아 기름 묻은 주황색 손가락들은 숨을 참아 질식하는 아기를 받을 것이다. 러스는 웃어야 할지 입가를 닦으라고 말해야 할지 고민하다가 리에게 냅킨을 건넸다.

"사 주 남았지?"

러스가 닭다리를 집으며 말했다.

"그래, 사 주 남았어."

"긴장돼?"

러스가 물었다.

"농담하냐? 아이를 가지려고 노력해 보면 긴장이란 말은 틀린 말이 라는 걸 알 수 있을 거야. 세네 토요 시간이 서 구 배에 없다고."

"괜찮을 거야."

이렇게 말하고 러스는 맥주를 벌컥벌컥 마시다 사레가 들려 기침을 했다. 접시 위의 뼈를 걷어내고 깨끗하게 핥았다.

그날 밤 샤워를 하며, 러스는 털이 수북한 팔로 자신의 스물한 살 먹은 배를 움켜쥐었다. 그의 배 속에 그가 키울 수 있는 기적 같은 리의 생명이 생기기를 바랐다.

———

"이제 나오는군."

윌리엄스 형사가 말하자, 러스가 움직이기 시작했다. 러스는 그가 지금 어디에 있는지 잊고 있었다. 그는 루신다 헤이스 장례식장 밖의 차 안에 앉아 있었다. 윌리엄스 형사는 문가를 보고 있었다. 추하고, 굶주린 늑대의 시선이었다.

"그들을 포착했다. 준비됐나?"

둘은 차에서 나왔다. 러스는 이미 벨트에서 수갑을 꺼내고 있는 윌리엄스 형사보다 몇 걸음 뒤에 서 있었다. 윌리엄스는 장례식장 입구로 확신에 차서 걸어가고 있었고, 러스는 저 형사가 언제나 저런 모습이었는지 생각했다. 아침에 남색 양말을 신을 때, 카드회사와 전화를 할 때, 그 많은 감자튀김을 먹을 때도 저런 모습이었을까.

윌리엄스 형사는 일부러 사람들을 헤치고 들어갔다. 사람들은 쳐다보며 수군거렸고, 러스는 뒤에서 망설였다.

"실례합니다. 서에 함께 가주셨으면 합니다. 몇 가지 질문을 해야 할 것이 있습니다."

"뭐라고요? 지금 이 사람을 체포하려는 거예요?"

신시아가 공포에 차서 물었다.

"체포가 아닙니다, 부인. 몇 가지 질문 할 것이 있습니다."

신시아의 시선이 느껴진다.

"러스, 제발. 이럴 수는 없어요. 이건 말도 안 돼요."

신시아가 애원했다.

러스는 분홍색 실크 발레슈즈 속의 신시아의 발과 근육이 생각났다. 신시아의 목의 핏줄과 리의 국수처럼 가느다란 팔. 검거 현장에서 한 걸음 물러났을 때 그녀를 보았다. 사랑스런 아내 이네스는 주먹 쥔 손으로 입을 가린 채 이반 옆에 서 있다. 이네스는 지켜보고 있지만 망아지 같지는 않았다. 잔해를 바라보는 행인 같은 눈이다. 그녀의 입에서 입김이 나왔다.

러스와 이네스의 거리는 얼마 되지 않았지만, 이때 이상으로 이네스에게 거리감을 느껴 본 적은 없었다. 윌리엄스 형사는 이반을 용의자에서 제외하지 않았지만 오늘 일은 이네스를 기쁘게 했다. 감사할 것이다. 하지만 그들은 이방인이 될 수 있었다. 이네스는 이런 부당한 장면을 보게 된 것에 신물이 난 것이다. 장례식 밖의 장면, 비극 안의 또 다른 비극.

한번은 러스가 감기를 심하게 앓았던 적이 있다. 이네스는 만약에 대비해서 침대 옆에 빈 통을 가져다 놓았다. 이네스는 찬 수건을 그의 이마에 올려놓고, 그가 오랫동안 눈을 감고 있을 때, 노래를 부르기 시작했다. 스페인어로 된 자장가였다. 러스는 그 노래를 이해하고, 자신의 눈꺼풀이 떨리지 않기를 바랐다. 그녀의 과거는 개 사료 주듯 조금씩 그에게 나눠주는 것이고, 가슴에 고이 간직해서 결코 없어지지 않을 것이라고 확신하는 것이었다.

윌리엄스 형사가 당황한 용의자를 차에 밀어 넣자, 러스는 시동을 걸었다. 주차장을 빠져나가면서 러스는 마지막으로 한 번 더 이네스를 보았다.

그녀는 망아지가 아니다. 그녀는 여자이고, 러스는 남자다. 그뿐이다. 그것이 그들이 할 수 있는 전부였다.

———

러스는 리가 체포되기 두 달 전에 신시아에게 힐러리 제임슨에 대해 알려 주려 했다.

리는 복근을 만들려고 주유소까지 달리는 중이었고 신시아는 정원에서 잡초를 뽑고 있었다. 그녀는 늘어진 밀짚모자를 쓰고 멜빵바지를 입고 있었다. 여덟 살이 된 캐머런은 테라스 테이블 앞에 앉아 색칠 공부를 하고 있었다. 크레파스 통에는 모든 색이 갖춰져 있었지만 캐머런은 노란색만 썼다. 그래서 노란색 크레파스만 작아졌고, 캐머런의 통통한 손가락들이 종이를 문질러 마치 노란 왁스에 물든 것 같았다.

"보라색을 써 보는 건 어때? 보라색도 좋은 색이잖아."

러스가 제안했지만 캐머런은 대답하지 않고 오히려 노란색 크레파스를 더 진하게 칠했다.

뒤쪽 울타리 정원에 있던 신시아는 두 손 가득 푸른 채소를 들고 있었다.

"와서 좀 봐요."

그녀가 러스에게 말했다. 러스는 아이스티를 들고 채소가 있는 텃밭으로 갔다.

"독초를 제거해야겠어요."

신시아가 가죽 장갑을 낀 손목으로 이마의 땀을 닦으며 말했다.

"독초요?"

"이 뿌리 보여요?"

땅에서 작은 식물을 뽑으며 신시아가 말했다. 그녀가 쪼그리고 앉자 양 무릎에서 두둑 소리가 났다.

"보여요."

"과학적인 건 아니지만, 뿌리가 얼마나 깊이 뻗었는지 보면 독초를 구분할 수 있을 것 같아요."

둘은 식물이 뽑힌 자리에 난 구멍을 들여다보았다. 자갈 주변에 지렁이가 느리게 땅속 집을 향해 움츠렸다 폈다 하며 꿈틀거렸다. 신시아는 러스를 빤히 쳐다보았다. 신시아의 땀에 젖은 얼굴이 아주 가까이 있어서 그녀가 물고 있던 신선한 민트 잎 냄새를 맡을 수 있었다.

러스는 신시아가 손수 짠 퀼트 위에서 리와 신시아가 섹스하는 모습을 상상해 보았다. 러스는 깜짝 놀랐고 신시아와 아무 연관 없는 유쾌한 기분이 들었다. 그리고 모든 것에 죄책감이 들었다. 러스는 신시아를 멀리하고 싶었다. 러스가 느끼는 욕망은 신시아를 향한 것이 아니었다. 그것은 아주 강렬하게 그를 파고들고, 깊이 관통하는 그런 욕망이었다.

"이거 보여요?"

신시아가 풀을 집어 들었고 와인 얼룩처럼 흙 한 덩이가 멜빵바지 앞쪽에 떨어졌다.

"뿌리가 꽤 깊어요."

러스는 그때 신시아에게 이야기했어야 했다. 그러고 싶었다. 신시아는 리가 힐러리 제임슨과 시간을 보냈던 그 모든 시간에 리가 러스와 함께 있다고 생각했다. 그렇다면 러스는 어땠을까? 큰 집에서 대부분의 밤을 홀로 보내며 자신의 동료를 지키기 위해 술을 마셨다. 그는 신시아에게 말했어야 했고, 갑작스러운 낯선 감정이 주는 중압감을 함께했어야 했다.

하지만 어떤 말을 할 수 있었을까? 당신은 가엾은 여인이라고. 과학적 근거는 없다고. 당신은 독초와 함께 누워 있다고. 당신이 그 독초에게 위스키를 건네는 것을 당신의 어린 아들이 지켜보고 있다고. 당신은 그 독을 빨아들여, 몸 안에 퍼지게 하고 있다고. 독초의 이마를 쓰다듬고 부드럽게 어루만지고 있다고. 그럴 가치도 없는 독초에게. 당신은 독초를 닮은 생명을 낳았다고. 그 뿌리들이 독에 찌들어 부어올랐다고.

"차 더 마실래요?"

신시아가 물었다.

"네. 더 주세요."

러스를 맹렬한 태양 아래 남겨 두고 신시아는 안으로 들어갔다. 그제야 러스는 중얼거렸다.

"몸 잘 챙겨요. 알았죠?"

'못난 놈.'

러스는 후회할 일을 했다. 그리고 그 사실이 그를 계속 괴롭혔다.

제
이
드

"실례합니다. 서에 함께 가 주셨으면 합니다. 몇 가지 질문 드릴 것이 있습니다."

경관이 말한다.

사람들이 몰려들었다. 사방에서 사람들이 몰려들어, 이 극적인 광경을 더 잘 볼 수 있는 자리를 잡으려고 필사적이었다. 사람들이 한꺼번에 움직여 나에게도 볼 기회가 생겼다. 경찰들이 캐머런의 오른편에 있는 사람을 붙잡았을 때 캐머런은 엄마 팔을 잡았다.

나는 어디서든 그 스웨터 조끼를 알아볼 수 있었다. 오 선생님은 네댓 벌의 스웨터 조끼가 있어서 계절에 상관없이 학기 내내 조끼를 입었다. 지금은 검은색 조끼를 입고 있었다. 날이 몹시 추운데도 재킷을 걸치지 않았고 흰 석고 반점이 묻은 신발을 신었다.

나는 작년에 오 선생님의 수업을 들었다. 오 선생님은 아주 가까이 서서 '그냥 붓이야. 좀 더 가지고 놀아 봐' 같은 평을 한다. 오 선생님은 자신의 직업에 투자하는 사람이었고, 그것에 관심을 보이지 않으면 개인적으로 화를 냈다. 오 선생님은 몇 안 되는 젊고 매력적인 선생님이어서 여학생들이 좋아했다. 선생님은 고등학생처럼 옷을 입었고 언제나 친근하게 다가왔다. 물론 학생들과의 소문이 끊이지 않았지만 그 소문들은 대개 심술궂고 어리석은 여학생들이 만들어 낸 것이었다.

"루신다의 도자기 작품을 보고 오 선생님이 뭐라고 했는지 알아?"

여학생들은 그렇게 말하고는 킬킬거렸다.

현장은 아수라장이었다. 캐머런의 엄마는 작은 목소리로 경관들에게 애원했다.

"제발요."

목소리에서 괴로운 마음이 묻어났다.

"제발. 이렇게 데려갈 수는 없어요. 러스, 제발. 나예요. 이렇게 이 사람을 데려갈 수 없어요."

나는 단편적인 대화들을 듣는다.

"그 사람이 루신다의 미술 선생님이었대요. 몇 년 동안 제퍼슨에서 선생님으로 있었대요. 그럴 줄은 꿈에도 생각하지 못했어요. 장례식에서 이러다니. 기다렸어야죠. 그래도 자기들이 일 열심히 하고 있다는 선전은 됐겠어요."

섬색과 수 냄이 오 선생님을 끝지 드고끼인 안 끌고 갔다. 서새님으 고개를 떨군 채 신중하게 걸었다. 그의 회색 머리가 햇빛에 비쳐 하얗게 변했다.

　캐머런을 꼭 끌어안은 그의 엄마는 공포로 얼룩진 얼굴로 경찰들이 오 선생님을 차에 태우는 모습을 바라보고 있었다.

　사이렌이 울리고 차 문이 닫혔다. 경찰차를 따라가던 사람들 중 몇몇은 휴대전화로 사진을 찍어댔다. 하지만 대다수 사람은 할 말을 잃은 채 서 있고, 방금 경찰과 오 선생님이 사라져 텅 빈 현장을 둘러싸고 있었다.

─────

나는 콧수염이 난 경찰관을 만난 적이 있다.

　하위는 전에 월로 광장에서 살았다. 겨울에는 물이 말라 텅 빈 분수에 침낭을 두고, 사람들을 향해 구걸 통을 흔들었다. 어느 날 시에서 항의가 들어왔고 하위와 내가 분수 계단에 앉아 장기를 두고 있을 때 경찰이 다가와 그를 쫓아냈다. 그때 온 두 경찰관 중 한 명이었다. 한 명은 서장이었는데, 무뚝뚝하고 심술궂었다. 그는 나를 쫓아내고 하위에게 쓰레기 같은 놈이라고 말하며 침을 뱉었다. 상점까지 내몰렸을 때 또 다른 경찰이 하위의 시선에 맞춰 쪼그려 앉았다. 그가 단 배지에 '플레처'라고 적혀 있었다. 그는 하위가 일어날 수 있도록 팔을 잡아 주었고, 하위의 물건을 쇼핑 카트에 넣어 주었다. 그동안 서장은 서류판 위에 보고서를 작성하며 투덜거렸다.

　오 선생님을 체포할 때 플레처 경관의 시선은 다른 곳을 향하고 있었다. 그 시선을 따라가니 그녀, 퀘리다가 나왔다. 검은 베일을 쓴 퀘리다가 그녀의 오빠처럼 보이는 남자의 팔을 잡고 서 있었다. 눈물을 흘리며 '안 돼. 안 돼. 안 돼'라고 말하는 듯 고개를 저었다.

퀘리다가 나를 알아봤다. 아주 짧은 순간이었지만 당황한 그녀가 황급히 시선을 피했다. 하지만 그 순간 그녀의 짙은 눈이 내 마음을 끌었다. 아주 짧은 순간이었다. 그녀의 눈에는 수치스러움이 깃들어 있었다. 나 역시 그런 눈으로 자신을 본다. 샤워로 뿌옇게 김이 서린 거울을 들여다보는 것과 같다. 나는 점을 연결한 선이다.

궁금하지 않은가? 자신의 이야기에서 조연이 된다는 게 어떻게 가능한지.

———

햇살이 눈부시다. 주차장에서 공회전 중인 자동차들은 무언의 목격자들이다.

"제이드, 너 작년에 저 사람 수업 들었지? 미술 수업의 뭐였더라? 도자기 수업?"

엄마가 물었다.

"도예 수업이요."

"저자가 너한테 이상한 짓을 한 건 아니지?"

"뭐요?"

"저 사람이 건드렸어?"

"세상에! 아니에요, 엄마. 너무 역겨워요."

"저 선생님은 언제나 소름 끼쳤어."

에이미가 끼어들었다.

"매일 수업이 끝났는데도 몇 시간 동안 학교에 남아 있었잖아. 그림 이랑 그런 거 보면서."

"나도 잘 모르겠지만, 에이미. 미술 선생님이니까 그렇지."

"조심해, 제이드."

엄마는 지갑 속에서 차 키를 찾으며 말을 끊었다.

사람들은 주차장에서 무리를 지어 수군거렸다. 가는 곳마다 오 선생님의 이름이 들린다.

"제이드!"

누군가가 뒤에서 부른다. 아르노 아주머니가 검정 치마를 들어 올리고, 주차장 반대편에서 황급히 오고 있었다. 엄마는 이미 시동을 걸었고 에이미는 조수석의 사이드 미러를 보며 머리를 매만진다.

"제이드."

아주머니가 엄마의 스바루 범퍼 가까이에 멈춰 섰다. 1940년대 미망인처럼 머리에 쓴 검정 레이스가 예쁜 덩굴 모양으로 얼굴에 드리워져 있다. 아르노 부부는 우리 부모님보다 두 살 적지만 외모가 출중한 사람들이 그러하듯 세월이 빗겨간 듯하다. 그들은 조깅, 하이킹, 자전거 같은 건강한 사람들이 즐겨하는 운동을 한다. 아주머니는 언제나 이국의 휴양지에서 막 돌아온 것 같은 피부색을 하고 있다.

아르노 아주머니는 그을린 손으로 햇빛을 가리고, 눈을 찡그려 나를 보고 있다.

"에두아르 때문에 그래."

그녀가 말했다. 처음 만났을 때 아르노 부부는 프랑스어 억양이 강했는데 시간이 흐르자 그것도 거의 사라졌다.

"엉망이야. 아무하고도 이야기하지 않으려 해. 어떻게 해야 할지 모르겠구나."

아주머니는 메모를 잃어버린 걸까? 지난해 잽과 나의 우정에 과속 방지턱이 놓였다는 것을 모르고 있는 것 같다.

"한동안 어울리지 않았다는 거 알아. 그래도 오늘 오후에 잠시 들러 주겠니? 잽도 너를 만나면 좋아할 것 같은데."

아주머니는 틀렸다. 하지만 나는 그것을 말하지 않았다. 나는 고개를 끄덕이며 아르노 아주머니의 어깨에 내 지친 머리를 기대고 싶은 충동을 힘겹게 참았다. 그녀의 어깨에서는 버버리 향수 냄새와 고급 세제 냄새가 날 것이다.

———

말하고 싶지만 바보가 아니면 말할 수 없는 것

제이드 딕슨 번스 대본

실외 : 장례식장 주차장 — 낮

셸리와 소년의 엄마(43세, 빛나는 구릿빛 피부) 매서운 바람 속에 서 있다. 흰색 여름 드레스를 입은 셸리는 아름답다.

> **셸리** : 아드님을 아시잖아요.
>
> **소년의 엄마** : 물론 알지.
>
> **셸리** : 어디로 갔는지 말해 주세요.
>
> **소년의 엄마** : 방금 말했잖니. 집에 있다고.

셸리는 무게 중심을 다른 다리로 옮긴다.

> **셸리** : 그런 뜻이 아니에요.

———

우리가 처음부터 친구였던 것은 아니다. 잽은 3시 30분에, 나는 4시에 피아노 레슨을 받았다. 선생님 이름은 에린이었고 고양이 세 마리를 키웠다. 수업을 받는 동안 고양이들은 피아노 꼭대기에 앉아 있었고 복슬복슬한 배로 피아노 줄을 울렸다.

선생님이 언제나 수업을 늦게 끝내서, 엄마는 거실에 앉아 아르노 아주머니와 담소를 나눴다. 그러고는 동네에 새로 이사 온 아르노 부부를 피아노 수업 다음 날 집으로 초대했다.

그해 여름, 우리는 자전거를 탔다. 막다른 골목을 돌아 관개 시설 덕분에 오목한 들판에 물이 넘치는 마을 외곽의 늪지대를 통과했다. 시 당국은 그곳을 깨끗이 할 만한 자금이 없었다. 우리는 나뭇가지를 모아 낚싯대인 척 끈적거리는 물에 담갔다. 우리는 두꺼비를 한 바구니 잡아서 에이미 방에 숨겼다. 두꺼비 한 마리가 에이미 옷장에서 죽었는데 나는 그것 때문에 삼 주간 외출 금지령을 받았다. 우리는 잽의 뒷마당에 있는 해먹에서 소설책을 읽었고, 흰 밧줄에서 진딧물을 떼어냈다.

나는 대부분의 시간을 깨끗하고 잘 꾸며진 잽의 집에서 보냈다. 아르노 부부는 프랑스에서 대형 괘종시계를 가지고 왔다. 집안에서 전해져 내려오는 가보라고 했다. 나는 괘종시계가 가보라니 참 멋있다고 생각했던 것 같다. 얼마나 독특한가. 우리 집은 그런 건 없을 것이다. 엄마는 담배를 입에서 빼고 이렇게 말할 것이다.

'쓰레기.'

잽은 5학년 때 덴버 자연사 박물관으로 소풍을 다녀온 뒤부터 천문학에 빠져들기 시작했다. 박물관에는 거대한 천체 투영관이 있었고, 가이드가 우리들에게 정보를 마구 쏟아 냈다. 잽은 뒷주머니에 가지고 다니던 작은 공책에 그것을 받아 적었다.

"우주에는 알려진 블랙홀이 열네 개 있습니다. 북두칠성은 별자리가 아니라 성군이에요. 우주에서 소리를 질러도 들을 수 없어요."

잽은 이 모든 사실을 버다나 서체, 16포인트로 부모님 컴퓨터에 기록하고 출력해서 침실 벽에 걸어 두었다. 그는 매번 새로운 사실이나 메모할 가치가 있는 것을 목록에 더해 갔다. 곧 그의 방은 차트와 도표로 채워졌고 우주복을 입은 우주 비행사들이 달 표면을 뛰어다니는 사진도 걸렸다. 한 번에 몇 년씩 집을 떠나 있어야 하는데도 잽은 우주 비행사가 될 거라고 했고, 내 수집품에 추가할 수 있도록 가능한 한 많은 돌을 가져다 주겠다고 약속했었다.

우리 부모님은 잽과 내가 위층에 있을 때 (대부분 잽의 집에서) 저녁을 먹었다. 우리는 포켓몬 카드 게임을 했고, 망원경으로 이웃들을 관찰했다.

"저러다 둘이 결혼하겠는데요."

우리 부모님이 농담을 하기도 했다.

9학년, 크리스마스 일주일 전 루이스 트래블리가 잽에게 다가왔다. 우리는 언덕을 내려와 마을로 걸어가고 있었다.

"저 뚱뚱한 여자애 좋아하냐?"

루이스가 잽의 가방 밑을 발로 차며 말했다. 잽은 일그러진 얼굴로 나를 봤다. 극도의 불안감이 얼굴에 묻어났다. 역겨웠을지도 모른다.

"나 집에 가야겠어. 오늘 밤 할 일이 많아."

루이스가 가자 잽이 말했다.

우리는 며칠 동안 말을 하지 않았다. 갑자기 수영장 끝 수심 깊은 곳에 빠진 듯한 느낌이었다. 발밑에 있어야 할 콘크리트 바닥이 없어 무서워하며 허우적거리고 있고 발끝으로 물이 계속 스쳐 지나가는 그런 느낌이었다.

크리스마스가 끝나고 기적이 일어났다. 잽이 어느 토요일에 전화를 해서 요새를 만들자고 한 것이었다. 우리는 집에 있는 담요와 이불을 죄다 끌어모았고, 거실의 가구를 재배치했다. 소파는 벽으로 밀쳐 두고 식당 의자들은 모두 벽난로 앞으로 옮겼다. 우리는 꽃무늬 시트로 성벽을 만들고 바닥에 이불을 깔았다. 페르시아 양탄자로는 벽 내부를 꾸몄다.

요새를 완성하고, 잽과 나는 영주의 방으로 들어갔다. 영주의 방은 그 방의 4분의 1을 차지하는 가장 큰 공간으로, 크림색 시트를 둘러 차단했다. 우리는 나란히 누워 흰 면을 올려다보았다.

"애들이 떠들어대는 거 너도 알지?"

잽이 말했다.

"뭐에 대해서?"

"우리에 관해서. 점점 심해지고 있어. 지난번 루이스처럼. 아무 사이 아니라고 계속 말해도 믿지 않아."

내가 아파진다면 어떨까. 당시에는 그게 나쁜 것은 아니라고 생각했다. 잽은 안경을 접어서 배 위에 올려놓았다. 근육이 붙어 두꺼워진 잽의 팔꿈치에는 성인 남자와 같은 윤곽이 나타났다. 나는 요새의 흐린 핑크색 빛 아래서 잽의 팔꿈치를 바라보며 어떻게 하면 다른 사람을 완전히 이해하고 모든 것을 알 수 있을지 생각했다. 정신없는 아침에 시트를 정리하는 방법이나, 여름에 높게 자란 풀숲에서 뛰면 다리에서 피가 난다는 것은 알 수 있지만 그들의 일부가 된다는 느낌은 결코 알 수가 없을 것이다. 그들의 공간에서 살면서 그들의 피부에 존재해, 그들의 팔꿈치가 되는 그 느낌은 결코 알 수 없을 것이다.

나는 영화를 봤다. 사람들이 키스하는 것을 봤다. 어떻게 키스하는지 알고 있지만 언제나 부자연스럽게 보인다. 몸의 두 부위를 함께 누르고 상대방의 축축함을 내 입술에서 느끼다니. 하지만 지금, 잽의 입이 내 입과 아주 가까이 있었다, 그것이 지금으로 믿고 믿고 믿기 있다. 다른 사람의 이빨과 혀가 너무 가까웠다. 나는 그 입술을 원했다. 시트를 통해 스며들어 오는 머리 위 전등의 희미한 빛에 잽의 입술이 가득했다. 크림색 빛 아래 던져진 우리의 몸은 나도 모르는 감정으로 넘쳐흘렀다.

잽 역시 똑같이 느꼈다. 잽의 목이 내 쪽으로 더 뻗어 와서 쇄골의 움푹 들어간 곳이 보일 정도였다. 그리고 그의 붉은 셔츠 솔기가 내 턱 끝을 쓸었다. 그 역시 원하고 있었다.

잽이 일어나 앉았다. 서두르는 바람에 머리를 시트에 부딪쳐서 모자를 쓴 것처럼 시트가 머리 위에 돌돌 말렸다. 유령 같았다. 요새의 구석이 무너졌고 우리는 한층 성숙해진 느낌이었다.

나는 집에 갔다. 우리는 그 후로 이 주 동안 말을 하지 않았다. 몇 달 동안 우리의 우정은 계속되었지만 돌아오는 여름에 잽은 아예 나에게 전화도 하지 않았다. 사람들이 변하고 성장한다는 것을 나도 이해한다. 하지만 때때로 나는 그의 열기와 서로에게 뻗었던 우리의 작고 어리석은 손을 느낀다. 당혹스러움에 손을 떠는 그런 사랑을.

캐
머
런

캐머런은 거짓말을 했다. 오 선생님에게 루신다의 일기장을 건네기 전에 한 페이지를 읽었던 것이다.

1월 11일

창문을 통해서

바라보지 않으면

창문은 왜 있을까?

나는 가끔 유리 너머로 너를 느껴

너는 나를 무섭게 해

더는 읽을 수 없었다.

루신다는 그 페이지 위쪽에 별들을 그렸다. 하지만 루신다가 그린 별은 지저분하고 모서리마다 잉크가 뭉쳐 있었다. 또, i의 윗점을 방울 같은 모양으로 찍었다.

'너는 나를 무섭게 해.' 캐머런은 이 말을 볼 수가 없었다. 창문 유리에 대해 생각할 수도 없었고, 이것이 그의 곁이 아닌 다른 어느 곳에 존재하는 것을 허락할 수 없었다. 그래서 그는 그 페이지를 찢어 처음 일기장을 두었던 곳에 두었다. 침대와 벽 사이의 틈에. 그리고 필사적으로 잊으려고 했다.

루신다의 글씨는 우아하지도 않고 춤을 추지도 않았다. 루신다의 말들은 캐머런이 원하는 대로 춤을 추지 않았다. 전혀 춤을 추지 않았다.

―――――

엄마의 밴이 메이플우드 장례식장의 주차장을 빠져나왔고 계기판의 온도가 영하 삼 도를 가리키는데도 캐머런은 창문을 내렸다. 오늘은 이런 기분이 들어서는 안 되는 날이었다. 하지만 생기가 넘치고 부끄럽지도 않았고 심지어 미안한 마음이 들지도 않았다. 연한 갈색의 메마른 나무들이 스쳐 지나갔다. 마치 자신들의 껍질을 벗어던지고 다시 숨 쉬는 법을 배우기라도 하는 것 같다. 정말이지 불공평하다.

차 안에 흐르는 정적은 위협적이었지만, 엄마의 우는 소리만이 정적을 깨고 있었다. 숨어서 우는 그런 울음이 아니었다. 캐머런은 엄마를 위로하고 싶었지만 엄마는 오 선생님 때문에 울고 있고 그건 모두 캐머런의 잘못이었다.

그들은 천천히 앞으로 나아갔다. 캐머런은 다른 차 안에서 어떤 일이 벌어지고 있을지 알고 있었다.

"오 선생님이래, 제퍼슨 고등학교 미술 선생님 말야. 그 왜, 학부모 면담에서 만났던 선생님 기억해?"

부모들이 서로 이야기할 것이다. 뒷좌석에서 눈을 동그랗게 뜨고 있는 아이들은 그저 이 일로 숙제가 생기지 않기를 바랄 것이다.

집에 도착한 뒤 엄마가 캐머런을 보며 말했다.

"안에 들어가 있어."

엄마의 눈은 충혈되고 부어서 작아졌다. 엄마는 커피숍에서 가져온 냅킨을 꺼내 들고 코를 닦았다.

"어디 가시려고요?"

"경찰서에 좀 다녀올게. 캐머런, 집에 있어. 내가 올 때까지 아무 데도 가지 말고 문도 열어 주지 마. 그리고 누구와도 이야기하면 안 돼. 무슨 말인지 알지?"

"네."

캐머런은 의자에서 미끄러지듯 내려와 바닥에 착지하며 말했다.

"캐머런?"

엄마가 문을 닫기 전에 불렀다.

"네?"

"내 기분이 어째서 뭐니,"

"뭐가요?"

"루신다 말이야. 네 그림들 봤어."

"엄마, 그건…."

"걔를 사랑했다는 거 알고 있었어. 그러니까, 루신다를 너만의 방식으로 사랑했었다는 거."

엄마의 앙상한 손이 운전대를 꽉 부여잡았다.

"집에 돌아오면, 네가 모든 것을 말해 줬으면 좋겠어. 힘든 거 알아. 미친 듯 그 애가 보고 싶겠지. 하지만 네가 한 일을 엄마도 알아야 해."

엄마는 문을 닫으라는 몸짓을 했다. 캐머런은 사랑한다고 너무 자신을 밀어붙이지 말라고 말하고 싶었지만 이미 엄마의 차는 진입로를 나가 모퉁이를 돌고 있었다. 그 말들은 뱀 허물처럼 떨어져 나가 새로운 말을 만들었다.

'도대체 무슨 짓을 한 거야?'

———

캐머런은 아빠의 옷장에 두 번 들어가 봤다. 두 번 모두 아빠가 떠난 뒤였다. 캐머런은 머릿속이 너무 복잡하게 얽혀 있어서 시간 개념을 잃고 크림색 양탄자 위에 웅크리고 있었다.

1. 베스가 캐머런은 학교에 총을 가져올 법한 아이라고 말했을 때, 캐머런은 집에 돌아와 엄마 침대 밑 상자를 열었다. 거기에 있는 22구경 권총을 노려보며 생각했다. 자신의 몸을 통제하지 못하는 게 가능한

걸까? 머리가 원하지 않는 일을 손이 할 수 있을까?

2. 캐머런은 엄마 책장에 있는 책을 읽었다. 한 남성이 태양을 똑바로 쳐 다보며 다른 사람을 살해하는 내용이었다. 알베르 카뮈의 《이방인》이 었다. 캐머런은 눈에서 자외선이 발사되는 꿈을 꿨다.

지금, 캐머런은 불을 하나도 켜지 않았다. 낮이었지만 거실 창문들은 남쪽을 향하고 있어서 집은 어두웠다. 현관에 신발을 벗어 두고 문을 걸 어 잠갔다. 그래야 엄마가 오는 소리를 들을 수 있으니까. 캐머런은 조 심스럽게 아빠의 물건이 있는 곳으로 발걸음을 내딛었다.

아빠가 떠나고, 사람들이 아빠의 물건을 버리라고 했지만 엄마는 그 것들을 커다란 상자에 담아 복도 끝 옷장 속에 갖다 놓았다. 그곳은 아 빠의 물건을 묻은 무덤이었다.

캐머런이 옷장 문을 삐걱거리며 열자 아빠 냄새가 쏟아져 나왔다. 위 스키, 애프터 셰이브 로션. 캐머런은 아빠의 가죽 신발을 좋아했다. 모 양을 유지하기 위해 화장지 뭉치를 신발 안쪽에 넣어 두었다. 누군가가 입어 주길 기다리듯 옷걸이에 걸려 있는 아빠의 양복도 좋았다. 그는 문 안쪽 옷걸이에 걸려 있는 다양한 갈색과 검정 스웨이드 허리띠도 좋아 했다. 평소에 캐머런은 이 모든 것을 싫어했지만, 머리가 복잡하게 얽혀 있을 때면 이런 친숙함이 위안이 되었다. 그는 머리 위 전등을 켜고 안 쪽으로 들어가 문을 닫았다.

바로 안정이 되었다. 이곳에서는 지금쯤 창실 안에 긴히 있을 오 선생 님을 생각하지 않아도 된다. 엄마를 생각하지 않아도 된다. 경찰서 커피

자판기 옆에 서서 "오 선생님을 풀어 줘요, 그는 잘못한 게 없어요"라고 러스 플레처 경관에게 애원하고 있을 엄마. 이곳에는 언제나 침묵 게임을 즐기는 캐머런과 아빠만 존재한다.

아빠는 경찰복을 옷장 뒤쪽 구석에 보관했다. 선반에는 바지, 허리띠, 재킷이 각각 따로 보관되어 있었다. 아빠는 세탁실에서 다림질을 하기 전에 재킷을 걸어 두었다. 그 사건 이후 다른 경찰들이 아빠의 경찰복을 가져가 버려서, 선반은 비어 있었다. 바람막이 선반을 옆으로 밀고 손으로 차가운 나무를 쓸었다. 제일 위에 있는 선반에서 종잇조각이 만져졌다. 아빠가 배지를 보관하던 선반이다.

캐머런은 종이를 집어 들었다. 먼지가 없다. 불빛에 비춰 봤다.

옷장 안은 어두웠지만, 종이 모서리를 알아볼 수 있었다. 흡수성을 높이기 위한 톱니바퀴 모양이었다. 그것은 수채화 종이였다. 캐머런의 침대 밑에 있던 도화지였다. 루신다의 아몬드 모양의 눈과 부드럽게 물결치는 머리카락으로 채워진 도화지. 목탄으로 그렸지만 선이 얇아서 연필로 그린 것처럼 보였다.

캐머런은 책상다리를 하고 양탄자 위에 앉아 종이를 펼쳤다.

그 즉시 캐머런은 후회했다. 애초에 아빠 옷장에 들어오지 말 것을. 뾰족한 산이 있는 이 주, 이 동네, 이 집에 살지 않았으면 좋았을 것을. 루신다 헤이스를 만나지 않았으면 좋았을 것을. 모든 것을 꿰뚫어 보는 눈과 통제할 수 없는 가슴으로 루신다를 사랑하지 않았으면 좋았을 것을.

———

경찰들은 월요일에 아빠를 데리러 왔다.

엄마는 분홍색 줄무늬 잠옷 바지를 입고 있었다. 캐머런은 아래쪽에서 올려다본 것을 기억한다. 그는 아빠를 올려다보고 있었다. 아빠 친구들이 아빠에게 수갑을 채우며 "왜죠, 리? 우리도 어쩔 도리가 없었어요" 같은 말을 하고 있었다. 우리 집에 자주 와서 저녁을 먹고 아빠가 이야기하는 모든 것에 박장대소하던 러스 플레처 경관은 구석에서 몸을 숙이고 있었다. 캐머런은 나머지는 보지 않았다. 대신 그 혼돈의 현장을 지나쳐 엄마가 창문 위에 걸어 놓은 그림을 바라보고 있었다.

나중에 캐머런은 그것이 반 고흐의 작품이라는 것을 알았다. 부엌에 걸려 있는 그 그림은 플라스틱 캔버스에 디지털로 복사한 것이었다. 그림은 '아를 근교의 좁은 길'이라는 작품으로 1888년 고흐가 자신의 귀를 잘랐던 해에 그려졌다. 캐머런은 반 고흐가 그림을 그리는 동안 감정이 몹시 얽혀 있었을 텐데 그림이 매우 고요하다는 점이 맘에 들었다. 반 고흐는 1888년 12월을 정신병원에서 보냈다. 그래서 캐머런은 '아를 근교의 좁은 길'은 반 고흐가 자신은 미치지 않았다고 생각하며 창문으로 바라다본 풍경이었을 거라고 생각했다.

캐머런이 마지막으로 본 아빠의 모습은 등 뒤로 반짝이는 금속 수갑을 찬 아빠의 가느다란 손가락이었다. 뒷베란다에서 담배를 쥐고, 아침이면 신문을 넘기고, 남색 경찰복의 해진 구멍에 단추를 끼워 넣던 그 손가락들. 그 손가락들은 불을 끄기 전에 경주용 자동차가 그려진 담요 늘 캐머니에게 뭐이 주었나, ㅁ규, 게ㅡㄹ ㅇㄴ, 밤세기 비고 으고 인 게 기 ㅕ 긴 머리카락을 빗어 주던 손가락. "잘 봐, 오른쪽에서 휘두르는 거야. 공

잘 보고"하며 야구 방망이를 쥐던 손가락들. 거실에서 자장가를 불러
주며 함께 밤을 보낼 때면 아빠 무릎에서 쉬고 있던 손가락. 아빠의 손
바닥은 수치스럽게 애원하듯 밖을 향해 있었고, 손가락들은 수갑에 뒤
로 꺾여 엉켜 있었다.

엄마도 경관들도 소리쳤다. 캐머런은 식탁에 앉아 그림을 보고 있었
다. '아를 근교의 좁은 길.' 발렌시아가 심어져 있는 굽이쳐 뻗은 길 위
커다란 오렌지 나무 옆에 노란 집이 있다. 꿈속 같다. 이 집에서는 슬프
지 않고, 엄마가 떨리는 목소리로 "안 돼요. 러스. 무슨 일인지 말 좀 해
줘요"라고 애원하지 않아도 될 것 같았다. 캐머런은 길 위의 집, 태양 아
래 평화로워 보이는 이 집에 가 본 듯한 느낌이 들었다. 메리 할머니도
여기에 있고, 세상의 모든 좋은 사람들도 함께 이곳에 있을 것이다. 그들
은 모두 이 부드러운 붓놀림 속에서, 노란색 평온을 발견했을 것이다.

밖에서 사이렌이 울리고 빨갛고 파란 빛이 황혼 속에서 빛나고 있었다.

그들이 아빠를 데려갔다.

부엌으로 돌아온 엄마는 아무 말도 하지 않았다. 엄마는 가스레인지
위의 맥앤치즈를 숟가락으로 저었다. 엄마의 등은 휘어진 나뭇가지처
럼 굽어 있었다. 물이 끓었다.

창밖에서 칼리오페 벌새 한 마리가 캐머런이 물병으로 만든 먹이통
옆에 앉았다. 목에 난 밝은 빨간 깃털을 보니 수컷이다. 캐머런은 학교
에서 벌새에 대해 배웠다. 칼리오페 벌새는 북미에서 가장 작은 새로 콜
로라도에서는 드물게 발견된다. 벌새는 나쁜 일은 없었다는 듯이 가볍
고 빠르게 날갯짓을 했다. 캐머런은 주석을 읽었다. '벌새는 마음을 여

는 생물이다.'

캐머런은 그날 밤에 보았던 창문 위의 그림을 기억한다. 그가 휴식을 취할 수 있는 평온한 노란 집의 그림과 정원의 나뭇가지에서 찰랑거리는 설탕물을 핥던 그 작은 새를 기억한다. 캐머런은 가스레인지 위에 팔꿈치를 올려놓고 구부정하게 서서 울지 않으려 애쓰던 엄마를 기억한다. 그리고 생각한다. 그는 이 고요한 장소로, 사랑하는 사람을 이곳으로 데려올 것이다.

나는 이곳을 '험'이라고 부르겠다.

———

비난과 재판 이후 무죄 선고가 내려진 뒤 정말로 아빠가 떠나자 벽도 숨 쉬기 시작했다.

그것은 부엌에서 시작되었다. 캐머런이 스토브를 점검해 보니 꺼져 있었고 찻주전자가 한가하게 인조 대리석 조리대 위에 놓여 있었다. 캐머런은 싱크대 위 형광등을 껐다 켰다를 반복하며 확인했다. 아무것도 없었다. 그는 냉장고 전원을 뽑았다. 냉장고 소리가 멈췄지만 여전히 소리가 들렸다. 간신히 들려오는 숨소리였다.

아빠는 잘 때 코를 심하게 골았다. 산과 바다에 놀러 갔을 때도, 결혼식에서도, 할머니의 장례식 전날에도 산소가 힘겹게 아빠의 코털을 통과하는 소기를 드으며 끼친한 시트른 덮고 밤에 깨여 있었던 저드 있었디.

우유가 상하면 엄마가 화를 낼 것이다. 캐머런은 냉장고에 전원을 다시 연결하고, 갈색으로 변한 양말을 신고 부엌 한가운데에 서 있었다.

처음에는 뒤에서 들려오다가 복도에서, 다시 거실 쪽에서 들려왔다. 캐머런은 도망치는 것을 잡으려고 애쓰며 한 바퀴를 돌고 있는 자신이 바보처럼 느껴졌다.

오후 4시에 아빠의 담배 태우는 소리에 일어나는 엄마를 그려 보았다. 수면제와 단단한 그릇이 스탠드에 올려져 있겠지. 아빠의 크고 건장한 팔이 안아 주는 상상을 했을 것이다. 엄마는 아빠를 그리워할 것이다. 캐머런은 엄마가 아빠를 그리워한다는 사실을 견딜 수 없었다.

"그만."

캐머런은 어린아이가 낼 수 있는 가장 권위적인 목소리로 말했다.

하지만 벽은 듣지 않았다. 그들은 어린 소년의 요구를 무시하고 그곳에 우뚝 서 있다.

아빠의 망치는 그 자리에 그대로 있었다. 캐머런의 오래된 세발자전거와 엄마의 먼지투성이 스키 사이에 박혀 있는 못에 걸려 있었다. 캐머런은 벽에서 망치를 꺼내어 부엌으로 성큼성큼 돌아갔다.

집은 아빠의 물건들로 가득했다. 빨래 더미 속의 구겨진 양말들과 냉장고 문 칸에 꽂혀 있는 맥주병 그리고 아빠의 숨결까지도. 캐머런은 이곳이 아빠의 몸 안쪽이라고 확신했다. 벽은 아빠의 더러운 갈비뼈이고, 산소는 호흡기관을 통해 올라가서 코를 통해 집의 공기로, 가족의 공기로, 그리고 아빠가 가질 자격이 없는 생활 속으로 들어왔다.

언젠가 캐머런의 호흡기와 폐는 아빠만큼 커질 것이고 같은 모양을 하게 될 것이다.

"나는 아빠가 멀리 갔으면 좋겠어. 시간을 좀 가져야지."

법원 심리 당일 아침에 엄마가 떨리는 목소리로 말했다.

"아빠는 그럴 자격이 있어. 캐머런, 언제가 너도 이해하게 될 거야."

캐머런은 어느 벽에서 소리가 나는지 알지 못했지만 그건 중요하지 않았다. 그는 망치를 휘두르기 시작했다.

캐머런에게는 아무것도 들리지 않았다. 그저 건조한 벽이 무너질 때까지 망치를 휘둘렀다. 엄마의 공포에 찬 목소리가 들렸다.

"망치 내려놔. 착하지. 잠옷으로 갈아입으렴. 우리 애기 피곤한가 보구나. 내일 아침에 얘기하자. 괜찮아, 괜찮아."

그날 그는 벽에 무관심의 구멍을 만들어 냈다.

———

캐머런이 상처를 준 첫 번째 친구는 6학년 때 반에서 기르던 애완동물이었다. 파울리라는 참새였다. 처음에는 폴리라고 불렸는데 매킨토시 선생님이 운동장 밖 주차장에서 구하고 난 이 주 후에 수의사 선생님이 수컷이라고 해서 파울리가 되었다. 파울리의 깃털은 숱이 많고 복슬복슬한 갈색이었다. 날개가 꺾여 있어 교실 문이 닫혀 있으면 그를 새장에서 꺼내 놓곤 했다.

파울리는 캐머런의 뻗은 팔 위에 앉았다. 파울리는 애완용품 가게에서 매긴도시 신쌤니이 이 으 프리스티 너무이 캐머런이 피부이 키이른 모르는 것 같았다. 이때가 아빠가 떠난 지 삼 년이 지났을 때였다. 매킨토시 선생님은 엄마에게 파울리가 캐머런에게 좋은 감정의 배출구가 될 수 있고 애완동물을 집에서 키우는 것은 캐머런의 불안감 해소에 도움이 될 것이라고 했다. 하지만 캐머런은 그러고 싶지 않았다.

매킨토시 선생님이 파울리를 데리고 산으로 캠핑을 갔던 6학년 봄에 그 일이 터졌다.

2박 3일 동안 학생들은 로키산맥에서 가장 인기 많은 캠핑지에 텐트를 치고 지냈다. 매킨토시 선생님은 야생동물의 배설물을 보고 생활 습관을 알 수 있는 방법을 알려 주었다.

"똥의 과학적 관점이라고 할 수 있지."

로니가 말했다. 아이들은 말을 타고 쌍안경으로 새들을 관찰했다. 캐머런은 새를 관찰하는 것이 가장 좋았다. 그는 콜로라도의 다양한 종의 토종 새와 그들의 서식지에 대해 배웠다. 캐머런은 파란 줄이 그어진 스프링노트에 해부학적 도표와 포플러나무에 있는 참새를 그렸다.

캠핑 마지막 날 밤에 선생님들은 오전에 세 시간 동안 타고 갈 버스를 위해 짐을 싸고, 학부모 인솔자들도 잠자리에 들었다. 당직이었던 하워드 선생님도 캠프파이어 앞에서 잠들었다.

"내가 신호를 보내면 나와. 톰이 위스키 한 병을 가져왔대."

로니가 좀 전에 말했다.

로니가 신호를 보내자 캐머런은 텐트를 열고 빠져나왔다. 캐머런은 다른 아이들이 어떻게 규칙을 어기는지, 그것이 캐머런의 밤의 반항과 어떻게 다른지 궁금했다.

로니는 숲 가장자리에서 기다리고 있었다. 숨죽인 웃음소리가 울창

한 나무숲에서 들려왔다. 로니는 캐머런을 보고 손을 흔든 뒤 숲으로 사라졌다.

"조용히 해."

숲속에서 톰이 말했다. 캐머런은 아빠의 금속 손전등을 비추며 톰의 목소리를 따라갔다.

"너 들키고 싶어 환장했냐?"

6학년 아이들이 동그랗게 앉아 있었다. 한쪽에 여학생들이, 반대쪽에 남학생들이 앉아 있었다. 캐머런은 남자아이 쪽으로 가 로니와 브래디 캘러핸 사이에 앉았다. 캐머런은 자신이 쉽게 무리와 섞일 수 있다는 사실이 놀라웠다. 숲속에 앉아 있는 그는 다른 아이들처럼 평범해 보였다.

톰이 원 중앙에 있는 오래된 그루터기 위에 위스키 병을 놓았다. 늦은 밤 아빠가 거실 안락의자에 앉아 빛나는 눈으로 텔레비전 채널을 바꿔가며 두터운 시가를 입에 물고 마시던 그 위스키 상표였다.

톰은 병째 들고 위스키를 한 모금 들이켠 뒤 브래디에게 건넸다. 브래디는 술을 들이켜고 기침을 했고, 병을 베스에게 주었다. 곧 로니는 땀이 찬 손으로 병을 쥐게 될 것이다. 어두운 달빛 아래 캐머런은 로니가 갈라진 입술로 술을 마시기 전에 신중히 술병 가장자리 쪽에 코를 대고 킁킁거리는 것을 보았다. 로니는 술을 삼키고 씩씩거리며 캐머런에게 건넸다.

술이 캐머런의 혀에 닿는 순간 캐머런은 자신이 토할 거라는 걸 알았다. 너무나 익숙한 냄새다. 캐머런이 학교에 갈 채비를 하던 아침의 공기 중에 떠다니던 그 냄새. 싱크대에 있던 마르고 끈적이는 아빠의 유리

잔 가장자리에서 나던 그 냄새였다.

일어설 시간도, 몸을 돌릴 시간도, 몸을 피할 시간도 없이 청바지 무릎에 토했다. 한 손으로 자신의 토사물을 받아내고 다른 한 손으로는 여전히 위스키 병을 들고 있었다.

여학생들이 꺄악 소리를 질러댔고, 모두가 웃기 시작했다. 심지어 로니도 웃고 있었다. 캐머런은 그 대열에 낄 수 있었다. 그는 선생님들이 깨지 않도록 속삭였다. 하지만 그렇게 웃지는 못했다.

캐머런은 일어나 병을 떨어뜨리고 비틀거리며 사라졌다.

"어디 가는 거냐, 호모?"

먼발치에서 톰이 투덜거렸다.

"나는 네가 삼키는 건 잘할 줄 알았지."

캐머런은 숲으로 들어갔다. 아빠의 손전등을 주머니에 넣고 돌처럼 깊숙이 나무 사이의 어둠 속으로 녹아 들어갈 수 있겠다고 상상했다. 어둠에 둘러싸인 그곳에서라면 그는 위산과 위스키로 뒤덮인 청바지를 입은 아이가 되지 않아도 된다. 숲은 칠흑 같이 어두워서 손전등을 켜야 했지만 캐머런은 아무것도 보고 싶지 않았다. 뿌연 숲속을 방황하며 때로는 죽은 자의 팔과 다리가 땅에서 튀어나온 것 같은 나무뿌리에 걸려 넘어지기도 했다.

혼자였다. 그는 너무 외로웠다. 캐머런은 숲속 어딘가에 멈춰 섰다. 그곳에서 몸을 웅크리고 아빠에 대해서, 땀에 젖은 손으로 그 소녀를 때리고 또 때리던 아빠의 손은 얼마나 컸을지 생각하지 않으려고 애를 썼다. 그 후 캐머런은 모두 잠들어 있는 야영지로 돌아왔다. 지금이 몇 시인지, 몇 시간이 지났는지도 알 수 없었다. 캐머런은 달빛에 비친 작은 마을 같은 텐트를 보았다. 매킨토시 선생님의 텐트 옆에 파울리의 새장이 있었다.

한동안 캐머런은 파울리의 새장 옆에 서 있었다. 파울리는 둥지에 목을 파묻고 잠들어 있었다. 평소에 파울리는 평화로움을 주는 존재였지만, 오늘은 평화를 느낄 수 없었다.

엄마는 항상 남자는 온화한 성격을 가져야 한다고 말했다. 분노는 그에게 낯선 감정이었다. 피가 거꾸로 솟았다. 캐머런은 신발 옆 땅에서 돌을 집어 들었다. 날카로운 가장자리가 뼈에 느껴질 정도로 돌을 세게 쥐었다. 하지만 기분은 나아지지 않았다.

캐머런은 조용히 새장의 빗장을 열었다. 파울리가 눈을 떴다. 캐머런은 전에 했던 것처럼 팔을 안에 넣고, 최대한 손가락을 움직이지 않고 대리석 동상의 손가락처럼 가만히 있었다. 그는 기다렸다. 매미가 울어 댔다.

파울리가 체중을 옮겨 캐머런의 뻗은 팔 위로 뛰어올랐다.

파울리의 몸이 세상의 다른 모든 것과 똑같다는 생각이 들었다. 그를 살아가게 하는 어리석은 것들과 똑같았다. 연결된 뼈와 근육, 조직, 그곳을 돌아다니는 피. 이 모든 것들이 하찮고, 덧없게 생각되었다.

캐머런 안에서 무엇인가가 무너졌다. 그는 파울리의 떨리는 등을 오른손으로 쥐고 이 세상이 얼마나 역겨운지 생각했다. 파울리의 날개가 ㅁㄷㄱ거리고 꺼끌긴ㅇ 믿기 같못디었ㅇㅇ 지각했기만 ㅅㅇ 연약한 뼈를 꼭 쥐고 있었다. 아주 오래된 느낌이 몸 안에 가득했다. 감정은 계속

해서 생겨났다. 슬픔이나 분노보다 더 깊었다. 그것은 굶주림이었고 그 방울을 터뜨려 없앨 수가 없었다. 한 번의 가벼운 동작 속에서 캐머런은 왼손으로 뻐끔거리는 새의 부리를 감싸고 오른손으로 목을 감쌌다. 그리고 한 번 비틀었다.

나중에 캐머런은 교외의 고양이들이 일 년에 삼십칠억 마리의 새를 죽인다는 통계 자료를 읽고 기분이 조금 나아졌다. 캐머런은 연작류에 속하는 참새에 대해 읽었다. 참새들은 사는 데 많은 음식을 필요로 하지 않는다. 그러고는 세상에 참새가 몇 마리 있는지를 검색해 봤지만 답을 얻지는 못했다. 셀 수 없이 많다는 말뿐이었다. 캐머런은 이와 관련한 성경 구절을 발견했다. 마태복음 10장 31절이었다.

"너의 머리털까지도 다 세어지니, 두려워하지 마라. 너희는 많은 참새보다 귀하니라."

캐머런은 아빠의 《인간 해부학 지도》를 뒤졌고, 매일 밤 다양한 인간의 몸에 대해 읽었다.

다음 날 매킨토시 선생님은 학생들이 텐트를 분리하고 있을 때 소식을 알렸다.

"간밤에 파울리가 도망쳤단다. 지금은 원래의 서식지로 갔을 거야."

캐머런은 그날 밤을 단편적으로만 기억했다. 태양이 산 끝에 소심하게 얼굴을 내밀었다가 계란처럼 땅 위로 솟아올라 이슬 맺힌 아침을 환하게 비췄다. 캐머런은 다른 학생들이 침낭에서 꿈틀거리는 동안 야영지에서 보이지 않는 숲속 끝에 얕은 무덤을 파던 것을 기억한다. 캐머런은 자신의 손가락 사이에서 두둑거리며 부서지던 이쑤시개 같던 파울리의 척추뼈와 손에 느껴지던 기름진 깃털의 온기를 기억한다. 그리고 숲을 더럽힌 자신과, 파울리의 병을 없앤 것처럼 몸이 가벼워졌던 그 확연한 느낌도 기억한다.

———

아빠의 옷장 뒤에 있던 그림 속에서 루신다는 눈을 동그랗게 뜨고 있다. 천장을 응시하는 그 눈은 버려진 집처럼 공허했다. 그녀의 뺨 위로 분노의 검은 선이 그어졌다. 머리는 엉겨 붙어 있다. 목탄을 종이에 거칠게 문질러 나타낸 효과다. 평소에 루신다의 머리에는 윤기가 흘렀다. 그녀는 웃고 있지 않다. 목이 공포영화에서처럼 튀어나와 있었다. 배경은 검은색으로, 천사처럼 뭉개진 머리 주변으로 목탄 가루가 덩어리져 있다. 오른쪽 위 구석에서 캐머런은 작은 요철을 발견했다. 회전목마 발판이다.

두 개의 얼룩진 날개가 그녀의 속눈썹 바깥쪽에서 삐져나왔다. 웃고 있는 눈들은 캐머런의 지문이었다. 캐머런의 사인이었다.

삼 년 반 만에 처음으로 캐머런은 울음을 터뜨렸다. 뺨 위로 뜨거운 눈물이 흘렀다. 초상화 위로 눈물이 떨어져 얼룩이 생겼다. 캐머런은 자신이 본 것을 담은 현실적인 초상화만을 그릴 수 있기 때문이었다. 그리고 회전목마 위의 루신다의 시체도 그중의 하나였다.

러
스

로니 와인버그가 경찰에게 루신다의 일기장을 넘겼다.

"미술 선생님이 가지고 있는 걸 봤어요."

로니가 말했다.

"너희 미술 선생님?"

"제퍼슨 고등학교의 오 선생님이요."

"정확히 네가 본 것을 말해 주겠니?"

"오 선생님이 스웨트셔츠로 일기장을 싸서 주차장으로 가셨어요. 그러고는 그걸 장갑 넣는 함에 넣으셨어요."

"확실해?"

러스는 이미 한 손으로 서장에게 전화를 돌리며 물었다.

미술 교사는 혼다 시빅을 몬다. 메이플우드 장례식장 주차장에서 윌리엄스 형사는 차 문을 열어젖혔다. 그는 나중에 장갑 보관함이 이미 열려 있었다고 주장할 것이다. 그 안에서 그들은 각종 매뉴얼과 남은 잔돈들 사이에 있던 보라색 스웨이드로 싸인 책을 찾았다.

그들은 비닐 봉투에 증거물을 넣고 단단히 밀봉했다. 그러고는 라텍스 장갑을 벗고 손에 붙은 가루를 털어 냈다.

나중에 조사해 보니 일기장은 반만 사용되었다. 어린 소녀는 쓸데없이 매 페이지 중간에 시를 적었다. 아무 의미도 없었다. 하지만 끝에 한 페이지가 찢겨 있었다. 차 안을 샅샅이 뒤졌지만 아무것도 찾을 수 없었다.

어쨌든 경찰은 미술 교사를 소식에 굶주린 보도 차량이 기다리고 있는 경찰서로 데려갔다. 러스는 플래시를 막으며 생각했다. 그는 두 가지 약속을 했다. 하나는 아내에게 또 하나는 유령에게. 둘 모두 사랑하는 사람을 보호해 주겠다는 약속이었다. 러스는 캐머런을 생각했다. 루신다가 발견된 운동장에서 러스가 그녀를 밀어 주었던 그 소년은 놀랄 만큼 자랐다. 러스는 어떤 용의자를 경찰의 탐욕스러운 손길에서 보호해야 하는지 잘 알고 있었다. 이반이었다. 그 이유를 깊이 생각하고 싶지는 않았다.

———

이제 그들은 이반이 어제 앉았던 그 자리에 미술 교사를 앉혔다. 접견실은 휑뎅그렁했다. 루신다를 아는 여러 사람들이 경찰서를 드나들었다. 모두가 별 쓸데없는 정보를 말했다. 밖에서는 보도 차량이 기다리고 있었다.

"당신 차에서 발견된 공책에 대해서 설명해 주시겠습니까?"

윌리엄스 형사가 물었다.

"제가 가르치는 여학생들이 쓰던 것입니다. 저에 대한 이야기를 적은 노트를 돌리는 걸 재미있어 하는 것 같았습니다. 저는 부적절하다 생각해 압수했습니다."

"한 구절을 읽어 보겠습니다. '그가 나를 자기 프랑스 여자 친구 중의 한 명처럼 그렸다고 생각해?' 이 구절을 설명해 주시겠습니까?"

"말씀드렸을 텐데요. 여학생들 짓이라고요. 베스 드카시오와 그 친구들이요. 카일리와 애나 말입니다. 그 애들은 이게 재미있다고 생각하지만 저는 아닙니다."

"좋습니다. 그러면 루신다 헤이스가 이들과 친구였습니까?"

"그렇습니다."

"루신다가 이 게임에 참여했을 가능성이 있습니까?"

"네, 그렇다고 생각합니다."

"루신다가 당신과의 부적절한 관계에 대해 암시를 한 적이 있습니까?"

"없습니다."

"확실한가요?"

"그 아이들 중 누구든 그런 말을 쓸 수 있었다는 겁니다. 하지만 저는 모릅니다."

"그럼 루신다가 이런 글을 썼을 수도 있다고 말씀하시는 거군요. 당신은 차 안에 이 공책을 숨겨 놓고 있었습니다. 찢겨진 페이지는 어떻게 된 겁니까?"

"그 일기의 한 페이지가 없어졌다는 것도 몰랐습니다. 그저 가지고만 있었습니다. 그리고 그 내용도 몰라요. 모른다고요."

"그 말을 우리보고 믿으라는 말입니까?"

"나는 아무것도 모릅니다."

리의 재판이 구체화될 즈음 러스는 리와 대면했다. 그것은 치열한 공방전이 진행되는 가운데 힐러리가 진술을 거절했다는 것을 알기 전이었고, 러스가 그의 파트너가 짐을 꾸려서 떠날 것을 알기 전이었다.

그들은 집에서 이야기를 나눴다. 리는 보석으로 풀려났다. 하지만 거의 감금 상태나 다름없었다. 리는 커튼을 굳게 닫고 실내에서만 지냈다. 집 밖에서 리는 추방자나 다름없었다. 리는 범죄자이자 위험한 인물로 여겨졌다. 이는 집 안에서도 마찬가지였다. 하지만 신시아의 잔인함의 형태는 브룸스빌의 사람들이 그에게 퍼부었던 손가락질과 혹시라도 그가 보이면 아이들을 데리고 집으로 들어가는 그런 시선과는 다른 것이었다. 신시아의 잔인함은 그를 무시하는 것으로 나타났다.

재판의 혼란 속에서도 신시아는 시내 공예품 가게에서 시간제 근무를 시작했다. 건너편 카페에서 유리창을 통해 그녀를 볼 수 있었다. 신시아는 매끈한 표면에 혹이 튀어나왔거나 완벽한 금빛 구체에 공기구멍이 생긴 것처럼 흠이 있는 구슬들을 찾아내는 일을 하고 있었다. 신시아는 오후에 캐머런이 탄 그네를 밀어 주며 몇 시간이고 공원에 있었다. 캐머런의 작은 손이 빨갛게 얼고 콧물이 흘러 따뜻한 목욕을 해야 했음에도 불구하고 신시아는 집으로 돌아가지 않았다. 신시아는 할머니가 손수 짠 퀼트(그 문양은 러스의 기억 속에도 남아 있었다)를 깐 침대를 차지한 괴물이 있는 집이 아닌 곳이라면 어디든 갔다. 서에서는 리를 만나는 것을 엄격하게 금지하고 있었다.

러스는 여느 손님처럼 초인종을 울렸다. 러스는 두 손을 무릎 위에 두고 기억해 내려 애쓰며 자동차 안에 이십오 분 동안 앉아 있었다. 절벽에서 보냈던 느긋한 오후, 체크무늬 테이블보가 깔린 식탁에서의 식사, 끝나지 않는 진 러미 게임. 범죄의 증거가 면전에 있다고 해도 어떻게 이 모든 것들을 잊을 수 있겠는가? 그럴 수 없다. 할 수 없다.

리가 문을 활짝 열었다. 그는 러스를 보고도 놀라지 않고 현관에서 멋쩍어했다. 러스는 그를 따라 안으로 들어가 어수선한 거실에 앉았다. 러스는 여자처럼 가죽의자의 팔걸이에 걸터앉았다.

러스의 심장은 콩닥거리고, 빠르게 뛰고, 울부짖고 있었다.

"제발. 내 가장 좋은 친구잖아, 러스. 나를 좀 도와 줘. 증거를 없애야 해. 내 유죄를 입증하기 위해서 여자 신발에 묻은 흙을 이용하려고 하고 있어. 제발. 신시아를 위해서. 캐머런을 위해서. 나를 좀 도와 줘."

리가 러스에게 곧장 걸어왔다. 점점 더 가까이 다가온다. 미친 듯이 뛰고, 포효한다. 그는 이 남자를 죽일 수도 있을 것 같았다. 그의 가장 오래된 좋은 친구. 하지만 리가 러스의 까칠한 뺨에 손을 가져다 대자 움직이지 않고 가만히 있었다. 뺨을 감싸 쥔다.

보호한다. 언제나 보호한다.

———

러스는 몇 시간 뒤에 들어갔다. 늦은 저녁이었다. 증거 보관실에 들어가는 것은 어렵지 않았다. 브룸스빌 경찰서의 많은 맹점 중 하나였다. 러스는 안내원이 입력한 비밀번호를 기억했고, 책상 밑 금고에 전자키를 넣어 두었다는 것도 확인했다.

러스가 상자를 찾는 데는 오랜 시간이 걸리지 않았다. 그는 결정적 단서들만 빼냈다. 피 묻은 블라우스(단색, 은색 단추), 싸구려 면 팬티(깨끗하지만 어쨌든 목록에 있다), 굽이 높은 부츠 두 짝(문제의 그날 밤 리가 홀로 순찰했던 고속도로 주변 초원의 뭉개진 흙이 묻어 있다).

러스는 힐러리 제임슨 폭행 증거를 경찰차 트렁크에 시체처럼 싣고서 정처 없이 운전하며 돌아다녔다. 그날 밤은 브룸스빌이 너무 작게 느껴져 러스는 교외의 구불거리는 거리를 통과해 갔다. 모든 집이 다 똑같이 생겼다. 매년 똑같은 시공업자가 신개발로 지은 집들이었다. 해 질 무렵에 보이는 집들의 꼭대기가 꼭 산을 축소해 놓은 것 같았다. 러스는 몇 시간째 그곳을 돌다가 마침내 공립 도서관 뒤에서 멈췄다.

러스는 시동을 켜두고 증거를 가방에서 오일 꺼내 니빙이 날아다니는 가로등 옆 더러운 쓰레기통 바닥에 쑤셔 넣었다. 쓰레기통 바닥에 증거물을 버리면서 오직 신시아와 캐머런만 생각했다. 누군가를 사랑하면 그 사람의 소중한 것이 자신에게도 소중한 것이 되는 것은 공평하지 않았다.

집으로 돌아오는 길에 러스는 잠시 길에서 잠을 잤다. 그는 경찰서의 감시 카메라가 생각났다. 이 주 후 증거물이 사라진 것이 밝혀졌을 때, 러스는 병가를 냈다. 러스는 거실 소파 위에서 담요를 덮고 웅크리고 있었다. 분명 경찰들이 리에게 했듯이 러스를 찾아올 것이다. 수갑을 덜거덕거리면서. 하지만 그런 일은 없었다. 곤잘레스 서장은 감시 카메라의 테이프를 봤는지 말하지 않았다.

———

이제 러스는 커피 자판기 옆에 서 있다. 접견실에서 미술 교사는 머리를 쥐어 싸고 있다.

"심문을 하기 전에 겁을 줘야 해."

윌리엄스 형사가 러스에게 말했다. 하지만 러스는 미술 선생의 유죄에 아무런 증거가 없다는 것을 알 수 있었다. 그는 협조적이었고, 알리바이도 있었다. 그는 매주 저녁에 회화 수업이 있었다. 브룸스빌 지역 대학에서 루신다가 살해된 그날 저녁에 11시까지 수업을 했다.

"교실에서 그 일기장을 발견했습니다."

미술 교사는 이렇게 말했고, 거짓말을 하는 것 같지 않았다.

"루신다가 놓고 간 게 분명합니다. 제가 그걸 장례식이 끝나면 경찰서로 가져오려고 차에 놓은 겁니다."

윌리엄스 형사는 탁자를 두드리며 질문을 했다. 겁을 주려는 의도였다. 러스는 추운 날씨에 익숙했다. 지금까지 서른여섯 번의 겨울을 콜로라도에서 보냈다. 하지만 거울 유리 반대편에 있는 선생을 보고 있노라니 뼛속까지 시렸다.

"플레처! 괜찮나?"

누군가가 물었다.

러스가 비틀거리며 뒤로 물러섰다.

"플레처? 자네 어디 가는 건가?"

―――

힐러리 제임슨이 폭행당하기 전날 밤 모든 것이 끝났다. 러스는 남은 평생 그날 밤을 생각할 것이고, 그럴 때마다 후회와 동경이 섞인 복합적인 느낌을 받게 될 것이다.

천천히 순찰을 돌았다. 러스와 리는 블랙커피를 마셨다. 최근에 그들은 자원해서 야간 근무를 신청한 탓에 극도의 수면 부족 상태였다. 그날 밤 그들은 절벽 밑 도로에서 차를 타고 빈둥거리고 있었다. 장기간에 걸친 야간 근무에 피곤하고 멍해진 그들은 일출을 보러 산을 올랐다. 이것이 원래 계획이기도 했고, 러스가 리를 따라 야간 근무를 한 유일한 이유이기도 했다. 산 아래 집들은 평화로이 잠들어 있었다. 러스와 리는 '만약에 너라면' 게임을 하며 깨어 있었다

"만약에 평생 한 곡의 노래만 들어야 한다면 '아이 오브 더 타이거'를

들을래 아니면 '보헤미안 랩소디'를 들을래?"

"만약 너라면 사촌과 몰래 섹스할래? 아니면 사촌은 빼고 모든 사람이랑 할래?"

"만약 너라면 윌리엄스 형사와 잘래 아니면 서장과 잘래?"

"무슨 질문이 그래?"

러스가 물었다.

"삶과 죽음 중 한 가지만 선택해야 한다면?"

리가 물었다.

"죽음."

러스가 답했고 둘은 웃었다.

"멍청한 게임이야."

리가 말했다.

"그러게. 정말 한심한 게임이군."

그렇게 앉아 있었다. 아무도 라디오를 틀지 않았다. 7월의 나무들이 산들바람에 춤춘다. 러스는 제복이 땀으로 축축해져 보조석 창문을 내렸다. 밤이 담요처럼 세상을 덮고 있었다.

리는 운전석을 조정하고 담배와 콘돔, 스피아민트 껌을 보관하는 중앙 콘솔에 오른팔을 걸쳤다. 러스의 손 역시 콘솔 위에서 스티로폼 컵을 꼼지락거리다가 아무 생각 없이 손톱의 반월 부분을 파내고 있었다. 더러운 작업 부츠 옆 바닥으로 컵이 떨어졌지만 그것을 줍지 않았다.

러스와 리는 두 개의 나일론 의자에 앉아 거의 십 년 치에 해당하는 수많은 대화를 나눴다. 광분한 7월의 바람이 불어와 러스와 리의 입으로 똑같은 산의 공기가 들어갔고, 똑같은 숨을 내보냈다. 둘은 차 안에서 수많은 대화를 나눴지만 그들이 같은 숨을 쉰다는 사실만큼 중요하지는 않았다.

이른 아침 절벽 그 입구에서 모든 것이 변했다. 러스가 알고 있던 자신이 바뀌었고, 재구성된 자신이 그를 숨 막히게 했다. 그때 창문을 올려 닫을 수도, 라디오를 켤 수도, 시원한 커피를 마시기 위해 콘솔 위의 손을 움직일 수도 있었을 것이다. 하지만 그는 아무것도 하지 않았다.

러스는 손을 그대로 두었다. 중앙 콘솔 위 리의 손과 몇 인치 떨어져 있지 않은 그곳에. 둘이서 앞 유리를 통해 새벽이 밝아 오는 것을 보며 배신자의 심장 소리와 유다의 손가락을 의식하고 있었다.

누구의 잘못이었는지 모르겠다. 누가 그 몇 인치의 거리를 뛰어넘었는지.

나비의 피부 같았다. 리의 가느다란 새끼손가락이 러스의 새끼손가락을 감았다. 조금씩 천천히. 그 낯선 욕망은 맹렬하고 단호했다. 새끼손가락과 몸 전체를 안고 싶은 욕망. 다른 누군가를 완전히 집어삼키고 싶은 욕망. 냄새를 맡고, 맛을 보고, 삼키고, 채운다. 몸을 마비시키고, 독특함에 전율한다. 이 순간을 위해서, 이 감촉을 위해서 지금까지 살아왔다고 러스는 생각했다.

그들은 삐걱거리는 의자에 뻣뻣하게 앉아서 앞 유리에 낀 벌레 사체를 세는 척했지만 어린아이들이 약속을 하듯 손가락을 걸고 흘러가는 기간을 세고 있었다.

십이 분, 십삼 분. 내부의 모든 것이 흔들렸다.

그때 호출 신호가 들어왔다. 도요타 픽업트럭, I-25번 도로 과속 중. 속도 제한 20초 과. 리는 손을 풀었고 러스는 엔진 속도를 높여 그곳을 빠져나왔다. 근무가 끝날 즈음에 산 위로 해가 떠올랐고, 하늘이 주황빛으로 물들었다. 둘 다 서로를 쳐다보지 못했다.

그리고 다음 날 밤 힐러리 제임슨이 고속도로 옆 배수구에서 갈비뼈 네 개가 부러진 채 발견되었다.

러스는 사랑을 모른다. 그 치명적인 손의 맞잡음은 이루지 못한 결실이었다.

제
이
드

아르노 부부는 집을 새로 칠했는지 지금은 노란 파스텔색이다. 앞마당
도 새로 정비해서 현관까지 돌길이 이어져 있고 현관에는 팔걸이가 있
는 흔들의자 두 개가 통나무 탁자 옆에 놓여 있다. 분명 아르노 아주머
니는 볕이 잘 드는 부엌 조리대에서 인테리어 잡지를 몇 시간 동안 들여
다봤을 것이다.

"이 색깔 어때요?"

아주머니는 프랑스어로 남편에게 물었을 테고 아르노 아저씨는 평소
처럼 아내의 이마에 키스했을 것이다. 아르노 부부는 잠들기 전에 프랑
스어로 조용히 대화할 것이다. 깨끗한 실크 잠옷을 입은 아르노 아주머
니의 얼굴에는 머리카락이 자연스럽게 흘러내리겠지.

반쯤 녹은 눈 덩어리들이 사방에 흩어져 있다. 나는 새로 난 길로 문

까지 가긴 했지만 초인종을 누르기가 망설여졌다. 일종의 노스탤지어가 나를 멈춰 세웠다.

노스탤지어는 내가 가장 좋아하는 감정이다. 우리는 시간의 흐름을 견뎌 낼 수 있다고 생각하지만 그건 틀렸다고 노스탤지어가 말해 주는 것 같다. 우리는 낡은 스웨트셔츠에 얼굴을 묻거나 현관문의 익숙한 페인트칠을 보며, 지나간 시간을 떠올리게 될 것이다. 그래서 다시 처음부터 인생을 시작할 수 있다면, 충분히 시간을 들여 주변을 돌아보고 사소한 것들을 관찰할 것이다. 노스탤지어는 다시는 가질 수 없는 위험한 재창조의 세계로 우리를 이끈다. 그것은 무자비하며 부정확하다.

흰색 원피스와 군용 코트를 입고 잽의 현관에 서 있는 내가 작게 느껴졌다. 하지만 이 느낌이 그렇게 나쁘지는 않다.

벨을 누르자 아르노 아주머니가 바로 대답했다. 여전히 검은색 정장을 입고 있었다.

"어서 들어와."

말하고 싶지만 바보가 아니면 말할 수 없는 것

제이드 딕슨 번스 대본

실내 : 침실 — (늦은)낮

셀리는 문가에서 소년이 침대 가장자리에 앉아서 관자놀이를 엄지손가락으로 누르는 모습을 지켜본다. 소년이 올려다본다.

셀리 : 안녕

소년 : 여기서 뭐 하는 거야?

셀리 : 네가 괜찮은지 확인차 왔어.

소년 : 고마워. 정말 고마워.

두 시선이 침묵 속에서 얽힌다.

셀리 : (침대를 가리키며) 앉아도 돼?

소년은 어깨를 으쓱한다. 셀리는 상처를 가리며 웃는다.

셀리 : 너도 어릴 적으로 돌아갔으면 하고 약간은 바란다는 거 알아. 그때는 길을 잃거나 이렇게 방황하지 않았으니까.

소년은 손금을 본다. 손금을 만지며 회피한다.

셀리 : 우리가 어떻게 여기까지 왔는지 생각해 봐. 사랑이 우리를 이렇게 만든 거야. 그게 중요한 거지. (잠시 멈춤) 그렇지 않니?

소년은 마침내 고개를 든다. 이제는 솔직한 눈으로 셸리를 본다.

소년 : 그게 제일 중요한 거지.

———

잽은 전혀 정리를 하지 않았다. 어렸을 때는 책상 위에 학급 신문을 쌓아 두었다. 축구화의 스파이크에 묻은 진흙이 옷장에 떨어져 있고, 청바지는 벗은 모습 그대로 바닥에 널브러져 있었다.

나는 '탁탁, 타닥타닥'하고 두드리는 우리만의 비밀 노크를 할까 고민했지만 이제는 어린애가 아니다. 그래서 두 번 세게 노크했다.

"들어오세요."

잽이 침대 끝에 앉아 있었다. 팔짱을 끼고 팔꿈치를 무릎 위에 올려놓으니 완벽한 상자 모양이다. 그의 어깨는 각진 T자 모양이고, 머리는 숙이고, 양쪽 엄지손가락은 얼굴을 향하고 있었다.

"안녕. 나야."

나는 목소리 톤을 한층 높여 말했다.

잽의 방은 깨끗했다. 벽은 한쪽이 빨강, 나머지 세 면이 흰색으로 칠해져 있다. 빨간 벽에는 친구들과 자신의 사진으로 장식된 메모판이 걸려 있었다. 모닥불 주변에 몰려 있는 잽과 축구부원들 사진. 지프차에 기대어 있는 사진. 여름 부둣가에서 한가로이 마시고, 비포장도로용 오토바이를 타고 운전하며 한껏 그을린 얼굴들이다.

새로운 침대보도 깔았다. 검정색의 까슬까슬해 보이는 천이다. 시트
와 이불이 구석에 말려 있다.

"우리 부모님이 전화했지?"

그는 쳐다보지도 않고 말했다.

"걱정하고 계셔."

나는 여전히 문 입구에 서 있다. 안으로 들어오라는 잽의 말을 기다리
며 머뭇거리다가 한 걸음 내딛었지만 그는 그 말을 하지 않는다. 꿀이 항
아리 바닥으로 흘러내리는 것처럼 몇 초가 무척이나 느리게 흘러갔다.

"나보고 뭘 어쩌라는 건지 모르겠어."

잽은 자신의 손을 응시하며 말했다.

"나도 몰라."

내가 말했다.

거의 이 년 동안 잽과 한 방에 있었던 적이 없었다는 생각이 문득 들었
다. 이 년은 누군가를 피하기에는 참으로 긴 시간이다. 그동안 새로운 대
화법이 만들어지고, 배가 납작한 소녀들과 키스도 하고, 방도 청소한다.

잽이 고개를 들었다. 눈은 부었고 다크서클이 내려왔다. 그의 시선이
부담스럽다. 내 옷이 잘못된 것 같은 느낌이 들어 그런 생각을 감추려
팔짱을 낀다.

"미안, 너에게 무슨 말을 해야 할지 모르겠어."

잽이 말한다.

"괜찮아."

"너에게 무례하게 굴 생각은 없어. 하지만 정말 나 혼자 있고 싶어."

그때 그것을 발견했다. 구석에 있던 '용감한 형제들' 시리즈 대신에 이제는 비행기 모형이 그 자리에 놓여 있었다. 직접 색을 칠하고 붙여 투명 유리 케이스에 넣은 것이었다. 어렸을 때, 잽은 모형 비행기 같은 것에 전혀 관심이 없었다.

이 사실에 가슴이 아팠다. 누군가를 사랑하는 것, 정말로 사랑하는 것과 외따로 떨어져 사랑하는 것 사이의 차이가 이런 건가 보다. 나는 세세한 것을 모두 알고 있다. 그가 수업 시간에 어떻게 앉는지(다리를 대충 옆으로 뻗고 앉는다), 수학 시간에 뻗어 올라간 그의 손금이 몇 개인지 셀 수 있고, 손가락 마디도 기억할 수 있었다. 하지만 그는 그 손으로 섬세한 모형 비행기를 만들어 완벽하게 색칠해서 풀칠하고 붙인다. 신중함과 정확함, 그리고 부드러움을 요하는 일이었을 텐데. 나는 잽의 그런 모습을 본 적이 없었다.

일 년 반 전 7월 4일. 그때 모든 게 끝났다.

에이미는 친구들과 나갔고 엄마는 혼자 있는 나를 가엾게 생각했던 지 나를 불꽃놀이에 끌고 갔다. 하지만 그것이 그렇게 좋은 일은 아니었다. 엄마는 밤새 나 같은 체형에는 그렇게 짧은 반바지는 어울리지 않으니 입지 말라며, 꼬박꼬박 돈을 내고 있는 헬스장에는 도대체 언제 갈 것인지 잔소리를 늘어놓았다.

그날 밤은 모기가 득실거렸다. 아이들은 폭죽과 조명 로켓을 흔들며 윈드폴 호숫가를 폴짝거리며 뛰어다녔다. 마을의 공공장소인 이곳에 부잣집 사람들은 오지 않았다. 엄마는 샴페인 두 병을 오래된 아이스박스에 담아 가져왔다. 엄마가 이동식 화장실에 간 동안 나는 유리잔에 있던 소다를 쏟아 버리고 건강을 해치지 않을 만큼의 샴페인을 내 잔에 따라 접이식 의자 뒤에 숨겼다. 테리가 봤다고 해도 상관없었다.

"산책 좀 갔다 올게요."

돌아온 엄마에게 말했다. 엄마는 접이식 의자에 앉아 손톱을 들여다보고 있었다.

제나 린드하우저가 파티를 열었다. 나는 당연히 초대받지 못했지만 제나의 집이 어디에 있는지 알고 있었다. 제나의 집은 호수를 중심으로 3시 방향에 있었고, 엄마와 테리는 6시 방향에 있었다. 나는 나무가 줄지어 서 있는 곳을 통과해서 호숫가를 돌았다. 모기를 잡으려고 팔을 때리고 흔들기도 했다. 제나의 집에 도착할 무렵 불꽃놀이가 시작되어 호수 위로 불꽃이 튀어 올랐다. 제나의 집 옆문이 살짝 열려 있었고, 집 뒤쪽에서 시끄러운 음악과 웃음소리가 들려왔다. 바비큐 냄새가 났다. 초대받지 않았다는 사실은 중요하지 않았다. 어차피 아무도 나를 알아보지 못할 것이다. 알아본 적도 없었다. 그래서 파티에 갔을 것이다. 그 따뜻하고, 불안정한 기분 때문에. 아니면 한마디로 내 가학적 성향 때문이었을지도 모르겠다.

잽의 친구들이 피크닉 테이블 주변에 둘러앉아 있었다. 잽은 아마도 호숫가 옆에 무리들과 함께 있으리라. 불꽃이 호수에 기울어진 나무 위로 빨갛고 파랗고 노랗게 갈라지고, 이중으로 상이 맺혔다.

미지근한 샴페인 덕분에 내 안에 평온함이 찾아왔다. 한 잔 더 마셔야 했다. 불이 환하게 켜져 있고, 대리석으로 된 제나의 집에 들어가 나는 식당과 거실을 거쳐 부엌을 찾아갔다.

가는 길에 무엇인가가 나를 멈춰 세웠다. 작고 희미한 불이 켜진 식당 옆 복도 끝의 열린 문 뒤에서 동물적인 소리가 새어 나왔다.

나는 섹스할 때 어떤 소리가 나는지 안다. 인터넷에서 봤다. 그리고 나도 곧 하게 될 행위였다. 그로부터 두 달 후 나는 우리 호텔에 묵고 있던, 오하이오에서 가족여행을 온 열아홉 살 제이슨과 섹스를 했다. 아팠지만 피를 흘리지는 않았다. 그는 내 머리를 잡아당기고는 부모님이 카지노에서 돌아올 시간이라고 나가라고 했다. 그 후 그에게서 어떤 소식도 듣지 못했다.

나는 불 꺼진 이 복도 끝에서 무엇을 발견할지 몰랐지만, 그것이 아주 개인적이고 친밀한 것임은 분명했다. 그래서 보지 않으려고 했는데, 어찌 된 일인지 나는 소리를 따라가고 있었다. 내가 이렇다. 사람들을 화나게 하고, 아무도 원하지 않는 행동을 한다.

살짝 열린 문틈으로 안을 들여다보았다.

그들은 침대에 있었다.

발가락만 봐도 알 수 있었다. 두 번째 발가락이 엄지발가락보다 더 길게 뻗어 나온 발가락. 축구화 때문에 하얀 굳은살이 생긴 잽의 평평하고 하얀 발.

반바지만 입은 루신다가 그의 위에 있었다. 그녀의 등은 매끈했고, 견갑골은 단정했다. 뽀얀 살결로 싸인 두 개의 납작한 팬 같은 어깨가 보였다. 루신다의 허리는 나무랄 데 없는 곡선을 이루고 있었다. 잘록하게 들어간 허리는 옆에서 보면 몇 인치밖에 안 될 것 같았다. 루신다는 머리카락을 옆으로 빼서 등 쪽으로 늘어뜨렸다. 갈색 젖꼭지가 단단해졌고 컵케이크 모양의 가슴이 천장을 향했다.

루신다가 잽 위로 머리를 숙였다. 거친 숨소리와 신음이 들려왔다. 그녀가 몸을 일렁일 때면 머리카락이 금색 판처럼 보였다. 루신다의 입이 잽의 입술 위로 미끄러졌고 다리는 잽을 잡아먹을 것처럼 양쪽으로 벌어졌다. 보기만 해도 아름다웠다. 마치 범죄 현장의 부조리한 그림처럼 참혹하면서도 아름다워서 시선을 뗄 수가 없었다.

잽이 루신다 헤이스의 마법에 빠져 신음하는 동안, 나는 문 뒤에 서서 샴페인을 위장에 들이부으며 생각했다. 이런 기분이구나. 여기 이곳에서 루신다의 입술이 잽을 적신다. 얼음 같은 이와 따뜻한 혀로. 누군가를 잃는 게 이런 기분이구나.

———

루신다의 장례식이 끝난 지 사십오 분이 지난 지금 잽은 손바닥을 얼굴에 대고 있고, 나는 그의 침실 문에 기대어 있다. 하고 싶은 말은 많았지만 대부분 상관없는 내용들이다.

"루신다를 얼마나 잘 알았는데?"

내가 들었다.

"무슨 말이야?"

"무슨 말인지 알 텐데."

"알다니, 뭘?"

"루신다의 비밀 말이야."

"비밀?"

잽이 반문했다.

"루신다와 오 선생님의 관계."

"그러지 마."

"걔 미술 선생님이랑 잤어."

"그만해."

"내 방에서 루신다 방이 보여. 다 볼 수 있어."

"거짓말이야."

"아니야."

나는 곧 후회했다. 거짓말을 하기도 했지만 울분을 억누르며 일그러지는 잽의 얼굴에서 희열을 느꼈기 때문이다.

나 자신에 대한 실망감, 죄책감과 함께 만족감이 밀려왔다. 엄마는 항상 내게 심각한 가학적 성향이 있다고 한다. 처음으로 엄마의 말이 이해가 됐다. 사실 잽이 나를 불러 세울지 시험해 보고 싶기도 했다. 잽이 '거짓말이야. 제이드 딕슨 번스. 나는 너를 알아. 오랫동안 알고 지냈으니까. 네가 거짓말쟁이라는 것도 기억해'라고 말하는지. 하지만 우리는 너무 멀리 왔다. 처음으로 잽은 내 말을 그대로 받아들였다. 그는 나를 믿어 버린 것이다.

"아니야. 틀렸어."

잽이 힘없이 말한다.

"그 괴짜 자식이야. 그 괴짜 자식이 매일 루신다의 방 창문 밖에 서 있었잖아. 오늘 아침 너희 둘이 장례식장에 오는 거 봤어. 너는 그 변태 자식을 보호하려는 거잖아."

"제이드?"

뒤에서 조용한 목소리가 들렸다. 아르노 아주머니가 팔짱을 끼고 서 있었다.

"오늘 와 줘서 고맙구나."

평소의 허스키한 목소리가 아니다. 아주머니는 내 말을 들었던 것이다.

나는 잽과 나 사이의 거리를 계산한다. 이 미터도 안 되는 거리가 그렇게 멀게 느껴졌던 적은 없었다. 하늘에서 제일 가까운 별인 알파 센타우리에 대해 잽이 설명한 내용이 생각났다.

"아주 가까이 있는 것처럼 보여. 하지만 이 별이 실제로는 지구에서 4.37광년이나 떨어져 있다는 것 알고 있어?"

———

사실 우리는 7월 4일이 되기 한 달 전에 끝났어야 했다. 10학년 5월 하순, 우리가 요새를 쌓았던 그 학기였다.

자정도 지난 시간이었다. 잽과는 이미 멀어지고 있었고 나도 이런 시간에 그를 찾아간 적은 없었기만 내 빰에는 엄마의 손자국이 시퍼렇게 남아 있어서 어쩔 수 없었다. 이대로 홀로 밤을 지새우면 내 안의 무언가가 완전히 부서질 것 같았다. 엄마가 끼고 있던 두꺼운 반지에 맞아 눈 아래가 찢어졌다. 하지만 나는 울지 않았다. 짠 눈물은 도움이 되지 않으니까.

나는 망가진 샌들을 신고 비틀거리며 잽을 찾아갔다. 지독한 자기 연민과 보드카에 절어 나에게 '쓸모없는 년'이라고 소리치는 엄마의 목소리에 죽을 것 같았다. 나는 멍이 든 팔을 문질렀다. 예전에 아직 멍이 안 들었을 때, 그곳을 세게 누르면 멍이 생기지 않는다는 내용을 읽은 기억이 있다. 하지만 내게는 효과가 없었다. 내 피부는 너무 얇고 혈액 순환도 잘되지 않았다.

파란색 반바지에 검정 티셔츠를 입은 잽이 문을 열었다. 하얗고 앙상한 그의 다리가 아래로 튀어나왔다. 나는 잽의 무릎을 본 적이 거의 없다. 동그랗고 울퉁불퉁한 맨무릎이 바지 밖으로 나와 있다. 그는 나를 보고 놀란 것 같지 않았다. 그는 쉿 하는 동작을 하고 위층을 가리켰다. 그의 부모님은 이미 잠들었다.

우리는 발끝으로 삐거덕 소리가 나는 계단을 올라 손님용 화장실로 갔다. 거기에는 금색 비누대와 수놓인 수건들이 준비되어 있었다. 잽은 문을 닫고 불을 켰다. 전등이 너무 밝았다. 얼굴이 뜨거웠다.

"맙소사. 제이, 도대체 네 엄마가 무슨 짓을 한 거야?"

잽이 속삭였다.

"괜찮아. 이젠 아프지도 않아."

잽에게 그리 아프지 않다는 것을 보이려고 손가락으로 눈 밑 상처를 찔렀는데 손가락에 피가 묻어났다. 손톱을 빨자 쇠 맛이 났다.

"세상에."

잽은 선반에 있던 수놓인 수건 하나를 빼서 수도꼭지로 갔다.

"그러지 마. 너희 부모님이 알게 될 거야."

그가 흰 수건을 내 얼굴에 대려고 할 때 내가 말했다.

"자, 여기."

잽이 검은색 티셔츠를 머리 위로 벗었다. 정전기에 그의 머리카락이 섰다.

"나는 이런 옷이 백만 개쯤 있어. 그냥 버리면 돼. 알겠지?"

그는 소매를 적셔 상처 난 피부에 대고 눌렀다. 천이 시원했다.

"텔레비전 리모컨 때문이었어. 내가 배터리를 잘못 사왔거든."

"뭐라고?"

"엄마가 흥분했어. 제대로 알려줬다고 하더라. AA배터리가 없으면 아무것도 못하는데 어쩔거냐고 해서 그럼 엄마 자위기구에 넣는 AAA건전지를 넣으라고 했지."

잽은 격렬히 웃을 때처럼 입을 벌렸다. 하지만 웃지 않았다.

"동정 따위 필요 없어."

"동정이 아니야. 그냥 네가 걱정되어서 그래."

한밤중에 욕실 거울에 줄지어 있는 세면대 전등 불빛 아래, 잽이 천으로 내 얼굴을 누르고 있었다. 나는 여름에 수영장에서 상의를 벗은 잽의 모습을 여러 번 보았다. 하지만 여기서 보니 벗었다는 느낌이 더 실감났다. 나는 그의 피부 색이 목에서 가슴으로 가면서 어떻게 달라지는지 봤었다. 그 색은 마치 잘 익은 복숭아 같았다.

"이게 뭐야?"

그가 나에게 팔을 뻗었다.

내 팔뚝에는 거의 보라색이 다 되어 가는 빨간 줄이 있었다.

"이 층 난간 자국이야."

잽은 엄지로 내 부드러운 살을 어루만지며 고개를 저었다. 내 변명을 믿지 않는 것이다. 그도 이것이 엄마가 한 짓이라고 알고 있었다.

"아직도 여기를 떠나고 싶어?"

내가 물었다.

"무슨 소리야?"

"기억나? 네가 그랬잖아. 우리는 멀리 떠날 거라고. 뉴욕으로."

"기억해."

잽의 엄지가 닭살 돋은 내 팔을 열심히 매만졌다. 너무 부드러워서 꿈이 아닌가 싶어 내 팔을 내려다보았다. 상상이 아니었다. 단정하고 깨끗하게 다듬어진 손톱이 달린 잽의 엄지가 거기에 있었다. 손가락 마디에 주름이 잡혀 있다.

잽의 가슴에 털이 세 가닥 나 있었다. 전에는 알지 못했던 것이다. 잽의 배는 단단했고 상체는 삼각형이었다. 그의 사각팬티 솔기부터 보이는 곱슬곱슬한 털이 배꼽까지 이어졌다. 처음으로 나는 잽을 남자로 느꼈다.

우리 둘은 내 팔을 타고 오르는 잽의 손을 보았다. 열기. 그의 손가락은 내 어깨와 쇄골을 가로질러 내 목의 움푹한 곳 그리고 머리가 시작되는 곳까지 탐색했다. 부드럽게 내 턱을 받치고 있던 잽의 두 손은 다음에 어디로 갈지 고민하고 있는 것 같았다. 그의 손가락들이 작은 지진이 일어난 것처럼 떨렸다.

나는 그렇게 누군가를 만져 본 적이 없다. 나는 잽의 허리를 머뭇거리며 만졌다. 잽에게 있는, 내가 한 번도 신경 쓰지 않았던 신체의 그 부분이 내 배를 눌렀다. 우리는 어떻게 움직여야 하는지도 모르면서, 온몸으로 움직이며 가쁜 숨을 내쉬었다. 나는 티셔츠를 머리 위로 벗고 브래지어를 풀었다. 나는 청바지 차림에 샌들을 신고 나 자신도 거의 쳐다본 적 없는 내 몸을 잽에게 내보였다. 욕실 거울이 나를 비웃는 것 같았지만 나는 울어 버릴 것 같아서 거울을 보지 않았다. 그의 팬티에 손을 뻗어 그의 물건을 잡았다. 딱딱하고 묵직하지만 부드러운 것이 내 손바닥에 느껴졌다.

잽이 갑자기 멈췄다. 그는 바로 좀 전의 순간, 우리가 옷을 벗지 않고, 사각 팬티 안의 그의 물건이 딱딱해지기 전의 그 순간으로 돌아가려면 어떻게 해야 할지 모르겠다는 듯이 입을 벌리고 있었다. 잽은 이럴 의도가 아니었다는 말을 어떻게 꺼내야 할지 모르고 있었다.

나도 이러려고 한 것은 아니었다. 하지만 그는 그렇게 말할 기회도 주지 않았다.

"제이, 우리는 안 돼."

"왜?"

"나는 안 돼."

"때끼?"

"그러고 싶지 않아."

그것으로 충분했다.

오랜 시간 동안 나는 할 수 있는 모든 사람에게 이 말을 반복했다. 그렇게 하면 그 의미가 닳아 없어지는 것처럼.

'쓰레기 좀 내다 놔.' '그러고 싶지 않아요.' '딕슨 번스 양, 칠판에 답을 적어 보겠어요?' '그러고 싶지 않아요.' '에이미를 학교에 데려다 줘.' '그러고 싶지 않아요.' '제발 제이드, 말 좀 해 봐. 그냥 너를 이해하려 하는 거야.' '그러고 싶지 않아요.'

그리고 그날 밤 내가 브래지어도 잠그지 않고 현관을 뛰쳐나가기 전.

"제발 옷 입고 가."

"그러고 싶지 않아. 모르겠어? 나는 그러고 싶지 않아. 나는 그러고 싶지 않아."

캐머런

오후 3시 37분. 루신다의 집 밖에 서서 캐머런이 궁금해했던 것들.

1. 자신이 세상의 연민을 받을 자격이 있는지 어떻게 알까?

캐머런의 기억 속에서 루신다가 손턴 씨의 부엌 싱크대 앞에 서 있었다.

떡갈나무 뒤에 있는 캐머런의 비밀 장소에서 보면 루신다는 타원형 유리 액자 속에 들어가 있다. 그 속에서 설거지를 하며 반사된 자신의 모습을 바라보고 있다. 올리는 부엌 바닥을 기어 다니며 막 이가 나기 시작한 잇몸으로 플라스틱 블록을 씹어댔다. 루신다는 운동복을 입고 있었다. 흉부에서 뻗어 나온 갈비뼈는 마치 애벌레에 교묘히 꿰매져 있는 한 쌍의 날개 같았다. 캐머런은 나비의 두 날개는 모두 다르다는 글을 읽은 적이 있다. 그래서 젖은 도로에 핸드프린팅을 하듯 루신다의 따뜻한 가슴을 눌러 보고 싶어졌다. 그녀만의 곡선을 느끼고 싶었다.

이런 생각을 하자 청바지 지퍼 부분이 딱딱해졌다. 발기한 성기를 진정시키던 캐머런의 손이 떡갈나무 가장 아래 나뭇가지에 스쳤다. 그 순간 딸랑 소리가 났고, 그 소리가 너무 커서 캐머런은 깜짝 놀랐다.

나뭇가지에 매단 풍경을 손으로 쳤던 것이다. 풍경이 찰랑거리며 요란한 소리를 냈다. 캐머런은 소리를 멈추기 위해 풍경을 움켜쥐었지만 너무 늦었다.

루신다가 빨간 체리 무늬 커튼을 옆으로 젖히고, 손을 창문에 가까이 가져다 대고 어두컴컴한 밖을 살폈다. 캐머런은 가만히 서 있었다. 캐머런은 자신이 뼈를 녹인 뒤 다시 굳혀서 만든 기형 유리 조각상이라고 상상했다.

루신다의 얼굴이 창문에서 사라졌다. 캐머런은 여섯까지 숫자를 셌다. 뒤쪽 미닫이문이 열렸다. 집 안의 퀴퀴한 공기가 뜰로 쏟아져 나왔다. 맨발로 뒤쪽 현관에서 팔짱을 끼고 서 있는 루신다의 모습은 모래시계의 실루엣을 닮았다.

"누구 있어요?"

그녀가 외쳤다.

캐머런은 나무껍질 속으로 들어갈 수 있었으면 좋겠다고 생각하며 나무 뒤로 몸을 숨겼다. 금속 풍경은 그의 손안에 소리 없이 붙어 있었다. 거실에서 나오는 빛이 루신다의 몸을 비췄다. 뒤에서 텔레비전 소리가 들렸다.

캐머런과 루신다의 간격은 손을 뻗으면 닿을 듯 가까웠고 그 사이에
팽팽하게 당겨진 로프 같은 긴장감이 흘렀다. 둘은 맨발로 마주 볼 수도
있었겠지만 그런 일은 일어나지 않았다. 루신다는 다시 집 안으로 들어
가서 문을 잠갔다.

귀뚜라미들이 다리를 문질러 날카로운 소리를 내며 그들만의 언어로
소리 질렀다.

———

헤이스 집안은 장례식 연회를 열었다.

캐머런은 도로에 서서 검은 옷을 입은 사람들이 헤이스 집안을 돌아
다니는 것을 지켜보았다. 그들은 눈물이 고인 눈을 닦으며 은박지에 캐
서롤을 담고 있었다. 옆쪽 도로에서는 루신다의 가족들이 보이지 않았
다. 아마도 가족들은 사람들 가운데 서서 손을 들고 제발 모두 빨리 가
달라고 하고 싶은 것을 감히 말하지 못하고 있을 것이다. 캐머런은 사람
들이 휘젓고 난 집은 누가 치울지 생각했다. 이모, 아니면 가까운 친척
이 바닥을 청소기로 밀며 말 많은 조문객들이 묻혀 온 진흙도 모두 빨아
들일지 모른다.

집 앞에는 경찰차가 세워져 있었고, 그 안에 키가 크고 등이 곧은 경
관이 앉아서 오고 가는 사람들을 지켜보고 있었다. 캐머런은 천천히 진
입로로 걸어갔다.

루신다의 집 안에서 무엇을 찾아야 하는지 알 수 없었지만 목탄으로 뭉개진 그녀의 얼굴이 캐머런의 뇌리에 박혀 있었다. 그것이 자신의 상상으로 그려진 것이 아니라는 증거가 필요했다.

캐머런이 집에 들어갔을 때는 사람들이 너무 많아서 아무도 그에게 신경 쓰지 않았다. 낮에 루신다의 집을 들어온 적은 한 번도 없었다. 사람들은 일회용 포크로 국수를 먹고 있었고, 안에서는 희미하게 참치 냄새가 났다. 욕실 옆에서 두 여인이 루신다의 부모에 대해서 이야기하고 있었다.

"둘은 거실에 있어요. 네. 말을 하기는 하지만 많이는 안 하더라고요."

캐머런이 아는 사람은 아무도 없었다. 처음으로 그는 사람이 많아서 다행이라고 생각했다. 누군가 그를 알아보기 전에, 학교의 누군가가 그를 알아보고 수군대기 전에 캐머런은 복도로 빠져 혼란을 뒤로하고 계단을 올라갔다.

이 층에는 억눌린 고요함이 있었다. 의도적이고 거슬리는 공허함이 초록색 낡은 카페트와 액자에서 느껴졌다. 숨이 막혔다. 적막함을 좋아하는 캐머런도 아래층과 다른 이런 고요함은 견딜 수 없었다. 악의적이다.

캐머런은 집 밖에서 보는 것과는 다른 집 안을 세세하게 조사하고 기록하고 싶었다. 루신다가 이곳의 공기로 숨을 쉬었다는 생각이 달콤하게, 그리고 강렬하게 다가왔다. 그 공기는 캐머런의 폐로 들어와 신성한 공기로 바뀐다. 루신다의 가족이 문을 열면 이 신성한 공기는 사라질 것이다.

루신다의 방문 앞에서 돌이킬 수 없다는 생각에 재빨리 문을 열어젖

했다.

오후 3시 39분의 밝은 빛 속에서 보이는 루신다의 침실은 그냥 평범한 방이었다. 라벤더색의 벽과 통풍기 근처 커피 얼룩이 있는 베이지색 양탄자가 깔린 방. 양탄자 위에는 진공청소기 자국이 나 있고 루신다의 컴퓨터가 사라진 자리에는 네모반듯하게 먼지가 내려앉아 있었다.

누군가가 침대를 정리한 것 같다. 루신다는 절대 베개를 부풀려 폭신하게 하지 않았다. 베개에는 언제나 머리가 놓여 있던 자국이 남아 있었다.

———

발레리나 인형은 옷장 가장자리에 자리 잡고 있었다.

캐머런은 이 인형을 딱 한 번 이렇게 가까이서 본 적이 있었다. 루신다가 복도에 있는 사물함 옆에서 배낭을 열었을 때, 이 인형이 앞주머니에 있었다. 분명 학교에도 가지고 다녔던 것이다. 캐머런이 가늠했던 비율은 정확했다. 인형은 캐머런의 손 크기만 했고 왼쪽 다리는 땅과 완벽히 직각을 이루며 뻗어 있고 오른쪽 다리와 이어져 삼각형 모양의 빈 공간을 만들어 냈다. 발레슈즈를 신은 오른발의 발끝으로 균형을 잡고 있었다.

루신다의 발레리나는 캐머런의 손 위에서 빛을 받고 있다.

루신다의 침대, 책상, 옷장은 다른 누구의 것도 될 수 있었다. 스탠드에 옥려놓은 컵에 들어 있는 펜들두 마찬가지다. 캐머런은 발레리나를 꽉 쥐었다. 루신다의 물건이 절실했다. 캐머런은 주인 없는 방에 서 있는 대륙이었다. 그는 대륙이고 루신다는 둥글게 둥글게 항해하는 범선이었다. 그는 움직일 수 없었다. 그저 멀리 떠나는 배의 하얀 돛의 끝부분을 바라볼 수밖에 없었다.

캐머런은 무언가 더 필요했다.

루신다의 옷장 문이 열려 있다. 그곳에는 플랫슈즈와 루신다가 즐겨 입던 청바지가 있었다. 발목의 파랑새 문신을 돋보이게 해 주는 바지였다. 앞쪽에 LOVE라고 수놓인 오래된 핑크색 셔츠, 작년 핼러윈 때 입은 녹색 벨벳 드레스도 걸려 있었다.

캐머런은 루신다의 드레스를 손으로 만져 보았다. 그 매끄러운 드레스가 그의 손가락과 손바닥 위로 흘러내렸고, 그 느낌이 너무 익숙해서 그녀의 맛이 날 것만 같았다. 소금 냄새. 쇄골에 퍼지던 향수 냄새. 혀를 대 보니 쓴맛이 났다.

그는 옷걸이에서 드레스를 꺼내 그 짙은 녹색 벨벳 드레스에 얼굴을 묻었다.

―――――

이 층 욕실은 깔끔하게 정돈되어 있었다. 캐머런은 루신다의 드레스를 욕조 가장자리에 걸쳐 놓았다.

하얀색 레이스 휘장은 빛을 가리기에 충분하지 않아 레이스 사이사이로 빛이 들어왔다. 소녀 감성이 묻어나는 줄무늬 샤워 커튼과 보송보송한 핑크색 커버가 씌어 있는 변기가 놓여 있었다. 하얗게 치약이 말라

붙어 있는 두 개의 칫솔이 플라스틱 컵 가장자리에 기대어져 있었다. 아래층의 목소리가 저 멀리서 속삭이는 소리처럼 들렸다.

거울 속에 비친 캐머런은 마치 텅 빈 것 같았다. 천장에 매달린 세 개의 전등 불빛 아래의 캐머런은 창백한 얼굴에 짙은 그림자가 드리워진 영화에 나오는 환자 같았다. 머리카락은 여기저기 지저분하게 붙어 있었고 정장 셔츠에는 나뭇잎이 하나 붙어 있었다. 단풍잎이었다. 그는 단풍잎을 떼어 세면대에 버렸다. 나뭇잎은 세면대에 멀뚱히 내려앉았다.

캐머런은 벨트를 풀어 욕실 매트 위로 떨어뜨렸다. 셔츠 단추를 풀자 창백한 피부가 비밀처럼 조금씩 드러났다. 언젠가 그의 가슴에도 아빠처럼 털이 나겠지만, 지금은 그냥 하얗고 매끄러운 가슴이었고, 젖꼭지는 예상치 못한 곳에 찍힌 마침표 같았다.

셔츠가 바닥에 떨어졌다. 캐머런은 발목에 힘을 주고 한 발씩 힘겹게 정장 바지를 벗었다.

캐머런은 자신을 꼼꼼히 살펴보았다. 슈퍼에서 세 개에 한 세트로 파는 평범한 하얀 사각팬티를 입고 있는 소년이 보였다. 인간의 몸뚱이, 그게 다였다. 그 안에 들어 있는 것은 아무 상관없었다. 그는 자신이 싫지 않았다. 그는 수많은 부분과 조각이 해부학적으로 연결된 몸을 바라보았다. 무엇이 기분이 좋고 무엇이 기분이 나쁜지를 아는 그 몸이다.

루신다의 녹색 벨벳 드레스는 뒤쪽에 지퍼가 있었고, 솔기 부분에 태그가 붙어 있었다. 태그에는 '면 80%. XS, 세탁기 사용 가능'이라 쓰여 있었다.

루신다는 이 드레스를 작년 핼러윈 파티 때 입었다. 캐머런은 초대받지 못했지만 베스의 사물함에 붙어 있는 사진을 봐서 알고 있었다. 사진 속 루신다와 친구들은 칠 대 죄악을 나타내는 옷을 차려입고 있었다. 하트 모양의 얼굴을 한 일곱 명의 소녀들이 쪼그려 앉아 카메라를 보고 웃고 있었다. 긴 생머리에 맑은 눈을 가진 종이 인형 같았다. 루신다는 칠 대 죄악 중 질투 분장을 했다.

캐머런은 벨벳 드레스의 지퍼를 열어 발부터 입었다. 매끄럽다. 캐머런의 어깨가 루신다의 어깨보다 넓어서 드레스를 가슴 부분까지 올리자 옆구리 아래가 터져 솔기가 분리되었다. 드레스는 캐머런의 팔에 맞지 않았다. 소매는 너무 꽉 조였고, 어깨는 작아서 팔꿈치 부분까지만 올라왔다.

드레스는 캐머런의 가슴에 녹색 가로선을 만들었다.

열이 치솟았다가 곤두박질친다. 중앙 접지에 실린 레이나 레이의 야한 사진을 볼 때, 또는 과학 시간에 바싹 붙어 분수에 대해 설명하던 니콜 하틀리의 부드러운 갈색 머리가 그의 손등을 스칠 때와 같은 열이었다. 캐머런은 전기 자극을 받았다. 불타올랐고, 폭발할 준비가 되었다.

세면대 끝을 너무 꽉 붙잡고 있어서 손바닥에 자국이 남았다. 거울에 비친 그의 모습이 선명했다가 흐려졌다. 어지러웠다. 그는 니트로 된 변기 커버 위에 앉아 팔뚝으로 코를 눌렀다. 루신다의 오래된 옷장 같은 냄새가 났다.

캐머런은 토할까 봐 무척 걱정이 되었다. 그는 드레스를 벗어 바닥에 던졌다. 바지를 다시 입고, 벨트를 매고 셔츠를 입었다. 발레리나 인형은 세면대 옆에 앉아 이 모든 것을 지켜보고 있었다.

이제 떠나야 한다.

발레리나를 주머니에 넣으며, 바닥에 구겨져 있는 드레스를 어떻게 할지 생각했다. 루신다의 옷장에 다시 가져다 놓는 것도 이상해서 옷을 대강 접어 욕실 세면대 아래쪽에 있는 더럽고 녹슨 파이프에 밀어 넣었다.

루신다네 집의 각도는 모두 이상했다. 계단은 너무 가파르고 이 층은 숨 막힐 듯한 공허함에 젖어 있고, 일 층은 부산스러웠다.

캐머런은 이제 햇볕을 쬐고 싶었고 자신의 아픈 사랑과 상관없는 공간으로 가고 싶었다.

———

수없이 많은 오후와 저녁을 기록하고 있는 캐머런의 조각상의 밤 수집품 중에는 단 한 번 루신다가 자위를 했을 때가 기록되어 있다.

캐머런은 루신다가 침실 방문에 귀를 대고 있는 모습을 보고 이날 밤이 다른 때와 다르다는 것을 깨달았다. 루신다는 전화기에 대고 뭔가를 중얼거렸다. 그녀는 회색 배기셔츠와 솔기 부분에 길거리에서 피는 작은 파란 꽃이 수놓인 짧은 면 잠옷 바지를 입고 있었다.

루신다는 침대에 누워 무릎을 구부렸다. 맨발로 이불을 가볍게 툭툭 건드리며 전화기 너머 상대방에게 웃으며 아니라고 머리를 저었다. 사분 십이 초가 지났을 때 루신다가 왼손을 잠옷 반바지 안에 넣었다.

반바지를 반 정도 내리고 있어서, 캐머런은 그녀의 엉덩이에서 골반뼈에 이르는 V자를 볼 수 있었다. 어떤 속옷을 입었는지는 알 수 없었지만 안에 검정 레이스가 달려 있었다. 쭉 뻗은 그녀의 손바닥 아래로 충격적인 짙은 털 무더기가 나와 있었다.

루신다가 천천히 그녀의 손을 부드럽게 문지르면서 자신의 몸을 탐색하기 시작하자 캐머런은 다른 곳으로 시선을 돌리려 했다. 하지만 마을 전체에서 루신다만이 한 줄기 빛이었고 움직임이었다.

루신다의 손은 원을 그리면서 움직였다. 그녀의 등이 둥글게 말렸다. 루신다는 캐머런이 볼 수 없는 곳에서 불을 지피고 있는 것 같았다. 그녀의 길고 가는 발가락에 힘이 들어가고, 다리는 나비처럼 침대에 펴져 있었다. 캐머런은 두 사람이 하나로 합쳐져 함께 숨 쉬게 되는 시점은 언제일까 생각했다. 언제 하나가 되어 안쪽으로 더 깊게 깊게 다다르게 되는 걸까? 캐머런은 답을 몰랐지만, 루신다가 자신의 손가락의 온기를 향해 몸을 구부리고 폐가 수축과 이완을 반복하며 베개에 머리를 세게 눌러 목이 몹시도 가냘프게 보일 때, 그녀와 하나가 되고 싶었다. 만약 캐머런이 지금 루신다에게 질문을 할 수 있다면, 그건 그녀가 누구와 통화하고 있었는지, 아니면 왜 수화기 너머에 있는 사람을 위해 이런 짓을 하는지가 아니다.

그는 이렇게 물을 것이다.

'그렇게 하면 어떻게 되지? 내가 네 목을 감싸 안고 너와 하나가 되어도 될까?'

———

캐머런은 지금까지 단 한 번 풍경화를 그렸는데 그것은 바로 파인 리지 포인트였다.

파인 리지 포인트에서 올려다보는 모든 것은 더 커 보였고, 내려다보는 모든 것은 더 작아 보였다. 캐머런은 세상이 이렇게 만들어져야 한다고 생각했다. 좋은 건 항상 위에서 내려온다. 그렇기 때문에 그는 생을 마감할 곳으로 이보다 더 좋은 장소는 없다고 생각했다. '험'에는 이런 곳이 있다. 그곳에서 모든 밤을 보내고 태양이 뜨고 지는 것을 바라본다. 루신다는 가장 좋아하는 보라색 치마를 입고 활짝 만개하여 캐머런의 옆에 앉아 있을 것이다. 그리고 캐머런은 이렇게 말할 것이다.

"자 봐, 우리가 얼마나 미미한 존재인지 느껴지지 않아?"

제
이
드

"어떻게 됐어?"

현관에서 부츠를 벗어 던지고 있을 때 엄마가 물었다.

"너 안색이 안 좋아."

내 방의 더러운 옷더미들을 옆으로 치우고 매트리스와 벽 사이에 둥글게 말려 있는 이불 위로 누웠다. 시간이 불안정하게 내 위를 맴돈다.

"언니."

에이미가 문밖에 서 있다. 플란넬셔츠로 갈아입은 에이미는 최근 본 중에 제일 어려 보였다. 장례식에 갔다 와서 화장을 지웠는지 주근깨가 보였다. 오렌지색 머리를 엉성하게 올려 묶고 나를 향해 맨발로 살금살금 걸어왔다. 어렸을 때는 내가 에이미에게 책을 읽어 주기도 했다. 에이미는 인어공주가 그려진 잠옷을 입고 내 침대에 기어들어 오기도 했고 내 팔을 베고 엄지손가락을 빨아댔다. 아이라이너를 지우고 목 언저리에 머리를 묶은 모습이 예전의 그때 같았다.

"제발 좀 가. 내가 언제 들어와도 된다고 했어?"

에이미는 내 말을 무시하고 내 침대 끝부분에 앉아 말했다.

"나 슬퍼."

말하고 싶지만 바보가 아니면 말할 수 없는 것

제이드 딕슨 번스 작

실내 : 셀리의 침실—낮

여동생이 셀리의 침대 끝에 앉는다. 머리를 침대 머리판에 기댄다.

여동생 : 나 슬퍼.

셀리 : (지겨운 듯이) 아, 하느님.

여동생 : 뭐?

셀리 : 너는 슬픔 뒤에 숨을 수 있다고 생각하나 본데, 이젠 그런 거 지겹다.

여동생이 눈에 눈물이 고인다

셀리 : 너만 그런 거 아니야. 모두가 그래. 모두가 슬프다고. 알지도 못하는 사람을 위해 진정으로 슬퍼할 수는 없는 거야, 이 동생아. 아무도 그렇게는 못해. 나는 그렇게 하지도 않을 거지만. 그러니까 제발 나에게 그렇게 슬퍼해 달라고 부탁하지 마.

———

"나 슬퍼."

"그래. 안됐다."

"왜 이래. 그렇게 생각도 안 하면서."

"알면 됐어."

에이미는 창틀에 있는 죽은 나방을 응시한다. 몇 달째 그곳에 있던 나방의 시체는 매일 색이 더 연해지면서 햇빛을 받아 천천히 먼지가 되어가고 있었다.

"그 남자가 죽였을까? 미술 선생님 말이야. 언니는 그 선생님 수업 들었으니까 알 거 아냐."

"나도 몰라, 에이미. 대체 왜 나한테 이런 걸 묻는 거야?"

"그냥 진실을 알고 싶어서."

"진실은 무슨 얼어 죽을."

"아무것도 모르는 거야? 언니는 '얼어 죽을 진실'이라고 하면서 신경 안 쓴다는 듯이 그렇게 앉아 있으면 안 돼. 루신다가 살해당했어. 이건 정말 큰일이잖아."

"그렇겠지."

"그래서 진실이 중요한 거야. 그래서 내가 이렇게 슬픈 거고."

아주 잠깐 에이미에게 잽에 대해 털어놓고 싶은 마음이 들었다. 나는 지난 이 년간 짊어지고 있던 짐을 에이미에게 내려놓고 싶었다. 항상 쾌활하고, 친구가 있고, 불안으로 폭발하는 폭력을 당하지 않는 내 귀여운 동생에게. 나는 에이미가 그 짐을 조금 가져가 내 복잡한 머릿속을 정리할 수 있게 도와주기를 바랐다. 하지만 에이미와 나는 그런 사이가 아니다.

에이미가 손톱 살을 잡아 뜯고 있다.

나는 탁자 위에 있는 스테레오에 기대어 '에스컬레이터에서의 죽음'을 틀었다. 효과는 곧바로 나타났다. 에이미는 나를 쏘아보더니 귀가 찢어질 듯한 드럼 소리와 질러대는 노랫소리를 뒤로하고 방에서 나갔다. 음악 소리가 너무 커서 문이 세게 닫히는 소리도 들리지 않았다.

나는 너무 외롭다.

한쪽 커튼을 열어젖혔다.

루신다의 방을 엿볼 때면, 끌림과 증오와 질투가 모두 섞인 복잡한 기분이 들곤 했다. 그런데 오늘은 다르다. 죄책감도 있지만 그 이상의 감정이 있었다. 삼 일 전 루신다는 거울 앞에서 머리를 빗고 발레슈즈의 끈을 풀고 있었다. 그런데 지금 그녀의 몸은 브룸스빌 경찰서 지하실에서 검시를 받고 있다. 그 지하실이 얼마나 외로울지 알 것 같았다. 지금 어디에 있든 루신다는 모두가 자신을 얼마나 사랑하는지 느낄 수 있을까?

커튼을 활짝 젖히고, 저 아래 열리고 있는 여회를 봤다. 사람들이 루신다의 집 안을 돌아다닌다. 렉스는 이 층에서 혼자 침대에 누워 있다.

문은 닫혀 있고, 줄무늬 수건이 창틀 아래 놓여 있었다. 렉스는 팔로 눈을 가리고 있다. 렉스의 옆방인 루신다의 침실은 비어 있어야 했다. 하지만 누군가가 어설프게 안으로 들어갔다.

저 구깃구깃한 셔츠를 보니 누군지 알 것 같다. 조심스럽고 구부정한 걸음걸이. 마치 똑바로 서 있을 가치도 없는 것 같은 모습.

시곗바늘이 오후 3시 41분을 가리켰다. 이 시간에 왜 캐머런이 루신다의 방에 있는지 묻기도 전에, 아니 애초에 왜 그가 연회에 갔는지 묻기도 전에 그는 내 창문에서는 보이지 않는 루신다의 방 쪽으로 사라졌다. 십 분 후에 캐머런은 빠른 걸음으로 진입로를 빠져 나갔다. 후드를 이마까지 뒤집어쓰고 팔에는 뭔가 무거운 물건을 들고 있는 것 같은 모습이었다.

이 모든 일이 시작된 이래로 처음으로 슬픔이 씻겨 내려가는 것 같았다. 나는 잽과 어느새 자라 버린 그의 낯선 어깨를, 유치장에 갇혀 있는 오 선생님을, 그날 저녁 늦게 방 창문으로 빠져나오던 루신다를 떠올렸다. 그리고 마지막으로 캐머런을 생각했다. 그날 밤 캐머런은 루신다를 뒤쫓기 전에 일 분을 꽉 채워 기다렸다. 캐머런은 루신다를 정말로 많이 사랑했던 것 같다.

모두가 진실을 찾아 헤매고 있다. 나는 내가 진실을 위해 무덤이라도 파헤칠 것 같아서 두렵다.

———

"제이드."

손톱을 정리하는데, 엄마가 방으로 들어왔다. 엄마의 손톱에는 반짝거리는 검은색 매니큐어가 칠해져 있었다.

"루신다 가족을 위한 기금을 모으기 위해서 교회에서 벼룩시장을 열기로 했어."

엄마는 지하실 깊숙한 곳에서 꺼낸 엄청 큰 플라스틱 통을 들고 있었다.

"지금요?"

"그래 지금. 오늘 저녁에 다 가져다 놓을 거니까 빼놓을 거 있으면 지금 빼놔."

엄마는 통을 내 방 옆에 두고 나갔다.

7, 8학년 때 입던 옷들이다. 유행이 지난 청나팔바지와 동물 인형도 보인다. 물건을 하나씩 꺼내 본다. 나는 이렇게 내 지난 시간들을 기억하고 싶지 않다. 그때 상자 바닥에서 루신다 헤이스가 보낸 세 번째 신호가 나왔다.

'징표.'

그건 백화점에서 파는 싸구려 귀고리 상자였다. 연한 분홍색 상자 안에는 솜이 깔려 있었다. 박스를 꺼내며 울지 않으려 했다.

'울지 마. 울지 마.'

내 손바닥 위에서 예쁘게 말려 있는 조개껍데기는 예전 그대로였다. 오래건에 캡이 주었던 이 조개껍데기는 내 배개 밑에 수년가 자리 집고 있던 것이었다. 추억이 깃든 조개껍데기의 주름들을 만져 본다.

'언젠가 우리 둘이 함께 떠날 거야. 언젠가 우린 여기를 벗어날 거야. 언젠가.'

조개껍데기는 이제 내 손보다 작았고, 그때보다는 조금 덜 예뻐 보였다. 지금은 그저 프랑스 바닷가에서 주워 온 평범한 조개껍데기에 지나지 않았다. 내 귀에 속삭이던 약속은 바람 속으로 사라졌다.

'징표.'

세 가지 신호를 보면 행동해야 한다. 반드시. 세 번째 신호가 마지막 기회다.

———

자전거를 타고 돌아보면 브룸스빌이 그렇게 좁아 보이지는 않는다. 자신을 위장한 사람들과 연기를 내는 산들로 둘러싸인, 세상의 변두리일 뿐이다. 산자락으로 구부러진 고속도로까지 달리는 동안 컨베이어벨트처럼 집들이 뒤로 스쳐 간다.

나는 렉스와 루신다와 함께 했던 그 모든 날들을 기억한다. 루신다는 절대 나에게 잔인했던 것이 아니다. 그저 관심이 없었을 뿐이었다. 나에게 관심도 없는 사람을 어떻게 증오할 수 있을까? 브룸스빌의 거리를 지나쳐 가면 갈수록 수줍은 미소와 레모네이드가 생각났다. 우정으로 여기지도 않을 작은 것들이지만 그것도 의미를 지닌다.

그리고 나는 캐머런이 자신 안에 갇힌 느낌이 들 때면 간다는 장소를 기억하고 있다. 나는 잽도, 캐머런도, 나를 위해서도 아닌 바로 루신다를 위해서 그곳을 찾아가고 있다. 죽음이라는 말도 안 되는 불행을 당한 어리석지만 완벽한 소녀를 위해서. 나는 살아 있고 그녀는 죽었기 때문에 그곳을 찾아간다. 이건 분명 의미 있는 일이 될 것이다.

"산 위에 있는 절벽이야. 그곳은 아주 고요해."

러
스

—

집으로 돌아오니 이네스가 냉장고 앞에 서 있었다. 녹슨 자석들이 붙은 냉장고를 열자 집 안의 유일한 불빛이 새어 나온다. 《콜레라 시대의 사랑》의 페이지는 가장자리가 말린 채로 여전히 자석 뒤에 붙어 있었다. 뒤에서 보면 이네스는 너무나 평범하다. 그녀는 머리카락을 등 뒤로 드리우고 서 있다.

러스는 미술 선생을 심문하는 중에 아무런 설명도 없이 자리를 떴다. 경찰서의 불빛 아래서 어떻게든 벗어나야 한다는 생각만 있었다.

"이네스?"

러스는 부드럽게 묻는다.

뒤로 돌아서는 이네스의 눈썹에 눈물이 맺혀 있다. 뭔가 끔찍한 일이 생겼다. 너무나도 슬퍼 보이는 이네스가 열쇠를 손에 꽉 쥐고 있었다.

부엌에는 그림자가 드리워져 있다.

"무슨 일이야?"

그가 묻는다.

"여보, 할 얘기가 있어요."

그녀가 몸을 떨며 말한다.

이네스는 머스터드 병과 김빠진 콜라 병 옆에 있는 냉장고 문에 풀썩 기댔다.

"여보."

그녀가 다시 말을 한다. 이번엔 사과를 한다. 이네스는 오로지 러스를 위해서 부드럽게 말을 엮는다. 이네스의 뒤로 투명한 야채 칸에서 피망 하나가 시들어 가고 있었다.

———

그들은 힐튼 랜치 호텔 바에서 몇 달 전부터 만나 이반에 대해서 상의를 했다. 지역 대학 프로그램을 막 시작한 마르코는 학자금 대출이나 신청 방법에 대해 잘 알고 있었다. 아마 이것이 이반을 위한 계획의 다음 단계였을 것이다. 그는 자신의 철학을 활용할 수 있었다. 그래서 마르코가 사회사업을 제안했다.

"거기에서부터 모든 것이 시작되었어요. 미안해요."

이네스가 시작했다.

러스는 자동차 키, 지갑, 재킷을 챙겨 들었다. 나가기 전에 아내에게 물었다.

"마르코를 사랑해?"

러스는 답을 알고 있어도 이렇게 물었어야 했다.

"나를 사랑해?"

하지만 이네스는 얼굴을 손에 묻고 울고 있다.

"마르코를 사랑해?"

한 손을 문에 올려놓고 다시 물었다.

"어젯밤 낯선 사람이 내게 물었어요. 그때까지는 나도 몰랐어요. 하지만, 그래요, 그런 것 같아요."

이네스가 말했다.

———

러스는 이네스를 딱 한 번 그 절벽으로 데려간 적이 있다. 리가 떠나고 오 년 뒤에 맞이하는 리의 생일날이었다.

그들은 그 구불구불한 숲속 길가에 차를 세웠다. 이네스가 추위에 떨자 러스는 그의 투박한 경찰 점퍼를 주었다. 그들은 손을 잡고 산에 올랐다. 정상에 도착했을 때 이네스는 경이로움에 숨을 멈췄다. 러스는 이곳의 아름다움을 거의 잊고 있었다. 절벽 아래 펼쳐진 유리와 같이 투명하고 활기찬 저수지. 반대편에는 그다지 인상적이지 않은 베이지색 집들로 가득한 도시가 있다.

"아름다워요."

"그래. 내가 제일 좋아하는 장소였지."

"장소였다고요?"

러스는 고개를 끄덕이며 아내의 허리를 감싸 안아 그녀의 익숙한 냄새를 맡았다. 정수리의 냄새. 그의 몸에 닿는 이네스는 따뜻하고 부드럽고 순했다. 늦은 오후 태양은 벌어진 상처처럼 하늘을 뚫고 나와 있다. 한 달 이상 비가 내리지 않아 메마른 저수지의 물은 갈라진 땅으로 천천히 빠져나갔다.

이네스가 그의 목에 키스할 때 러스는 리에 대해 생각하지 않으려 했다. 그러나 이 장소에 대한 기억이 그의 내부의 도화선에 불을 붙였다. 그는 이네스를 평평한 땅 위에 눕히고 그녀 위로 올라갔다. 러스 아래에 누운 이네스가 웃었다.

"여기서요? 밖에서?"

"당신이 원한다면."

러스는 이렇게 말하며 손톱 가장자리가 일어난 엄지로 그녀의 뺨을 천천히 어루만졌다.

"네. 하고 싶어요."

러스는 자기 몸의 일부를 그녀에게 주었다. 그녀는 연약하고 아픈 그의 것을 쥐고 가볍게 키스했다. 절정에 달했을 때 러스는 울었다. 그러고는 이네스 위로 쓰러졌다. 이네스는 두 손으로 그의 얼굴을 쥐고 그의 눈에 맺힌 눈물을 빨아 주었다.

이후로는 그때 일을 꺼내지도 않았고, 그 절벽에 가지도 않았다. 이네스는 무엇이 러스를 무너지게 했는지, 무엇 때문에 눈물을 흘렸는지 묻지 않았다. 이네스와 러스는 핵심적인 정보를 전략적으로 보여 주지 않는 게임을 하고 있었다. 러스는 그녀가 묻지 않아서, 둘 사이에 커다란 블랙홀 같은 공간을 남겨 주어서 고마웠다. 비밀은 비밀로 남았다. 아내는 아내로 남았다. 언젠가는 말하리라. 땀으로 끈적이는 초췌한 얼굴로 산에서 내려오며 다짐했다. 러스는 캘리포니아에서의 그날 밤을 떠올렸다.

"당신이 사랑했던 사람들에 대해 이야기해 줘요."

언젠가 러스는 말해 줄 것이다. 그리고 다시 절벽으로 아내를 데려올 때면 그때는 오롯이 둘만 있게 될 것이다. 그때 그곳에는 이네스와 러스, 호수 위로 부는 바람만이 있을 것이다. 유령은 사라질 것이다.

———

리가 도망치던 밤, 리는 자동차 대리점에서 곧바로 고속도로로 가지 않았다. 그는 마을을 떠나기 전에 러스의 집에 차를 끌고 왔다. 모자를 눌러쓰고, 녹색 티셔츠에 카고 반바지를 입고 샌들을 신고 있었다.

둘은 러스의 집 앞 복도에 서 있었다. 물론 이네스와 만나기 전이었다. 몇 개월째 부엌을 치우지 않아 쥐들이 무리 지어 찍찍거리며 벽과 찬장을 돌아다니고 있었다.

"어디로 갈 건가?"

둘 사이에 정적이 흐르는 동안, 한 손을 목에 가져가며 러스가 물었다. 공기가 옅어진다.

"서쪽으로. 그게 중요한가?"

"아니."

"아들 좀 보살펴 줘. 그럴 거지?"

"그래. 알았어."

더는 할 말이 없었다. 포옹은 참을 수 없을 것 같았고, 악수는 너무 거리감이 느껴졌다. 리는 그저 어깨를 으쓱했다.

"좋아, 그럼."

그리고 그는 가 버렸다. 리의 차가 주차장에서 빠져나가자 러스의 집은 다시 더럽고 축축한 곳으로 돌아왔다. 러스는 묻고 싶었다.

'어떻게 그런 짓을 할 수 있나?'

리가 범죄를 저질렀는가의 문제가 아니었다. 아니다. 그는 묻고 싶었다.

'나한테 어떻게 이럴 수 있나?'

리가 어떻게 그런 깊은 어둠을 감추고 있었는지, 아니 어떻게 그렇게 쉽게 어둠을 밖으로 드러냈는지 묻고 싶었다. 아니, 어쩌면 러스에게 물어야 할지도 모른다. 러스는 어떻게 그 야수의 본성을 이해할 수 있었을까? 리의 폭력은 결코 러스가 용서할 수 있을 만한 것이 아니었는데.

———

이제 러스는 마음을 진정시킬 단 한 가지 행동을 한다. 순찰차에 타는 것이나, 추운 날씨에 털털거리는 엔진 속도를 높였다. 수사는 진전이 있긴 하지만 아직 범인은 체포하지 못했다는 소식을 전하는 지역 방송으로 라디오 주파수를 맞췄다. 러스의 전화기가 네 번 연속 울렸다. 계기판 위에 있던 호출기가 울렸다. 관할 경찰서로 돌아가야 했지만 러스는 그대로 주차장을 빠져나와 산으로 향했다.

러스는 지금 이반을 생각한다. 이반과 악마에 대한 그의 설교를 생각한다. 악마가 존재하지 않는다면, 운동장 회전목마 위에서 죽은 작은 비둘기는 어떻게 설명할 수 있는가? 리 휘틀리를 어떻게 설명해야 할까?

멀리 보이는 산은 시원하고 각이 져 있었다. 고속도로를 타면 경찰서를 지나가지 않아도 된다. 대신 265번 출구로 바로 빠져나오면 부모님의 집이 나온다.

러스는 이네스와 함께하려 했던 집이란 공간을 생각했다. 건성으로 돌리는 진공청소기의 손길이 미치지 않는 구석에는 머리카락 뭉치들이 굴러다녔다. 이네스는 러스가 크리스마스 선물로 준 실크 잠옷은 입지도 않고 낡아서 해진 티셔츠만 입었다. 그녀는 선물 상자의 포장을 조심스럽게 열어 잠옷을 부드럽게 만져 보며 고맙다고 말한 뒤 잠옷을 상자에 다시 집어넣었다. 이후에 그 잠옷을 다시 본 적이 없다. 음식을 보지도 않고 먹는 이네스, 포크로 한입씩 음식을 뜨던 이네스. 러스의 세상은 이네스와 분리되어 있었지만 저녁이면 견딜 만한 침묵 속에서 함께 살 수 있었다. 러스는 곁에 있을 누군가가 필요했기 때문이었고, 이네스는 오빠 때문이었다. 둘 다 그것으로 충분했다.

러스의 손과 다리가 제멋대로 앞으로 나아간다. 저수지를 지났다. 위로, 언덕으로 올라간다.

산은 그에게 집으로 가라고 애원한다.

캐
머
런

엄마는 부엌에 있었다. 뒤쪽 창문에서 보니 엄마는 다 자란 바질 잎을 따고 있는 이웃 사람처럼 보였다. 창문에서 보이는 엄마는 슬퍼 보이지 않았다. 그저 늙고 지쳤을 뿐이다.

캐머런은 평소처럼 자기 방에 들어가서는 절벽에 매달린 사람처럼 창문 밑 화분이 놓인 선반을 두 손으로 잡고 매달렸다. 캐머런은 다리로 집 벽면을 차고 올라와 창문으로 들어왔다.

그는 창문 아래서 진흙투성이 신발을 벗었다. 더러워진 양말로 조심스레 복도를 지나며 엄마가 아직 부엌에 있는지 확인했다. 엄마가 켠 라디오에서 재즈가 흘러나왔다. 색소폰의 깊고 낮은 소리가 좁은 복도를 채웠다. 엄마는 노래를 하지도 흥얼거리기도 않았다.

엄마의 방은 지저분했다. 꽃무늬 이불은 침대 아래쪽에 둥글게 말려 있고, 침실 탁자 위의 머그컵 안에 들어 있는 티백들은 딱딱하게 굳어 있었다. 그 옆에는 요즘 읽고 있는《긍정적 사고의 비밀》과《바보들을 위한 심리학》이 놓여 있었다. 캐머런은 엄마의 침대 옆에 무릎을 꿇고 침대 아래에 있던 나무 상자를 꺼냈다.

22구경 총이 그곳에 숨겨져 있었다. 자물쇠가 고장 난 상자에 보물처럼 총을 숨겨 놓았다.

캐머런은 실수로라도 엉뚱한 곳을 만지지 않도록 조심하며 총을 집어 들었다. 엄마는 아길라 구리도금 탄환을 상자의 작은 칸에 넣어 두었다. 22구경 총의 무게를 손으로 가늠해 보았다. 팽팽하게 당겨진 방아쇠를 보니 이미 총알이 장전된 상태였다.

캐머런은 조심스레 총을 바지 뒤쪽 허리띠에 찔러 넣었다. 총은 바지와 팬티 사이에 안전하게 자리 잡았다. 금속의 차가움이 느껴졌다.

캐머런은 나가기 전에 엄마의 욕실을 확인했다. 루신다가 만약 그에게 돌아온다면 바로 지금 왔으면 했다. 하지만 욕실은 욕실일 뿐이었다. 세면대에는 물때가 껴 있고 갈라진 노란 비누가 비누대에 놓여 있을 뿐이다.

———

"어떻게 그걸 기억하는지 모르겠다."

전에 거실 바닥에 미술 도구들을 펼쳐 놓는 캐머런에게 엄마는 그렇게 말했다. 그는 무희의 초상화를 그리던 중이었다.

"어떻게 그 세세한 부분 부분을 모두 기억하니?"

캐머런이 어깨를 으쓱하며 말했다.

"글쎄, 어떻게 기억이 안 날 수 있는지가 더 궁금해요."

엄마는 지금 부엌 식탁의 앞쪽에 앉아 있다. 늦겨울의 황금빛 햇살 속에서 엄마는 몸을 기울여 종이를 보고 있었다. 등은 굽었고 무거워 보였다.

엄마의 노쇠한 팔꿈치 사이에 네모난 종이 한 장이 놓여 있다. 엄마는 라디오를 끄고 회전목마 위에서 뭉개진 루신다를 보고 있었다. 입을 막은 가느다란 팔에 파란 정맥이 튀어나와 있다.

'험'을 그린 그림이 엄마와 루신다 바로 위에 걸려 있다. 안심이 되었다.

캐머런이 왼쪽에 있는 의자를 꺼내자 의자 다리가 나무 바닥을 긁는 소리가 났다. 그는 엄마 옆에 앉아 함께 루신다의 초상화를 바라보았다.

이 그림 속에서도 루신다는 아름다웠고, 엄마도 그렇게 생각했다. 캐머런이 살아 있는 소녀의 피부에 구멍을 낸 듯 목탄으로 짙게 칠한 검은 부분을 보는 엄마의 모습을 보니 알 수 있었다. 그리고 부엌 창으로 들어온 햇살이 비추고 있는 새하얀 부분에는 부서진 턱이 목으로 돌출되어 있다. 무언가를 응시하는 두 눈, 아무것도 보지 않는 두 눈을 뜨고 있는 루신다는 환상이었다. 그녀는 빛과 어둠의 절묘한 조화를 이루고 있었다. 그녀는 스스로 빛나고 있었다.

"캐머런. 이게 뭔지 설명해 봐. 제발 캐머런. 네게서 얘기를 들어야 해."

"죄송해요. 제 방에서 조금만 혼자 있을게요."

캐머런은 정말로 잘못했다고 생각했다.

엄마는 대답하지 않고 망가진 루신다를 보며 고개를 저을 뿐이었다. 엄마의 턱이 떨리고 있었고 손은 그 떨림을 멈추기 위해서 머그컵을 굳게 감싸고 있었다.

사람과 닿는 것을 싫어하는 캐머런이었지만 손을 뻗어 엄마를 안았다. 엄마를 안으려 했는데 엄마의 몸이 밑으로 쓰러졌다. 그의 손길에 엄마의 눈에 눈물이 차올랐다. 캐머런은 엄마에게서 손을 거뒀다. 엄마를 울리고 싶지 않았다.

엄마에게 작별 인사를 하고 사랑한다고 말하고 싶었다. 하지만 그저 엄마의 나이 든 옆모습을 지켜보기만 했다. 캐머런은 아빠가 엄마를 바라보던 눈을 기억하고 똑같은 시선으로 바라보려고 했다. 엄마의 옆모습이 그리는 선은 우아했다.

캐머런은 아기를 조심스레 안을 때처럼 손바닥으로 엄마의 목 뒤를 받쳤다. 그리고 캐머런은 슬픔에 잠긴 엄마를 두고 떠났다.

브룸스빌의 외곽 끝 쪽은 평평하고 열린 공간이었다. 오래된 트럭과 쓰러져 가는 헛간, 그리고 낡은 성조기가 허공에 펄럭이는 초라한 집들이 고속도로가에 우후죽순으로 서 있다. 이곳의 사람들은 다르게 살고 있었다. 오래되어 낡은 소파에 앉아 지직거리는 텔레비전을 보면서 집에

서 만든 아이스티를 마신다. 집은 풍경 속에 사라지고, 사람들은 집과 함께 묻힌다.

캐머런은 그 길을 따라 파인 리지 포인트 기슭 입구에 도착했다. 삼십 분 동안 이 마일 조금 넘게 걸었다. 운동복 위에 스키 재킷을 걸쳤고, 그 운동복 안에 총이 들어 있었다.

캐머런은 아무런 생각 없이 올랐다. 불편한 정장 바지와 자꾸 돌에 미끄러지는 장례식용 검정 구두를 신고 힘겹게 언덕을 오르면서도 뒤돌아보지 않았다. 그의 뒤로 자갈들이 작은 산 아래로 굴러떨어졌다.

파인 리지 포인트에 도착했을 때는 아직 4시 45분이었다. 캐머런은 핏빛으로 물든 하늘을 보고 싶었지만 하늘은 아마 삼십 분은 더 푸른빛을 띨 것이다. 바람이 불어오는 산 정상에 홀로 선 캐머런은 뼛속까지 신성해지는 기분을 느꼈다.

캐머런은 지금이라면 치료사에게 다른 사람과 함께 있을 때보다 혼자 있을 때 훨씬 행복하다고 대답할 수 있을 것 같았다. 다른 사람과 함께 있으면 발아래에 있는, 모든 불행이 가라앉아 있는 호수의 일부가 된 듯한 기분은 느낄 수 없을 것이다. 마치 사진처럼 정지된 듯하다. 오직 산이 되는 기분은 어떤 것인지, 저렇게 확고하게 서 있는 느낌은 어떤 것인지 궁금할 뿐이다.

반대 방향에는 눈이 비듬처럼 듬성듬성 남은 빨간색 지붕들이 여기저기 펼쳐져 있다. 저기가 브룸스빌이었다. 광활한 대지에 조심스럽게 녹이 무늬를 세트 간다. 그리고 그 너머고 더 강렬한 뭔가 있고, 또 그 너머에는 지평선이 있다. 또 그 너머, 지평선 너머에는 무엇이 있을까? 캐머런에게는 알 수 없었다. 아마 어딘가에 바다가 있고, 더 많은 사람이 있을 것이다. 아주 잠깐 아빠를 떠올렸다.

캐머런은 절벽 끝에서 숨을 헐떡이며 휘청거렸다. 그 밑은 이십 피트 남짓 떨어진 구릉이 계속 되었고, 그렇게 밑으로 내려가다 보면 결국 물을 만나게 된다. 캐머런은 작은 바위에 앉아 주머니에서 도자기 인형을 꺼냈다. 등산을 견뎌낸 인형은 깨끗했다. 발레리나를 빨간 흙으로 더럽혀진 손바닥 위에 세웠다. 그리고 그는 마을 밖의 다른 사람들은 사람을 어떻게 죽이는지 생각했다. 사람들은 왜 살인을 할까? 충동 때문일지도 모른다. 아니면 영화처럼 섹스 때문에, 아니면 돈 때문일지도 모른다.

캐머런은 자신이 사람을 죽이게 된다면 그것은 미칠 듯한 사랑 때문이라고 생각했다. 그러자 안심이 되었다.

———

죽기 이틀 전, 루신다는 마당에 있는 그를 사랑했다.

루신다가 방의 창문을 열고 방충망을 빠져나올 때 캐머런은 이십 분 동안 동상처럼 서 있었다.

사람들은 무엇인가가 끝났다는 것을 감지할 수 있다고 캐머런은 믿었다. 자기 안에서. 자기를 둘러싼 공기 속에서. 가로등이 윙윙거리는 지금 캐머런은 직감적으로 이 순간이 지나면 자기는 완전히 다른 시대를 만나게 되리라는 것을 깨달았다.

루신다는 오른손을 들고 엄숙하게 흔들었다. 그녀의 입술이 올라가고 눈부신 미소가 나왔다. 오로지 그를 위한 미소였다.

캐머런은 그보다 충만했던 적이 없었다. 그들은 연결되어 있었고 그것은 거부할 수 없는 사실이었다.

그녀는 호기심 많은 새였다. 그는 팔을 쭉 뻗었다. 그리고 기다렸다.

———

파인 리지 포인트는 가장 좋아하는 노래의 중간 부분 같았다. 간주와 코러스 사이에 숨을 멈추고 격정의 절정 부분을 기다리는 그 시간. 바람이 소나무 사이를 지나며 바스락 소리를 내고 솔잎 위를 부드럽게 어루만진다. 달그락 소리, 콧노래, 화음을 이룬 멜로디는 모두 루신다를 위한 노래였다.

캐머런은 루신다가 말하지 않은 모든 말을 들을 수 있었다. 루신다가 만지지 않은 어깨, 그녀가 먹지 않은 딸기, 그녀가 하루에 눈을 깜빡이지 않는 숫자, 그녀가 마시지 않은 레모네이드, 그녀가 손톱에 바르지 않은 하얀색 매니큐어, 그녀가 보지 않은 빨간빛, 오렌지빛, 핑크빛의 백만 가지 색깔들도 모두 알 수 있었다.

캐머런이 자신에게 한 질문.
자기 안의 악을 어떻게 설명할 수 있을까?

눈동자에 하얀색 불꽃이 일었고, 캐머런은 22구경 권총을 허리춤에서 꺼냈다. 그가 오늘 하루를 살아 버틴다면, 남은 일생 동안 다른 사람에게 한마디도 않겠노라 맹세했다. 심지어 미안하다는 말도.

제이드

학교의 아이들이 지나가면서 절벽을 가리킨다. 절벽은 높긴 하지만 위험할 정도는 아니어서 사랑을 나누는 장소로 인기가 높다. 절벽에서는 저수지가 내려다보인다. 저녁이면 달이 전구처럼 물에 걸려 있다. 작년에 나는 지미 케슬러와 함께 이곳에 올라왔다. 그의 입은 빨아들이기만 했고 상한 우유 맛이 났다. 집에 와서 나는 오랫동안 샤워를 했다. 엄마가 문을 두드렸을 때는 물이 차갑게 흘러내리고 있었다.

지금은 가장 좋은 시간대였다. 태양은 녹아내리는 설탕 같고 아이리스는 더 흐드러지게 피어서 산이 웅장한 보랏빛으로 물들었다.

자전거를 절벽 입구 단풍나무에 기대어 놓았다. 가파르고 메마른 길로 몇 걸음을 내딛기 시작하자가 디디기 디딜이 기는 듯했다. 끈적한 붉누색 흙이 내 무거운 부츠를 뒤덮었다.

정상에 도달했을 때, 태양은 손으로 잡을 수 있을 것처럼 짙게 내려앉아 있었다. 태양 빛은 새롭게 터오는 봄의 나뭇잎을 통과해 고원 여기저기에 그림자를 남기고 있었다.

캐머런이 절벽 끝에 걸터앉아서 다리를 공중에서 흔들고 있었다. 어떤 특정한 것을 보고 있지는 않았다. 허리를 부자연스럽게 곧추세워 어딘지 모를 아래쪽 공간을 응시하고 있었다. 이마를 덮고 있는 겨울 재킷에 달린 후드가 마치 그를 삼킨 것처럼 보였다.

나는 잠시 그와 함께하는 기분을 상상해 본다.

캐머런은 다를 것이다. 여전히 상처는 받겠지만 적어도 '너 이제 가봐. 곧 우리 부모님이 오실 거야'라고는 말하지 않을 것이다. 그는 긴장하고 떨겠지만 끝내고 나면 나를 안고 이마에 키스할 것이다. 그러고는 더는 숨이 차지 않을 때까지 누워 있을 것이다. 캐머런은 지켜보는 방법을 안다. 그렇기 때문에 그는 오하이오 출신의 제이슨, 지미 케슬러, 심지어는 잽과도 완전히 다를 것이다. 캐머런은 이해하고 싶지 않은 그림을 보듯 나를 바라볼 것이다. 그는 붓의 터치를 연구해서, 그 안에서 당황스러운 것, 거친 것, 갈라진 것, 연약한 것을 보고, 예술가적 필치로 그려낼 것이다.

캐머런은 절대 나를 그런 식으로는 보지 않을 것이다. 나도 원하지 않는다. 하지만 잘 알지도 못하는 사람에 대해 이렇게까지 자세하게 상상할 수 있다니 참 이상한 일이다.

———

"안녕!"

내가 말한다.

후드를 푹 뒤집어쓴 탓에 캐머런의 얼굴은 거의 보이지 않는다. 주먹을 쥔 한 손이 주머니 속에 있다.

나는 캐머런의 옆에 앉아 그의 다리에 맞춰 내 다리를 흔든다. 내 부츠가 절벽에 부딪쳐 자갈 몇 개가 연달아 밑으로 떨어졌다.

"안녕."

캐머런이 대답한다.

"그날 밤 너를 봤어. 그 전에도 그 후에도. 루신다가 없는데도 왔더라."

"제발, 가 줘."

캐머런이 말했다.

"루신다를 따라서 공원까지 갔잖아. 취한 사람처럼 비틀거리며 돌아왔고. 핸슨 아저씨네 집 앞 덤불에다가 토했지. 기억나?"

그는 이제 울고 있다. 눈물이 계속 떨어지고 있지만 그는 미동도 하지 않는다. 근육 하나 움직이지 않는다.

"내가 뭐 하나 알려 줄까?"

내가 말한다.

"그래."

"나는 루신다가 죽었으면 했어."

"말이 너무 심하네."

"기도 일이. 그래서 내가 분 길 시구에서도 물 시 위 시아."

"나한테 빚진 거 없잖아."

캐머런이 말한다.

"너한테는 없지. 하지만 루신다에겐 있어. 루신다를 위해 여기 온 거야. 어쨌든 우리는 별반 다르지 않아. 너랑 나 말이야. 또 하나 알려 줄까?"

"뭔데?"

"지구에서는 달의 오십구 퍼센트만 볼 수 있다는 거 알아? 전 세계 어딜 가든 오십구 퍼센트밖에는 볼 수가 없어."

"왜 나에게 이런 말을 하는 거야?"

"그냥. 그런 사실을 안다고 해서 달을 그만 봐야겠다고 생각하는 건 아니니까."

———

잽의 집에서 있었던 끔찍한 상황을 겪고 집으로 돌아왔던 밤, 나는 그러고 싶지는 않았지만 욕실 거울 앞에 섰다. 거울 속에 비친 내 모습을 세세히 관찰했다. 찢어진 콘서트 티셔츠에 엉덩이가 보일 듯한 짧고 꽉 끼는 청바지를 입고 있었다. 컵케이크 윗부분처럼 볼록하게 튀어나온 살이 보였다. 모든 것이 너무 싫었다. 나를 구성하는 작은 세포 하나하나와 내 허락도 없이 몸에서 복제되고 있는 세포들. 그리고 내가 알지도 못하는 사이 자라 버린 뼈와 참을 수 없이 접히는 내 살들에 대해 통제할 수 없는 증오가 일었다. 그리고 생각했다.

엄마 옷장 안에 있는 반짇고리에서 옷핀을 하나 가져왔다. 셔츠를 걸어 올리고 핀으로 내 갈비뼈를 815번 찔렀다. 피가 흐를 만큼 세게 찌르진 않았지만 늘어진 가슴들의 점들을 이으면 내가 결코 읽을 수 없는 점자로 된 시가 될 만큼 찔렀다.

'그럴 리가 없어. 이게 사랑일 리 없어.' 나는 생각했다.

썩어버린 사랑이 축축하고 이슬 맺힌 내 피부에 붙어 있었다. 하지만 욕실에서 있었던 그날 밤, 썩은 사랑이 붙은 피부를 벗겨 내더라도 분홍빛의 새로운 살이 돋아날 것 같지가 않았다. 그래서 수년간 망토처럼 이 썩은 사랑을 입고 있다. 이것은 핑계일 뿐이다.

그리고 이제 이 절벽 위에서 나는 어떤 핑계도 댈 수 없음을 알았다.

———

캐머런이 주머니에서 작은 물건을 꺼냈다.

그의 손 위에 의외의 물건이 올려져 있었다. 붉게 물든 손 위에 한쪽으로 누워 있는, 도자기로 만든 작은 발레리나 소녀였다. 나는 어디서든 그 인형을 알아볼 수 있었다. 그것의 얼굴은 너무나 비현실적이었고, 끔찍한 미소를 짓고 있다. 뭔가를 숨기고 있는 그런 미소였다.

"그거 어디서 났어?"

내가 물었다.

"너 그거 손턴 씨 집에서 가져왔어?"

"뭐라고?"

"그 발레리나 말이야. 그거 루신다랑 같이 돌봤던 아기 거야. 올리 손턴."

　내가 인형을 좀 더 자세히 보려고 하자 그는 다른 손을 들어 나를 저지한다. 인형을 우리 둘 사이에 있는 바위 위에 올려놓는다.

　그의 검지가 천천히 작은 검은색 권총의 방아쇠에 걸린다.

　나는 이 순간이 오기까지 총을 본 적이 없었다. 우리가 어리다는 걸 새삼 깨닫는다.

캐
머
런

—

"그 발레리나 인형, 올리 손턴 거야."

2월 15일의 기억이 갑자기 밀려왔다. 조각상의 밤 수집품 수집의 마지막 날이었다. 캐머런은 파도처럼 밀려오는 기억이, 지난 삼 일 동안 억지로 기억하려고 했던 잃어버린 시간의 조각들이 그만 밀려오기를 바랐다.

2월 15일의 일을 생각하면 할수록 캐머런은 '힘'에 의지했다. 루신다는 침대 끝에 앉아 있을 것이다. 침대 시트는 깨끗하고 빳빳하게 펴져 있다. 루신다는 마르고 예쁜 손으로 머리를 귀 뒤쪽으로 넘긴다. 캐머런이 세상에서 가장 좋아하는 손이었다. 밖에서는 캐머런의 새 친구들이 그들을 환영하며 지저귀고 있을 거이다.

숭고한 유령이 된 루신다는 웃으며 말할 것이다.

'드디어 집에 왔구나.'

———

루신다는 미술실 복도에 있는 음수대 위에 일기장을 놓았다.

보라색 스웨이드 일기장이 윙윙 소리가 나는 차가운 금속 위에 놓여 있었다. 그것을 발견했을 때 캐머런은 황홀하면서도 담담했다. 루신다에게 가는 열쇠라서 황홀했고, 일기장을 읽지 않으리란 걸 알았기에 담담했다. 일기장은 오로지 루신다의 것이기 때문에 캐머런은 그런 식으로 일기장을 갖고 싶지 않았다.

빈 교실에서 쪽지 시험을 채점하고 있는 몇몇 선생님을 제외한 대부분의 사람이 학교를 나갔다. 구석에 모여 있던 여자아이들도 어느덧 보이지 않았다. 보통 소녀들처럼 웃는 그들의 한 톤 높은 목소리가 바닥과 트로피 케이스에 메아리쳤다.

이틀 전 루신다는 마당에서 그를 보았고 가냘픈 한 손을 흔들어 보였다. 일 년이 넘도록 캐머런은 루신다를 지켜보고 있었다. 그러나 그는 그녀에게 관여하지 않았다. 그는 그저 꾸준한 관찰자이자 열렬한 관객이었다. 하지만 일기장은 그 상태를 바꿀 수 있었다. 일부러 놓고 간 것이라고 캐머런은 확신했다. 루신다가 연대를 나타내듯 한 손을 들어 보이지 않았는가. 그리고 이번에는 들어오라고 손짓하고 있었다.

그는 일기장을 가방에 넣고 평소처럼 집으로 갔다.

"왜 그렇게 기분이 좋아?"

저녁 식사를 할 때 엄마가 물었다. 엄마는 뜨거운 물을 부어 즉석 음식을 만들었다.

"무슨 일 있어?"

엄마에게 사랑을 보답 받는다는 게 어떤 느낌인지 설명할 수 없었다.

그건 마치 화분 안의 씨앗 같았다.

그건 마치 딱 맞는 노란색 같았다.

완벽한 작품의 마지막 필치와도 같았다.

———

밤 9시 15분 루신다는 침대에서 태아처럼 몸을 둥글게 구부리고 캐머런에게 등을 돌린 채 누워 있었다. 그는 일기장을 손으로 꽉 움켜쥐었다. 물론 일기장은 열어 보지 않았다. 그녀를 배신하지 않을 것이다.

루신다의 가족들은 거실에서 텔레비전을 보고 있었다. 렉스는 아이스크림 통을 들고 바닥에 대자로 뻗어 있다. 집은 어두웠다.

캐머런은 루신다의 어머니가 문을 열면 뭐라고 할지 연습했다.

'루신다 집에 있나요? 제가 루신다 물건을 가지고 있거든요.'

루신다는 맨발로 조심스레 계단을 내려와서, 문틀에 기댈 것이다, 두 사람은 서로를 마주하고 예측할 수 없는 가슴 떨리는 대화를 나눌 것이다.

캐머런은 그 생각이 싫었다. 그는 루신다를 그대로 두고 싶었다. 유리 창을 사이에 두고 이불을 덮고 있는 완벽한 존재로. 루신다가 관객을 의식하지 않을 만큼 저만치 떨어져 있을 때 캐머런은 가장 큰 사랑을 느낀다. 그런 생각을 하며 가슴에 일기장을 꼭 껴안는다. 캐머런에게 있어 루신다가 가장 사랑스러워 보일 때는 바로 고요한 조각상의 밤이었다.

오늘 밤은 달랐다. 루신다는 팔다리를 쭉 펴고 있었다. 그리고 조심스레 침대에서 나와 겨울 코트(노란색, 오리털 이불 같다)를 입고 창문으로 걸어왔다.

그녀는 창문을 열더니 그 녹색 아몬드처럼 생긴 눈으로 캐머런을 쳐다보았다. 방충망을 열고 다리 하나를 내밀었다. 크게 숨을 쉬었다. 오십 피트 떨어진 곳에서 보니 우는 것 같기도 하고 헐떡거린 것 같기도 했다. 루신다는 민첩한 다리로 침실 창문에서 현관의 지붕 위로 올라가더니 손을 꽉 쥐고 집중해서 뛰어내렸다.

루신다는 캐머런과 몇 피트 떨어진 잔디밭 위에 떨어졌다. 가까이에서 보니 그녀가 달라 보였다. 눈에 다크서클이 져 있었고 열다섯 살보다 훨씬 나이 들어 보였다. 루신다는 나이답지 않게 쇼걸처럼 엉덩이를 흔들며 걸었다.

손을 뻗으면 루신다를 만질 수도 있었다. '이리 와, 나랑 있자'라고 할 수도 있었다.

하지만 루신다는 잔디밭을 비틀거리며 가로질러 뒷문을 조심스레 닫고 나왔다. 캐머런은 가능한 한 느리게 손을 호호 불어 가며 숫자를 셌다. 63, 64. 루신다는 그가 있는 쪽을 돌아보지도, 그에게로 돌아오지도 않았다.

캐머런은 그녀를 따라갔다.

———

캐머런은 루신다가 남긴 흔적을 추적해 갔다. 드문드문 서 있는 가로등 아래의 루신다는 요정 같았다. 손안에 든 휴대전화의 불빛이 파랗게 빛났다.

루신다는 제일 좋아하는 보라색 치마와 반짝이는 타이즈를 신고 있었다. 보라색 치마는 학교에서 사진을 찍을 때도 입었던 옷이다. 금발 머리가 등에서 물결쳤다. 그는 초등학교 운동장까지 루신다를 쫓아갔다.

캐머런은 운동장 끝에 멈춰 서고, 루신다는 계속 걸어서 멀리 손턴 씨네 마당 옆 뒤쪽 울타리까지 갔다. 루신다는 걸음을 멈추고 위를 쳐다보았다. 그녀는 캐머런이 화요일마다 올리를 재우려 안고 있는 루신다의 모습을 살펴보던 떡갈나무 아래에 서 있었다.

캐머런은 일기장을 손에 쥔 채 혼란스러워하며 테니스장 근처를 어슬렁거리고 있었다. 루신다는 나무의 가장 아래에 있는 가지에 가냘픈 손을 뻗었다.

풍경이 울렸다.

캐머런이 실수로 쳤던 풍경. 하지만 루신다는 일부러 풍경을 울렸다.

뒷문이 열렸다 다시 닫혔다. 불빛에 살금살금 걸어오는 사람의 형상이 보였다. 캐머런은 동상이 되어 자신의 내면 깊은 곳으로 침잠하려고 했다. 그가 이렇게까지 굴욕감을 느껴본 적은 없었다. 그 풍경 소리.

캐머런은 일생 동안 이 순간을 증거로서 기억할 것이다. 어둠 속에서 루신다는 주위를 둘러보고 그림자 속에 숨어 있던 캐머런을 보았다. 바로 눈이 마주쳤다. 그녀의 이글거리는 눈빛은 '증인이 되어 줘'라고 말하는 것 같았다.

———

한 성인 남자가 손턴 씨네 울타리를 넘어와 나무 아래에서 루신다를 만나고 있었다. 그는 두툼한 손으로 루신다의 엉덩이를 잡아 가까이 당기고, 그녀의 머리를 얼굴에서 떼어 내고 있었다. 그는 달빛 아래에서 루신다의 입에 키스했고 풍경은 달랑거리며 울리고 있었다.

그 남자는 손턴 씨였다. 그는 울코트를 입고 있었다. 반짝이는 구두를 신고, 버튼다운셔츠에 넥타이는 매지 않았다. 풍성한 가슴털이 보이게 단추 몇 개를 푼 채였다. 손턴 씨는 루신다의 입에 키스하면서 루신다의 상어 지느러미 같은 엉덩이를 아빠처럼 커다란 손으로 감싸며 이마를 루신다의 이마에 대고 눌렀다.

손턴 씨 옆에 절름거리는 강아지가 있었다. 손턴 씨는 목줄을 잡고 있었고, 밖에 나와 기분이 좋은 강아지는 풍경이 달려 있는 나무줄기의 냄새를 맡고 있었다. 손턴 씨는 커다란 파란색 사각형 손잡이에서 나오는 강아지 목줄을 줄자처럼 조정했다. 10시, 손턴 씨가 강아지를 산책시키는 시간이었던 것이다. 손턴 씨가 강아지를 데리고 나오면 캐머런은 언제나 집으로 돌아갔다. 그와 이 공간을 공유하는 것이 무서웠기 때문이었다.

캐머런은 나무 뒤에 서 있었다. 나무껍질이 나무 위아래에 일정한 모양으로 줄지어 있었다. 캐머런이 손으로 만든 나무껍질 얼굴들이다. 루신다가 손턴 씨에게 키스하자 노려보는 얼굴, 심판하는 얼굴, 지켜보는 얼굴, 놀라지 않은 얼굴이 떠올랐다.

그 둘은 캐머런이 들을 수 없는 작은 소리로 속삭였다. 캐머런은 사람들을 바라보는 것이 어떤 것인지 갑자기 알게 되었다. 사람들이 음악에 맞춰 노래를 부르는 것은 볼 수 있지만, 무슨 노래를 부르는지는 들을 수 없다. 그들이 잠들기 전에 차를 마시는 모습을 볼 수 있지만, 그들이 혀에 느끼는 쓴맛은 절대 알 수 없을 것이다. 그들이 전화 통화하는 모습을 볼 수는 있지만, 전화를 하고 있는 사람과 사랑을 속삭이고 있을지는 모르는 일이다. 본다는 것은 유용하고 전문가가 그린 그림처럼 아름답지만 언제나 진실을 보여 주는 것은 아니다. 진실은 캐머런의 내면 어딘가에 깊게 자리 잡은 바위 같은 것이다. 캐머런이 돌아서기 전에, 루신다의 일기장을 차디찬 테니스장 옆 땅바닥에 놓고 떠나기 전에 루신다와 손턴 씨가 소리를 지르기 시작했다.

———

캐머런은 큰소리만 알아들을 수 있었다.

"너는 그러지 않을 거야."

손턴 씨가 말하고 있었다.

"난 네가 그러지 않을 거란 걸 알아."

그것은 너무나 아무렇지 않게, 너무나 대수롭지 않게 일어났다. 캐머런은 죽음이 어떻게 그렇게 바로 나타났는지 이해할 수 없었다.

손턴 씨가 루신다의 어깨를 손으로 세게 누르고 있었다. 루신다는 홱 돌아서서 그의 손길에서 빠져나왔다. 손턴 씨가 그녀를 잡았고 루신다는 뒤로 넘어졌다. 그녀는 잔디밭에서 재빨리 몇 걸음을 옮겨 뒤를 돌아 운동장 쪽으로 뛰었다. 손턴 씨가 뒤를 쫓아갔다.

그는 회전목마 앞에서 루신다를 따라잡았다. 그 작은 강아지의 줄이 달린 무거운 손잡이를 손에 쥐고 가한 강력한 일격으로 그녀의 머리 한쪽이 깨졌다.

작은 비명을 지르며 루신다가 쓰러지고 바로 정적이 흘렀다.

캐머런은 소리치고 싶었다. 아니 루신다가 캐머런을 부르기를 바랐다. 캐머런이 거기 있다는 것을, 그가 보고 있었다는 것을, 언제나 지켜보고 있다는 것을 알고 있다고 인정하기를 바랐다. 캐머런이 그녀를 사랑했고 도와줄 것이라는 사실을 인정하기를 바랐다. 하지만 루신다는 회전목마에 배를 대고 누워 있을 뿐이었다. 루신다의 치마 뒤쪽이 떨어질 때의 충격으로 위로 젖혀져 있었다.

그녀는 결코 시체처럼 보이지 않았다. 손턴 씨는 양복 차림으로 무릎을 꿇고 절규하며 루신다를 흔들어댔지만 그녀의 몸은 축 처져 있었다. 죽은 것이다. 몇 분이 흐르고, 손턴 씨가 공포에 질려 집으로 도망쳤다.

그 현장이 캐머런 주변에 소용돌이칠 때 나무들이 캐머런을 향해 얼굴을 찡그렸다. 어두움과 혼란 그리고 떡이 진 금발 머리.

———

머리가 기괴하게 돌려진 채로 루신다가 누워 있을 때, 캐머런은 일기장을 든 채로 어둠 속에 서 있었다. 캐머런은 인생에서 처음으로 투명인간이 되게 해 달라 간절하게 빌었다.

기적처럼 눈이 내렸다. 하늘이 가장 친절하게 애도하는 방법이었다. 캐머런은 눈송이가 손과 목에 내려앉도록 가만히 있었다. 그는 눈이 녹지 않기를 빌었다.

피부에 감각이 없어질 때쯤에는 마치 동물의 털처럼 눈이 몸 전체에 쌓였고 재킷은 흠뻑 젖었다. 코에서 흐르는 콧물이 입안에 가득해졌을 때 비로소 캐머런은 움직일 수 있었다. 겨우 루신다를 떠날 수 있었다. 회전목마 위에 눈을 뜨고 누워 있는 건 루신다가 아니었다. 그저 하얀 눈 위에 붉은 피로 뒤덮인 한 소녀일 뿐이다.

걸어가면서 멀리서 딸각 소리와 함께 문이 닫히는 소리를 들었다. 야간 경비원이었다. 세상에서 유일한 캐머런의 친구. 야간 경비원은 근무가 끝나고 아침에 주차장을 건너갈 때까지 루신다를 보지 못할 것이다. 그래서 캐머런은 평소 가던 길을 따라 걸었다. 오늘 밤 그는 머릿속이 복잡하게 얽혀 있다. 그래서 인사를 하지 않았나 야간 경비원은 어제처럼 어깨를 으쓱했다. 울고 있는 하늘을 향해 들고 있는 손이 '그래 나도 알아. 너무 잔인하지'라고 말하는 것 같았다.

캐머런은 경비원이 루신다를 발견하도록 내버려두었다.

———

절벽에서 제이드는 캐머런의 총을 겁에 질려 보고 있었다. 캐머런은 그날 밤 이후의 일들도 기억해 냈다. 아빠의 옷장 바닥에서 일기장을 셔츠와 벨트 사이에 쑤셔 넣었다. 그는 목탄으로 난도질된 그림을 그렸던 것을 기억했다.

"사실주의는 네가 본 것으로 이루어진단다."

오 선생님의 말버릇이었는데, 캐머런은 그 말이 싫었다.

그래서 캐머런은 위험한 절벽에 걸터앉아 루신다의 옆얼굴을 생각하고 있었다. 손턴 씨의 커다란 손이 싫었다. 루신다를 더듬던 낯선 그 손이. 캐머런은 슬펐다. 너무나 슬펐다. 루신다는 죽었고, 캐머런을 사랑하지도 않기 때문이다. 그녀는 그 누구도 사랑하지 않았지만, 특히 캐머런을 사랑하지 않았다. 캐머런은 루신다가 죽었다는 사실과 그와는 전혀 상관없는 일로 죽었다는 사실 중에 어떤 것이 자신을 더 비참하게 하는지 알 수 없었다.

제
이
드

엄마는 언젠가 내 심장이 돌로 만들어진 것 같다고 했다. 나는 이 말을 절대 잊을 수 없다. 내 가슴에 자리 잡고 있는 심장, 그 바윗덩이가 호수 바닥의 진흙 덩어리 속에 가라앉는 상상을 한다.

캐머런은 작은 검은색 총을 들고 있었다. 나는 그 순간 내 심장이 바윗덩어리라는 사실이 날 구해주리라는 바보 같은 생각을 했다. 그 누구도 돌로 만들어진 사람을 다치게 할 수 없다.

방금 무슨 일이 일어난 건지 잘 모르겠다. 하지만 나는 분명하게 느꼈다. 위험하다. 나는 지금 위험에 처해 있다.

캐머런의 머리는 막 웃기 시작할 때처럼 목이 뒤로 젖혀져 있었다. 캐머런은 물어뜯은 손톱으로 총구, 탄창 그리고 방아쇠를 바시삭거리고 있었다. 총은 길이가 오 인치도 안 될 정도로 작았지만 캐머런의 손 안에서는 아주 커 보였다. 공기 중에 철 같은 냄새가 났다. 오줌 냄새였다.

바람이 불어 내 머리가 어깨 뒤로 넘어갔다. 갑작스럽게 캐머런이 등을 세워 바로 앉는다. 그리고 방아쇠에 손을 넣는다.

'원하는 게 뭐야?'

곧 모든 게 끝날 것 같은 상황 속에서 나는 스스로에게 물었다. 나는 뉴욕을 보고 싶다. 나는 용암이나 중력 같은 글을 쓰고 싶다. 브룸스빌의 경계 너머에 많은 것이 기다리고 있고, 나는 그것들이 어떤 맛인지 알고 싶다. 어딘가의 욕실 형광등 아래에 나와 함께 서서 '널 원해'라고 진심으로 말해 줄 사람이 있을 것이다. 나는 죽음을 무서워하고 싶지 않지만 내 심장은 돌로 만들어지지 않았다. 내 심장도 다른 사람과 똑같다. 나는 기억을 무서워하고 싶지 않다.

그때 처음으로 내 미래가 구체적으로 보였다. 바로 가까이에 있는 잘 알지 못하는 소년이 그 미래를 손에 쥐고 있었다. 손을 뻗으면 만질 수 있을 것만 같았다.

"손턴 씨야."

캐머런이 말한다.

"기억나. 손턴 씨가 그랬어."

———

나는 이브 손턴의 옷장에서 발레리나를 처음 보았다. 발레리나는 그 장소와 어울리지 않았다. 너무나 섬세한 발레리나는 손턴 씨 집의 어디에 두어도 자연스럽지 않았다. 손턴 부부는 이 년 전에 이사를 왔지만 그 집에는 풀지 않은 이삿짐이 아직도 쌓여 있었다.

잠시 동안(아마 한 달 동안)손턴 부부는 인형을 올리의 침대 옆 탁자 위에 올려놓았다. 이브의 몸이 좋지 않던 시기였다. 그녀는 나와 루신다에게 아기를 맡기고 며칠 동안 커튼을 친 방에서 나오지 않았다.

그 첫째 주 어느 날인가 손턴 씨가 술에 취해 집에 왔다. 음정이 맞지 않는 휘파람을 불며 무신경하게 활달한 모습을 보고 그가 취한 걸 알았다. 손턴 씨가 들어왔을 때 나는 올리와 거실에 있었다. 넥타이와 셔츠 위쪽 단추 세 개가 풀어져 있었다. 그는 문가에서 흥얼거리며 눈을 감고 상상 속에서 왈츠를 추듯 보이지 않는 소녀를 팔로 안고 있었다. 푸들이 흥분해서 그의 발치를 뛰어다녔다.

올리가 울었다. 매일같이 시끄럽게 울었다. 이브는 점점 병이 심해져서 대부분은 위층 복도 끝에 있는 방으로 들어가 문을 잠그고 있었다.

왈츠의 밤이 지나고 며칠 뒤, 발레리나 인형이 사라졌다.

나는 그것에 대해 깊이 생각하고 싶지 않았다.

지금 생각해보니 그것은 죽은 자가 보내는 신호였다. 아니 신호가 아니었다. 그냥 원래 그렇듯 세상이 돌아가고 있는 것이다.

———

"캐머런."

목소리를 담담하게 내려 애쓰며 말했다.

"난 네가 나쁜 사람이라고 생각하지 않아."

마치 평화를 제안하는 것처럼 그의 손바닥에 놓여 있는 차가운 물고기 같은 총. 그가 몇 마디 말로 설명을 더했다.

"내가 봤어. 그 아저씨가 루신다를 때려서 루신다가 움직이지 않게 되었어."

아주 느린 동작으로 나는 총을 잡는다. 나를 보는 캐머런의 모습은 항복하는 것처럼 보였다. 그는 반항하지 않았다. 총은 예상보다 무거웠다. 캐머런의 피부에 닿았던 부분에 온기가 남아 있었다.

"일어나. 집에 가자."

나는 손턴 씨가 나 대신 루신다에게 보모 일을 맡겼던 그때를 생각하며 말했다.

––––––––

엄마와 함께했던 그 많은 밤들을 생각했다. 와인색의 이빨, 내 뒤의 차가운 벽, 다음의 주먹질을 기다리는 긴 시간들. 바로 다음 순간 주먹이 날아오기도 했고, 그대로 끝나기도 했지만 기다림의 순간은 언제나 공포 그 자체였다. 공포 속에서 나는 익숙한 춤을 추었다. 오늘 밤도 그렇다. 하지만 캐머런이 일어나는 것을 돕고 있는 지금의 나는 평소의 나와는 다른 느낌이 들었다. 구석에서 움츠린 채로 주먹이 날아오는 것을 기다리거나 무서운 것을 쓸어버리듯이 심하게 밀쳐지는 일을 기다리던 내가 아니었다. 나는 이제 더 키가 컸고, 견뎌내고 있다.

엄마 때문에 온 다리에 생긴 멍들을 찌른다. 고통이 느껴지지만 참을
수 있다.

———

우리는 눈이 녹고 있는 산을 비틀거리며 내려왔다. 캐머런은 거의 걸을
수 없어서 내가 부축해 주었다. 그에게서 퀴퀴한 흙과 소변 냄새가 났
다. 바지는 다리 아래쪽까지 축축하게 젖어 있었다. 내가 총을 들고 있
고 캐머런은 그런 나에게 기대고 있었다.

　우리는 우연의 산물이고, 낯선 자들이다. 이론상 둘 다 잘못이 있다.
이런 아이러니로 내 손이 떨렸다. 캐머런은 눈치채지 못했다. 숨을 헐떡
이는 개처럼 그는 숨을 거칠게 몰아쉬었다. 그의 입에서 퀴퀴한 냄새가
났다. 나는 고개를 돌린다.

　정말 웃기는 일이다. 누군가에게 자신이 대단히 중요하다고 생각하
는 것 말이다. 우리가 우주의 중심에 있고, 태양이 자기 주위를 돈다고
생각한다. 서로의 세세한 것까지 알려고 한다. 머뭇거리며 조금씩 조금
씩 다가간다. 우리는 원하는 만큼 멀리 걸어갈 수 있지만 그건 중요하지
않다. 우리는 그들의 지도에 나와 있지도 않을 테니까.

　우리는 살인자가 아니다. 우리는 어리석은 아이들이고 피해자이다.

러
스

러스는 차에서 내렸다. 절벽 입구에서 이마를 자동차 핸들에 대고 심장 박동 수를 세고 있었다. 너무 오래 앉아 있어서 다리에 쥐가 났다. 차에서 내리자, 허벅지에 감각이 돌아오는 게 느껴졌다. 열쇠를 주머니에 넣고 문을 닫은 뒤 손을 머리 위로 올렸다. 늘어난 근육들이 그를 깨웠다. 저녁이 되니 꽤 추웠다. 장갑이나 모자를 가져왔어야 했다. 트럭이 요란하게 지나갔고, 러스는 매연 때문에 기침을 했다.

해가 이제 막 지기 시작해서 세상이 오렌지빛으로 물들기 시작했다.

러스는 언덕을 오르기 시작했다. 그는 고요한 호수가 뒤에서 비춰 오는 브룸스빌의 작은 불빛들에 일렁이는 그 모습을 좋아한다. 하지만 러스는 이 산에 오랫동안 오지 않았다. 얼마 안 가서 숨이 찼다. 물을 좀 가져왔으면 좋았을 텐데. 얼어붙은 찬 공기에 목이 아팠다. 가쁘게 쉬는 숨에 입김이 나왔다.

소리. 목소리다.

정상까지 반 정도의 거리가 남았을 때, 두 사람이 나타났다. 한 명은 발을 절고, 다른 한 명이 부축하고 있었다. 소년과 소녀였다.

"이봐!"

러스가 소리쳤다. 하지만 누구도 대답하지 않았다.

후드티를 입고 있는 소년의 바짓가랑이 부분이 진하다. 소녀는 총을 들고 있다. 소녀가 러스를 보고, 가까이 오라는 손짓을 하자 러스는 서둘러 경사면에서 그들을 마주한다. 항복할 때처럼 양손을 들고 "쏘지 마!"라고 소리쳤다. 소녀는 옆으로 총을 들고 있다. 총은 그녀의 몸에서 일 피트 정도 떨어져 있었고, 방아쇠가 아니라 총구 쪽을 꽉 쥐고 있었다.

그들의 얼굴이 선명하게 보이기 시작했다. 잠시 리의 얼굴이 뇌리를 스친다. 여성스러운 손과 병째로 맥주를 마시던 리의 모습. 그리고 그의 검게 그을린 목 뒤로 방울져 흐르던 땀이 생각났다. 리가 이제 자신에게 돌아왔다는 생각을 하기도 전에 소년이 더 가까이 다가왔다. 캐머런이었다. 바지의 어두운 부분이 번져 가고 있었다. 그는 정신이 나간 상태였다.

소녀가 러스에게 총을 건넸다. 러스는 재빨리 총알을 빼서 주머니에 넣었다. 아무도 말을 하지 않았다.

러스는 차에서 잠든 딸을 들어 올리듯 캐머런을 안았다. 소년은 무겁지 않았지만 바지에 지린 오줌 때문에 축축했고 산을 내려오는 동안 러스의 코트와 강인한 팔에 그의 오줌이 스며들어 냄새가 났다.

"얘가 그런 게 아니에요."

소녀 제이드가 말했다. 언덕을 내려와 경기장과 허물어진 주유소를 지나는 동안 그녀는 손으로 무릎을 움켜쥐고 있었다. 네모난 손톱에 칠한 검은색 매니큐어는 깨지고 갈라져 있다. 화장은 번져 눈 밑으로 검은색 줄이 그어져 있다. 제이드의 자전거와 함께 뒤에 앉아 있는 캐머런은 창밖을 응시하고 있다. 러스는 캐머런의 젖은 바지 아래에 트렁크에 있는 방수포를 깔아 볼까 생각했다. 하지만 캐머런에게 굴욕감을 주는 건 좋지 않을 것 같았다.

"제 말 듣고 계세요?"

소녀가 말한다.

"캐머런은 루신다를 죽이지 않았어요. 이웃 남자가 죽였어요."

"네 말 믿어."

러스가 말한다.

관할 경찰서에 도착할 때쯤에 러스는 휴대전화를 열었다. 그의 손이 번호를 기억하고 있었다. 오랫동안 춰 왔던 안무처럼.

"신시아? 캐머런과 있어요. 괜찮아요."

———

캐머런은 눈물을 흘리며 떨리는 목소리로 사건의 전말을 말했다. 모든 것이 끝나고, 신시아는 음수대에 있는 러스에게 다가왔다.

"러스, 집으로 데려와 줘서 고마워요."

신시아가 말했다.

형광등 아래 지친 모습의 신시아가 그의 앞에 서 있다. 러스는 다가가 그녀를 안았다. 신시아의 향기, 라벤더와 레몬그라스 향기가 났다. 몇 년 만에나 맡아 보는 그녀의 향기였다.

둘은 이렇게 서서 서로의 슬픔을 흡수했다. 러스는 진심으로 정원에 함께 있던 그날로 시간을 되돌리고 싶었다. 그때 그 정원에서 신시아의 얼굴의 땀을 닦아 주고, 땅에 자란 모든 독초를 함께 뽑고 싶었다.

———

러스가 밤늦게까지 서류를 작성하는 동안 윌리엄스 형사가 이웃 남자를 체포했고, 반장은 새로운 소식을 보도 차량에 전했다. 한 차례의 축하 세례가 끝나고, 다른 사람들은 모두 퇴근했다. 녹초가 된 러스는 커피를 한 잔 마시러 휴게실로 갔다.

휴게실은 십칠 년 전이나 지금이나 변한 것이 하나도 없다. 러스는 리가 맞은편 접이식 탁자에 앉아 에이스 카드를 몇 장 들고 웃으며 속임수를 쓰는 모습을 상상한다. 리가 카드를 내려놓으면 둘은 모두 큰소리로 웃기 시작할 것이다.

"이제, 디 기 된 건 이제, 니보니 실알 누 있유 사아

리가 그렇게 말하면 러스는 고개를 흔들며 농담으로 화난 척한다.

오늘 밤, 그 기억은 어딘가에 찔린 상처가 아니라 추억처럼 느껴졌다. 아련하지만 변하지 않는 추억이었다. 러스는 덜덜 소리를 내는 커피머신 앞에 서서 그때부터 몇 년의 세월이 흘렀다는 사실에 안도했다. 그리고 지금의 러스가 예전의 애송이 러스와는 크게 다르다는 사실에 고마움을 느꼈다.

제
이
드

"모든 일에는 이유가 있단다."

아르노 아주머니는 그렇게 말하곤 했다. 잽은 말도 안 된다고, 그건 논리적인 오류라고 말했다. 그건 자신의 존재를 확인하기 위해 이빨 요정이 있다고 믿는 것과 똑같은 것이라고. 이게 안전 담요라고 말하는 것과 같은 거라고. 그건 그냥 핑계일 뿐이라고 잽은 말했다.

나는 그 말의 일부에는 동의하지 않는다. 모든 일에 다 이유가 있다고는 생각하지 않지만 어떤 일은 당연히 이유가 있을 것이다. 루신다가 죽은 데는 이유가 있을 것이다. 나도 캐머런도 그 이유는 모르지만.

경찰서에서 캐머런의 엄마를 기다리는 동안, 접수원이 그에게 깨끗한 바지를 주었다. 캐머런은 욕실에서 나와서(창피함을 느끼기에는 정신이 없었다)경찰서 대기실의 차가운 벤치에 앉아 있는 내 옆으로 왔다.

캐머런의 슬픔은 만질 수 있다. 구부러진 그의 등뼈와 낡은 후드 아래 숨은 그림자에서 뿜어져 나오는 열기와 같았다.

나는 캐머런의 손을 잡아 내 손과 깍지를 꼈다. 식은땀이 났다. 우린 서로 말이 없었다. 캐머런의 엄마가 황급히 눈물을 흘리며 경찰서에 들어왔을 때, 캐머런의 손이 내 손에서 빠져나갔다. 마치 달콤한 깊은 잠에서 깨어나는 것 같았다. 루신다가 죽은 이후 처음으로 슬픔을 느끼는 그런 이별을 맛보았다.

———

엄마가 경찰서에 왔다.

나는 자전거와 함께 밖에서 기다리고 있었다. 엄마는 아무 말도 하지 않고 트렁크에 자전거를 실었다. 엄마가 이렇게 힘을 쓰는 모습을 몇 년 만에 보는 건지 모르겠다. 차 뒷문을 세게 닫고 엄마는 손을 털어 먼지를 떨어냈다. 자동차들은 경찰서를 빠르게 지나고 있었고 우리는 바람 속에 서 있었다. 저녁 바람을 무시하려 애쓰는, 양립할 수 없는 두 사람의 모습 같았다. 엄마는 재킷을 입지 않았다.

"플레처 경관이 전화했었어. 너 휘틀리랑 같이 있었다며?"

"네."

"나한테 먼저 말했어야지. 그럼 경찰서까지 데려다 줬을 거야."

"아니, 엄마는 안 그랬을 거예요."

"너 그게 무슨 말버릇이야."

엄마가 가까이 다가와 나를 안았을 때, 나는 그만하라고 말하려던 참이었다. 엄마의 몸과 접촉한 것이 언제였는지 기억나지 않는다. 엄마에게서 오래된 담배 냄새가 났다. 엄마를 감싸 안으며 엄마의 브래지어 끈 아래로 튀어나온 살을 손으로 잡을 수 있을 것 같았다.

포옹은 아주 짧게 끝났다. 나는 차 옆으로 걸어갔고, 에이미가 뒤에 앉아 있었다. 나에게 앞좌석을 양보한 것이다. 차에 타자, 에이미가 여기저기 살피더니 안쪽 손잡이를 손톱으로 두드렸다. 그러고는 목을 길게 빼서 경찰서를 보면서도 관심이 없는 척 했다.

"나중에 말해 줄게."

에이미에게 말했다. 오늘 밤 우리는 함께 이불을 덮고, 나는 에이미에게 말해 줄 것이다. 잽에 대해서도, 그 의식에 대해서도, 총에 대해서도, 또 해가 지는 하늘에 대해서도. 에이미는 손가락으로 머리를 꼬면서 내 얘기를 들을 것이다. 이야기를 끝마치면, 에이미는 가슴을 내 등에 붙이고 그렇게 누워 있을 것이다. 우리는 서로 다른 부분 때문에 아파하지만 그 아픔은 조화를 이루는 색을 띠고 있을 것이다.

내가 엄마에게 데리러 오라는 전화를 끝내자 플레처 경관이 나를 옆으로 끌며 말했다.

"이 사건이 엉 ... 비꼬니아,"

엄마가 잠이 든 뒤에 나는 뒷문으로 집을 빠져나왔다.

테리는 소파에 평소와 같은 자세로 앉아 있다. 뉴스에서는 같은 장면이 계속 방송되고 있었다.

"피해자의 이웃 중 아직 신원이 확인되지 않은 한 명이 현재 유력한 용의자로 구금되었습니다. 들어온 정보에 따르면 피해자는 이웃집 남자와 부적절한 관계였다고 합니다."

카메라가 곤잘레스 서장의 모습을 클로즈업해서 보여 주었다. 서장은 제복 소매에 기침을 하고 다음과 같이 말했다.

"헤이스 가족에게 정의가 실현될 수 있도록 모든 방법을 동원하고 있습니다."

경찰차들이 손턴 씨 집 앞에 몰려들었고, 파자마 차림의 이웃들은 호기심에 가득 차서 우편함 근처에서 수군대고 있었다.

나는 모여 있는 이웃들을 뒤로 하고 반대쪽을 향했다. 우선 하위를 보러 가야 한다.

겨울에는 그에게서 나는 악취가 사라진다. 여름에는 열 때문에 스며든 오줌과 쉰내 나는 옷이 그의 더러운 피부에 달라붙어 있다. 하지만 2월에는 그렇게까지 심하지 않았다. 하위는 항상 기대고 있는 벽 쪽에 축축한 낡은 이불을 덮고 앉아 있었다. 그의 얼굴은 햇빛에 심하게 그을려 있었고, 번들거리고 붉게 갈라져 있었다. 오른손은 손바닥을 위로 향한 채 쫙 펴져 있다. 잠잘 때조차도 하위는 어떻게 구걸해야 하는지를 알고 있는 것이다.

"하위?"

나는 그를 불렀다. 하지만 내 목소리는 그를 깨울 정도로 크지는 않다.

"나예요. 셸리."

나는 바람을 막기 위해 옷을 여미며 웅크리고 앉는다.

"할 말이 있어요."

소용없었다. 그는 내 말을 듣지 못한다.

"내 이름은 제이드 딕슨 번스예요."

이 추위에 어떻게든 살아남은 개미들이 줄지어 콘크리트를 가로질러 행진하고 있다. 한 마리씩 한 마리씩. 나는 장갑 낀 엄지손가락으로 개미 한 마리를 짓눌렀다. 그러고는 후회하며 구겨진 신문지에 손을 닦았다.

"난 열일곱 살이고, 파리로 이사 가지 않아요. 그리고 사랑에 빠지지도 않았어요. 당신은 이걸 알아야 해요. 저는 사랑에 빠지지도 않았어요."

하위는 대답하지 않았다. 그냥 그곳에 의식 없이, 지난밤 마신 위스키에 인사불성이 되어 누워 있을 뿐이었다.

기분이 한층 가벼워진 것 같았다. 아니 조금 더 나은 사람이 된 것 같았다. 실제로는 그저 언제나의 나일뿐인데.

나는 집 뒤쪽으로 난 벌판을 통과해서 집으로 왔다. 나는 플리스 잠옷 바지를 입고 방한 부츠를 신고 있었다. 양쪽 엄지에 구멍이 난 벙어리장갑 속으로 바람이 들이와 손이 시렸나, 늘판을 숙사쓸 지나다가 몸두게가 컸다는 생각이 들었다.

예전에는 이곳이 훨씬 더 넓게 느껴졌다. 끝없이 넓은 곳인 것만 같았다. 잽과 함께 하늘을 보러 왔을 때, 마치 세상의 끝을 보는 것 같았다. 그런데 지금은 들판 저쪽에서 반짝이는 집을 볼 수 있다. 지루한 사람들의 지루한 삶을 볼 수 있다. 이 어둠이 무슨 일을 벌일지, 나는 잘 모른다. 하지만 분명한 것은 이 어둠이 무한하지 않다는 것이다.

캐
머
런

집에 와서 씻고, 깨끗한 옷으로 갈아입은 캐머런은 아빠의 오래된 친구들 앞에 앉아 있던 때를 생각했다. 그날 본 것을 말했다. 러스 플레처 경관이 질문했을 때 비로소 안심이 되었다.

"캐머런, 너는 매일 밤 루신다를 지켜봤어. 그런데 어떻게 이런 낌새를 눈치채지 못했지? 왜 이 부적절한 관계를 눈치채지 못한 거야?"

유일한 설명은 루신다가 철저하게 그 사실을 숨겼다는 것이다. 더는 숨길 수 없을 때까지. 캐머런이 거기 있다는 것도, 그가 잔디밭에서 숨죽이고 있다는 것도 루신다는 알고 있었다. 그 사실이 캐머런에게 아주 조금 위로가 되었을 뿐이다.

'너는 나를 무섭게 해.'

루신다는 일기장에 그렇게 썼다. 그리고 그것은 캐머런을 향한 것이 아니었을 지도 모른다.

캐머런은 지난 8월을 생각했다. 루신다가 엄마의 욕실에 서서 손목에 엄마의 향수를 뿌리던 그날, 손턴 씨의 강아지가 웃는 소리가 들려오던 그날을.

러스

기나긴 하루를 마치고 집에 왔을 때, 러스는 이네스가 있을 거라고 기대하지 않았다. 그녀는 붓고 충혈된 눈으로 침대에서 뜨개질을 하고 있었다.

처음에는 화가 났지만 곧 피곤함만이 느껴졌다. 러스가 이네스의 옆에 앉자 매트리스가 가라앉았다.

"당신 괜찮아요?"

이네스가 묻는다.

"나 당신한테 거짓말을 했어."

러스가 말했다.

"어제요?"

"캘리포니아에서 보냈던 그날. 누군가를 사랑한 적이 없다고 했잖아."

이네스는 다리를 이불에서 빼더니 침실 스탠드에 놓여 있던 담뱃갑을 집는다. 러스는 이네스가 담배를 피우는 것을 본 적이 없다. 그들은 침실 창문에 몸을 기댔다. 이네스는 담배 두 개비에 불을 붙여 하나를 그에게 주었다. 이네스는 잠옷을 입고 러스는 빳빳하게 다려진 경찰 제복을 입고 있다. 그가 이야기를 시작했다.

십칠 년 전에 시작된 일이라고, 그때부터 그는 달리고 있었다고 말한다. 그는 이네스에게 그간 말하지 않았던 모든 것을 털어놓았다. 새끼손가락을 걸었던 일과 어떻게 그토록 작은 몸짓이 폭발하는 느낌을 줄 수 있는지에 대해서도 모두 이야기 했다. 이야기가 캐머런에 이르렀을 때에는 이미 몇 시간이 흘렀고, 그들은 침실 창 아래 벽 쪽에 앉아 있었다.

이네스는 잠시 아무 말이 없었다. 러스는 그녀가 화가 난 줄 알았다. 이네스가 언제나 화가 나 있었던 거라면 이건 수동적이고 순종적인 그녀를 잘못 본 것이리라. 알 길이 없었다. 러스는 배지와 총을 들고 있는 사람이었고, 이네스의 유일한 무기는 침묵이었으니까.

"이리 와요. 신선한 공기를 쐬어야 할 것 같아요."

이네스가 말했다.

이네스는 그를 욕실로 데리고 가서는 창문을 열고, 방충망을 힘겹게 열었다. 러스는 안타깝지만 이제껏 자기 집 지붕에 올라가 본 적이 없었다는 사실을 깨닫는다.

그들은 지붕 판자 위에 앉아 침실에서 가져온 이불을 덮었다. 이네스가 러스에게 자신의 이야기를 하기 시작했다. 낡은 캠리를 타고 혼자서 미국에 온 그녀는 나중에 이 차를 이반의 친구에게 팔았다. 입국 심사원이 그녀를 조사했다. 이네스는 이반이 고향에서는 전혀 범죄와 연관이 없었다는 것을 다시 한 번 말했다. 하지만 여기서는 관광비자가 만료된 후에는 취직을 할 수가 없었다. 교회를 유지하려면 돈이 필요했다. 러스와 동료들이 풀크럼가에 있는 집에 들이닥쳤을 때 이반은 일에 막 손을 댄 참이었다.

이네스는 결혼을 한 이후 몇 년 동안 무슨 일을 하며 지냈는지 말해주었다. 가족들과 영상통화를 하고 돌아갈 준비를 하면서 이반과 싸우기도 하고, 그의 시민권을 요청하기도 했다. 이반은 자기를 감옥에 보낸 이 나라를 사랑했고, 이 나라를 바르게 하려는 생각을 가지고 있었다. 이네스도 교회에 남겠다고 이반에게 약속했다. 그들은 사람들을 돕고 있었다. 더 좋은 장소를 위해 돈을 벌어야 했고, 이네스가 가르치는 학생들의 부모들이 기부도 했다고 한다. 라이트에이드가 있던 곳에 새로운 교회를 열 계획이고, 이네스는 기금 모금 캠페인을 벌이고 있었다. 이네스는 이미 모든 계획을 마르코에게 말했다고 한다. 듣고 질문하고, 더 자세히 질문하는 마르코는 이네스를 이해하고 있었다.

"내가 미운가?"

러스가 물었다.

"조금요. 하지만 당신도 내가 미울 거예요."

"그런 것 같군."

"나는 떠날 거예요. 알죠?"

거기 리스에게 민헌비.

"응. 알아."

그러고는 이네스는 묻는다.

"정말 이반의 짓이라고 생각했어요? 이반이 정말 루신다를 죽였다고 생각했어요?"

"아니."

"나는 당신이 진짜로 그렇게 믿었다고 생각하지 않아요. 당신은 그저 이반을 괴물이라고 생각한 거예요."

"아마도."

러스가 대답했다.

그들은 담배 한 갑을 모두 피웠다. 태양이 평원 위로 솟아오르며 모든 것을 황금빛으로 물들이고 있었다. 지붕에서 러스는 골목길 사이사이에 난 모든 길을 볼 수 있었다. 이네스가 떠날 것이라는 사실도 알고, 이것이 마음을 쿡쿡 찌르는 듯한 아픔을 준다는 것도 알고 있었다. 러스는 이네스의 작은 손을 하루 종일 입어 냄새가 나는 그의 셔츠 속 배 위로 끌었다. 이네스의 온화한 손바닥은 비밀이 묻혀 썩어가던 그곳을 부드럽게 치료해 주는 연고 같았다.

———

오후 3시, 러스가 깨어났을 때, 이네스는 없었다.

커피를 마시러 내려오자 사방에 남은 이네스의 흔적이 보였다. 사방에 널린 실타래는 이네스가 남긴 흔적이었다. 계단 위를, 현관 홀을, 그리고 식탁을 덮고 있는 엉킨 실들은 이끼처럼 보였다. 분홍색, 겨자색,

초록색의 이네스. 러스는 방을 하나씩 돌아다니며 블라인드를 열어 방을 환하게 했다.

수년 동안 바느질을 해 온 이네스는 형태 없는 마지막 저항의 표시를 남겨 놓았다. 그녀는 떠나기 전 옷장을 가득 채웠던 손뜨개 스웨터, 담요, 모자, 양말을 모두 풀었다. 적어도 이런 면에서 러스는 자신의 아내를 파악하고 있었던 것 같다. 이것은 그녀의 자비이자 복수였다.

몇 주 후

제
이
드

나는 학생 식당에서 잽을 보았다.

내가 점심이 든 갈색 종이 가방을 가지고 운동장 쪽으로 나가는데 잽이 내게 뛰어왔다. 그는 부끄러워하며 "미안해"라고 중얼거리듯 말했다. 나는 괜찮다고 말했다. 잽은 안경을 쓰고 있지 않았다. 안경을 쓰지 않은 잽은 거의 장님이나 다름없으니 아마 콘택트렌즈를 꼈나 보다. 안경을 벗으니 얼굴이 더 작아 보였고, 마치 발가벗은 것 같았다. 잽은 어깨에 대문자로 이름이 새겨진 축구복을 입고 있었다.

말하고 싶지만 바보가 아니면 말할 수 없는 것

제이드 딕슨 번스 대본

실내 : 제퍼슨 고등학교 학생 식당 — 낮

셸리 : 미안해. 장례식 후에 있었던 일 말야.

소년 : 괜찮아.

셸리 : 하나만 말해 줘. 너는 나를 알고 있니?

소년 : 그럼. 당연히 알고 있지.

셸리 : 그런데 우리는 왜 이렇게 된 걸까?

소년은 손으로 머리를 빗으며 생각한다.

소년 : 서로 다른 존재로 자라 버린 거야.

셸리는 고개를 끄덕이며 받아들인다. 소년은 작게 손을 흔들며 사라진다.

———

"기다려."
잽이 서둘러 가고 있다.
"미안해."
그의 등에 대고 말했다.

"장례식 끝나고 있었던 일 말이야. 너희 집에서."

"괜찮아. 범인이 잡혔잖아."

"응."

우리는 서로 고개를 끄덕인다. 두 사람이 동시에 다른 공간에 갇혀 있다.

"다음에 또 보자."

잽은 보통 남자아이들이 쿨한 척 하듯이 턱을 내밀었다. 그 모습에 웃음이 나왔지만 잽은 보지 못한다. 이미 운동부 아이들 속으로 사라져 버린 뒤였으니까.

이 세상에는 백만 가지 사랑의 방식이 있다. 나는 그날 저녁, 욕실에서 잽의 엄지가 내 멍든 부위를 부드럽게 어루만지던 때를 생각했다. 그런 종류의 사랑을 어떻게 분류할 수 있을까? 미숙한 사랑? 찰나의 사랑? 나는 사랑과 우정의 차이에 대해 생각해 봤다. 어떻게 두 가지를 동시에 잃을 수 있는지 이해하려는 노력의 일환이었다. 하지만 그것은 중요하지 않았다.

어쨌든 그건 사랑이었다. 사랑이 그곳에 존재했고, 그걸로 충분했다.

나는 내 점심을 정원 근처 선반에 올려 두고 음악동으로 향했다. 연습실에서는 놋쇠와 리놀륨 냄새가 났다. 여기에서라면 크게 소리칠 수 있다. 아마 메아리치겠지. 드럼이 벽을 따라 줄지어 세워져 있고, 방 중앙에는 건반이 드러난 피아노가 놓여 있었다.

잽의 트롬본 케이스가 다른 트롬본 케이스들과 함께 세워져 있었나 케이스 끝 쪽에 붙은 라벨에 '아르노'라고 쓰여 있었다.

조개껍데기가 내 주머니 속에서 바스락거렸다. 나는 그것을 주머니에서 꺼내 빛에 비추어 보았다. 진줏빛의 투명한 조개껍데기. 화석. 나는 조개껍데기를 잽이 악보를 접어 보관하는 곳에 두었다. 조개껍데기는 오래된 '엘리제를 위하여' 악보 곁에 놓여졌다. 그렇게 두니 하찮은 물건처럼 보인다.

뒤에 있는 문을 쾅하고 닫은 뒤 어떤 기분인지 나 자신에게 물었다.

'바보 같아. 나도 알아. 감정에 이름을 붙이면 안 돼. 감정에 휘둘리는 건 이제 지긋지긋해.'

그래도 해방감이 느껴졌다.

———

"그녀가 쪽지를 남겼지 뭐야."

힐튼 랜치 호텔에 걸어 들어오는 나에게 넬리 이모가 말했다.

"누구요?"

"우리의 화요일의 여인 말이야. 멜리사가 304호 방에서 찾았어. 너는 이게 무슨 뜻인지 알 것 같아서."

넬리 이모는 내게 접힌 쪽지를 내밀며 덧붙여 말했다.

"101호에 누가 토했더라. 빨리 가 봐."

엘리베이터를 타고 보니 쪽지는 내 손가락만 한 크기로 공책 귀퉁이에 쓴 메모였다. 퀘리다가 무른 연필로 휘갈겨 쓴 메모였다. 스페인어로 되어 있어서 구글로 찾아 봤다.

'당신의 눈꺼풀 아래 빛도 없는 밤 속에서 길을 잃었다.

그리고 깨달음이 나를 감쌀 때

나는 다시 태어났다. 나의 어둠의 주인으로.'

네루다

발목 위로 일 인치 정도 올라간 제퍼슨 고등학교 운동복과 목 주변에 때가 탄 티셔츠를 입은 캐머런이 문을 열었다. 예상했던 대로 수척한 모습이었다. 그는 시선을 사방으로 돌렸다.

"나가자."

나는 계단에서 말했다.

"보여 줄 게 있어."

"지금?"

"응. 지금 당장."

날이 따뜻한데도 캐머런은 절벽에서 입었던 것과 같은 재킷을 입고 있다. 벨크로가 붙어 있는 지퍼 사이에 보푸라기가 끼어 있다. 캐머런 뒤로 잠옷 바지 차림에 팔짱을 낀 그의 엄마가 보인다. 계속 추위에 떨고 있던 것 같았다.

"제이드, 다시 만나서 반갑다."

그녀께 밀 린니,

"안녕하세요, 휘틀리 아주머니."

"네게 줄 게 있어. 여기서 잠깐 기다려 봐."

캐머런이 신발 끈을 묶는 동안 나는 어색하게 앉았다. 진실이 밝혀진 이후로 캐머런의 집에 한 번 왔었고 그때는 소파에 앉아 있었다. '풀 하우스' 여섯 편을 내리 보고 늦어서 집에 가야 한다고 말했다. 캐머런은 커다랗고 이상한 눈을 한 채 다시 오라고 했다.

캐머런의 엄마는 내 손에 보라색 브로슈어를 쥐어 주었다.

"한번 봐 봐. 네 나이 때 나도 참가했던 여름 프로그램이야. 너만 할 때 발레를 했었거든. 글 쓰는 거 좋아한다고 캐머런에게 들었어. 이거 괜찮은 프로그램이라고 하더라. 필요한 사람에게는 장학금도 주고."

뉴욕대학교의 여름 프로그램 브로슈어였다. '뉴욕의 중심에서 예술과 다양성이 넘치는 여름을'이라고 쓰여 있다. 문구만으로도 목구멍이 간지러워져서 나는 얼른 브로슈어를 접어 재킷 주머니에 넣었다. 아주머니는 이 브로슈어가 얼마나 부드럽게 나를 어루만져 주는지 모를 것이다.

"감사합니다."

"언제 돌아올래?"

아주머니가 물었다.

"한 시간 후에요. 길면 두 시간 있다가요."

내가 가져온 엄마의 자동차에 올라타 라디오를 틀었다. 크루시블 노래가 나오길 바랐지만, 내가 모르는 쓰레기 같은 대중가요가 나왔다. 고속도로에 진입할 때 캐머런은 이마를 유리창에 대고 밖을 바라보았다. 전조등 불빛이 혜성처럼 빠르게 지나갔다.

나는 호텔의 주차장에 차를 대고 군용 파카 주머니에서 만능열쇠를
꺼냈다. 캐머런이 다리를 질질 끌며 회전문과 엘리베이터들을 지나쳐
내 뒤를 따라온다. 호텔 방 앞에서 캐머런은 조심스럽고 은밀하게 주
위를 살폈다.

이 방이 깨끗하다는 건 알고 있다. 내가 직접 청소를 했고, 그 후로
아무도 예약을 하지 않았으니까. 숙박 명부를 세 번이나 확인했다. 쓰
레기통에는 새 쓰레기봉투가 씌워져 있고, 침대는 잘 정리되어 있었
다. 베개는 폭신하게 해 놓았다. 나는 유리 세척제를 사용해 거울도 닦
고, 수건도 코끼리 모양으로 접어서 킹사이즈 침대 발치에 놓았다.

"냄새 맡아 봐."

따라 들어오는 캐머런에게 말한다.

"냄새를 맡으라고?"

"깨끗하지?"

"엄청."

나는 침대 끝에 걸터앉아 이불을 쓰다듬었다.

"앉아."

캐머런은 시키는 대로 앉았다. 체크무늬 양탄자 위에 있는 그의 두
꺼운 방한 부츠는 고무로 되어 있었다.

호텔 방이 그렇다. 모두가 평등한 세상이다. 모든 방이 똑같고, 방 안
에서는 원하는 모습이 될 수 있다. 모두 까슬거리는 시트에 몸을 묻고
쉬이 들고, 수입이 약한 샤워기 아래 서서 샤워를 하고, 빳빳한 수건으
로 물기를 닦는다. 호텔에서는 자기가 어떤 사람이든 상관없다. 모든

사람은 그저 사람일 뿐이다.

캐머런은 편히 누웠고, 나도 누웠다. 스탠드 위의 은은한 녹색 빛을 내는 램프가 방에 있는 유일한 조명기구였다. 우리는 비대칭인 틈에서 별자리를 찾는 천문학자처럼 무정형의 흰 천장에 현혹된 듯 마냥 쳐다봤다. 그렇게 우리는 한 시간 사십 분 동안 누워 있었다.

"이제 가야 해."

내가 말했다.

"그래."

나를 그를 데려다 주었다.

말하고 싶지만 바보가 아니면 말할 수 없는 것

제이드 딕슨 번스 대본

외부 : 청소가 끝난 호텔 방 — 밤

셸리와 친구가 침대 끝에 앉아 있다. 베개는 잘 부풀려져 있다. 코끼리 모양으로 접은 수건은 킹사이즈 침대 발치에 놓여 있다.

셸리 : 물어보고 싶은 게 있어

친구 : 뭔데?

셀리 : 루신다한테 화났어?

친구 : 아니, 전혀.

친구는 잠시 셀리를 바라본다. 셀리는 그의 시선에 말을 더듬는다.

셀리 : 사람들은 우리가 알고 있는 것보다 훨씬 많은 것을 안에 담고 있어. 하지만 아무리 노력해도 타인은 알 수가 없지.

친구 : 그럼 아무 의미 없다는 거야?

셀리 : 이런 거지.

친구 : 이런 거?

셀리는 친구를 똑바로 쳐다본다.

셀리 : 모두가 자기와 타인을 이해하려고 엄청 노력하잖아. 하지만 그런 순간이 있어. 이 작은 인간이라는 거품들이 충돌하는 그런 순간이. 그럼 우리의 경계가 서로 부딪쳐서 마찰이 생겨나는 거지.

친구 : 그러고 나서는?

셀리 : 우린 또 다시 헤매는 거지. 그러면서 우리가 닿았던 사람들의 모양을 느끼는 거야. 하지만 여전히 우리는 계속 헤매는 거야.

친구 : 그거 참 슬프다.

셀리 : 그렇게 슬프지 않아. 그게 인생인걸. 사는 게 다 그런 거지.

—
러
스
—

가지고 있던 유일한 청바지와 칠 년 전 그만둔 소프트볼 리그에서 받은 티셔츠 차림으로 러스는 관할서에 들어갔다.

그리고는 곤잘레스 서장의 이름이 새겨진 황금빛 명판이 걸려 있는 뒤쪽 서장실로 직행했다. 노크도 하지 않았다. 서장은 서류 더미 위로 몸을 구부리고 있다. 갑작스럽게 와서 보니 그는 늙고 지쳐 보인다. 눈 밑 다크서클도 심해졌다. 러스는 서장을 미워하지 않고, 동정하기로 결심했다.

"플레처, 자네 이번 주 휴가 아닌가?"

"이제 그만두겠습니다."

러스는 종이봉투를 서류 더미 위에 올려놓으며 말했다. 서장이 러스의 물건을 빼니 쌓아 놓은 서류 더미가 미끄러지고, 떨어지고, 흩어진다. 그는 러스의 유니폼을 하나씩 꺼낸다. 신발, 바지, 벨트, 재킷, 경찰 배지, 총. 총알은 지퍼락에 하나씩 넣어서 가져왔다. 러스의 물건들을 책상에 늘어놓고, 서장은 손가락으로 콧등을 두드린다.

"진심인가?"

서장이 말한다. 비웃듯이 입꼬리가 올라간다.

"네."

그러고는 거짓말을 덧붙인다.

"그동안 즐거웠습니다."

―――――

그 후, 러스는 산 깊숙이 차를 몰고 들어갔다. 길은 자라나는 나무들로 인해 점점 좁아졌다. 나무들은 절벽을 가로지르고 있다. 로키산맥 중심에 있는 진짜 절벽들이다.

2월이라 추웠지만 러스는 차 창문을 열었다. 소나무를 제외한 다른 나무들은 모두 앙상했다. 솔잎은 바짝 서서, 얇게 내려앉은 눈을 흔들고 있다. 러스는 라디오를 켰다. '아이 오브 더 타이거'가 흘러나왔다.

노래를 따라 불렀다. 처음에는 작은 목소리였다가 점점 목소리를 높여 나중에는 고함을 지르고 있었다. 밝은 태양이 피부에 닿는다. 태양은 러스에게 양분을 준다.

노래가 끝나고, 굽어 구불진 산길 구석에 차를 세웠다. 차에서 내려 소나무 향을 느끼며 찌르는 듯한 공기를 들이마신다. 이제 겨울은 떠날 준비를 하고 있다. 손을 내려다보았다. 빨갛고 추위에 곱은 손이었다.

————

풀크럼가 끝에서 이반이 현관 앞에 앉아 있다. 팔꿈치에 콜라 병을 낀 채 책을 읽고 있다. 러스는 사이렌도 없고 라이트도 없는 자신의 새 차 스바루를 옆에 세운다.

"언젠가는 자네가 올 줄 알았어."

이반은 러스에게 다가오라는 손짓을 하며 말했다.

러스는 현관 계단에 있는 의자에 앉았다. 러스의 몸무게 때문에 의자에서 삐걱 소리가 났다. 꽃무늬 쿠션이 해졌다.

"경찰 그만뒀어."

"그래. 이네스한테 그만둘까 생각 중이라는 얘기 들었어. 잘됐네."

"자네가 했던 말이 계속 생각나더군. 기억나? 자네 말이 맞았어. 내가 꼭두각시처럼 느껴졌어."

"가끔은 그냥 새로운 일이 필요할 때가 있지."

이반이 말했다.

"다른 좋은 일도 찾았어. 총기 안전교육 6주 프로그램 강의를 하는 거야. 콜로라도 주 전역을 돌아다니지."

러스가 그에게 말했다

"좋은 기회인 것 같군."

이반은 진심으로 말하는 것 같았다. 그들은 이별을 곱씹으며 함께 앉아 있었다.

"고맙군."

이반이 말했다.

차로 돌아가면서, 러스는 깨달았다. 이네스와 마르코, 루신다 헤이스, 리 휘틀리 같은 시련들을 거치면서, 괴상한 종교를 갖고 있음에도 불구하고 무서우리만치 평화로운 자신에 대한 이해를 바탕으로 러스에게 진실을 말해 준 사람은 이반 뿐이었다는 것을.

———

모든 실들을 치웠지만 여전히 집안에는 이네스의 흔적이 남아 있었다. 욕실에 흩어져 있던 검고 긴 머리카락들. 책장에 떨어진 먼지 쌓인 낡은 셔츠. 서랍에 있는 한 짝밖에 없는 보라색 양말. 침실 휴지통 옆에 있는 손톱깎이. 러스는 이런 것들에 가끔씩 놀랐다.

러스는 달렸다. 그는 황량한 브룸스빌 거리를 뛰었다. 이네스가 떠나고 몇 주가 흐른 뒤, 새 냉장고를 샀다. 소설책을 끝까지 읽고 총기 안전 교육사 자리에 지원했다.

겨울 공기의 잔재가 폐에서 걸러지고 근육이 노폐물을 내뿜는다. 지금은 밀어붙이는 수밖에 없다. 그리고 열심히 몸을 움직여 땀을 내고 조금씩 앞으로 나아가야 한다. 지금 당장은 팔과 다리에 집중했다. 그를 지탱해주는 것이 기저이다. 러스는 딱 튼튼한 팔다리 하늘이 주는 기쁨에 감사했다.

페리윙클이 황혼에 물들어 있었다.

———

문을 열면서 신시아는 본능적으로 뒷걸음질 쳤다.

"러스, 들어와요."

자신을 다잡으며 그녀가 말했다.

집은 전과는 달라져 있었다. 신시아의 색과 향기가 묻어났고 리의 흔적이 사라졌다. 리가 떠난 뒤 신시아는 거실을 다시 꾸몄다. 소파는 반대쪽 벽에 붙이고, 천을 새로 갈았다. 원목 마루에도 돈을 조금 쓴 것 같다.

"차 마시겠어요?"

신시아는 러스가 대답을 하기도 전에 물을 채운다.

"집이 멋지네요."

러스가 말했다. 그들은 부엌 탁자 주위를 서성거린다. 러스는 창틀에 놓여 있는 액자를 집어 들었다. 멀쑥한 캐머런이 사진 속에 있었다. 열한 살 때 사진인 것 같다. 덴버 미술관 앞에 서서 만세를 하듯 두 손을 들고 있다.

"사진 잘 나왔죠? 캐머런이 처음 덴버 미술관에 갔을 때예요. 몇 시간이 지나도록 반 고흐의 작품을 보고 있었어요."

그때를 기억하며 신시아는 미소 지었다. 러스 앞에 차를 놓으며 앉으라고 권했다. 차가 너무 뜨거워 입을 델 뻔했다.

"뭘 좀 가지고 왔어요."

러스는 셔츠 주머니에서 리의 오래된 카드를 꺼낸다. 오래되어서 가장자리가 노랗게 물들어 있다.

"그거⋯."

신시아가 말끝을 흐린다.

"캐머런에게 진 러미를 가르칠 수 있을 것 같아서요."

잠시 신시아가 눈을 질끈 감고 고개를 전등불을 향해 기울였다. 그러고는 일어나 떨리는 목소리로 아들을 불렀다.

캐
머
런

캐머런은 오 선생님 사무실에서 다리가 세 개인 의자에 앉아 사과 꼭지를 입체적으로 보이게 하는 데 집중하고 있었다.

"좋구나. 완성이 멀지 않았어."

오 선생님이 말했다.

그는 캐머런의 어깨를 두 번 두드리고 다른 학생들의 작품으로 눈을 돌렸다.

캐머런은 그릇에 담긴 사과를 그렸다.

"정물화를 그려 보지 않겠니?"

캐머런이 학교로 돌아왔을 때 오 선생님이 제안했다. 오 선생님은 대부분의 저녁 시간을 캐머런 엄마의 방에서 보냈다. 캐머런이 학교로 돌아왔을 때는 그것이 조금 어색했지만, 캐머런은 오 선생님이 밤에 거실에 있는 게 좋았다. 안전하다고 느껴졌다. 러스 플레처 아저씨도 저녁 때 가끔 들르곤 한다. 엄마가 다른 방에 가면 아저씨는 아빠에 대한 이야기를 해 준다. 이야기 속 아빠는 캐머런이 그리워해도 되는 사람 같다.

캐머런은 이 주 동안 집에서 엄마와 함께 지내면서, 차로 삼십 분 거리의 정신과를 매일 다녔다. 마우라라는 친절한 여자 정신과 의사가 있었는데, 빨간 곱슬머리에 뿔테 안경을 쓰고 있었다. 선생님은 캐머런에게 아침에 일어났을 때 기분이 어떤지 물었다. 캐머런이 언제나 누군가에게 묻고 싶었지만 어떻게 물어야 할지 몰랐던 그런 질문이었다. 의사 선생님 뒤에 있는 화분에는 외계인 머리카락처럼 생긴 싹이 돋아나 있었다.

로니는 캐머런을 두려워했지만 괜찮았다. 캐머런은 그가 그립지 않았다. 캐머런이 복도에 들어서면 모두가 이상한 눈으로 그를 봤다. 윌리엄스 형사가 손턴 씨가 덴버에 있는 자기 사무실 쓰레기통에 버린 헬스장 가방 속에서 피 묻은 개줄을 발견했다. 루신다의 휴대전화도 함께 발견되었다. 손턴 부인은 병원에 있었다. 올리는 롱몬트에 있는 조부모님에게 가 있다. 어떤 사람들은 캐머런이 살인자를 잡았다고 숙덕거렸고, 또 어떤 사람들은 학교 측에서 경찰을 고소하겠다고 하는 마당인데도 여전히 오 선생님이 루신다를 죽였다고 장담했다. 그리고 캐머런은 루신다의 이름을 매일 조금씩 덜 듣게 되었다.

이제 캐머런은 그릇에 담긴 사과를 그린다. 그림을 그리면서 그려야 할 대상을 보고 있는 느낌이 좋았다. 사과든 뭐든 눈에 보이는 것을 그대로 그려내는 건 쉽지 않았다. 사과만이 가진, 아름답게 올라갔다 떨어지는 고유의 곡선이 있었다. 캐머런은 눈앞에 있는 사물을 그린다는 것에, 실존하는 무언가를 그린다는 것에 신선함을 느꼈다.

―――――

캐머런이 다시 만지려고 시도조차 하지 않는 것들.

1. 루신다의 그림들 - 오 선생님이 그림을 집으로 가져가 아무도 손대지 못하는 안전한 장소에 보관하고 있다.
2. 조각상의 밤 수집품 - 캐머런은 안전하다고 느낄 때만 방문하는 그의 머릿속에 수집품을 보관하고 있다. 침대에 누워 있을 때, 혼자서 루신다를 생각한다. 엄마는 캐머런의 몽유병을 대비해서 부엌칼을 넣어 놓는 칸에 안전장치를 해 놓았다.
3. 22구경 권총 - 엄마의 요청에 따라 경찰이 회수해 갔다.
4. 나무 - 캐머런은 즐겨 가던 이곳을 잊기로 했다. 하지만 흙과 나뭇가지가 이루는 그 모양은 그의 뇌리에 박혀 있었다.

캐머런은 비가 왔으면 좋겠다고 바랐다.

―――――

캐머런은 그의 친구였던 야간 경비원이 그리웠다. 그는 이제 늦은 저녁에 돌아다니지 않고 창문을 잠그고 침대에 누워 있다. 캐머런은 유니폼을 입은 이 남자를 가끔 생각했다. 지금 엘름가로 갈 수 있다면 곧바로 경비원에게 가서 무거운 머리를 경비원의 가슴에 기대고 그 덩치 큰 남자에게 몸을 맡길 것이다. 왜 2월 15일에 엘름가 끝에서 자신을 보았다고 말하지 않았는지 묻지 않을 것이다. 친구는 그런 거니까. 그리고 야간 경비원은 캐머런의 진정한 친구였으니까.

밤이면 경비원에게 그날의 작은 교훈들을 말하는 상상을 한다.

오늘의 교훈 : 얽힌 것을 푸는 것이 언제나 해답일 수는 없다.

우리 내면에는 미로가 있어서, 그것을 펼쳐도 소용없을 때가 있다. 머릿속이 복잡하게 얽히는 건 자연스러운 일이고, 그 안에 꼬인 매듭을 이해하는 수밖에는 없다. 매듭이 어떻게 생겼고, 어디가 제일 느슨한지, 풀 수 있을 만큼 헐렁한 곳이 어디인지 찾을 수밖에 없다.

———

지금은 3월 초인데도 기온이 이십오 도나 된다. 콜로라도가 그렇다. 겨울에서 여름으로 계절이 너무 빨리 바뀌어서 따라가기도 힘에 부친다. 엄마는 정원에서 잡초를 뽑고 있었다. 원예용 가죽 장갑을 낀 채 허리에 손을 대고 있었다. 오 선생님은 캐머런과 함께 쓰기 위해 위층 다락방에 만든 스튜디오에서 그림을 그리고 있다.

"↑디 새뻿기요."

캐머런이 테라스 테이블에서 말한다.

"어디로 가고 싶어?"

"건조하지 않은 곳으로요."

"그럼 바다로 가자."

엄마가 밀짚모자 아래서 그를 쳐다보며 말했다. 캐머런은 소금에 대해 생각했다. 소금이라면 벌어진 상처를 소독해 줄 수 있을까.

캐머런은 의사선생님이 권장한 것처럼 엄마와 매일 대화했다. 언젠가는 할 말이 많아질 것이다. 엄마뿐만이 아니라 이제껏 그저 존재하기만 했던 주변의 다른 사람들과도 이야기를 나눌 수 있게 될 것이다.

'아침에 일어나면 기분이 어때?'

때로 캐머런은 루신다를 생각한다. 햇빛이 굴절되어 그의 침대를 비출 때면, 아직 잠의 나른함 속에 있을 때면 그녀가 생각난다. 루신다는 침실 바닥에 앉아 보라색 일기장을 무릎 위에 펼쳐 놓고 있다. 그녀만 들을 수 있는 음악에 맞춰 연필로 무릎을 치며 리듬을 맞춘다. 캐머런은 이런 그녀의 모습을 기억해도 좋다고 생각한다. 노래에 빠져 넘치는 물속에 있는 것 같다. 캐머런이 열여섯, 열일곱, 열여덟 살이 되어도 루신다는 여전히 유리창 저편에 그대로 있을 것이다.

캐머런이 이를 닦을 즈음이면 루신다가 사라진다.

기억의 모음.

달콤한 잠결의 상상 속에서 유리창 위에 비춰진 캐머런의 얼굴이 루신다의 얼굴로 변한다. 마치 이렇게 말하는 것 같다.

"맞아. 물론이야. 너는 나를 알고 있었어."

걸 인 스노우

초판1쇄 인쇄 2017년 11월 17일
초판1쇄 발행 2017년 11월 30일

지은이 단야 쿠카프카
옮긴이 이순미

발행인 이정식
편집인 이창훈
편집장 신수경
편집 김혜연
디자인 디자인 봄에
마케팅 안영배 경주현
제작 주진만

발행처 (주)서울문화사
등록일 1988년 12월 16일 | 등록번호 제2-484호
주소 서울시 용산구 한강대로 43길 5 (우)04376
편집문의 02-799-9346
구입문의 02-791-0762
팩시밀리 02-749-4079
이메일 book@seoulmedia.co.kr

ISBN 978-89-263-6611-0 (03840)